BASTEI
LÜBBE
TASCHENBUCH

JASON DARK

Die Welt des

JOHN SINCLAIR

IM REICH DES GÖTZEN BAAL

VIER SPANNENDE KULTGESCHICHTEN

BASTEI
LÜBBE
TASCHENBUCH

BASTEI LÜBBE TASCHENBUCH
Band 73 995

1. Auflage: März 2012

Vollständige Taschenbuchausgabe

Bastei Lübbe Taschenbücher
in der
Bastei Lübbe GmbH & Co. KG

Sie finden uns im Internet unter
www.luebbe.de
oder
www.bastei.de

Der Preis dieses Bandes versteht sich einschließlich
der gesetzlichen Mehrwertsteuer.

Inhalt

OKASTRAS GRUSELKELLER

»In dieser Nacht, Señor, ist der Teufel unterwegs und reißt den Menschen bei lebendigem Leib die Seelen aus der Brust. Schauen Sie nur zum Himmel. Da steht der blasse Mond, und der schimmert bläulich an seinen Rändern. So unnatürlich. Wir hier nennen ihn den Sarazenen-Mond …«

Henry Darwood verdrehte die Augen, als er die Worte des einheimischen Fahrers hörte. »Und wenn ich Ihnen das Doppelte zahle?«, unterbrach er den Mann.

Der Taxifahrer hob bedauernd die Schultern. »Nichts zu machen, Señor.«

»Aber ich muss zum Friedhof.« Darwood nickte heftig. »Und Sie sind der einzige Taxifahrer in diesem verdammten Ort.«

»Dann gehen Sie zu Fuß.«

»Das ist doch zu weit.«

Der Taxifahrer schaute über den Kühler seines Peugeot. »Ich kann Ihnen nicht helfen. Wenn Sie mich bäten, bis Madrid zu fahren, por Dios, Señor, ich hätte es getan, aber zum Friedhof? Nein, das können Sie nicht verlangen. Nicht in dieser Nacht.«

»Weshalb ist diese Nacht denn anders als die übrigen?«

»Sehen Sie sich den Mond an!«

»Das habe ich schon getan.«

»Dann wissen Sie Bescheid.«

»Eben nicht.«

»Señor, Sie sind hier fremd. Sie wissen nichts von den schrecklichen Geschichten. Man geht nicht los, wenn der Sarazenen-Mond am Himmel steht. Merken Sie sich das. Reizen Sie Okastra nicht.«

»Wen?«

Der Fahrer zuckte zusammen, als er die Frage hörte. »Vergessen Sie alles, Señor.«

Darwood hätte den Kerl packen und gegen die Wand schleudern können. Damit war ihm aber auch nicht geholfen. Jetzt hatte er fast alle Schwierigkeiten überstanden. Er stand dicht vor der Lösung des Falles, und nun machte ihm ein einfacher Taxifahrer Schwierigkeiten. Es wäre auch alles kein Problem gewesen, wäre sein Leihwagen nicht liegen geblieben.

Henry Darwood stand neben dem Wagen und schaute den Fahrer durch die Seitenscheibe an. Wie konnte man sich nur so stur anstellen? Wenn der Kerl gewusst hätte, was auf dem Spiel stand, dann …

Plötzlich hatte Henry eine Idee. »Könnten Sie mir Ihren Wagen denn leihen?«

Der Fahrer lachte. »Ich?«

»Wer sonst?«

»Por Dios. Wollen Sie vielleicht mit dem Wagen zum Friedhof fahren?«

»Bestimmt nicht in ein Bordell!«

Der Fahrer bekreuzigte sich. »Nein, ich gebe meinen Wagen nicht her. Das können Sie nicht verlangen. Ein Auto und die Frau verleiht man nicht. Wissen Sie das denn nicht, Señor?«

»Ich gebe Ihnen auch Dollars.«

»Wie viel?«

Dieses Wort ließ Darwood hoffen, und er bot dem Fahrer tatsächlich einen guten Preis an. »Fünfzig.«

»Das lässt sich hören.«

Da wusste Darwood, dass er gewonnen hatte. Er griff in die Tasche seiner Jacke und holte einen Schein hervor. Damit wedelte er. »Der gehört Ihnen, wenn Sie mich zum Friedhof fahren.«

»Nicht ganz, Señor«, sagte der Fahrer und rieb seinen Oberlippenbart.

»Was soll das denn heißen?«

»Ich fahre Sie nicht bis auf den Friedhof. Die letzten Meter müssen Sie zu Fuß gehen und auch den Rückweg. Ich werde einen Teufel tun, aber nicht auf Sie warten.«

»Einverstanden.«

»Steigen Sie ein.«

Endlich. Henry Darwood fiel ein Stein vom Herzen. Er schritt um den Wagen herum und stieg an der Beifahrerseite ein. Die Tür klemmte etwas, als er sie zuschlug, und der Wagen schüttelte sich, während der Fahrer den Motor anließ.

»Das Geld, Señor.«

Der Fahrer erhielt seinen Schein. Der Auspuff war auch nicht mehr völlig in Ordnung. Er klapperte und schlug gegen das Bodenblech. Das Geräusch pflanzte sich über die ruhige Dorfstraße hinweg fort und verklang in der Ferne.

Endlich konnten sie losfahren. Darwood lehnte sich in seinen Sitz zurück. Am Rücken spürte er einen Widerstand. Da stach eine Sprungfeder durch das Polster. Egal, dachte Darwood. Besser schlecht gefahren, als gut gelaufen.

Der Friedhof war wichtig, denn auf ihm sollte in dieser Nacht ein Treffen stattfinden, das für Europa, wenn nicht die ganze Welt, lebensbedrohend war.

Henry Darwood fühlte sich wie in einem Agentenfilm. Kein Bond-Regisseur hätte sich einen besseren Schauplatz für die Aktionen aussuchen können. Nur erlebte Darwood es in der Realität, wenn er auch ungefähr die gleichen Aufgaben zu erfüllen hatte wie der Superagent aus dem Kino.

Um ihn zu erreichen, fehlte Darwood noch viel. Ob Roger Moore oder Sean Connery, er konnte keinem von ihnen das Wasser reichen. Darwood war eher der Typ eines Buchhalters. Dazu passte auch die farblose Brille mit den getönten Gläsern.

Der Weg war schlecht. Nicht nur steinig, sondern auch kurvenreich und ziemlich eng.

Die Felsen warfen lange, tiefblaue Schatten. In der Ferne grüßten die Berge. Auf ihnen lag noch der Schnee vom März.

Kühle Luft drang in den Wagen. Ein Scheinwerfer funktionierte nur. Der Strahl hüpfte über den Weg, tastete sich an Felsen entlang und ließ den von den Reifen aufgewirbelten Staub silbrig schimmern.

Henry Darwood war nervös, obwohl sich ein Agent so ein Gefühl nicht leisten sollte. Es stand einfach zu viel auf dem Spiel, zudem hatte ihn der Fahrer aufgehalten.

Der Spanier rauchte. Schwarzen Tabak, der roch, als würde man die Socken verbrennen. Viel Angst schien der Knabe nicht mehr zu haben, denn er pfiff ein Liedchen vor sich hin. Sehr oft nahm ein Geldschein den Menschen die Furcht.

Der Fahrer hatte Darwood von einem Sarazenen-Mond erzählt.

Als Agent ist man immer neugierig, und Darwood wollte dieses Thema gern vertiefen, deshalb fragte er danach.

Der Spanier zuckte zusammen, als hätte er einen Schlag auf den Rücken erhalten. »Sie sind verrückt, Señor?«

»Nein.«

»Doch, Sie sind es, wenn Sie danach fragen.«

»Wieso?«

»Niemand darf den Köpfer sehen. Wer sich nicht daran hält, ist verloren. Sie werden sich wundern, Señor. Beten Sie, hoffen Sie, aber ich glaube, ich sehe Sie heute zum letzten Mal lebend.«

Darwood lachte. Es klang unecht. »Das will ich doch nicht glauben. Wenn ich zurück bin, köpfen wir zwei Flaschen Whisky.«

»Meinetwegen auch drei.« Der Fahrer schüttelte den Kopf. »Ich trinke sie allein auf Sie. Wahrscheinlich werde ich der letzte Mensch sein, der Sie lebend sieht.« Der Spanier räusperte sich. »Was wollen Sie eigentlich auf dem Friedhof?«

»Ich treffe mich dort.«

»Mit wem?«

»Das soll eigentlich mein Geheimnis bleiben. Es ist aber nichts Ungesetzliches.«

Der Fahrer nahm beide Hände vom Lenkrad und hob die Schultern. »Was ist schon ungesetzlich heutzutage? In diesem Land ist alles möglich, das wissen Sie selbst. Denken Sie an die Basken. Ich habe viel erlebt und viel Blut gesehen, aber ich werde mich hüten, darüber zu reden. Es gibt Dinge, über die man besser den großen Mantel des Schweigens ausbreitet. Deshalb werde ich Ihre erste Frage auch nicht beantworten.«

»Ich kann Sie nicht zwingen.«

»Sehr richtig, Señor. In den Bergen lernt man das Schweigen.«

Die nächsten Minuten blieben still. Nur der Motor hatte seine Mühe, den alten Wagen den schmalen Weg hochzuschieben. Manchmal trieben die Auspuffgase wie Nebelfetzen an den Seitenscheiben vorbei oder drangen in das Innere des Fahrzeugs.

Der Friedhof lag auf einem Plateau. Ziemlich weit oben. Eine unheimliche Stätte in der Nacht, während tagsüber die Sonne auf die verwitterten Steine schien.

Vegetation gab es in dieser Gegend kaum. Einige Bodengewächse, die sich in den kargen Felsen festgekrallt hatten, das war alles. Bäume oder Sträucher wuchsen hier nicht mehr. Der Boden gab einfach nichts her.

Links führte ein sehr steiler Hang in die Tiefe. Wenn der Wagen abrutschte, würde er erst in dem ausgetrockneten Arroyo zum Halten kommen und dort vielleicht ausbrennen. Rechts ragte die Felswand auf. Düster und lange Schatten werfend.

In diese Richtung bog der Fahrer ab. Im ersten Moment glaubte Henry Darwood, dass der Mann den Wagen gegen die Wand fahren wollte, bis er feststellte, dass sich die Wand öffnete. Ein halbrunder Einschnitt im Felsen bot genug Platz, dass ein geschickter Autofahrer seinen Wagen wenden konnte.

Der Mann ließ den Motor laufen und drehte den Kopf nach rechts. »Hier müssen Sie aussteigen, Señor.«

»Wie weit ist es denn noch?«

»Nicht mehr weit. Sie sind gut in Form. In einigen Minuten haben Sie es geschafft.«

»Wollen Sie mich wirklich nicht …«

»Nein!«

Diese Antwort klang so endgültig, dass Darwood schwieg.

Nicht für alles Geld in der Welt war der Spanier bereit, auch nur einen Meter weiterzufahren. Es blieb dem Mann aus England nichts anderes übrig, als den klapprigen Peugeot zu verlassen.

»Wenn Sie das so sehen, Meister, bleibt mir wohl nichts anderes übrig, als auszusteigen.«

»So ist es, so war es abgemacht.«

Darwood öffnete die Tür. Als er sie zuschlug und das Echo verklungen war, vernahm er die Stimme des Fahrers. »Haben Sie eigentlich schon Ihr Testament gemacht?«

»Nein.«

»Dann werden Ihre Erben sich streiten.«

»Ich habe keine.«

»Umso besser.«

Kopfschüttelnd stiefelte der Mann aus England los. Was der Knabe nur hatte? Darwood wusste selbst, dass auch seine Landsleute oft genug Angst vor Friedhöfen hatten, aber diese übertriebene Furcht, die er hier erlebte, war ihm wirklich nicht geheuer.

Noch einmal erwischte ihn das Licht des Scheinwerfers, als der Spanier seinen Wagen wendete, zweimal rangierte und den Weg wieder zurückfuhr.

Henry Darwood war allein. Allein in einem fremden Land und allein in einer Gegend, die er nie zuvor in seinem Leben gesehen hatte. Ein wenig seltsam war ihm schon zumute, denn die Dunkelheit, die Nacht, der Mond, die Umgebung, sie alle trugen nicht dazu bei, ihm ein positives Lebensgefühl zu vermitteln.

Ein Zurück gab es für ihn nicht. Er hatte einen Job und wurde dafür bezahlt.

Unter der Jacke trug er die automatische Schnellfeuerpistole. Damit konnte man sich schon einige Gegner vom Lieb halten. Wenn sie ihn entdeckten, musste er schießen und vor allen Dingen schneller als die anderen sein.

Daran gab es nichts zu rütteln, Gnade kannte die andere Seite nicht. Wenn Separatisten und Terroristen NATO-Geheimnisse verkauften, um damit ihre Bewegung finanzieren zu können, gingen sie über Leichen.

Henry Darwood hatte gearbeitet. Nicht umsonst nannte man ihn den Wühler. Er war dieser Gruppe auf die Spur gekommen, und wenn London das Ergebnis erfuhr, würde man dort rotieren.

Darwood gab genau acht. Er war es gewohnt, mit einem Hinterhalt zu rechnen. Wahrscheinlich hatte die andere Seite herausgefunden, dass man ihr auf die Spur gekommen war, und seine Gegner kannten sich in diesen Bergen aus. Sie waren gewissermaßen ihre Heimat. Hier agierten, reagierten und kämpften sie.

Bei jedem Stein, der unter seinen Sohlen wegrollte, zuckte der Mann zusammen. Er hasste es, dass er auf seinem Marsch Geräusche verursachte. In der Stille und der klaren Luft waren sie einfach zu weit zu hören. Aber es war leider nicht zu ändern.

Und so ging er weiter.

Schon bald verschwand die Felswand an der rechten Seite. Sie wurde flacher, bis sie sich dem Niveau des Bodens anglich und Henry Darwood sein Ziel erreicht hatte.

Vor ihm lag das große Plateau – und der Friedhof!

Er blieb an der Grenze des Totenackers stehen und duckte sich wenig später hinter einem Felsen. Falls seine Feinde schon eingetroffen waren, sollten sie ihn so spät wie möglich entdecken, falls dies nicht schon geschehen war.

Er sah nichts.

Noch immer leuchtete der Mond am schwarzen Himmel. Der Rand des Erdtrabanten schimmerte tatsächlich bläulich, und so etwas hatte selbst Darwood noch nicht gesehen. Der Mond beleuchtete eine schaurige Szenerie. Der Friedhof konnte, wenn man es völlig wertfrei sah, als Ort der Stille bezeichnet werden. Hier oben rührte sich tatsächlich nichts. Der Wind war eingeschlafen, sodass selbst das karge Felsgras, das an einigen Stellen wuchs, nicht schwankte.

Die Stille konnte man auch mit dem Wort gespenstisch umschreiben. Es gab keine Holzkreuze auf dem alten Totenacker.

Nur Grabmäler aus Stein. Manche in wuchtiger Kreuzform, andere wiederum nur grobe Klötze, einige auch zu Figuren geformt, oder ganz einfach nur Platten, die auf den Gräbern lagen.

Am Ende des Friedhofs stand ein kleines Gebäude. Der schmale, aber nicht hohe Turm wies auf eine Kapelle hin. Dicht unter dem spitzen Dach des Turms befand sich eine rechteckige, fensterartige Öffnung.

Henry Darwood hatte gute Augen. Er schaute genau hin und erkannte die Umrisse einer Glocke.

Das war die Totenglocke!

Einen Menschen sah er nicht. Der Friedhof war leer.

Darwood blickte auf seine Uhr. Noch eine Viertelstunde bis Mitternacht. Um diese Zeit, so lauteten seine Informationen, sollten die anderen erscheinen.

Seine Feinde …

Darwood überlegte. Waren es wirklich nur seine Feinde? War nicht auch der Totenacker sein Feind, das gesamte Umfeld, das in einer so unheimlichen Stille lag, die ihm überhaupt nicht passte?

Er dachte wieder an die Worte des Taxifahrers. Der Mann hatte ihn gewarnt.

Von einem Sarazenen-Mond hatte er gesprochen. Was sollte das bedeuten?

Darwood schalt sich selbst einen Narren, dass ihm diese Gedanken kamen und er sich verrückt machen ließ. Es war Quatsch. Geister gab es nicht, und die Toten waren die ruhigsten Leute, wie er immer meinte. Die konnten ihm nicht gefährlich werden. Anders sah es mit den Basken aus. Sie würden schießen, wenn sie ihn sahen, und die Ruhe des Friedhofs durch knatternde MPi-Salven zerhacken.

Dennoch überzog ihn eine Gänsehaut, als er seine Deckung verließ und sich aufrecht hinstellte. Sein Blick glitt noch einmal über den Totenacker, den er überqueren musste, denn er hatte sich als Ziel die kleine Kapelle am anderen Ende ausgesucht.

Keine Sekunde länger zögerte er.

Wenn er im Schutz der Kapelle stand, konnte er sehen, wer sich von der anderen Seite und über den Weg näherte.

Vorsichtig setzte er seine Schritte. Unter den Sohlen knirschten kleinere Steine, wenn sie vom Druck zerbrochen wurden. Alles hier war steinig. Auf diesem Totenacker räumte niemand auf. Man ließ ihn so, wie er schon vor vielleicht hundert Jahren gewesen war.

Es gab so etwas wie einen Hauptweg. Der englische Agent näherte sich darauf seinem Ziel.

Rechts und links befanden sich die Gräber. An ihren Kopfenden erkannte er die Steine. Sie stachen oft wie kantige Finger aus dem trockenen Felsboden hervor. Wahrscheinlich hatte man die Gräber sogar in das Gestein sprengen müssen.

Stumme Zeugen des Todes, so sahen die Grabsteine aus. Darwood konnte sich kaum vorstellen, in einem fremden Land zu sein. Der Himmel schien derselbe zu sein, und die Sterne leuchteten ebenso wie über Suffolk, seiner Heimat.

Nur seine Schritte hörte er. Sie unterbrachen die Stille dieser gespenstischen Umgebung. Einmal passierte er einen besonders auffälligen Grabstein. Er zeigte einen viereckigen Klotz, eine Art Podest, auf dem ein Engel stand.

Der hielt ein Schwert in der rechten Hand, und in seiner linken lag ein Totenschädel aus Stein.

Die Figur war so detailgetreu, dass der einsame Spaziergänger erschrak, obwohl er gedacht hatte, dass ihn so leicht nichts aus der Bahn werfen konnte.

Und so ging er weiter.

Schon nach wenigen Schritten erreichte er den ersten Schlagschatten der Kapellenmauer. Er sah die Holztür, deren Außenhaut verwittert war. Für einen Moment überlegte er, ob er sich vielleicht in der kleinen Kirche verbergen sollte, drückte die Klinke nach unten, stieß die Tür auf und hörte schon das widerliche Knarren. Hastig zog er die Tür wieder zu. Hoffentlich war dieses verräterische Geräusch nicht auch von anderen vernommen worden.

Nein, er wollte nicht in die Kapelle gehen.

An der Breitseite des kleinen Gebäudes wuchsen karge Sträucher. Darwoods Hosenbeine streiften an ihnen entlang, und er fand in der Mauer eine kleine Nische, in die er genau hineinpasste, wenn er sich ein wenig duckte.

Mit dem Rücken presste er sich gegen das Gestein und sah über seinem Kopf ein kleines Eisengitter, auf dem eine Marienfigur stand. Davor schaute aus der Öffnung einer fingerschmalen Vase der Stiel einer Rose mit verwelkten Blättern hervor.

Hier würde er warten.

Henry Darwood überprüfte noch einmal seine Waffen. Die Schnellfeuerpistole war okay, auch die kleine Kamera, und das Stilett trug er ebenfalls bei sich.

Jetzt konnten sich die anderen zeigen. Er wollte sie bei der Übergabe überraschen und auch schießen, wenn es nötig war.

Gern hätte er eine Zigarette geraucht, doch er traute sich nicht, einen Glimmstängel anzustecken. Das Glühen wäre zu verräterisch gewesen.

Und so wartete er.

Sekunden reihten sich aneinander. Sie wurden zu Minuten. Manchmal frischte der Wind für einen Moment auf. Dann fuhr er über den Friedhof, wirbelte Staub hoch, glitt über die Grabsteine sowie an den Steinen der Kapelle vorbei. Er traf auch den einsam stehenden Mann.

Düster war der Himmel.

Scharf hob sich der Mond vor dem schwarzen Hintergrund ab. Er stand dort wie eine blasse Zitrone. Und seine Ränder schimmerten nach wie vor so seltsam bläulich.

Sarazenen-Mond …

Wieder dachte der Engländer an die Worte des Einheimischen und stand plötzlich wie eingefroren da, als er das Läuten vernahm.

Über ihm war es aufgeklungen.

Die Totenglocke!

Sie bimmelte!

Henry Darwood kannte alle fünf Erdteile. Er hatte sich an den Brennpunkten der Welt herumgeschlagen, war im Iran gewesen, kannte die Wüsten Arabiens und die Kälte der Tundra. Er hatte in einem argentinischen Gefängnis gesessen und in Nicaragua ein Waffendepot gesprengt. Nie zuvor bei all seinen gefährlichen Abenteuern hatte er ein Gefühl wie in diesen Augenblicken gespürt, als er den Klang der unheimlichen Totenglocke vernahm.

So dünn, so schaurig, so unheimlich …

Der Klang hüllte den einsamen Bergfriedhof ein. Es schien dem Mann aus England, als wollte die Glocke die Toten rufen, die tief in ihren Gräbern lagen und längst vermodert waren.

Weshalb schlug die Glocke?

Es war niemand da, der an dem Seil zog, wenigstens hatte Darwood keinen gesehen.

Er war ein Mann der Tat und ging einer Sache immer gern auf den Grund. Das wollte er auch in diesem Fall so halten, wobei er davon ausging, dass er sich allein auf dem Totenacker befand. Deshalb wollte er genau nachschauen.

Henry Darwood verließ seine Deckung, löste sich von der Hauswand und musste einige Schritte vorgehen, um den Glockenturm erkennen zu können. Dabei legte er seinen Kopf in den Nacken, schaute hoch und sah tatsächlich die Bewegung der kleinen Glocke hinter dem Fenster. Sie schwang einmal nach rechts, dann wieder nach links, und jedes Mal schlug der Klöppel gegen die Innenwand.

Das Seil bewegte sich im Rhythmus der Schläge, aber Darwood sah keinen, der daran zog.

Das machte ihn so stutzig.

Er wischte sich über die schweißnasse Stirn.

Darwood schluckte. Allmählich war ihm unheimlich zumute. In seiner Kehle saß ein Kloß, der sich auch durch heftiges Schlucken nicht beseitigen ließ. Es war die Angst. Sie überdeckte seinen Verstand, der ihm wiederum sagte, so rasch wie möglich zu verschwinden. Auf diesem Totenacker konnte er nicht mehr gewinnen, nur noch verlieren.

Die Glocke schlug weiter.

Ihr dünner Klang jagte dem knallharten Agenten einen Schauer nach dem anderen über den Rücken. Er musste ja etwas tun und traf auch eine Entscheidung.

Darwood wollte nachschauen!

Wenn jemand die Glocke betätigt hatte, konnte der sich nur in der Kapelle aufhalten. Sosehr den Engländer das Knarren der Tür geärgert hatte, diesmal würde er es kaum hören, denn das Geläute überdeckte das Geräusch.

Wieder näherte er sich dem Eingang. Er hatte die Jacke geöffnet und den rechten Arm angewinkelt, sodass die Hand über der Schnellfeuerpistole lag.

Er hatte die Tür noch nicht erreicht, als er sich sicherheitshalber umschaute.

Steif blieb er stehen!

Zuerst wollte er das Bild nicht glauben, das er sah, dann erkannte er, dass er sich nichts eingebildet hatte. Der Nebel dort existierte tatsächlich.

Wo war er hergekommen?

Darüber dachte Darwood nach. Er besaß einen geschulten Verstand und war sich darüber im Klaren, dass diese Schwaden keine natürliche Ursache haben konnten. Das gab es einfach nicht. Um Nebel entstehen zu lassen, mussten verschiedenartige Luftmassen zusammentreffen, und auch dann konzentrierte sich der Nebel nicht nur auf eine Stelle, wie es vor ihm der Fall war.

Zudem sah er so seltsam aus.

Das war kein normaler Nebel. Er kannte ihn ja aus England, wenn man oft nicht die Hand vor Augen sehen konnte. Dieser hier schimmerte in einem seltsamen Blau.

Wie der Rand des Mondes.

Blaugrauer Nebel, der sich bewegte, in seinem Innern wallte

und sich drehte, sich dabei aber nicht von der Stelle bewegte und dort, wo Darwood ihn zuerst gesehen hatte, lauerte.

Der Agent schluckte, ohne dass der Kloß, der in seiner Kehle drückte, verschwand.

Die Furcht war da, und sie blieb auch. Was hatte der Nebel zu bedeuten? Wie war er entstanden?

Henry Darwood rührte sich nicht. Plötzlich glaubte er, innerhalb der dichten Schwaden eine Bewegung zu erkennen.

Dort stand jemand!

Kalt rann es über seinen Körper. Von Sekunde zu Sekunde schälten sich die Umrisse dieser Gestalt deutlicher hervor. Sie schien aus dem Boden zu wachsen und innerhalb des Nebels entstanden zu sein.

Darwood spürte etwas von der Atmosphäre des Unerklärlichen und Unheimlichen, die den Friedhof schwängerte und sich ihm mit unsichtbaren Händen näherte, um zugreifen zu können.

Wer war dieser Mensch?

Wirklich ein Mensch? Darwood schüttelte den Kopf. Er gab sich damit selbst eine Antwort.

Der Nebel wanderte.

Bisher hatte er sich nicht vom Fleck gerührt, doch als die von den blauen Schwaden eingehüllte Gestalt einen ersten Schritt in Darwoods Richtung tat, bewegte sich auch der Nebel mit, als wollte er die Gestalt wie ein Vorhang schützen.

Der Unheimliche innerhalb des Nebels war nicht genau zu erkennen, nur in Kopfhöhe sah Darwood das rötliche Glosen.

Ein Augenpaar!

Zwei rote Punkte in einem Gesicht, das nur mehr zu ahnen war.

Darwood war geschockt. Er stand da und schaute der Gestalt entgegen. Dabei wirbelten seine Gedanken. Er dachte an seinen Auftrag und daran, dass die Gegenseite ihm vielleicht einen Streich gespielt hatte. Dann wieder fiel ihm die Warnung des Taxifahrers ein. Er hatte von einem Sarazenen-Mond und von einem Köpfer gesprochen.

Alles Begriffe, die in Darwoods Kopf durcheinanderwirbelten, sodass er nicht in der Lage war, klare Schlussfolgerungen zu ziehen.

Der Nebel blieb und die unheimliche Gestalt in seinem inneren Ring ebenfalls.

Sie näherte sich ihm.

Die halbe Entfernung zu Darwood hatte sie bereits zurückgelegt, und sie erweckte auch weiterhin den Eindruck, dass sie sich durch nichts aufhalten lassen wollte.

Kein Laut war zu hören. Jeden Schritt setzte die Gestalt in gespenstischer Stille.

Wenn Darwood etwas erreichen wollte, musste er jetzt reagieren. Vielleicht fliehen.

Das widersprach seinem Naturell. Nein, er hatte noch nie die Flucht ergriffen. Da er nicht an Übersinnliches glaubte, erst recht nicht an Geister, dachte er daran, dass ihm die Gegenseite diesen makabren Streich gespielt hatte.

Das sollte sich ändern.

Henry Darwood zog seine Waffe. Die Schnellfeuerpistole hatte ihm schon manches Mal das Leben gerettet. Sie würde ihn auch in diesen Minuten nicht verlassen.

Der Engländer hatte es sich zur Maxime gemacht, einen Gegner immer nur einmal zu warnen. Reagierte der andere darauf nicht, schoss Darwood eiskalt. So wollte er es auch hier halten. Wenn der Ankömmling seine Sprache nicht verstand, die Waffe redete deutlich genug.

Darwood hob den rechten Arm um eine Idee höher. So zielte das dunkle Loch der Mündung auf die Körpermitte. »Bleib stehen!«, warnte er und setzte die gleichen Worte auf Spanisch hinterher.

Die Gestalt dachte nicht daran, dem Befehl Folge zu leisten. Sie ging weiter und jetzt sogar schneller.

Einmal hatte Darwood gewarnt. Er wollte seinem Prinzip nicht untreu werden. Auch wenn die Schüsse ihn verrieten, es gab keine andere Alternative mehr.

Er feuerte.

Dreimal zuckte sein rechter Zeigefinger. Dreimal leuchtete blass das Mündungsfeuer. Wenn Darwood etwas anfing, tat er es richtig. So hatte man es ihm auf der Agentenschule beigebracht. Es reichte nicht, einen Gegner kampfunfähig zu schießen. In diesem harten, menschenverachtenden Job zählte nur der absolute Erfolg.

Den hatte Darwood!

Alle drei Kugeln trafen. Die Geschosse hämmerten in den Nebel und gleichzeitig in den Körper des Unheimlichen hinein. Die Echos schwangen noch über den einsamen Friedhof, als der Mann die Waffe sinken ließ und sich entspannte.

Jetzt musste der andere umkippen!

Er tat es nicht!

Darwood glaubte, Hauptdarsteller in einem miesen Film zu sein. Was er hier erlebte, das konnte es nicht geben. Er schoss niemals daneben, und er hatte trotz der bläulichen Wolkenschwaden gesehen, wie die drei Kugeln in den Körper geschlagen waren.

Was war geschehen?

Nichts!

Darwood biss die Zähne so hart aufeinander, dass sie knirschten. Er hörte das Schlagen seines eigenen Herzens überlaut, denn er erkannte mit Grauen, dass sich die unheimliche Gestalt nicht aufhalten ließ und weiter auf ihn zuschritt.

Bisher hatte sie nur ihre Füße bewegt. Das änderte sich im nächsten Augenblick, als sie den rechten Arm anwinkelte. Sie trug eine lange Kutte, jedenfalls nahm Darwood das an, und in den Falten der Kutte hielt sie etwas verborgen, das sie nun hervorzog.

Es war ein Schwert!

Eine schmale Klinge, kaum breiter als der Stahl eines Killer-Stiletts.

Trotz der Gefahr, in der sich Henry Darwood befand, erinnerte er sich wieder an die Worte des Taxifahrers.

Begriffe wie Okastra und Sarazenen-Mond waren gefallen.

Das Volk der Sarazenen war kriegerisch gewesen. Die Kämpfer hatten fantastisch mit ihren schmalen Kampfschwertern umgehen können. Sie köpften ihre Gegner …

Und ein solches Schwert stach mit seiner Spitze aus den unheimlich wirkenden blauen Nebelschwaden hervor.

Die Gestalt ging weiter.

Schritt für Schritt näherte sie sich. Die Distanz schrumpfte zusammen. Darwood kostete es Überwindung, stehen zu bleiben, doch er wollte noch einen letzten Versuch wagen.

Diesmal zielte er auf den Schädel!

Wegen seiner roten Augen war er sogar gut zu erkennen. Für einen treffsicheren Schützen wie ihn kaum zu verfehlen.

Henry feuerte.

Treffer!

Er flehte förmlich, dass die Kugel den hässlichen Kopf auseinanderreißen würde, aber das war nicht der Fall.

Auch der Kopf schluckte die Kugel!

Der Agent stöhnte auf. In diesem Augenblick wurde ihm klar, dass er gegen den Unheimlichen machtlos war. Wenn er sein Leben retten wollte, musste er fliehen.

Für ihn war die Umgebung zu einem Horror-Friedhof geworden.

Noch immer schlug die Glocke. Dünn bimmelte sie und schickte ihren Klang über das Plateau. Für Darwood war es eine Totenmusik, aber er hatte noch nicht aufgegeben. Die unheimliche Gestalt sollte ihn nicht bekommen. Zum Glück war er austrainiert, hatte eine gute Kondition und würde es schon schaffen, dem Wesen durch schnelles Laufen zu entfliehen.

Er beeilte sich.

Wie ein Roboter lief er, nachdem er auf dem Absatz kehrtgemacht hatte. Jetzt lag der Friedhof vor ihm, und die Grabsteine erschienen ihm plötzlich wie geisterhafte Helfer der ihn verfolgenden, unheimlichen Gestalt.

Darwood keuchte. In der kühlen Luft kondensierte der Atem vor seinen Lippen zu grauweißem Dampf. Er nahm auch nicht mehr den normalen Mittelweg des Friedhofs, sondern kürzte ab.

Quer über die Gräberfelder lief er. Damit hatte er Sekunden gewonnen.

Darwood wusste, dass er verfolgt wurde, doch er hörte nichts. Die unheimliche Gestalt bewegte sich mit einer erschreckenden Lautlosigkeit und dennoch zielstrebig.

Manchmal stützte sich der Mann an den Grabsteinen ab, und er sah plötzlich das Denkmal in seiner unmittelbaren Nähe, das er als so unheimlich empfunden hatte.

Es war der auf dem Sockel stehende Engel, der in einer Hand ein Schwert hielt und in der anderen einen Totenschädel.

Darwood drehte den Kopf. Eine schnelle Bewegung, kaum zeitlich zu erfassen, dennoch erkannte der Agent das Gesicht des Engels.

Lächelte er?

Darwoods Augen wurden groß. Er lief nicht mehr weiter und glaubte, ein Zittern des Schwerts erkennen zu können, und der Kiefer des Totenschädels bewegte sich ebenfalls.

Das war schon der nackte Terror!

Darwood spürte den Würgegriff der unheimlichen Atmosphäre, die über dem Friedhof lastete, und er hatte plötzlich das Gefühl, in einer lebensgefährlichen Falle zu stecken.

Die schnappte im nächsten Moment zu.

Bevor Darwood reagieren konnte, gab der Boden des Grabs unter seinen Füßen nach. Er sackte in die Tiefe. Ein Schrei verließ seinen Mund. Er schleuderte die Arme in die Höhe, ließ die Pistole fallen, und es gelang ihm, sich mit einer Hand an dem rechten ausgestreckten Arm des Engels festzuklammern.

Ein Fluch drang über Darwoods Lippen. Fast hätte ihn diese heimtückische Falle erwischt. Schnell warf er einen Blick nach links.

Dort tauchte die Gestalt auf!

Selbst die aus dem Nebel stechende Schwertspitze hatte einen bläulichen Schimmer.

Noch war die Distanz für eine Flucht groß genug. Darwood gratulierte sich selbst zu seiner hervorragenden Reaktion.

Das änderte sich rasch.

Als er die Beine anziehen wollte, stellte er mit Schrecken fest, dass dies nicht möglich war.

Jemand hielt in der Tiefe seine Füße fest, obwohl er keine Berührung spürte.

Henry Darwood war Realist. Wenn es ihm nicht gelang, diesen Griff zu sprengen, würde der verlassene Bergfriedhof hier im Norden Spaniens zu seinem Grab werden.

Er versuchte alles.

Mit aller ihm zur Verfügung stehenden Kraft klammerte er sich am steinernen Arm des Engels fest. Er hatte jetzt beide Hände so hart darum gekrallt, dass die Innenflächen bereits schmerzten, denn das Gestein war rauer, als es beim ersten flüchtigen Hinschauen ausgesehen hatte. Mit Klimmzügen hatte Darwood es oft genug geschafft, über hinderliche Mauern zu klettern. Das versuchte er jetzt auch, doch er kam nicht hoch, weil die Kraft seiner Arme von der an seinen Füßen ziehenden kompensiert wurde.

Darwood hing in der Falle!

Und die Gestalt kam näher.

Sie beeilte sich nicht einmal. Behielt eiskalt die Schrittfolge bei, und gerade dieses langsame Gehen war für den am Arm des Grabengels hängenden Mann wie eine schlimme Folter. Der andere wusste haargenau, dass ihm der Mensch nicht entkommen konnte. Wenn jemand den Friedhof beherrschte, dann der Unheimliche.

Wie unter einem inneren Zwang hatte Darwood den Kopf gedreht. Die Gesichtszüge glichen denen einer Maske, so verzerrt waren sie. Der Schweiß rann in Strömen über seine Wangen, an der Stirn hatte er sich gebildet und konnte von den Brauen nicht mehr aufgehalten werden, sodass er in seine Augen lief und dort salzig brannte.

Darwood schrie nicht, obwohl er es am liebsten getan hätte. Er hing am Arm des steinernen Engels fest und spürte den Sog an seinen Füßen, der aus einer unheimlichen Tiefe drang.

Lass los! Lass doch einfach los!

Diese Gedanken kamen ihm automatisch. Noch wollte er nicht. Darwood betrachtete den Arm nach wie vor als einen Rettungsanker, der hoffentlich noch halten würde.

Der Unheimliche war da.

Einen halben Schritt neben Henry blieb er stehen. Umwallt von bläulichen Nebelwolken, in denen das rote Augenpaar wie glühende Brandmale aus der Hölle leuchtete.

Es fixierte und taxierte ihn.

Und er sah das Schwert.

Für einen Moment noch die Spitze, die aus dem Nebel stach. Dann wurde sie seinem Blick entrissen, denn der andere hatte die Klinge zurückgezogen.

Sie war in der blauen Wolke nur mehr zu ahnen, um einen Augenblick später wieder aufzutauchen.

Diesmal schräg und damit gezielt!

Wenn sie diesen Weg nach unten nahm, befand sich auf der Strecke der Hals des Agenten.

Für die Dauer eines flüchtigen Gedankens löste sich der Nebel plötzlich auf. Henry Darwood konnte die gesamte Gestalt in all ihrer Schauerlichkeit erkennen, und erst jetzt war er in der Lage, einen Schrei auszustoßen.

Er schien die Luft zerreißen zu wollen und übertönte auch das Pfeifen der Klinge, als sie nach unten sauste.

Urplötzlich brach er ab.

Das Schwert zuckte wieder zurück, tauchte ein in den Nebel, und diesmal schimmerte der Stahl nicht mehr bläulich, sondern hatte einen roten Schlierenschimmer.

Rot wie Blut …

»Wie hättest du es denn gern?«, fragte mich Glenda Perkins und stützte beide Handflächen auf die Tischplatte, wobei sie sich vorbeugte und mich anschaute.

Ich ließ meinen Blick über die aparte Person vor mir wandern, sah einen biegsamen Körper, nicht zu schlank, dessen Oberteil von einem zweifarbigen Pullover eingehüllt wurde. Die beiden Farben – rot und weiß – liefen schräg aufeinander zu. Und weiß war auch der Rock, den Glenda angezogen hatte, denn schließlich waren es nur noch vier Stunden bis Mitternacht, dann begann der Frühling.

Glenda hatte sich das Haar kürzer schneiden lassen. Zu einer modernen Sturmfrisur, wie sie mir erklärte, und ihre beiden Ohren lagen frei.

Ich lächelte.

Glenda war eine Frau, zudem meine Sekretärin, und sie kannte mich lange genug. Sie wusste, was das Lächeln bei einem Mann wie mir zu bedeuten hatte, und sie gab darauf die passende Antwort.

»Ich meine nicht mich, sondern das Steak.«

»Wieso?«

»John, willst du mich ärgern? Ich wollte wirklich nur wissen, wie du das Fleisch gern hättest.«

»À la Dracula!«

»Was heißt das denn?«, fragte sie erstaunt.

»Besonders blutig.«

Sie schlug sich gegen die Stirn. »Also kurz gebraten und englisch.«

»Richtig.«

»Dann lasse ich dich allein.« Sie deutete auf den Salat. »Aber nicht naschen.«

»Wie käme ich dazu?«

»Trau schau wem.«

Lachend drehte sich Glenda Perkins um und ließ mich in ihrem Wohnraum allein zurück.

Ich lehnte mich in den Sessel und streckte die Beine aus. Es war ein herrlicher Abend. Dazu hatten wir Samstag, und im Augenblick gaben sogar die Dämonen Ruhe.

Schon oft genug hatten Glenda und ich versucht, uns zu verabreden. Immer war etwas dazwischengekommen. Meist lag es an meinem Job, doch diesen Abend wollte ich genießen. Und wahrscheinlich nicht nur den Abend, sondern auch die Nacht. Jedenfalls hatten wir keine Uhrzeit für eine Beendigung unseres Zusammenseins vereinbart.

Das kam mir sehr gelegen.

Glenda befand sich in der Küche. Ich hörte sie singen und mit einer Pfanne hantieren.

»John!«

Ich schreckte regelrecht in die Höhe, als ich ihre Stimme vernahm.

»Was ist denn?«

»Kannst du mal kommen?«

»Wenn es sein muss.« Als ich diese Antwort gab, dachte ich daran, schon wie ein alter Ehemann geredet zu haben.

Ich stand auf.

Glenda fand ich vor dem Herd. Sie hatte eine Schürze umgebunden und hielt in der rechten Hand eine Steakgabel. Die beiden Spitzen zuckten ein paar Mal hin und her, als sie damit auf eine Anrichte wies.

»Was soll das?«

»Da steht der Wein!«

»Der rote?«

»Ja. Aus Frankreich. Ein Burgunder. Trink ihn nicht wie Bier, du Kulturbanause.«

»Keine Sorge«, sagte ich, als ich die Flasche an mich nahm. »Ich werde ihn kauen.«

»Das traue ich dir zu.«

»Und wo ist der Korkenzieher?«

»Im Wohnzimmer. In der großen Regalschublade.«

»Schlechte Organisation«, bemängelte ich und grinste dabei. »Ich sehe schon, hier fehlt der männliche Arm.«

»Ich finde mich prima zurecht, keine Sorge.«

Diese Worte erreichten mich, als ich die Küche schon verlassen hatte. Die Rotweingläser standen neben den geschickt zusammengefalteten Servietten auf dem weißen Tischtuch.

Den Korkenzieher fand ich nach einigem Suchen und begab mich daran, die Flasche zu öffnen.

Ich trinke zwar gern einen guten Schluck Wein, zum Flaschenöffnen habe ich allerdings kein Talent. Der Korken brach ab. Zweiter Versuch. Es klappte wieder nicht.

Beim dritten Mal hatte ich es geschafft. Da betrat Glenda den Raum, sah die Korkenkrümel und schüttelte den Kopf. »Ich hätte es mir denken können. Im Bierdosenaufziehen Weltmeister, im Öffnen von Weinflaschen nicht einmal Kreisklasse.«

»Ich kann ja üben.«

Glenda lachte. »Leider habe ich nur zwei Flaschen Wein.«

»Wenn wir die leer haben, kippen wir beide um.«

»Bitte, John, schenk ein.«

Das tat ich, und es klappte. Kein Tropfen ging daneben. Es rann auch keiner an der Außenseite der Flasche nach unten, so konnte ich zufrieden sein.

Wir hatten bewusst auf die Vorspeise verzichtet. Es gab nur knackige Frühlingssalate und die schweren, voluminösen Steaks, die Glenda schon auf die beiden Teller gelegt hatte.

»Soße?«, fragte sie.

»Wonach schmeckt sie denn?«

»Ich habe ein wenig Pfeffer genommen.«

So etwas aß ich gern, nahm einen Löffel Soße und griff zur bereitstehenden Pfeffermühle, um noch nachzuwürzen.

Glenda legte mir inzwischen die Salatkombination auf den Teller. Das Dressing bestand aus kalorienarmem Joghurt.

Wir saßen uns gegenüber und prosteten uns zu. Über die Flamme der Kerze schaute ich Glenda an. In ihren Augen sah ich einen

Ausdruck, den Frauen haben, wenn der Abend zu zweit noch in die Nacht übergehen sollte.

Ich wollte mich überraschen lassen.

Wir tranken.

Der Wein war in der Tat exzellent. Er hatte nicht sehr viel Säure, war mundig und weich.

Ich verspürte allmählich Appetit. Der Duft des Steaks kitzelte in meiner Nase, und auch der Geruch des warmen Ofenbrots regte meinen Hunger an. Ich hatte bisher nicht gewusst, dass Glenda so vorzüglich Steaks braten konnte. Es war weich wie Butter. Ich musste ihre Kochkünste loben.

Während des Essens unterhielten wir uns kaum. Fleisch, Salat und Brot waren einfach zu gut. Hin und wieder tranken wir einen Schluck Wein. Selten in letzter Zeit hatte ich mich so wohl gefühlt wie an diesem Abend. Hin und wieder bestrich ich das Brot mit Kräuterbutter, die in einem kleinen Fässchen bereitstand, und als ich Wein nachschenkte, hatte ich bereits die Hälfte des Steaks gegessen.

Glenda lächelte, als sie sah, wie gut es mir schmeckte. Immer dann, wenn sie sich vorbeugte, geriet ihr Gesicht näher in den Schein der Kerzen, sodass die Haut einen unwirklichen, romantischen Farbton annahm. Aus den beiden Lautsprechern der Stereo-Anlage drang leichte Begleitmusik. Chopin. Nicht aufdringlich, aber gerade richtig für ein Essen zu zweit.

Ich hatte Blumen mitgebracht. Der duftende Frühlingsstrauß stand auf einem kleinen Tisch in der Ecke. Hin und wieder warf Glenda einen Blick auf die farbenfrohe Pracht.

Wir ließen uns Zeit. Als Glenda etwa eine Stunde später das Dessert servierte, Feigen mit heißer Vanillesoße, war ich schon fast satt. Dennoch aß ich den Teller leer.

Danach stöhnte ich auf und drückte beide Hände gegen meinen Bauch. »Jetzt passt wirklich nichts mehr rein.«

Glenda zog ein enttäuschtes Gesicht. »Auch nicht ein Kaffee?«

»Von dir gekocht?«

»Natürlich. Aber keiner, wie du ihn im Büro bekommst, sondern ein Spezial-Mokka. Der weckt nicht nur Tote auf, er holt auch Zombies aus den Gräbern.«

Ich schielte sie an. »Habe ich den nötig?«

»Sonst schläfst du mir noch ein.«

»Hast du noch etwas vor?«

Glenda stand auf. »Vielleicht …«

Na, da stand mir ja noch etwas bevor.

Glenda war schnell wieder da. Sie balancierte ein Silbertablett auf ihren Händen. Ich sah eine Mokkakanne und zwei kleine Tassen. Das Porzellan war sehr dünn und zeigte ein handgemaltes Blümchenmuster.

»Das habe ich von meinen Urgroßeltern geerbt«, erklärte mir Glenda. Auf dem kleinen Couchtisch stellte sie das Tablett ab. »Komm, wir nehmen den Mokka hier.«

Dagegen hatte ich nichts. Ich nahm den Wein und die beiden Gläser mit. Glenda schenkte den Mokka ein und setzte sich neben mich.

Sie hatte nicht übertrieben. Wenn ich den Bürokaffee mit diesem Mokka verglich, so war das ein Unterschied wie Tag und Nacht. Dieser hier konnte wirklich Zombies aus den Gräbern holen, wenn sie ihn einmal gekostet hatten.

»Und?«

Ich setzte die kleine Tasse ab. »Der holt nicht nur Zombies zurück, der bringt mich auch auf hundert.«

Glenda legte den Kopf zurück und lachte. »Wie sieht das denn aus, Geisterjäger?«

»Soll ich es dir zeigen?«

»Wenn du willst.«

Ich beugte mich nach rechts hinüber. Plötzlich lag mein Arm auf ihrer Schulter, sodass ich Glenda herumdrehen konnte. Dicht sah ich ihren Mund vor mir. Die Lippen öffneten sich bereits.

Wenn das keine Aufforderung war …

Sekunden später spürte ich sie. Und ich bewies Glenda mit diesem Kuss, wie wach mich der Mokka gemacht hatte. Als wir uns lösten, waren wir beide ein wenig atemlos.

Unsere Augen glänzten. Das lag nicht nur an den Getränken.

»Nun?«, fragte ich.

»Tatsächlich, der Mokka scheint es in sich zu haben.«

»Das geht sogar noch weiter.«

Glenda nahm meine Hand. »Wie weit denn?«

Ich ging auf das Spiel ein und wiegte den Kopf. »Kommt darauf an, wie viel Zeit wir haben.«

»Wenn es nach mir geht, jede Menge.«

»Auch ich habe nichts zu versäumen.«

»Dann nimm noch einen Schluck Mokka.« Glenda schwang die Beine hoch und legte sie auf die Couch. Dass dabei ihr Rock hochrutschte, störte sie nicht weiter.

Meine Sekretärin, eigentlich war Glenda mehr als das, trug sehr feine Strumpfhosen. So dünn, dass sie sich kaum von ihrer Haut abhoben. Ich schaute auf die Knie, und Glenda erinnerte mich wieder an den Mokka. Bevor er kalt wurde, wollte ich ihn trinken. Danach musste ich die Kassette wechseln. Der Zauber des langen Augenblicks war ein wenig verflogen.

Ich sorgte dafür, dass er zurückkehrte, und Glenda hatte nichts dagegen. Alles lief glatt, sogar die zweite Flasche Rotwein öffnete ich ohne Schwierigkeiten.

Der Mokka hatte gewärmt, der Wein brachte ebenfalls das Blut in Wallung, hinzu kam bei mir Glendas Nähe, sodass uns zwangsläufig zu warm wurde.

Es war Glenda, die den Vorschlag machte, alles Beengende auszuziehen.

Danach glich ihre Frisur einem Schnitt, durch den ein Orkan gefahren war.

»Dagegen habe ich nichts.«

»Hilfst du mir, John?«, fragte sie, wobei ich ihre Zungenspitze an meinem Ohrläppchen spürte.

Sehr gern half ich ihr. Und nicht nur das. Wir halfen uns gegenseitig. Zum Glück war die Couch groß genug. Sie bot uns beiden Platz. Es brannten nur mehr zwei Kerzen. In den Gläsern funkelte der Wein, dazu die Klaviermusik im Hintergrund. Es war eine Stimmung, die man kaum beschreiben kann. Glenda lag auf dem Rücken. Mit dem rechten Zeigefinger zeichnete ich die Umrisse ihrer Figur nach.

Auf ihren Lippen sah ich das Lächeln. Gleichzeitig streckte sie mir beide Arme entgegen, und ich wusste genau, was sie mit dieser Geste andeuten wollte.

Nur zu gern nahm ich die Aufforderung an. Wir sanken uns in die Arme, und dann gab es nichts mehr um uns herum. Wir waren völlig willenlos und überließen uns nur unseren Gefühlen.

Es war nicht das erste Mal, dass wir miteinander schliefen, aber diesmal genossen wir es wohl mehr.

Später tranken wir Wein. Ich hatte eine Decke geholt. Mehr liegend als sitzend hatten wir es uns auf der Couch bequem gemacht. Manchmal, wenn ich Glenda anschaute, hatte ich das Gefühl, als würden ihre Pupillen ebenso glänzen wie die Flüssigkeit im Glas.

»Wie spät haben wir es denn?«, fragte ich nach einer Weile.

Glenda winkte ab. »Zeit genug.«

»Dann schickst du mich nicht nach Hause?« Ich tat sehr überrascht.

»Hast du damit gerechnet, John?«

»Eigentlich nicht.«

»Na bitte.« Sie hob die bloßen Schultern. Für einen Moment bildete sich darauf eine Gänsehaut. Als ich sie mit meinen Lippen berührte, spürte ich noch immer die Wärme.

Glendas Hand strich über meinen Rücken. »Uns bleibt noch die ganze Nacht. Morgen ist Sonntag, wir können in Ruhe frühstücken, wieder einen normalen Kaffee trinken und im Hyde Park oder an der Themse einen Bummel machen. Oder hast du dich verabredet?«

»Nein, mit wem?«

Glenda lachte hell. »Schließlich bist du ein freier Mensch. Und wenn es nur mit Suko gewesen ist.«

»Er weiß nicht, wo ich bin. Ich weiß nicht, wie er den Sonntag verbringen will. Wir sind wirklich frei.«

»Das ist gut.«

Ich drückte mich wieder hoch und griff zum Weinglas. Die Kerzen waren schon weit heruntergebrannt.

Ein Glas reichte ich Glenda. Dann stießen wir an.

Plötzlich zerstörte das Telefonläuten unsere Stimmung.

»Höre ich richtig?«, fragte ich.

Glenda nickte. »Leider.«

»Erwartest du Besuch?«

»Der ist schon da.«

Ich hob die Schultern. »Dann heb doch ab.«

»Nein«, erwiderte Glenda. »Nicht jetzt.« Sie trommelte mit der Faust auf die Couch. »Ich will nicht, verflixt.«

Als hätte der Apparat ihre Worte verstanden, so hörte das schrille Läuten auf.

»Na bitte«, sagte Glenda, »vielleicht nur falsch verbunden.«

Das wollte ich nicht so recht glauben, hielt jedoch den Mund, um sie nicht zu beunruhigen.

Glenda stand auf. Dabei rutschte die Decke von ihrem Körper, und sie stand so vor mir, wie der liebe Gott sie geschaffen hatte, wobei ich zugeben musste, dass er sich bei ihr besonders viel Mühe gegeben hatte.

»Trotzdem, John, irgendwie ist die Stimmung hin.«

Ich brauchte nur meine Hand auszustrecken, um über die Außenhaut ihrer Oberschenkel zu streichen. »Das, meine liebe Glenda, lässt sich aber wieder ändern.«

Sie beugte sich mir entgegen. »Meinst du?«, fragte sie mit rauchiger Stimme.

»Natürlich.« Ich löste meine Hand und wollte sie an eine andere, sehr ausgeprägte Stelle wandern lassen, als der Apparat wieder anfing zu läuten.

Sogar Glenda konnte schimpfen. Das hörte ich in diesen Augenblicken. Sie lief hin, riss den Hörer von der Gabel und rief: »Es ist keiner da. Wer immer Sie auch sein mögen.«

Ich beobachtete sie genau. Glenda wandte mir ihr Profil zu, und ich erfreute mich an ihrem Anblick.

»Sie sind es, Sir!«

Mir schwante Übles. Wenn Glenda so sprach, konnte sie eigentlich nur einen meinen. Gleichzeitig schaute sie in meine Richtung, wobei ich mit beiden Händen abwinkte.

»Nein, Sir, John ist nicht hier. Wie sollte er auch …«

Dann zuckte Glenda zusammen, denn sie schien eine scharfe Erwiderung erhalten zu haben.

Ich fühlte mich wie James Bond. Der wurde auch immer gestört, wenn es am schönsten war.

Also stand ich auf und ging zu Glenda hin. Sie hob die Schultern und gab mir den Hörer. Dabei flüsterte sie: »Du kannst es dir bestimmt denken, John.«

Ich nickte nur. Bevor ich noch dazu kam, etwas zu sagen, vernahm ich schon die Stimme meines Chefs, Sir James.

»Wenn Sie schon eine Nacht mit Ihrer Sekretärin verbringen, dann lassen Sie sich wenigstens nicht verleugnen oder stellen Sie es so geschickt an, dass es niemand merkt.«

»Von einer ganzen Nacht hatten wir noch nicht gesprochen, Sir.«

»Das ist mir auch egal. Ich brauche Sie.«

»Wann?«

»Sofort.«

»Toll. Und wo?«

»In meinem Büro.«

»Sir, es ist Wochenende.« Obwohl ich das sagte, war ich schon entschlossen zu fahren. Das wusste auch Glenda, denn sie brachte mir bereits die Kleidung.

»Das weiß ich, Sinclair.« Jetzt war der Alte sauer. »Auch ich habe Wochenende, wie Sie sich vorstellen können.«

»Sagen Sie bloß.« Manchmal musste ich einfach ironisch werden. »Soll ich Suko mitbringen?«

»Nein, nur Sie.«

»Ist gut, Sir, ich mache mich dann auf die Socken.«

»Wie? Haben Sie die auch ausgezogen?« Das war seine letzte Bemerkung, dann legte er auf.

»Ein Ekelpaket«, kommentierte Glenda und schüttelte den Kopf. Sie hatte sich einen dünnen Morgenmantel übergestreift, der durchsichtig war und mehr zeigte, als er verbarg. Mir wurde schon wieder ein wenig warm ums Herz. »Woher wusste er eigentlich, dass wir beide zusammen sind?«

»Sir Powells Arm gleicht dem eines Kraken. Es gibt, so glaube ich, nichts, was er nicht erfährt. Ist nun mal so.« Ich stieg in meine Hose und band mir danach die Krawatte.

»Und du willst wirklich fahren?«

Ich lachte auf. »Wollen ist gut. Wäre ich jetzt hier geblieben, hätte es Ärger gegeben. Wie ich den Alten kenne, würde er persönlich hier erscheinen.«

»Das ist ihm zuzutrauen«, gab Glenda mir recht.

Das Jackett hing in der Diele. Als ich es übergestreift hatte, schmiegte sich Glenda an mich. Wieder fühlte ich unter dem weichen Stoff ihre warme, weiche Haut.

»War es denn wenigstens schön?«, hörte ich sie flüstern.

»Schön?« Ich lachte rau. »Das ist gar kein Ausdruck.«

»Und wann wiederholen wir den Abend?«

»Frag mal Asmodis und einige andere.«

»Das werde ich auch. Und ich werde jedem verbieten, dann anzurufen. Klar?«

»Noch klarer.«

Glenda bot mir ihren Mund. Ich nahm die Einladung an. Fast schaffte sie es noch, mich zurückzuhalten. Ich musste mich wirklich zusammenreißen, löste mich abrupt von ihr und öffnete die Tür.

»Und gib auf dich acht!«, rief Glenda mir nach.

»Natürlich, dito …«

Dann war ich weg. Mein Wagen hatte mich wahrscheinlich verraten. Er stand direkt vor dem Haus. Beim nächsten Mal würde ich mir ein Taxi nehmen.

Ich hatte nicht zu viel getrunken, startete und schaltete das Radio ein. Hämmernder Rock sprengte fast die Lautsprecher. Diese fetzige Musik entsprach genau meiner Stimmung.

Sie machte mich hart und aggressiv. Zum Glück übertrug sich das nicht auf meinen Fahrstil.

Das Yard Building betrat ich durch den Hintereingang. Die Halle war leer. Der Portier sah mich, winkte mir zu und rief: »Sie werden schon erwartet, Sir.«

»Ich weiß Bescheid.«

Mit dem Lift jagte ich nach oben, betrat das Zimmer meines Chefs, sah ihn und einen anderen Mann und noch etwas, das mich fast aus den Pantinen haute.

Auf Sir James Powells Schreibtisch hatte schon viel gestanden. So etwas wie in dieser Nacht hatte ich bei ihm allerdings noch nicht gesehen.

Es war ein gelblich schimmernder Totenschädel!

»Ist der echt?«, fragte ich zur Begrüßung und deutete auf ihn.

»Echter geht es nicht«, erwiderte Sir James und fügte noch eine Schockmeldung hinzu. »Er gehört einem Kollegen von Ihnen, John.«

»Wem denn?«

»Das werden Sie gleich erfahren«, meldete sich der zweite Mann und schaute mich an.

Erst jetzt musterte ich ihn genauer. Der Knabe war um die Fünfzig herum und trug Zivil. Sein Anzug und seine Haltung erinnerten mich an einen Offizier. Der fühlte sich in einer Uniform bestimmt wohler.

»Das ist Colonel Snyder«, machte mich Sir James mit dem Knaben bekannt. »Ihm untersteht die Abteilung Auslandsaufklärung und NATO-Flankenschutz, wenn ich das mal so locker sagen darf.«

»Sie sind Geheimdienstmann, Colonel?«

»Korrekt.«

Ich lachte. »Dann ist ja alles klar.«

»Das glaube ich kaum.« Sir James schüttelte den Kopf, nahm einen Bleistift in die Hand und drehte ihn zwischen zwei Fingerkuppen. »So klar ist es nicht, John. Es geht um den Schädel.«

»Der einem Kollegen von mir gehörte.«

»Kollegen nur im entferntesten Sinne«, rückte Snyder die Tatsachen gerade. »Henry Darwood arbeitete für meine Abteilung. Er war Außenagent und in Spanien eingesetzt.«

»Wo es ihn dann erwischte«, folgerte ich.

»Genau, Sinclair. Er kehrte von seinem letzten Einsatz nicht zurück. Man schickte uns aber dies.« Snyders ausgestreckter Zeigefinger deutete wie eine Speerspitze auf den bleichen Schädel.

»Aus Spanien?«, fragte ich.

»So ist es.«

»Und Sie sind sich sicher, dass dies der Schädel des Agenten Henry Darwood ist?«

»Absolut. Sonst hätten wir Sie nicht kommen lassen, Sinclair.«

»Darf ich fragen, was ich damit zu tun habe? Und welchen Job Sie mir zugedacht haben?«

»Sie dürfen«, antwortete Snyder in seiner knappen Art. »Aber ich muss Sie zu strengstem Stillschweigen vergattern.«

Ich warf Sir James einen langen Blick zu. »Schon wieder? Das hatten wir doch …«

Mein Chef hob die Schultern, was den Colonel anscheinend ein wenig irritierte. »Nimmt Ihr Mann die Aufgabe nicht ernst?«, fragte er.

»Das schon. Vielleicht sogar ernster als andere.«

»Es kann aber sein, dass ich das Militär nicht ernst nehme.« Den Satz musste ich einfach bringen.

Snyder spielte Tomate. So rot lief er an. In einer Kaserne hätte er mich wahrscheinlich zusammengebrüllt, so sagte er nur: »Sinclair, wenn ich nicht wüsste, dass Sie einiges geleistet haben, dann …«

»Wäre ich vermutlich gar nicht hier«, beendete ich den Satz nicht im Sinne des Colonels.

Diese Militärtypen ärgern mich jedes Mal, weil sie sich immer für etwas Besseres halten und auf »normale« Menschen oft nur mit Verachtung schauen.

Colonel Snyder wurde sachlich. Auch ich spitzte jetzt die Ohren. Dass ich mitten in der Nacht hier saß, musste schließlich seinen Grund haben.

»Vor vier Monaten ungefähr bekamen wir von Henry Darwood die letzte Meldung.«

»Aus Spanien?«, fragte ich.

Er nahm mir die Unterbrechung nicht übel und sagte einfach nur: »Ja.«

Er räusperte sich. »Dann kam nichts mehr. Bis man uns gestern den Schädel gab. Irgendwelche Leute haben ihn Claudia Darwood, Henrys Schwester, geschickt.«

Ich runzelte die Stirn. »Sie wissen genau, dass es sich um seinen Kopf handelt?«

»Natürlich. Wir haben den Schädel untersucht. Das ist Henry Darwoods Kopf. Man hat ihn abgeschlagen. Die Experten meinen, dass dies durch ein Schwert geschehen ist.«

»Woran hat Darwood denn gearbeitet?«

Der Colonel gab mir die Antwort nicht direkt. Er warf zunächst Sir James einen fragenden Blick zu. Da wusste ich schon Bescheid. Es ging mal wieder um ungeheuer wichtige Geheimnisse. Wieder einmal hing das Wohl und Wehe des Landes davon ab, und nur wenige Eingeweihte durften wissen, um was es sich handelte.

Sir James lächelte. »Wenn Sie Oberinspektor Sinclair holen lassen, zudem noch mitten in der Nacht, müssen Sie auch bereit sein, ihm zu berichten, um was es sich handelt. Ich habe Ihnen schon gesagt, Colonel, John Sinclair ist ein Mann, der Geheimnisse hüten kann. Das hat er oft genug bewiesen. Mittlerweile haben dies sogar die Russen herausgefunden. Sie holten ihn und seinen Freund Suko nach Moskau und Sibirien, um eine Zombieplage zu stoppen.

Deshalb sehe ich keinen Grund, ihn nicht einzuweihen. Aber das ist letztendlich Ihre Entscheidung.«

Der Colonel blickte mich überrascht an. Dass ich in Russland einen Fall gelöst hatte, war ihm wohl nicht geheuer.

»Wir haben hier andere Probleme. Es geht um die NATO und um eine Separatistenbewegung.«

»Die Basken?«, fragte ich, weil Spanien ja angekündigt worden war.

»So ist es.«

»Sie haben also Darwood gegen die Basken eingesetzt?«

»In der Tat, Mister Sinclair.« Der Colonel hatte sich entschlossen, die Karten auf den Tisch zu legen. »Die Basken brauchen Geld, um ihren Freiheitskampf finanzieren zu können. Aus diesem Grunde hat sich dort eine kleine Gruppe abgespalten, die versucht, an militärische NATO-Geheimnisse heranzukommen. Das scheint ihnen gelungen zu sein, denn sie wollten diese Geheimnisse der Gegenseite verkaufen.«

»Dem Osten also.«

»Sehr richtig. Es ging da um Dinge, die die Westflanke der NATO betreffen. Spanien wurde mit hineingezogen. Stützpunkte und so weiter. Na ja, das braucht Sie nicht im Einzelnen zu interessieren. Jedenfalls schickte man uns den Kopf.«

»Sie kennen die Mörder?«, fragte ich gedehnt.

»Das ist das Problem«, gab der Colonel zu. »Ich weiß wirklich nicht, ob ich sie kenne. Eigentlich deutete alles auf die Basken hin …«

»Aber?«

Er hob die Schultern. Selbst diese Bewegung geschah zackig. »Es gibt da Dinge, die mich stutzig machten. Und zwar bin ich durch Claudia Darwood darauf gestoßen. Sie hatte zuletzt Kontakt mit ihrem Bruder. Er hatte ihr einen Brief geschrieben.«

»Kann ich ihn sehen?«

»Nein, ich habe ihn nicht mitgebracht, aber ich kenne seinen ungefähren Inhalt. Dabei können wir davon ausgehen, dass Henry Darwood keine militärischen Geheimnisse verriet. Der Brief war an sich privat gehalten, bis auf eine Sache, die uns unheimlich erschien. Sie drehte sich um einen Friedhof.«

»Wo?«

»In Spanien. Der Friedhof gehört zu einem kleinen Ort namens Campa. Alle Spuren weisen auf diesen Friedhof hin. Dort wollte Darwood den Fall lösen.«

»Aber er hat es nicht geschafft?«

»Genau. Weil auf dem Friedhof etwas passiert sein muss, das nicht mehr unsere Sache ist.«

»Weshalb nicht?«

»Ich weiß es von Claudia Darwood. Sie ist nämlich nach Spanien gefahren.«

»Hat man ihr dort den Schädel gegeben?«

»Nein, man sagte ihr nur, dass man ihn ihr irgendwann einmal zuschicken würde. Was ja nun geschehen ist.«

»Mehr wissen Sie nicht?«

»Nein. Dennoch muss dieses Zuschicken des Schädels einen bösen Hintergrund haben, den Sie aufklären sollten, denn Claudia Darwood sprach von einem alten Spuk, der in dieser Gegend …« Colonel Snyder wusste nicht so recht, wie er weitersprechen sollte, aus diesem Grunde sagte er gar nichts.

Sir James schaute mich an. Wenn ich seinen Blick sah, wollte er meine Ansicht hören.

»Ziemlich vage, Sir.«

»Das meine ich auch.« Um seine Lippen zuckte ein Lächeln. »Aber glauben Sie nicht, John, dass Sie schon Fälle übernommen haben, die noch vager waren und bei denen weniger Spuren existierten?«

»Das stimmt.«

»Dann fliegen Sie nach Spanien.«

»Allein?«

»Sie werden dort Claudia Darwood treffen«, erklärte Colonel Snyder.

Ich winkte ab. »So meine ich das nicht. Sollte ich nicht Suko mitnehmen?«

Dagegen hatte Snyder etwas. »Also, da spiele ich nicht mit. Es reicht einer. Zudem ist Ihr Partner ein Chinese …«

Ich sprang wütend auf. »Was hat das denn damit zu tun?«, fuhr ich den Colonel an.

»Nun ja. Er könnte erpressbar sein …«

Ich schlug mir gegen die Stirn.

»Wann bringt ihr Militärs endlich einmal die Gehirnwindungen in die richtigen Formen und Lagen. Ich glaube, das wird nie geschehen.«

»Er könnte ja nachkommen«, versuchte es Sir James mit einem Kompromiss.

»Vielleicht.«

»Sie haben eigentlich schon zu viel gehört«, versuchte Snyder sich zu verteidigen. »Deshalb …«

»Lassen Sie es, Colonel. Tun Sie mir den Gefallen, und kommen Sie mir nicht mehr mit diesem Kram.«

Es war wie immer. Mit den Militärs kam ich überhaupt nicht zurecht. Da war es fast so gut wie unmöglich für mich, eine gemeinsame Basis zu finden. Jedenfalls war ich immer auf Schwierigkeiten und Ärger gestoßen. Eine Frage hatte ich noch. »Weiß Claudia Darwood eigentlich, dass ich nach Campa komme?«

»Ich glaube nicht.«

»Aber sie ist dort?«

»Ja, wieder hingeflogen.«

»Es ist Ihre Entscheidung, John«, sagte Sir James.

Ich schaute auf den gelblich schimmernden Schädel. Seine Haut war seltsam stumpf, die leeren Augenhöhlen, das Loch, wo einmal die Nase gesessen hatte … kaum vorstellbar, dass es sich hierbei um den Kopf eines Menschen gehandelt hatte.

Henry Darwood war mir nie begegnet. Ich hatte ihn nie zuvor gesehen, und er war nur im entferntesten Sinne ein Kollege von mir gewesen. Wenn ich nicht fuhr und es sich im Nachhinein herausstellte, dass Schwarze Magie in diesem Fall mitgemischt hatte, würde ich mir für den Rest meines hoffentlich noch langen Lebens immer Vorwürfe machen.

Deshalb stimmte ich zu.

»Ich werde fliegen, Sir«, sagte ich zu meinem Chef gewandt.

Der Superintendent nickte. Es zeigte mir, dass er nichts anderes erwartet hatte.

»Auch allein?«, fragte der Colonel.

»Tun Sie ihm den Gefallen, John.«

Ich wollte meinen Chef nicht enttäuschen und stimmte deshalb zu.

Der Colonel erhob sich. »Dann wären ja alle Unklarheiten beseitigt. Genaue Informationen darüber, wo sich Ihr Einsatzort befindet, habe ich Ihrem Vorgesetzten zukommen lassen. Gentlemen.« Der Colonel nahm seine Mütze und setzte sie auf. »Ich wünsche Ihnen viel Erfolg.« An der Tür drehte er sich noch einmal um. »Da wäre noch etwas«, sagte er und lächelte knapp. »Henry Darwood hatte einen Kontaktmann in der Nähe oder im Ort, ich weiß es nicht genau. Falls Sie Hilfe brauchen oder Unterstützung, wenden Sie sich an diesen Mann namens Romero Sanchez.«

Der Name war so einprägsam, dass ich ihn nicht aufzuschreiben brauchte. Den behielt ich so.

Als der Colonel verschwunden war, atmeten wir beide auf. Auch Sir James war von den Militärs nicht übermäßig begeistert. Er mochte es ebenfalls nicht, dass sie sich für den Nabel der Welt hielten.

»Dann habe ich mal wieder den Schwarzen Peter«, erklärte ich und lachte. »Wie hätte es auch anders sein können.«

»Und was halten Sie von der Sache?«

Ich hob die Schultern. »Das wird sich ja in den nächsten Tagen herausstellen. Mir passt nur nicht, dass Suko nicht dabei sein soll.«

Sir James nahm einen Bleistift auf und drehte ihn wieder zwischen den Fingern. Dabei runzelte er die Stirn. »Ich habe dazu bewusst keinen Kommentar gegeben. Fliegen Sie allein hin, ich halte Suko in Reserve. Wenn Sie ihn benötigen, rufen Sie an.«

»Gibt es in dem Kaff Telefon?«

»Keine Ahnung.« Sir James klappte eine Mappe auf. »Was Sie an Informationen wissen müssen, habe ich hier. Der Ort liegt zwar ziemlich einsam, aber die Stadt La Coruña liegt in der Nähe. Und dort gibt es einen Flughafen.«

»Auch für Jets?«, fragte ich spöttisch.

»Bestimmt nicht. Sie müssen sowieso über Madrid.« Sir James lächelte. »Und viel Zeit haben Sie auch nicht mehr. Sie kennen das Spiel ja.

Das Ticket ist schon gekauft …«

Als kleines Mädchen hatte sie oft Angst gehabt. Wenn andere Kinder sie verhauen wollten, war Claudia Darwood stets in die Arme ihres Bruders geflüchtet, der sie dann gegen die Horde verteidigt hatte, auch wenn er dabei so manche Schramme davongetragen hatte.

Diese Erlebnisse hatten das Verhältnis der Geschwister untereinander geprägt. Jeder wusste, dass sich einer auf den anderen verlassen konnte. Das war auch so geblieben, als beide älter wurden. Der Kontakt brach nie ab.

Nur über eines sprach Henry nicht, wenn er die Schwester besuchte. Über seine Arbeit.

Dabei wusste Claudia, dass er für irgendeinen Geheimdienst arbeitete, doch sie hatte nie Fragen gestellt. Es gab viel wichtigere Dinge. Sie waren beide nicht verheiratet. Claudia hatte nie den Richtigen gefunden. Jetzt war sie mittlerweile dreißig und im Beruf erfolgreich. Sie leitete zusammen mit einem Kollegen einen Supermarkt und dachte auch nicht mehr an eine Bindung.

Zwei bis dreimal im Jahr hatte sie sich mit ihrem Bruder getroffen und nette Tage verbracht.

Nun war er tot.

Gestorben in einem fremden Land, wie er es eigentlich immer vorausgesehen hatte.

Fern der Heimat, in Spanien, und auf eine Art und Weise, die grauenvoll war.

Man hatte ihm den Kopf abgeschlagen.

Claudia schluckte, als sie daran dachte. Ihr war der Kopf zugeschickt worden. Sie erinnerte sich genau an den Tag, als es geschehen war, und diese Tatsache hatte etwas in ihrem Leben verändert. Sie nahm Urlaub und schwor sich, den oder die Mörder ihres Bruders zu finden.

Es war nicht leicht gewesen, herauszufinden, wo er zuletzt agiert hatte, doch wenn Claudia sich einmal etwas in den Kopf gesetzt hatte, konnte sie sehr zäh sein.

Wie in diesem Fall.

Es war ein Ort im Nordwesten Spaniens, in einer verdammt windigen Ecke. Dort gab es noch zahlreiche Basken, die sich gegen die Regierung auflehnten und gegen die Henry wahrscheinlich gearbeitet hatte. Dennoch wollte Claudia nicht so recht glauben, dass die Basken Henry auf diese schlimme Art und Weise getötet hatten.

Da musste es noch etwas anderes geben.

Und das gab es auch.

Claudia Darwood, die es verstanden hatte, trotz ihrer geringen Spanischkenntnisse mit den Einheimischen in Kontakt zu treten, hatte von einem alten Fluch erfahren.

Ein Name war gefallen.

Okastra!

Und man hatte von einem Sarazenen-Mond gesprochen und von einem Sarazenen-Fluch.

Dinge, die sie auch bei ihrem dritten Besuch nicht unter einen Hut hatte bringen können, dennoch war sie fest entschlossen, diesmal nicht ohne einen Erfolg abzureisen.

Von dem wenigen, was sie wusste, deutete jedoch einiges auf den Friedhof hin. Er lag auf einem Berg über dem Dorf. Ein alter verlassener Totenacker, über den die Einheimischen schlimme Dinge erzählten, denn dort sollte das Unheil wohnen. Angeblich gab es unter dem Friedhof noch einige gefährliche Kasematten und Kammern, die sich die unheimlichen Mächte als Wohnstätte ausgesucht hatten.

Tagsüber war der Friedhof völlig normal. Da gingen die alten Frauen hin und stellten karge Feldblumen auf die Gräber. Des Nachts allerdings war der Friedhof verlassen.

Claudia Darwood wurde das Gefühl einfach nicht los, dass der Friedhof und der Tod ihres Bruders in einem unmittelbaren Zusammenhang standen. Ein Taxifahrer, der ihren Bruder kannte, hatte ihr erzählt, dass er Henry Darwood fast bis an den Friedhof gefahren hatte.

Von diesem Zeitpunkt an war jede Spur verwischt.

Claudia hatte sich den Friedhof natürlich einige Male angesehen. Leider nur flüchtig, doch bei ihrem dritten Besuch wollte sie ihn genauer unter die Lupe nehmen.

Sie war am Nachmittag den Weg hochgefahren. Der kleine R 4 hatte Vorderantrieb und war für diese engen Wege gut geeignet. Im Schatten einer Felswand hatte sie den Wagen stehen lassen, war in die Kapelle gegangen und hatte ebenfalls die Gräber untersucht.

Auf den Grabsteinen standen Namen, die ihr nichts sagten. Es waren die Toten aus Campa, die hier unter der trockenen, steinigen Erde begraben lagen.

Auch am Tage machte der einsame Friedhof auf die junge Frau keinen guten Eindruck. Irgendwie schien er ihr nicht geheuer zu sein. Obwohl sich niemand in der Nähe befand und sie auch kein ängstlicher Mensch war, wurde sie ein Gefühl der Beklemmung nicht los. Vielleicht lag es auch daran, dass ihr Bruder hier zum letzten Mal gesehen worden war. Jedenfalls rieselte ein Schauer über ihren Körper, als sie die kleine Kapelle verließ und ihren Fuß wieder auf den mit kleinen Steinen übersäten Grund setzte. Sie wandte sich nach links, denn dort befand sich die äußerste Grenze des Totenackers.

Diese Ecke Spaniens war nicht mit der Costa del Sol oder der Costa Brava zu vergleichen. Hier herrschte ein völlig anderes Klima. Der Atlantik lag nicht weit entfernt. Ein steifer Wind wehte vom Meer herüber und ließ den grauen Stoff der Windjacke knattern.

Claudia steckte die Hände in die Taschen. Sie trug das rotbraune Haar lang. Der Wind griff wie mit Händen in die Flut, hob sie hoch und drückte sie nach hinten, während Claudia sich gegen ihn anstemmte und auf den Klippenrand zuschritt.

Genau dort endete der Friedhof!

Es ging zwar nicht steil in die Tiefe, aber die Hänge waren doch sehr felsig und mit kargem Gras bewachsen. Später liefen sie in Hügeln aus, die dann zu einer Ebene wurden, wobei sie in Strandnähe wieder anstiegen und dort endeten, wo die Wellen des Atlantiks seit Urzeiten gegen das Land geschleudert wurden.

Der Himmel war bedeckt. Am Morgen hatte es ein wenig geregnet. Aber noch immer hingen die dicken Wolken über ihr, und sie kamen ihr vor wie eine Herde von Raubtieren.

Die Luft war kalt. Claudia konnte das Meer riechen. Dieser salzige Geruch vermischte sich mit dem der allmählich verfaulenden Blumen auf den Gräbern und war für einen Friedhof irgendwie typisch.

Zu den Hängen hin war eine Mauer gebaut worden. Kniehoch und aus den Steinen, die hier zuhauf gefunden wurden. Sie bildete die Grenze des einsam liegenden Bergfriedhofs.

An der Mauer blieb Claudia stehen.

Sie schaute in die Ferne, sah in die hügelige Ebene hinein und weit hinten ein einsam stehendes Gehöft.

Wo befand sich ihr Bruder?

Diese Frage quälte Claudia. Sie wollte sich einfach nicht damit abfinden, nur seinen blanken Schädel gesehen zu haben. Irgendwo musste es noch einen Körper geben, und den wollte sie finden, so schaurig und schrecklich dies auch für sie werden würde.

Wo konnte man eine Leiche verstecken?

Im Dorf?

Claudia hatte mal hinten herum danach gefragt, doch keine Antwort erhalten. Demnach musste der Körper an einem anderen Platz liegen. Eigentlich wäre der Friedhof dafür ideal.

Und deshalb suchte Claudia ihn ab.

Schon zum zweiten Mal schritt sie ihre Runde. Ihr fielen die Grabsteine auf, die so kunstvoll gehauen worden waren. Vor allen Dingen war es einer, der von den anderen abstach.

Da stand ein Engel, der seine Arme ausgebreitet hatte. In der einen Hand hielt er ein Schwert, in der anderen einen Totenschädel, der täuschend echt nachgearbeitet worden war.

Vor diesem Grabstein blieb sie stehen.

Claudia wusste selbst nicht, aus welchem Grunde sie dies tat. Es war ein Gefühl, das sie einfach zwang. Sie hatte bei den Gesprächen mit den Dorfbewohnern zudem erfahren, dass dieser Friedhof noch ein Geheimnis barg.

Unter den Gräbern sollte es tief im Fels Kasematten oder geheimnisvolle Verliese geben, die für die Bewohner der Umgebung früher einmal als Fluchtstätte gedient hatten, jetzt allerdings verlassen waren. Doch es ging ein Gerücht um.

Okastra!

Ein Sarazenen-Krieger hatte diese Kasematten entdeckt, war in sie eingedrungen und hatte grausame Taten vollbracht. Keiner der Geflüchteten hatte damals überlebt.

Eine schreckliche Geschichte, die man nur ungern Fremden erzählte.

Claudia Darwood stand da und starrte auf den Engel. Aus Stein war er gehauen worden, und ihr Blick blieb am Gesicht der Figur haften.

Claudia hatte schon oft Engelsfiguren gesehen, da sie sich für Kunst interessierte, aber nie einen Engel mit einem so seltsamen Gesicht.

In der Regel waren die Gesichtszüge dieser Figuren, so gut es eben möglich war, sehr weich gezeichnet und auch nachgebildet. Bei diesem hier war es nicht der Fall. Obwohl der Stein schon starke Verwitterungserscheinungen zeigte, konnte man die Züge dennoch gut erkennen und auch den seltsamen Ausdruck darin.

Es war kein guter Ausdruck, sondern das Gegenteil.

Ein böser …

Die Frau bohrte ihre Blicke in das Gesicht. Sehr lange schaute sie hinein, und sie hatte das Gefühl, als würden sich die Steinzüge verändern. Es war ein Lächeln oder eine Grimasse, die ihr der seltsame Engel da zeigte. Vielleicht bildete sie sich alles aber nur ein, und sie wischte über ihre Augen.

Die Bewegung unter ihren Füßen war keine Einbildung.

Claudia merkte den plötzlichen Ruck, als das Grab einsackte. In der letzten halben Stunde war kein Laut aus ihrer Kehle gedrungen, nun konnte sie einen Schrei nicht unterdrücken.

Mit einem hastigen Satz sprang sie zurück und erreichte einen festen Untergrund.

Dort blieb sie stehen. Sie merkte selbst, dass sie am ganzen Körper zitterte, denn vor ihren Augen geschah etwas Unheimliches.

Die Erde öffnete sich.

Von unten her musste eine Kraft gegen den Stein drücken oder ziehen, und so entstand eben die Öffnung, aus der etwas Seltsames hervorquoll.

Es war Nebel!

Aber kein Nebel, wie sie ihn kannte, sondern seltsame bläuliche Schwaden, die wolkenartig in die Höhe stiegen und so dicht waren, dass sie die Sicht auf den Engel vernebelten.

Claudia rührte sich nicht.

Noch nie in ihrem Leben hatte sie Ähnliches erlebt. Sie merkte ihren Herzschlag überdeutlich. Das Blut strömte schneller durch ihre Adern, und in ihrem Kopf hatte sich ein dumpfes Brausen ausgebreitet, das unter der Schädeldecke hämmerte.

Ohne einen direkten Beweis dafür zu haben, war Claudia sicher, dass dieser unheimliche Vorgang unmittelbar etwas mit dem Tod ihres Bruders zu tun hatte.

Der Nebel hatte keine natürliche Ursache.

Sie erinnerte sich wieder an die Geschichten. Unter dem Friedhof sollte es die alten Kasematten geben, die Gänge und Verliese. Angeblich ohne Leben.

In diesen schrecklichen Augenblicken glaubte Claudia nicht mehr daran, denn innerhalb des Nebels erkannte sie etwas, das ihr einen noch größeren Schreck einjagte.

Es waren zwei Arme.

Claudia presste ihren Handballen gegen die Lippen, um nicht laut schreien zu müssen, denn die Hände hielten etwas fest.

Einen Körper.

Stück für Stück wurde er höher gedrückt, sodass die blaugrauen Nebelstreifen ihn umwallten.

Claudia war es nicht möglich, genau zu erkennen, wem der Körper gehörte, doch als er gedreht wurde, sah sie das Schreckliche.

Es war ein Körper ohne Kopf!

Die junge Frau wankte zurück. Tränen füllten ihre Augen. Sie erlebte einen nie gekannten Horror, ein Grauen, das unbeschreiblich war, denn die Hände drehten sich noch weiter und schleuderten den Körper plötzlich vor.

Am schlimmsten für Claudia war das Geräusch des Aufschlags, denn nur einen halben Schritt entfernt fiel der Torso zu Boden.

Dort blieb er liegen!

Die Frau schaute nicht auf ihn. Ihr Blick glitt weiter, und sie sah, wie sich der Nebel nicht nur zusammenzog, sondern wieder in das unheimliche Grab zurückgedrängt wurde.

Ohne ein Geräusch abzugeben, geschah dies, und die Arme mit den bleichen, bläulich schimmernden langen Händen verschwanden ebenfalls.

Das unheimliche Grab schloss sich wieder.

Claudia war allein.

Allein mit einer kopflosen Leiche.

Am liebsten hätte sie auf der Stelle kehrtgemacht und wäre weggelaufen. Das allerdings brachte sie nicht fertig. So blieb sie stehen und starrte auf das, was man ihr überlassen hatte.

War es ihr Bruder?

Ein schreckliche Vermutung, die sich zur Tatsache verdichtete, als Claudia genauer nachschaute.

Es gab keinen Zweifel. Bei dieser kopflosen Leiche handelte es sich um ihren Bruder Henry.

Es kostete sie eine unbeschreibliche Überwindung, noch näher heranzugehen. Sie sah die Kleidung, die Hände, die Beine. Alles war schon in den langen Wochen angegriffen worden und zum Teil vermodert.

Obwohl Claudia vor Schreck wie gelähmt war, fasste sie dennoch klare Gedanken, denn sie dachte daran, dass man ihr den Schädel geschickt hatte.

Wenn sie ihn mit dem Körper verglich, konnte sie sich darauf keinen Reim machen.

Sie hob den Kopf, schaute wieder auf das Grab und den Engel, wobei sie feststellte, dass sich dort nichts verändert hatte. Hätte sie das Schreckliche nicht mit eigenen Augen gesehen oder hätte ihr das jemand erzählt, die Person wäre für sie nicht mehr normal gewesen. Doch sie sah ihren Bruder vor ihren Füßen liegen.

Es war eine Tatsache!

Claudia hatte mit dem Schlimmsten gerechnet. Aus diesem Grund gelang es ihr auch, mit der furchtbaren Tatsache besser fertig zu werden.

Sie dachte daran, dass sie die Leiche ihres Bruders nicht einfach auf diesem Friedhof zurücklassen konnte. Er musste ein anständiges Grab erhalten.

Während der Suche hatte Claudia hinter der Kapelle einen kleinen Schuppen gesehen, der Grabwerkzeuge enthielt. Leider war die Tür verschlossen. Sie wollte sie auch nicht aufbrechen, und so nahm sie sich vor, Hilfe aus dem Dorf zu holen.

Die Menschen dort waren zwar seltsam und sehr verschlossen, doch sie waren bestimmt an einer Aufklärung des schrecklichen Falls interessiert, deshalb würden sie ihr die Hilfe bestimmt nicht versagen.

Claudia Darwood wusste nicht, wie sie zu ihrem Wagen gelangt war. Der Wind trocknete Tränen und Schweiß in ihrem Gesicht. Als sie den kleinen Renault erreichte, war sie außer Atem. Sie fiel über die Kühlerhaube und blieb dort in dieser schrägen Haltung liegen. Nur allmählich beruhigte sie sich wieder, obwohl ihr Herzschlag wie verrückt raste.

Abgeschlossen hatte sie den Wagen nicht. Sie stieg ein, hämmerte die Tür zu, warf noch einen Blick auf den in einer trügerischen Ruhe daliegenden Friedhof und startete.

Um zum Dorf zurückfahren zu können, musste sie den Renault erst drehen. Das gelang ihr glatt und sicher, trotz der Aufregung.

Immer wieder begann sie zu weinen. Wenn die Tränen ihren Blick verschleierten, wurde es gefährlich, denn die Kurven waren eng, und Claudia huschte manches Mal nur um Haaresbreite an der Felswand vorbei.

Endlich erreichte sie Campa.

Ein typisches spanisches Gebirgsdorf. Die Häuser waren aus großen Steinen gebaut. Viele von ihnen hatten flache Dächer. Sämtliche Bauten standen versetzt, manche am Hang, andere wieder tiefer, wo der Mittelpunkt des Ortes, die Plaza, lag und der große Steinbrunnen stand.

Zwei Bodegas gab es in Campa. In einer wohnte die Frau, denn der Wirt vermietete Zimmer.

Vier standen zur Verfügung. Einfache Räume mit fließendem Wasser.

Claudia wurde beobachtet, als sie ihren Wagen verließ und auf den Eingang der Bodega zuhastete, doch keiner der Menschen traute sich, sie anzusprechen.

Über eine schmale Treppe hastete Claudia in die erste Etage, wo ihr Zimmer lag. Dort wollte sie überlegen und über die nächsten Schritte nachdenken.

Sie öffnete die Tür.

Sie brauchte nur die Klinke nach unten zu drücken, um in das Zimmer treten zu können. Dabei hatte sie zuvor abgeschlossen.

Als Claudia daran dachte, war es bereits zu spät. Da wurde sie schon von einer kräftigen Hand gepackt, herumgeschleudert und auf das Bett geworfen.

Sofort schnellte sie in die Höhe und blieb auf halbem Weg starr sitzen, denn sie starrte nicht nur in die Gesichter zweier ihr fremder Männer, sondern auch in dunkle Waffenmündungen …

Geld hatte mich die Reise nicht gekostet, dafür Nerven.

Bis Madrid hatte ich nonstop fliegen können, aber das Flugzeug nach La Coruña startete mit Verspätung. Über den Bergen hing Nebel, und es war ein Risiko zu starten.

Nach einer Stunde Wartezeit hoben wir endlich ab. Die zweimotorige Verkehrsmaschine hielt sich tapfer, auch der Service war gut, und wir landeten sicher.

In La Coruña kümmerte ich mich um einen Leihwagen. Ich entschied mich für einen Talbot. Vier Jahre war die Kiste alt, und sie sah mir noch einigermaßen Vertrauen erweckend aus.

Ich hinterlegte die Kaution und machte mich auf die Fahrt nach Campa. Lange würde ich nicht unterwegs sein, dachte ich, doch ich geriet dicht hinter La Coruña in die Berge, und da wurden die Wege schlecht.

Kurz vor meinem Ziel besserte sich die Straße. Die Schlaglöcher wurden weniger, dafür sah ich Regenpfützen, und auch die Wolken am Himmel nahmen einen dunkleren Farbton an.

Um eine Bleibe oder ein Zimmer hatte ich mich nicht kümmern können, die Zeit war zu kurz gewesen, ich hoffte jedoch, irgendwo Unterschlupf zu finden.

Unterwegs hatte ich Telegrafenmasten gesehen und war beruhigt. Campa hatte also einen Draht zur Außenwelt.

Der Ort selbst war vielleicht für Spanienfans interessant, nicht für die Pauschaltouristen. Er lag wirklich abgelegen in einem kleinen Tal und war sehr zerstreut.

Da gab es keine gepflasterten Straßen, auch keine Kanalisation, denn neben der Straße erkannte ich die Schmutzwasserrinnen. Auch so etwas wie einen Ortskern gab es in Campa.

Es war eine Plaza mit einem runden steinernen Brunnen. Dort saßen einige Männer und beobachteten, wie ich den grünen Talbot langsam ausrollen ließ und neben einer der beiden fast gleich aussehenden Bodegas stoppte.

Als ich ausstieg, drehten sich die Köpfe der am Brunnen sitzenden Männer mir zu.

Man schaute mich an, aber man sprach nicht.

Unter den Schirmmützen waren die Gesichter der älteren Männer nur undeutlich zu erkennen. Ich lächelte den Leuten zu und schob mich zwischen dem Talbot und einem abgestellten R 4 vorbei auf den Eingang der Bodega zu. Die Holztür war geschlossen. Ich stieß sie auf und gelangte direkt in den Schankraum.

Hinter einer Theke tauchte der Wirt hervor. Er schaute mich aus großen Augen an und zwirbelte seinen antik aussehenden Oberlippenbart.

»Señor?«, fragte er.

Ich kramte meine wenigen spanischen Sprachkenntnisse zusammen und fragte nach einem Zimmer.

Der Mann schabte über sein dünnes Haar. »Sie wollen hier wohnen?«

»Si, Señor.«

»Na bitte. Aber ich sage Ihnen gleich, Komfort kann ich nicht bieten. Die Zimmer sind klein …«

Ich winkte ab. »Das macht nichts.«

»Dann gebe ich Ihnen den Schlüssel.«

Er war sehr groß und ziemlich altmodisch. Der Bodegero kam um die Theke herum und fragte, ob ich einen Koffer hätte.

»Der ist noch im Wagen.«

»Por favor, Señor, wie Sie wollen. Ich bringe Sie nach oben, wenn ich bitten darf.«

»Sagen Sie, Señor, ich bin wegen einer Frau hier, die hier im Dorf wohnen soll.«

»Wer denn?« Misstrauen klang aus seiner Stimme.

»Keine Bange, es ist nichts Schlimmes. Mir geht es um eine Bekannte, Claudia Darwood.«

»Ah, sie wohnt bei mir.«

»Das ist gut.«

Durch eine schmale Tür erreichten wir ein Treppenhaus, in dem es nach Knoblauch roch. Die Stiege war schmal, die wir in die Höhe stiegen. Der Gang in der ersten Etage war noch enger und so niedrig, dass ich den Kopf einziehen musste.

»Tut mir leid, Señor, aber hier ist es ein wenig eng.«

»Das merke ich.«

Wir gingen durch bis zu seinem Ende. Das Zimmer war das Letzte in der Reihe. Der Bodegero schloss auf und ließ mich vorbeigehen. »Bitte, Señor, schauen Sie es sich an!«

Nun, es gab ein Waschbecken, ein Bett, einen kleinen Schrank und einen Stuhl.

Auch ein schmales Fenster. Bis dorthin ging ich, während der Wirt an der Tür wartete.

Ich drehte dem Fenster den Rücken zu und sagte: »Eigentlich möchte ich noch jemand hier treffen. Romero Sanchez. Ist er im Ort?«

»Natürlich. Soll ich ihn rufen lassen?«

»Das wäre vielleicht nicht verkehrt. Kann er denn kommen?«

»Ja. Sanchez ist Bürgermeister, Majordomo und Mädchen für alles. Er lenkt die Geschicke von Campa.«

»Sagen wir, in einer halben Stunde?«

»Einverstanden, Señor. Ach, wen darf ich melden?«

»John Sinclair aus London.«

»Dann haben Sie eine lange Reise hinter sich.«

»Das kann man wohl sagen. Genau wie mein Landsmann.«

»Sie meinen Señor Darwood?«

»Genau. Kannten Sie ihn?«

»Schon. Aber …« Das Gesicht des Spaniers nahm einen traurigen Ausdruck an. »Leider muss ihm etwas Schreckliches zugestoßen sein. Er ist plötzlich verschwunden.«

»Und wieso?«

»Das wissen wir nicht. Jetzt ist seine Schwester da. Sie wird sich darum kümmern.«

»Natürlich.«

»Sie auch?«, fragte mich der Bodegero.

Ich hob die Schultern.

Die Antwort reichte ihm nicht. Sein Schnurrbart zuckte. »In der letzten Zeit sind ziemlich viele Fremde nach Campa gekommen, mehr als in den Jahren zuvor. Das ist seltsam.«

Nach diesen Worten schloss er die Tür und ließ mich allein. Ich drehte mich wieder um und schaute aus dem Fenster. Über das Dach eines flachen Anbaus hinweg konnte ich in einen kleinen Hof sehen, der von drei Seiten eingegrenzt wurde, an der vierten, mir gegenüberliegenden, offen war und zu einem winzigen Platz führte, um den sich kleine Häuser gruppierten.

Bäume sah ich kaum. Dafür braune Hänge und blanke Felsen. In der Höhe glänzte der noch nicht getaute Schnee.

In einer halben Stunde würde Sanchez eintreffen. Bis dahin hatte ich noch Zeit, einen kleinen Schluck zu nehmen, denn die lange Fahrt hatte mich durstig gemacht.

Vielleicht konnte ich bei einem Glas Roten auch noch etwas aus dem Wirt hervorkitzeln.

Mit diesem Vorsatz verließ ich mein Zimmer, schloss ab und hatte den Schlüssel soeben hervorgezogen, als ich aus einem der Nebenzimmer ein polterndes Geräusch vernahm, als wäre dort etwas umgefallen.

Das allein war für mich noch kein Grund zur Beunruhigung. Der nachfolgende Schrei allerdings alarmierte mich …

In den gespenstischen Kasematten unter dem kleinen Bergfriedhof geschah Unheimliches.

Leben entstand!

Schwarzmagisches, unheilvolles Leben, das seinen Weg durch die Gänge, Verliese und Winkel fand. Es kroch vorbei an den Schädeln und Knochen. Stimmen raunten, wisperten und flüsterten.

Uralte, magische Ströme brachen auf und verschafften sich freie Bahn, das Grauen hatte lange Zeit gewartet, nun war es erweckt worden und breitete sich aus.

Viele Gänge waren verschlossen und zugeschüttet worden. Doch für das Böse gab es kein Hindernis, es kam überall durch, um der Gestalt zu huldigen, die unterhalb des Friedhofs das schwarzmagische Kommando führte.

Okastra!

Er war der absolute Herrscher dieser Gruselhöhlen. Die Zeiten hatte er überdauert, nichts konnte ihn aufhalten, denn die uralten Kräfte einer starken Magie hielten ihn am Leben.

Sarazenen-Mond!

Was vor langen, langen Jahren seine Gültigkeit besessen hatte, sollte wieder auferstehen.

Er war da, er lebte und schwebte durch die Gänge. Eingehüllt in einen düsteren Nebel, und nur das rote, glühende Augenpaar deutete an, dass Okastra unterwegs war.

Er würde sich die holen, die ihn einst vergessen hatten oder nicht mehr an ihn denken wollten.

Die Angst kehrte zurück.

Und mit ihr Okastra!

Der Schrei hatte mich aus meinen Gedanken gerissen, und ich stoppte mitten im Schritt.

Die Tür, hinter der er aufgeklungen war, lag direkt neben mir. Ich brauchte nur den Arm auszustrecken, um sie zu erreichen.

Es gibt Dinge im Leben, die kann man allein mit dem Wort glücklich umschreiben.

So auch hier, denn als ich – praktisch nur als Versuch – meine Hand auf die Klinke legte und sie nach unten drückte, stellte ich fest, dass die Tür nicht verschlossen war.

Ich schob sie auf und hatte zum zweiten Mal innerhalb kurzer Zeit Glück, denn sie knarrte nicht in den Angeln.

Deshalb bemerkten mich die beiden dunkelhaarigen Typen nicht, die mir den Rücken zudrehten und sich über das Bett gebeugt hatten, auf dem eine Frau lag, bei der besonders auffallend die rotbraune Haarflut war.

Die Kerle waren bewaffnet.

Der eine trug eine Pistole. Der andere hatte zusätzlich ein Messer gezogen. Es hatte eine hässliche lange Klinge.

Ich riss die Beretta hervor.

Dann geschah etwas, das mich aus der Fassung brachte. Gleichzeitig fühlte ich mich aber auch zum dritten Mal als Hans im Glück.

Ich wusste nicht, wieso der Kerl mit dem Messer etwas bemerkt hatte, vielleicht hatte er mich in der der Tür gegenüberliegenden Fensterscheibe gesehen, jedenfalls kreiselte er gewandt wie eine Raubkatze herum und schleuderte noch aus der Drehung sein Messer.

Ich sah nur einen Blitz. Das Herz wollte mir stehen bleiben, und dann spürte ich in Höhe des Ellbogens den Ruck an meinem linken Arm.

Das Messer hatte getroffen.

Nicht mein Fleisch oder die Muskeln, sondern den ziemlich weiten Ärmel der Jacke, und es hatte nicht nur den Stoff gegen den hölzernen Türpfosten genagelt, sondern auch mich.

Der Werfer folgte seiner Waffe.

Vielleicht hätte er auch schießen können, aber das wollte er wohl nicht. Seine Art zu töten sollte lautlos sein, und er zog, während er die Schusswaffe blitzschnell wegsteckte, ein zweites Messer hervor, mit dem er mich attackierte.

Ich hielt die Beretta fest und schlug damit zu.

Wahrscheinlich war der Typ bisher nur auf Gegner gestoßen, die sich von seinen Angriffen geschockt zeigten, jedenfalls war er deckungslos, und das nutzte ich aus.

Den Lauf der Beretta zog ich durch sein Gesicht.

Es war verdammt hart, doch für mich ging es in diesem Fall um alles oder nichts.

Ich sah noch das Funkeln der zweiten Klinge, so dicht tauchte sie vor mir auf, und glaubte auch, einen Luftzug zu verspüren, dann kippte der andere nach hinten und prallte vor dem Bett rücklings zu Boden, wobei er einen dumpfen Schrei ausstieß.

Ich war noch immer angenagelt. Das sollte sich ändern.

Der zweite Typ hatte sich voll und ganz auf seinen Partner verlassen und darauf, dass dieser mit mir fertig wurde. Umso überraschter war er, als er sich halb umdrehte und plötzlich in die Mündung meiner Beretta schaute, denn ich hatte die Waffe blitzschnell gekantet.

»Lass fallen!«

Der Kerl dachte nicht daran. Vielleicht war er auch zu geschockt, dass sich das Blatt derart zu seinen Ungunsten verändert hatte. Er schüttelte den Kopf, schluckte ein paar Mal, schaute auf seine Armee-Pistole, und dann griff die auf dem Bett liegende Frau ein.

Es musste Claudia Darwood sein. Sie zog die Beine an und trat zu. Der Kerl wurde an der Hüfte erwischt und links von mir gegen den Schrank geschleudert.

Das war schlecht, denn er hielt noch immer die Pistole und zuckte herum. Ich sah in die Mündung und auch das plötzliche Grinsen auf seinem Gesicht.

»Weg damit!«

Er verstand meine Sprache, öffnete die Faust, die Pistole polterte auf den Holzboden.

»Zufrieden?«

»Jetzt allerdings.«

Da war noch der Zweite. Ich hatte ihn ziemlich böse erwischt. Er tanzte durch das Zimmer und hielt seine Hände gegen das Gesicht gepresst. Dabei brüllte er mir dumpfe Flüche entgegen.

Die Frau auf dem Bett schwang in die Höhe. Dabei sah ich, dass man ihre Bluse eingerissen hatte. Auch ihr Gesicht war aufgequollen, die Kerle mussten Gewalt angewendet haben. Am nackten Fleisch des Oberarms sah ich eine blutige Schramme.

Sie war schnell und huschte geduckt dorthin, wo die Armee-Pistole des Gangsters lag. Bevor ich etwas unternehmen konnte, hatte sie die Waffe schon an sich gerissen und setzte die Mündung an das Ohr des Mannes. »Jetzt werde ich abdrücken, du verfluchter Hund!«, sagte sie voller Zorn und Hass.

Verdammt, die würde schießen, und ich war noch immer festgenagelt. Nur mit Worten konnte ich eingreifen.

»Lassen Sie es!«, schrie ich.

Sie warf mir einen Blick zu. »Die haben meinen Bruder gekillt!«

»Hören Sie auf, Claudia!«

Als ich ihren Namen erwähnte, zuckte sie zusammen. Ihre Haltung behielt sie bei, nur der hasserfüllte Ausdruck verschwand allmählich aus ihren Augen.

Ich schaffte es endlich, die Klinge aus dem Holz zu ziehen, und musste dabei ziemlich viel Kraft aufwenden, denn das Messer war tief in den Pfosten eingedrungen.

Dann schaute ich auf den zweiten Kerl. Er hatte die Hände sinken lassen. Aus seiner Nase lief Blut, und er sah so aus, als wollte er ebenfalls seine Kanone ziehen.

»Aber sehr vorsichtig«, erklärte ich ihm und ließ ihn in die Mündung der Beretta schauen.

Er zuckte zusammen, hob die Schulter, wischte mit dem linken

Handrücken das Blut von seiner Oberlippe und zog mit spitzen Fingern seiner rechten Hand die Pistole hervor.

Es war ebenfalls eine Armee-Waffe. Sie glich der ersten aufs Haar.

Als sie zu Boden polterte, atmete ich auf, löste mich von meinem Platz und baute mich so auf, dass ich beide Killer im Auge behalten konnte. Ich schätzte sie als Basken ein, die einer Terrorgruppe angehörten. Das war ein heißes Eisen. Mir reichten schon meine Dämonen und all ihr schauriges Umfeld, deshalb wollte ich mit den Basken und deren Terrorkommandos nicht unbedingt in Konflikt geraten.

Wie mir allerdings schien, ließ es sich in diesem Fall nicht mehr vermeiden.

Besonders der Kerl, der vom Lauf der Beretta erwischt worden war, betrachtete mich mit hasserfüllten Blicken. Wahrscheinlich malte er sich bereits aus, wie er mich umbringen würde.

Ich fragte sie: »Habt ihr Henry Darwood getötet?«

Der Kerl neben Claudia begann zu lachen. Er freute sich diebisch, obwohl er die Mündung nach wie vor an seinem Ohr spürte. »Ihr seid verrückt«, radebrechte er. »Völlig verrückt. Wir haben ihn nicht erschossen. Wir bekamen ihn nicht einmal zu Gesicht. Aber wenn wir ihn gesehen hätten, verdammt, wir hätten es getan.«

»Und weshalb?«, zischte Claudia.

»Er war gefährlich, verdammt gefährlich sogar. Er hätte uns hochgehen lassen können, denn er hatte etwas entdeckt, vor dem er lieber die Augen hätte verschließen sollen. Jetzt ist er tot …«

»Und weshalb seid ihr hier?«, fragte ich.

»Claudia ist seine Schwester. Kann doch sein, dass er ihr etwas gesagt hat – oder?«

»Ich weiß nichts, ihr Hunde!«, zischte die Frau. »Überhaupt nichts. Aber vielleicht werde ich etwas erfahren, und dann seid ihr dran.«

Der Mann, der die Mündung an seinem Ohr spürte, behielt die Nerven. Er war eiskalt. »Sie bewegen sich hier auf einem fremden und sehr gefährlichen Territorium. Hüten Sie Ihre Zunge! Mich können Sie töten, meinen Partner auch, aber es werde Hunderte hinter uns stehen, die eine Frau wie Sie mit Vergnügen steinigen. Für einen Moment können Sie gewinnen, auf die Dauer gesehen nur verlieren.«

Da hatte der Mann im Prinzip recht. Wir bewegten uns tatsächlich auf schwankenden Planken.

Aber ich wollte noch etwas wissen. »Wer von euch hat den Schädel des Toten nach London geschickt?« Bei dieser Frage behielt ich die Basken im Auge.

Und beide reagierten gleich. Sie schauten mich ungläubig an. Wenn sie nicht wirklich exzellente Schauspieler waren, dann hatten sie tatsächlich nichts mit der Sache zu tun, denn ihre Blicke sprachen gewissermaßen Bände.

»Wieso Schädel?«, fragte der Kerl mit der blutenden Nase. »Ich hätte gern deinen.«

Ich ging nicht darauf ein, sondern wandte mich an den zweiten Basken. »Antworten Sie!«

»Wir wissen nichts davon!«

Hatte er recht? Claudia Darwood nagte auf ihrer Lippe. Dann hob sie plötzlich die Schultern und nahm die Waffenmündung vom Ohr des Mannes.

Sie ging zurück. »Ich weiß es nicht!«, flüsterte sie. »Verflixt, ich weiß es einfach nicht …«

»Wir werden gehen!«

Sollte ich sie lassen? Ja, die Basken spielten hier keine Rolle. Ihr Aktionsgebiet war ein anderes, auch wenn sie unter Umständen das auslösende Moment gewesen waren.

Ich ließ sie laufen.

Sie gingen, und an der Tür drehte sich der Kerl mit blutender Nase noch einmal um. Was er mir zuzischte, verstand ich nicht. Doch die Worte hörten sich drohend an.

Claudia Darwood und ich blieben allein zurück. Ich schloss die Tür. Als ich mich umdrehte, hatte Claudia ihre Bluse völlig ausgezogen. Ein knapper BH bedeckte ihren Oberkörper. Sie öffnete den Koffer, wandte mir den Rücken zu, und ich hörte sie leise schluchzen.

Jetzt trat der Schock ein.

Im Koffer befand sich nicht nur Kleidung, auch eine kleine Reiseapotheke. Aus ihr holte ich Pflaster und klebte es über die Schramme an Claudias Oberarm.

Anschließend zog sie einen schwarzen Pullover über, schnäuzte ihre Nase und fuhr mit zehn Fingern durch ihr Haar. »Dann muss ich mich bei Ihnen wohl bedanken.«

Ich winkte ab.

»Wie heißen Sie eigentlich?«

Ich sagte meinen Namen und fügte auch den Beruf hinzu.

»Und Sie sind meinetwegen in dieses gottverlassene Bergnest gereist, John?«

»So sieht es aus. Aber nicht allein Ihretwegen. Mir geht es um den Schädel Ihres Bruders. Wer kann das getan haben?«

Sie lachte bitter auf. »Da kann ich Ihnen möglicherweise helfen. Das mit den beiden Kerlen war nicht der erste Schock heute. Hinter mir liegt viel Schlimmeres.«

»Und was?«

Sie setzte sich auf die Bettkante. »Haben Sie mal eine Zigarette, John?«

Ich gab ihr eine und zündete mir selbst ebenfalls ein Stäbchen an.

Sie stieß den Rauch hastig aus und begann zu reden. Ich hörte ihr zu und vernahm mit leichtem Entsetzen, was sie auf dem Friedhof erlebt hatte.

»Und das Grab öffnete sich plötzlich?«, hakte ich noch einmal nach.

»Ja, zum Henker. Da muss jemand unter ihm gewesen sein.«

»Haben Sie eine Ahnung, wer es …?«

»Wie denn?« Sie regte sich auf und funkelte mich an. Dabei sah ich, dass sie graugrüne Augen hatte.

»Sorry, aber Sie müssen trotz des Nebels etwas entdeckt haben.«

»Ja, zwei skelettierte Arme.«

Claudia stäubte die Asche ab und schüttelte den Kopf. »Nein, nicht skelettiert, aber dünn.«

»Was sagen die Leute aus Campa dazu? Haben sie eine Erklärung für das Geschehen?«

»Ich konnte mit keinem darüber reden. Als ich mein Zimmer betrat, warteten die beiden Hundesöhne auf mich.«

Ich hob die Schultern. »Vielleicht kann mir Romero Sanchez etwas mehr darüber sagen.«

»Woher kennen Sie den denn?«

»Ich habe ihn bisher noch nicht gesehen, bin aber mit ihm verabredet.« Ich schaute auf die Uhr. »Und zwar gleich.«

»Dann werde ich mitgehen.«

»Dagegen habe ich nichts.«

Claudia stand auf, ging zum Spiegel und überdeckte die Flecken in ihrem Gesicht mit Schminke. »Man sieht es jetzt wenigstens nicht mehr so sehr.«

»Kennen Sie den Mann?«

Claudia nahm ihre Tasche. »Natürlich kenne ich Romero Sanchez. Er hat Einfluss und ist der große Macker in diesem Dorf. Man hat ihn außerdem zum Bürgermeister gemacht.«

»Wie ist er sonst?«

»Ein Spanier.«

»Wie kann ich das verstehen?«

Sie lächelte mich an. »Jedenfalls galanter als die Männer von der Insel, John.«

»Das kann sein. Wahrscheinlich schließe ich mich damit nicht einmal aus, meine Liebe.«

»Der eine hat's, der andere hat's nicht.« Sie nickte mir zu, schritt an mir vorbei und verließ das Zimmer.

Unten saßen mehrere Personen in der Bodega. Einer fiel besonders auf, weil er einen hellen Anzug trug. Das Hemd darunter war ebenso schwarz wie das zurückgekämmte Haar und die Augen. Der Mund wirkte ein wenig voll, die Wangen waren leicht schwammig. Man sah ihm an, dass er das Leben genoss.

»Ah, Señorita Claudia!«, rief er, stand auf und streckte die Arme aus. »Wie schön, Sie wiederzusehen.« Als er sie erreichte, gab er Claudia einen Handkuss.

Ich war darauf nicht scharf und verschränkte meine Arme hinter dem Rücken.

Romero Sanchez, kein anderer konnte es sein, erhob sich aus seiner gebückten Haltung und schaute mich starr an. »Dann sind Sie der Señor aus London, der mich sprechen wollte?«

»Sehr richtig.«

»Willkommen, Señor …«

»Sinclair«, sagte ich, »John Sinclair.«

Er lachte und meinte: »Sie stellen sich vor wie James Bond. Sind Sie vielleicht auf einem ähnlichen Gebiet tätig?«

»Zum Glück nicht.«

»Hätte ja sein können.« Sanchez schlug mir auf die Schulter, wobei er sein Lachen nicht aufgab.

Für meinen Geschmack zeigte der Mensch eine zu aufgesetzte Fröhlichkeit.

An einem freien Tisch nahmen wir Platz. Sanchez bestellte Wein und Käse. Dazu servierte der Wirt ein frisches Ofenbrot, das die Señora gebacken hatte.

»Sie sind natürlich meine Gäste«, sagte Sanchez, als er den Wein einschenkte. »Trinken wir auf Ihr Land und auf Spanien.« Er hob sein Glas. Alle machten es ihm nach. Auch mir blieb nichts anderes übrig.

Und so tranken wir den Wein, der mir ein wenig zu sauer war. Das sagte ich aber nicht.

Claudia Darwood kam sofort zur Sache. »Die Fröhlichkeit wird Ihnen gleich vergehen, Señor Sanchez, wenn ich Ihnen berichte, was mir widerfahren ist.«

»Einer Frau wie Ihnen kann nur Gutes widerfahren«, erwiderte er und küsste abermals ihre Hand.

»Ob kopflose Leichen etwas Gutes sind, wage ich zu bezweifeln.«

Sanchez saß still. Selbst die Sonnenbräune wich aus seinem Gesicht. Er zwinkerte mit den Augen und wiederholte: »Kopflose Leiche?«

»Ja, es war mein Bruder.«

»Aber wo?« Er hob die Schultern. »Entschuldigen Sie! Haben Sie ihn gefunden?«

»Natürlich.« Claudia deutete zum Fenster. »Oben auf dem Friedhof liegt er.«

Sanchez breitete die Arme aus, während ich mit einem Messer ein Stück Käse abschnitt. »Das kann nicht sein. Ich war heute morgen noch oben, und da habe ich nichts gesehen.«

»Was haben Sie denn dort gesucht?«, fragte ich kauend.

»Blumen abgestellt, am Grab meiner Mutter.«

»Natürlich, sorry.«

Romero Sanchez wandte sich wieder meiner Landsmännin zu. »Wie kann es möglich sein?«, fragte er. »Wer hat den kopflosen Körper dort hingelegt?«

»Jemand, der unter den Gräbern haust.«

Sie hatte sehr laut gesprochen. Auch die anderen Gäste hatten die Worte vernommen.

Alle wurden blass. Keiner blieb mehr so sitzen wie zuvor. Die Gäste drehten sich auf ihren Stühlen um und schauten zu unserem Tisch hinüber, wo wir in Kreisform saßen.

»Was haben Sie da gesagt?«, fragte Sanchez flüsternd.

»Sie haben es gehört.«

»Aber das kann nicht …«

»Doch, Romero«, hörten wir eine kratzende Stimme. »Es kann schon sein. Denk an Okastra!«

Da war er wieder, dieser Name.

Okastra!

Schweigen breitete sich aus. Ich sah die Schauer auf den Gesichtern der Anwesenden. Der Name Okastra hatte sie alle geschockt. Das musste etwas Ungeheuerliches sein, etwas Schauriges, Brutales.

»Okastra«, so flüsterte auch Romero Sanchez, und wir sahen, wie er den Kopf in den Nacken drückte. »Er ist eine Legende, er ist …«

»Er hat gelebt«, sagte der andere wiederum. »Okastra hat einmal gelebt, vergiss das nie, Romero.«

Sanchez sprang auf und fuchtelte mit den Armen. »Ja, verdammt, aber er ist tot.«

»Weißt du das genau? Bist du damals dabei gewesen?«

Sanchez ließ sich wieder auf den Stuhl fallen. »Nein, natürlich nicht. Das hätte ich wohl kaum gekonnt. Aber du, Aldo, warst es auch nicht. Deshalb kannst du nicht …«

Bevor der Dialog der beiden zu einem Streit ausartete, wandte ich mich an den Gast namens Aldo. »Was ist denn damals überhaupt geschehen?«

Aldo schaute mich an, nickte, nahm seinen Stuhl und brachte ihn gleich mit, bevor er sich zwischen uns setzte. »Das will ich euch gern erzählen, falls der Majordomo nichts dagegen hat.«

Romero Sanchez war sauer. »Fang nicht wieder mit den alten Geschichten an. Die glaubt dir keiner.«

»Du vielleicht nicht, Romero. Aber ich weiß, dass die Zeit reif ist. Ein Opfer hat sie schon gekostet. Der Bruder dieser jungen Señorita.«

»Das waren doch andere!«, verteidigte der Bürgermeister seinen Standpunkt.

»Wer denn?«

»Muss ich das laut sagen?«

»Ich glaube nicht an die Basken«, mischte ich mich ein. »Welchen Grund sollten sie gehabt haben, Darwood auf diese schreckliche Art und Weise zu töten?«

»Das müssten Sie wissen«, sagte Sanchez heftig.

»Wieso ich?«

»Sie arbeiten doch zusammen.«

»Das ist ein Irrtum, Señor. Ich arbeite nicht mit ihm zusammen.«

»Und weshalb sind Sie hier?«

Ich deutete auf Aldo. »Um von ihm endlich die Geschichte hören zu können.«

»Ach, dieser Schwätzer.«

Den Eindruck, den Sanchez von ihm gegeben hatte, machte mir Aldo gar nicht. Sicher, er war nicht mehr der Jüngste. Er trug einen schlohweißen Bart, sein Gesicht zeigte unzählige Falten, Runzeln und kleine Gräben, aber die Augen waren klar und hellwach. Für mich war dieser Mann kein Spinner, und wir alle hörten ihm zu.

»Es ist schon sehr lange her gewesen«, so begann er, »als von Afrika die Horden einfielen. Ungläubige, Mauren, Sarazenen. Sie wüteten grausam und machten alles nieder, was sich ihnen in den Weg stellte. Auch wir wurden nicht verschont. Bis in den hohen Norden gelangten die Sarazenen. Sie plünderten, sie mordeten, sie raubten, und unsere Vorfahren dachten, sie könnten sich vor ihnen verstecken. Deshalb flüchteten die meisten in die Berge, in die Kasematten, die Verliese, Stollen und Gänge. Aber die Sarazenen wussten Bescheid. Sie verfolgten die Menschen und töteten sie grausam. Ihr Anführer damals war Okastra, ein Mörder und Frauenschänder, wie er schlimmer nicht sein kann.«

»Wie kam er ums Leben?«, wollte ich wissen.

Aldo beugte sich vor. »Überhaupt nicht«, flüsterte er, während Sanchez den Kopf schüttelte, ich aber zuhörte, damit ich auch die weiteren Worte des Spaniers verstand. »Er kam nicht um, nur alle anderen starben. Wo er hinging, hinterließ er Skelette. Noch heute ruhen die bleichen Knochen innerhalb der alten Kasematten und Felsenkeller. Das ist Okastras Grusel-Keller, und damit übertreibe ich nicht, Señor.«

»Er soll also nicht tot sein«, sagte ich.

»So ist es.«

Sanchez schlug die Hände über dem Kopf zusammen. Er kommentierte, aber er sprach so schnell, dass ich ihn nicht verstand, während Claudia Darwood meine Ansicht teilte.

»Ich glaube Ihnen, Aldo. Ich glaube fest daran, dass dieser Okastra noch lebt. Hätten Sie mir das gestern gesagt, ich hätte darüber gelacht. Heute sehe ich es anders.«

»Aber, Señorita!« Sanchez rang die Hände. »Wie können Sie als moderne Frau so einen Unsinn glauben. Nein, das ist Geschichte, das ist Vergangenheit.«

»Und wer ist da aus dem Grab gestiegen?«, fragte sie. »Geben Sie mir darauf eine konkrete Antwort. Was hat der Nebel zu bedeuten? Wie ist es möglich, dass sich die Grabplatte hebt und zwei Arme die kopflose Leiche meines Bruders hervorwerfen?«

»Sie kennen meine Ansicht!«

Claudia musste das Temperament einer Irin haben. Sie schlug heftig auf den Tisch. »Nein, es sind keine Basken gewesen. Das war dieser Okastra. Fast könnte ich es beschwören.«

»Beweisen Sie es!«, sagte Sanchez.

»Wir können zum Friedhof gehen. Das müssen wir sowieso. Oder wollen Sie die Leiche meines Bruders dort liegen lassen?«

Eine Frage, auf die keiner der Männer eine Antwort gab. Nur Aldo redete wieder, aber er sprach von einer ganz anderen Sache, denn für ihn waren die Kasematten wichtig.

»Sie sind überall, Señor«, flüsterte er mir zu, »Sie können sich überhaupt nicht vorstellen, wie unsere Ahnherren gebaut haben. Unter dieser Stadt und im Berg liegt eine zweite Stadt vergraben. Tunnels, Gänge, Höhlen, Verliese. Es ist furchtbar, sage ich Ihnen.«

Ich zündete mir eine Zigarette an. »Das mag schon sein. Für Sie steht es also fest, dass unter der Erde noch jemand lebt.«

»Zumindest Okastra.«

»Wie gelange ich da hinunter?«

»Wir müssten graben.«

»Das verbiete ich«, mischte sich Sanchez ein. »Nur weil du, Aldo, in deinem Alter noch eine närrische Idee hast, sollen wir deinen Plänen nachgehen. Das kostet Zeit, das kostet Arbeit …«

»Die Männer hier haben sowieso nicht viel zu tun. Es ist doch besser, wenn wir schneller sind als sie.«

»Wer ist denn sie?«

»Vielleicht lebt Okastra nicht nur allein.«

Der Majordomo fing an zu lachen und leerte dabei noch sein Glas. Die anderen Gäste hatten sich nicht eingemischt und nur zugehört. Mir gefiel die Diskussion auch nicht, ich wollte endlich Erfolge sehen und erklärte deshalb: »Zunächst einmal müssen wir den Beweis für die Berichte der Señorita Darwood haben. Sind Sie damit einverstanden?«

Jetzt nickte auch Sanchez.

»Dann werde ich hoch zum Friedhof gehen und mir die Sache einmal anschauen«, schlug ich vor.

»Ich aber nicht!«, sagte die Frau schnell.

»Das ist auch nicht nötig. Es reicht, wenn ich fahre. Ich brauche nur eine Plane, um den Toten einzuwickeln.«

»Die haben wir«, erklärte Sanchez. Er stand auf. »Natürlich werde ich Sie begleiten, Señor Sinclair, denn den Beweis möchte ich auch sehen.« Er lachte und verschwand.

Claudia Darwood legte ihre Hand auf die meine. »Seien Sie vorsichtig, John, ich habe nichts erfunden!«

»Das glaube ich Ihnen!«

»Und ich auch«, fügte Aldo hinzu.

Claudia wandte sich wieder an mich. »Bitte, verstehen Sie mich nicht falsch, John, aber ich kann ihn einfach nicht mehr sehen. Er hat zu schaurig ausgesehen. Ich will nur noch, dass sein Tod endlich aufgeklärt wird. Und auch dessen Hintergründe.«

»Da werden wir wohl unsere Schwierigkeiten haben«, gab ich ehrlich zu.

»Was steckt denn noch alles dahinter?«

»Keine Ahnung, ehrlich.«

Wir hatten das Gespräch in unserer Heimatsprache geführt. Aldo hatte nichts verstanden und hielt sich zurück. Allerdings nicht beim Wein. Da süffelte er wie eine Katze, die Milch trinkt.

Romero Sanchez kehrte zurück. Die Plane hatte er sich vom Bodegero geben lassen. Sie sah aus wie Ölpapier. »Darin können wir den Toten einwickeln«, erklärte er. Zu Claudia gewandt, fügte er hinzu: »Vorausgesetzt, dass wir ihn finden.«

»Darauf können Sie sich verlassen.«

Ich stand auf. Mit einem Händedruck verabschiedete ich mich von Claudia Darwood. Sie bat mich noch einmal, achtzugeben, denn ihr war der Friedhof nicht geheuer.

Sanchez hörte zu. Er lachte nur und war schon draußen. Wir nahmen meinen Leihwagen. Die Plane verstaute ich im Kofferraum des Talbot. Ich hatte Mühe, sie zusammenzufalten. Wenig später starteten wir. Als ich noch einen Blick in den Außenspiegel warf, sah ich Claudia Darwood vor der Bodega stehen.

Sie winkte.

Mir kam es vor wie ein Abschied …

Bisher hatte ich von der Straße und dem Friedhof nur gehört. Nun erlebte ich selbst die engen Serpentinen, die zum Plateau hoch führten, auf dem unser Ziel lag.

Sanchez hatte sich angeboten, das Steuer zu übernehmen. Ich wollte es nicht.

Er gab mir stattdessen gute Ratschläge, sagte, wenn ich vom Gas musste oder beschleunigen konnte.

Die Landschaft war wild und karg. Es wuchs wirklich nicht viel. Kaum sah ich einen Baum, auch keine blühenden Sträucher, nur mehr Felsen und hartes Gras.

»Wovon leben die Menschen hier?«, erkundigte ich mich.

»Von ihren Kindern.«

»Wieso?«

»Ist Ihnen nicht aufgefallen, dass in Campa nur ältere Leute wohnen, wobei ich eine Ausnahme bin?«

»Das schon.«

»Die Söhne und Töchter werden in die Stadt geschickt. Dort ist die Chance, Arbeit zu finden, wesentlich größer. Oder sie gehen an die andere Küste.«

»Schicken sie dann Geld?«

»Natürlich.«

Nur so konnte man überleben. Es hatte wohl keinen Sinn, auf diesem Boden etwas anzupflanzen.

Zur linken Hand konnte ich in ein weites Tal schauen, an dessen Ende noch große Schneeflecken lagen. An den Nordhängen hielt er sich immer besonders lange.

Es dauerte nicht mehr lange, dann konnte ich einen ersten Blick über den Friedhof werfen.

Aus der Entfernung betrachtet, sah er aus wie ein Gemälde. Da stand die kleine Kapelle, die durch ihren Turm zuerst ins Auge stach. Um sie herum gruppierten sich die Grabsteine und Kreuze.

»Hinter der Kapelle ist praktisch Schluss«, erklärte mir der Majordomo. »Da haben wir eine Mauer ziehen lassen.«

»Weshalb?«

»Es geht ziemlich steil ab.«

Ich hatte den Wagen angehalten. Beide verließen wir den Talbot, und ich spürte den kühlen Wind. In Campa war es ein wenig wärmer gewesen. Ich warf einen Blick zurück, ohne den Ort sehen zu können. Er verschwand zwischen den Bergen.

Romero Sanchez war schon vorgegangen. Er hatte dabei die Hände in die Hüften gestützt, blieb nun stehen und drehte sich zu mir um. »Ein völlig normaler Friedhof, Señor. Nichts, was Sie aufregen könnte.«

Ich blieb neben ihm stehen und gab erst jetzt die Antwort. »Normal beim ersten Hinschauen.«

»Und beim zweiten?«, fragte er spöttisch.

»Können Sie in die Tiefe sehen?«

Er winkte ab. »Ach, machen wir uns da nichts vor. Ist doch alles nicht so schlimm.«

»Aber es gibt die Kasematten?«

»Natürlich. Der Berg ist hohl, wenn ich das einmal so sagen

darf. Unsere Vorfahren haben hier ziemlich geschuftet. Und was hat es ihnen genutzt? Gar nichts. Als die verdammten Sarazenen kamen, drangen sie in die Verstecke ein und töteten jeden, der sich ihnen in den Weg stellte. Nur unsere Frauen nahmen sie mit. Vorausgesetzt, dass sie jung genug waren. Die alten Weiber ließen sie zurück.« Sanchez lachte meckernd.

»Ich würde sagen, wir sehen uns den Totenacker einmal an«, schlug ich vor.

»Ich kenne ihn ja.«

»Sie wollen beim Wagen bleiben?«

»Nein, nein, das nicht. Ich gehe schon mit. Schließlich will ich die Leiche sehen. Sollen wir die Plane mitnehmen?«

»Die können wir ja später holen.«

»Einverstanden.«

Es war wirklich ein normaler Friedhof, den wir betraten. Nur seine Lage konnte man als außergewöhnlich bezeichnen. Ich sah kleine Wege, gut gepflegte Gräber und außergewöhnliche Steine.

Hatte Claudia nicht von einem seltsamen Engel gesprochen, der mit einem Schwert und einem Totenkopf bewaffnet gewesen war?

Den suchte ich.

Lange brauchte ich nicht zu forschen. Er stach mir ins Auge, denn er überragte die meisten anderen Grabsteine. Dass er so groß war wie ich, lag sicherlich an dem Sockel, auf dem er stand. Die Arme hatte er ausgebreitet. Die Spitze des Schwerts zeigte nach unten, während der Totenschädel auf seiner anderen Hand lag wie ein Ball.

Vor der Figur hob sich etwas ab.

Zur gleichen Zeit erkannten wir, dass Claudia Darwood nicht gelogen hatte.

Da lag tatsächlich eine Leiche, und sie hatte keinen Kopf mehr!

Ich schluckte. Auch mein Begleiter sagte nichts. Beide mussten wir den Anblick verdauen.

Die Umgebung schien einzufrieren. Ich fühlte mich seltsam.

Als einziges Lebewesen inmitten einer lastenden Stille. Nur den Wind merkte ich, der vom Meer her wehte und kühl durch mein Gesicht strich.

Romero Sanchez murmelte etwas, das ich nicht verstand. Dann hob er die Schultern und wandte sich ab.

Wer hatte das getan?

Ich dachte an die Worte der Frau. Sie berichtete von zwei Armen, die sich zusammen mit dem Nebel aus einem Grab erhoben hatten. Und das Grab lag genau vor mir.

War es eine Falle?

Um das herauszufinden, musste ich es näher untersuchen. Der Bürgermeister rührte sich nicht, als ich die wenigen Schritte vorging, die Leiche umrundete und vor der seltsamen Steinfigur stehen blieb.

Claudia hatte sogar vermutet, dass Leben in ihr steckte. Nun, alles war möglich, deshalb führte ich meine Hand an das Gestein und schabte mit den Fingerspitzen darüber.

Dort tat sich nichts.

Der Stein war kalt. Er war verwittert, fühlte sich rau an.

Nein, da war nichts Außergewöhnliches. Ich wandte mich wieder um.

In diesem Augenblick sagte Sanchez: »Ich werde gehen und die Plane holen.«

»Tun Sie das.«

Der Mann verschwand. Ich blieb weiterhin vor dem Grabstein stehen und senkte meinen Blick. Wieder dachte ich daran, dass Claudia mir von der seltsamen Graböffnung berichtet hatte.

Ich konnte nichts erkennen.

Meine Füße standen auf einem völlig normalen Boden. Ich sah auch keine Spalte oder Ritze, und doch musste sich das Grab öffnen lassen, und zwar von innen.

Die Leiche war der beste Beweis.

Dann hörte ich das Geräusch. Zunächst dachte ich an Sanchez, doch ich wurde eines Besseren belehrt.

Man hatte uns die gesamte Zeit über unter Kontrolle gehalten. Dies führte man mir drastisch vor Augen, denn aus der Deckung zweier in der Nähe stehender Grabsteine lösten sich die beiden Gestalten, die ich in Claudias Zimmer kennengelernt hatte.

Zwischen ihnen und mir stand noch eine Rechnung offen.

Und die wollten sie begleichen.

Mit ihren Waffen.

Ich hob die Hände …

Claudia Darwood sah dem Wagen so lange nach, bis er ihrem Sichtfeld entschwand. Danach drehte sie sich wieder um und betrat die Bodega, wo keiner der anwesenden Gäste gegangen war.

An ihrem Tisch hockte noch Aldo. Er winkte ihr zu. »Setzen Sie sich wieder und warten Sie.«

Claudia hob die Schultern, bevor sie Platz nahm. »Ich weiß es nicht«, flüsterte sie. »Aber ich habe das Gefühl, dass nicht alles glattgeht. Verstehen Sie?«

»Sicher. Aber was meinen Sie genau, mein Kind?«

»Das Unheimliche belauert uns. Es sitzt tiefer. Ich glaube fest daran, unter Kontrolle zu stehen. Andere lachen sich ins Fäustchen, sie weiden sich an unserer Hilflosigkeit und Unkenntnis.«

»Leider gibt es viele Ignoranten unter den Menschen«, erwiderte der Alte. »Und auch der Bürgermeister gehört dazu.«

»Wieso er?«

»Kann ich Ihnen nicht sagen. Er will es einfach nicht wahrhaben. Aber sie machen sich Sorgen um Ihren Bruder?«

»Jetzt nicht mehr. Er ist ja tot. Für mich ist nur wichtig, dass seine Mörder gefasst werden.«

»Das kann ich mir denken. Haben Sie einen Verdacht?«

»Nein.«

Der Mann bewegte sich unruhig auf dem Stuhl. »Ich möchte Ihnen nicht zu nahetreten, aber wissen Sie, was man sich über Ihren Bruder erzählte?«

»Nein.«

»Man nannte ihn einen Spion, einen Agenten, der gekommen war, um hier zu kämpfen. Stimmt das?«

Claudia hob die Schultern. »Ich weiß es nicht. Er hat mit mir nie über seinen Beruf gesprochen.«

»Das ist schon verdächtig.«

»Wenn Sie es so sehen, ganz sicher. Aber was soll das alles? Er ist tot.«

»Und die andere Seite lebt noch.«

»Welche meinen Sie damit?«

Aldo lächelte. »Wir leben hier zwar abseits, aber nicht so weit entfernt, dass wir nicht wüssten, was in der weiten Welt passiert. Es gibt ja Zeitungen.«

»Sie meinen die Basken?«

»Genau, meine Liebe. Und damit hatte Ihr Bruder zu tun.«

»Inzwischen glaube ich es auch, nachdem ich überfallen worden bin.«

»Wo?« Aldo war erstaunt.

Claudia hatte Vertrauen zu ihm gefasst und erzählte die Geschichte.

Der alte Mann nickte. »Können Sie die beiden beschreiben?«

So gut es ging, lieferte die Engländerin die Beschreibung.

Wieder wusste Aldo Bescheid. »Ich habe sie schon öfter hier gesehen. Sie sind gefährlich und gehören der Organisation an.«

»Sind es Verbrecher?«

»Ja und nein.«

Claudia winkte ab.

»Das spielt für mich keine Rolle. Wichtig sind die anderen Dinge. Ich habe von diesen Kasematten gehört und von Okastra. Sie glauben, dass er noch lebt, ich glaube, dass er noch lebt. Wie können wir es den anderen begreiflich machen?«

»Da kann ich Ihnen keinen Rat geben, meine Liebe.«

»Aber die können doch die Tatsache nicht so einfach ignorieren.« Claudia schlug mit der flachen Hand auf den Tisch.

»Der Meinung bin ich auch. Wir müssen abwarten, was geschieht, wenn Ihr Bekannter mit dem Toten zurückkehrt.«

»Dann werden Sie es auch noch nicht glauben.«

»Das könnte uns passieren.«

Claudia nahm einen Schluck Wein. »Wann endlich wachen die Menschen hier auf? Es gibt etwas in ihrer Nähe, das ist fürchterlich. Sie stehen praktisch mit beiden Füßen darauf und tun einfach nichts. So etwas kann ich nicht begreifen.«

Sie stellte das Glas ab und schaute zu Boden. Die anderen Gäste hatten sich zusammengesetzt und sprachen flüsternd. Bei ihnen hockte auch der Bodegero. Hin und wieder warf er einen Blick zu Claudia und Aldo hinüber. Wahrscheinlich hielt er die beiden für Spinner.

Der Boden der Bodega war mit Holzbrettern ausgelegt. Da sie oft gewischt und gescheuert wurden, glänzten sie hell und manchmal auch grau. Und sie bewegten sich normalerweise nur, wenn jemand über sie her schritt und sie mit einem Gewicht belastete.

Doch Claudia sah, dass sie sich von allein bewegten!

Und dies zwei Schritte vor ihr. Von unten her wurde gedrückt, die Bohlen begannen regelrechte Wellen zu werfen, und dann passierte es.

Ein Splittern, Krachen und Bersten!

Der Druck war zu stark gewesen. Latten flogen in die Höhe, auch Claudia wurde getroffen.

Sie merkte den Schlag kaum, denn sie hatte nur Blicke für die Öffnung vor ihren Füßen.

Dort schob sich etwas hervor.

Ein Skelett!

Zuerst sah Claudia die knöcherne Klaue. Sie war zur Faust geballt, schimmerte bleich und gelblich, und als sich die Faust öffnete, geschah dies wie im Zeitlupentempo.

Claudia Darwood wunderte sich, dass sie einfach sitzen blieb und gar nichts tat. Sie konnte es nicht. Mit dem Stuhl schien sie eine Einheit zu bilden.

Sie starrte nur auf das Skelett.

Der Schädel sah so aus wie der ihres Bruders, den man ihr geschickt hatte. Fast die gleiche Farbe und auch die leeren Augenhöhlen, die Nasenlöcher, der Mund …

Ihr schien es, als hätte sie schon Minuten dagesessen und nur gestarrt. Dabei stimmte es nicht. Nur Sekunden waren vergangen. Claudia hatte nur, wie auch die anderen, nicht gleich reagiert.

Das änderte sich.

Plötzlich brüllte der Wirt los, während er gleichzeitig in die Höhe sprang und die Arme hochriss.

»Die Hölle! Verdammt, es ist die Hölle, die sich aufgetan hat! Die verfluchte Hölle! Wir sind verloren, wir sind …«

»Sei ruhig!«, schrie Aldo ihm entgegen. »Ihr habt es nicht glauben wollen. Jetzt ist das Unheil da! Okastra entlässt das Grauen aus seinem Horror-Keller …«

In der Tat kam das Grauen.

Ein lebendes Skelett, und es dachte nicht daran, wieder zurück in die Tiefe zu steigen.

Es bewegte sich höher!

Sogar geschmeidig, als wäre es kein Gerippe, sondern ein Mensch. Die eine Klaue griff plötzlich nach Claudias Fuß, aber die Frau reagierte schneller und zog das Bein zurück.

Mit dem anderen trat sie zu.

Sie hämmerte ihre Hacke auf den Knochen, hörte ihn brechen, und plötzlich war die Hand verdreht und gekantet. Claudia starrte darauf und fühlte sich im nächsten Augenblick von zwei Händen gepackt. Sie dachte an ein weiteres Monster, begann zu schreien und vernahm die Stimme des alten Aldo.

»Sei ruhig, Mädchen, ganz ruhig. Ich bitte dich!«

Sie sackte zusammen. Aldo hielt sie fest. Es war bewundernswert, welch eine Kraft noch in seinen Armen steckte.

Die anderen taten nichts.

Sie waren nur aufgesprungen, hatten einen Halbkreis gebildet, in dessen Mitte der Bodegero stand, und starrten auf das grauenvolle Skelett, das die Öffnung bereits verlassen hatte, stehen blieb, dann einknickte und gegen die Kante des Tisches fiel, an dem das Mädchen vor Kurzem noch gesessen hatte.

Der Knöcherne kippte nicht um. Er hielt sich auf den Beinen, und sein Schädel drehte sich.

Aldo ließ Claudia los. Auf dem Tisch lag noch das Messer. Den Käse hatten sie damit geschnitten. Der Alte riss die Klinge an sich und stellte sich dem Knöchernen.

»Geh du zurück!«, flüsterte er Claudia zu. »Geh weg! Sonst wird es dich vernichten!«

»Aber …«

»Lauf!«

Die anderen Gäste rührten sich noch immer nicht. Manche schlugen Kreuzzeichen, das war alles.

Claudia aber ging zur Tür. Sie hatte das Gefühl, als stünde sie in einem Traum, in einer anderen Welt und nicht in der Realität. Noch nie zuvor hatte sie ihre Beine so steif bewegt, und als sie gegen einen im Weg stehenden Stuhl stieß, zuckte sie zusammen.

Sie drückte sich daran vorbei, während Aldo vorging und auf das Skelett zuschritt.

Das Messer hielt er in der rechten Hand. Die Klinge stach wie ein blitzender Pfeil aus seiner Faust. Der Knöcherne musste nur noch die richtige Entfernung haben, dann würde er zustechen.

Zwei Sekunden vergingen.

Nur das heftige Atmen der Menschen war zu hören, dann sprang der alte Mann vor.

Er stach zu.

Jeder sah das Blitzen der Klinge, sah den Treffer und hörte das Geräusch, als der Stahl an dem knöchernen Schädel des Skeletts abrutschte, nach unten glitt und auch noch die Klaue erwischte, aber auch dort keinen Schaden anrichtete.

So war das lebende Gerippe nicht zu besiegen.

Aldo sprang zurück. Es war sein Glück, denn das Skelett hatte nach ihm geschlagen.

Die Klaue erwischte ihn nicht, und der Mann wandte sich ebenfalls der Tür zu.

Jetzt half nur noch Flucht!

Auch die anderen Gäste hatten dies begriffen. Der Bodegero war der Erste. Trotz seiner Angst behielt er noch einigermaßen die Übersicht, denn er wandte sich nicht der normalen Ausgangstür zu, sondern der Hintertür.

»Kommt mit!«, rief er seinen Gästen zu.

Die waren so schockiert, dass sie ihm folgten und an nichts anderes mehr dachten.

Claudia Darwood stand schon an der Tür. Sie hatte eine Hand auf die Klinke gelegt, sich halb gedreht und schaute in den dämmrigen Raum hinein, den das Skelett durchquerte.

Aldo hielt nach wie vor das Messer fest. Dabei schüttelte er den Kopf, da für ihn das Ganze ebenfalls unbegreiflich war.

»Kommen Sie endlich!«, rief Claudia.

»Ja, ja …«

Sie öffnete die Tür. Es ging nicht so einfach, sie musste viel Kraft einsetzen.

Spaltbreit stand die Tür endlich offen.

Im selben Moment sah Claudia das Schreckliche. Durch den Spalt drangen lautlos die blaugrauen Nebelschwaden. Sie waren die Vorboten, sie kündigten jemand an.

Okastra!

Ich war hilflos.

Die beiden Kerle hatten mich in die Zange genommen. Von links und rechts glotzten mich die Waffenmündungen an. Wenn ich eine falsche Bewegung machte, würden die Typen schießen.

Verdammt, ausgerechnet jetzt.

Und wo blieb Sanchez?

Konnte ich überhaupt auf seine Hilfe rechnen? Es war wirklich schwer, denn soviel ich wusste, trug Romero Sanchez keine Waffe bei sich. Ich besaß zwar die Beretta, doch die nutzte mir verdammt wenig. Die Kugeln der Anderen waren immer schneller als meine Hand.

Aber Sanchez hatte die Typen bemerken müssen und sie ihn. Keiner reagierte auf den anderen.

Da stimmte doch etwas nicht.

»Du wartest auf Hilfe, wie?«, fragte der Kerl, dessen Nase mit meiner Beretta Bekanntschaft gemacht hatte. »Die kannst du dir abschminken. Dein Freund liegt neben dem Wagen.«

»Habt ihr ihn getötet?«, fragte ich rau.

»Nein, nur schlafen gelegt.« Der Sprecher deutete auf seine Nase. »Und dir, Engländer, werde ich jetzt meine Rechnung präsentieren. Darauf kannst du dich verlassen. Du glaubst gar nicht, was eine gebrochene Nase für Schmerzen verursachen kann. Widerlich, sage ich dir. Und da kommt man auf schlimme Gedanken, wie du dir sicherlich vorstellen kannst.«

Ja, das konnte ich gut. Von der Folter verstanden die Typen etwas. Und jetzt marschierten sie vor. Ihre Kleidung bestand aus dunklen Pullovern und schwarzen Hosen. Die Windjacken hatten zahlreiche Außentaschen, die ausgebeult waren.

Ich kannte nicht einmal die Namen meiner Gegner. Um sie abzulenken, fragte ich danach.

Der mit der eingeschlagenen Nase antwortete mir: »Ich bin Paco, und mein Freund heißt Sarrazan. Nur damit du weißt, Engländer, wem du das Folgende zu verdanken hast.«

Ich nickte.

Kalt starrten sie mich an. Ihre dunklen Augen schätzten mich ab, und Sarrazan, der Größere von ihnen, bewegte den Mund, als würde er Kaugummi kauen.

Paco war geschmeidiger, wahrscheinlich auch der Heißblütigere von ihnen. Er würde ohne Erbarmen schießen.

Mich wunderte, dass sie mich noch nicht entwaffnet hatten, aber das folgte noch, als sie stehen blieben.

Wieder sprach Paco: »Wir haben gesehen, dass du eine Kanone bei dir trägst. Wirf sie weg!«

Es ging nicht anders. Ich musste gehorchen, lupfte die Beretta hervor und ließ sie fallen.

Neben meinen Füßen blieb sie liegen.

Paco nickte. »Ja, das ist gut. Ich sehe schon, du bist ein vernünftiger Mensch.« Er ging weiter. »Und nun heb die Arme so hoch, als wolltest du die Sonne kitzeln.«

Ich gehorchte und musste mich recken, erst dann war Paco zufrieden. Rasch warf er seinem Kumpan einen Blick zu. »Du hältst dich zurück, wie abgesprochen.«

»Sicher.«

»Und pass auf. Schieß sofort, wenn er Dummheiten machen will. Brenn ihm die Kugel in den Pelz, diesem Hundesohn.«

Ich stand da wie die Steinfigur hinter mir. Der Wind fuhr gegen mich, er war kalt. Brachte er schon die Kälte des Todes mit?

Diese Männer vor mir kannten keine Gnade. Sie würden mit mir abrechnen, vor allen Dingen Paco.

Er löste sich jetzt vom Fleck.

Plötzlich huschte er zur Seite, geriet aus meinem Blickfeld, sodass ich nur auf seine Schritte achten konnte.

Ich hörte sie hinter mir.

Dabei starrte ich Sarrazan an. Er wich meinem Blick nicht aus. Sein Gesicht war verzogen, der Mund bildete einen Strich. Wie eingemeißelt standen die Falten darin, die tief in seine Haut schnitten.

»Du hättest dich nicht wehren sollen«, sagte er. »Nein, das hättest du nicht tun sollen. Jetzt musst du dafür die Rechnung zahlen.«

»Was hättest du denn an meiner Stelle getan?«, fragte ich.

»Weiß ich nicht.«

Die Schritte hinter mir waren verstummt. Aber ich wusste,

dass Paco sich in meiner Nähe aufgebaut hatte. Ich hörte ihn zwar nicht, doch ich fühlte ihn und spürte plötzlich seinen Atem, der warm über meinen Nacken streifte.

Er war sehr nahe.

Ich schluckte ein paar Mal. In meinem Magen zog sich einiges zusammen, um den unsichtbaren Kloß der Angst zu bilden. Kalt rann es meinen Rücken hinab, und ich vernahm Pacos flüsternde Stimme, die mich wie ein Windhauch erreichte.

»Hast du Angst, Engländer?«

»Ja.«

»Ah, du willst also nicht den Helden spielen. Finde ich sogar gut, hilft dir aber nichts. Da du ja nichts sehen kannst, Engländer, will ich dir erklären, was ich vorhabe. Ich habe jetzt mein Messer gezogen, und wenn ich mit dir fertig bin, wirst du für alle Zeiten gezeichnet sein. Jeder soll das Mal der Basken in deinem Gesicht sehen. Dann bist du für uns ein Vogelfreier, zum Abschuss freigegeben, und in diesem Land kann dich jeder töten. Diese Strafe ist schlimmer als eine schnelle Kugel, glaub es mir. Ich habe Männer gesehen, die weinten, flehten und bettelten. Sie wollten lieber sterben, aber da kannte ich kein Pardon …«

Ich war weder Spanier, Südfranzose noch Baske. Mich brauchte dieses verdammte Mal nicht zu interessieren, ich wollte nur mit heilen Knochen diese vermaledeite Situation überstehen, aber das sah mieser als mies aus.

Hätte ich auch nur geahnt, in welch eine Auseinandersetzung ich hier hineingeraten würde, mein Gott, ich hätte alles darangesetzt, um Suko mitzunehmen. Noch jetzt verfluchte ich diesen Colonel Snyder und seine dumme Geheimnistuerei, die mich vielleicht das Leben kosten konnte, ohne dass ich einen Erfolg errungen hätte.

Keiner meiner Freunde und Kollegen im fernen London ahnte etwas von der Lage, in der ich mich befand.

Das Kribbeln auf meinem Rücken verstärkte sich. Vor mir stand Sarrazan.

Er hatte die Augen leicht zusammengekniffen und riss sie plötzlich weit auf.

Ein Zeichen?

Genau!

Hinter mir vernahm ich das Pfeifen. Leicht nur, vom Wind fast verschluckt, dennoch so markant.

Der Schmerz!

Auf einmal war er da. In meinem Nacken befand sich das Zentrum, breitete sich blitzschnell aus, und ich merkte, dass ich mich nicht mehr auf den Beinen halten konnte.

Das Zittern begann in den Knien, die Kraft verließ mich, und die Gestalt des Sarrazan begann zu schwanken, als stünde der Mann auf den Planken eines Segelschiffs.

Ich fiel.

Obwohl ich das Gefühl hatte, schnell zu kippen, kam die Erde nur langsam auf mich zu. Als ich den dumpfen Aufschlag vernahm, wollte ich kaum glauben, dass ich es gewesen war, der ihn verursacht hatte.

Paco war ein Profi. Der hatte gewusst, wohin und mit welcher Wucht er zu schlagen hatte, denn ich wurde nicht bewusstlos, war nur paralysiert, konnte mich also nicht bewegen.

Dafür hörte ich ihn.

Paco lachte.

Ein dreckiges, gemeines und gleichzeitig triumphierendes Lachen, das über seine Lippen drang. Neben mir raschelte etwas, denn der Mann hatte sich bewegt.

Ich lag mit dem Gesicht in der kalten Graberde. Kleine Blätter stachen gegen meine Haut. Den Dreck spürte ich auf den Lippen, die Krumen drangen in meinen Mund. Als ich die Zähne bewegte, knirschte es, und mein Hals war völlig ausgetrocknet.

Auch Sarrazan trat vor. Ich hörte ihn und merkte ebenfalls, wie ein Schatten über mich fiel.

Neben meinem Kopf blieb er stehen. Fast berührten die Fußspitzen meine Stirn.

Wieder sprach Paco. »Dreh ihn herum. Du hast bisher nichts getan. Dann tu wenigstens das.«

»Willst du wirklich …?«

»Natürlich kriegt er das Mal. Dann geben wir ihm eine Stunde. Anschließend jagen wir ihn. Wenn wir ihn haben, hängen wir ihn vor der Polizei-Präfektur in La Coruña auf. Das wird andere warnen, sich in unsere Angelegenheiten zu mischen.«

»Wie du meinst.«

Sarrazan bewegte sich. Er streckte die Arme aus, und ich spürte die Hände unter meinen Achseln. Er keuchte ein wenig, als er mich in die Höhe stemmte und herumdrehte.

Schwer schlug ich auf den Rücken.

Paco stand über mir. Breitbeinig, sodass er mir vorkam wie ein gefährliches Dreieck. In der rechten Hand hielt er sein Messer, die Pistole hatte er weggesteckt. Die Klinge zeigte noch nicht auf mich, sondern wies in der Höhe schräg an mir vorbei.

Darüber sah ich sein Gesicht. Ich war zu angeschlagen, denn die genauen Umrisse konnte ich nicht erkennen. So zerflossen seine Züge zu einer breiig wirkenden Masse.

»So habe ich es mir gewünscht«, sagte er, hob den rechten Fuß und setzte ihn auf meine Brust. »Ein Engländer vor meinen Füßen. Schade, dass wir keinen Fotoapparat haben. Dieses Bild würde Furore machen, das kann ich dir schwören.«

So etwas glaubte ich ihm unbesehen. Und es würde Paco in der Hierarchie wahrscheinlich weit in die Höhe katapultieren.

Hinter ihm sah ich den Grabstein. Der Engel war verdeckt, nur den Totenschädel und das Schwert konnte ich sehen. Beides erinnerte mich daran, dass ich eigentlich wegen eines anderen Falles nach Spanien gekommen war. Daran konnte ich nun nichts mehr ändern.

»Ich werde dir das Mal quer durch das Gesicht ziehen«, erklärte er mir voller sadistischer Vorfreude. »An der linken Wange beginne ich, gehe über den Nasenrücken hinweg auf die rechte Wange und höre erst kurz vor dem Ohr auf. Das war der erste Schnitt.

Den zweiten führe ich genau in die entgegengesetzte Richtung, damit alles seine Richtigkeit hat.« Seine Augen leuchteten bei diesen Worten, und ich erkannte immer deutlicher, dass dieser Mann eine Macke hatte.

Vielleicht ging es für ihn nicht einmal um die Revolutions-Idee, sondern nur um das verdammte Töten.

So hart und zielsicher der Schlag auch geführt worden war, ich hatte ihn dennoch einigermaßen verdaut, denn ich merkte, dass ich mich wieder bewegen konnte.

Durch meine Adern lief ein Kribbeln, und es erreichte auch den Kopf. Die Schmerzen spürte ich als Tuckern, für mich ein Zeichen, dass ich allmählich wieder reagieren konnte.

Aber nutzte dies etwas?

Kaum, der eine hielt die Pistole in der Hand, der andere das Messer.

Da hatte ich keine Chance!

Paco bückte sich. Er grinste dabei. Die Lippen hatte er zurückgezogen wie ein Wolf.

Durch seine Bewegung änderte sich auch mein Blickwinkel. Ich konnte für einen Moment an ihm vorbei und auf die Steinfigur schauen, die hinter ihm stand.

Da sah ich den Schädel!

Ein Skelettkopf aus Stein – oder?

Ich schluckte, ich räusperte mich, wollte sprechen, denn ich hatte etwas gesehen.

Die Augen bewegten sich! Für einen Moment schien es so, als würden sie mich höhnisch anlächeln.

»Komm her«, sagte Paco, »und halte ihn fest. Ich werde das Gefühl nicht los, dass er …«

»Ja, ja, schon gut.«

Sarrazan trat jetzt auf das Grab, auf dem ich weiterhin rücklings lag.

An meiner linken Seite spürte ich einen harten Druck. Es war ein etwas größerer Gegenstand, der unter mir lag.

Ich dachte nach und gelangte zu dem Schluss, dass es sich nur um die Beretta handeln konnte.

Und dann zuckte die Klinge herab.

Ein huschender Blitz, ein Flirren, ein Reflex, der dicht vor meinen Augen tanzte.

Einen Gedankensprung später fühlte ich den Einstich. Mitten auf der linken Wange.

Und hörte das Lachen.

Gleichzeitig öffnete sich unter mir die Erde!

Claudia Darwood sah diesen unheimlichen Nebel und wusste sofort Bescheid. Er konnte einfach keine natürliche Ursache haben, auch seine Farbe war anders, und er konzentrierte sich vor der Tür.

Sie hätte fliehen sollen, aber sie schaute trotzdem nach.

Claudia sah die unheimliche Wolke.

Und in ihrem Innern die Gestalt.

Okastra!

Bisher hatte sie nur von ihm gehört. Für sie kam kein anderer infrage, das musste er einfach sein.

Aldo hatte von all dem noch nichts bemerkt. Er stand hinter der Frau und fragte: »Was ist denn los?«

Claudia warf die Tür zu, drehte sich um und drückte ihren Rücken gegen das Holz. Sie atmete schwer und sagte keuchend: »Er – er ist da, Aldo.«

»Wer?« Der alte Mann verstand nicht sofort.

»Okastra. Draußen. Ich habe ihn gesehen. Wirklich, das ist kein Witz. Der Nebel und die …« Sie sprach nicht mehr weiter, denn sie hatte den Blick des alten Mannes gesehen, der zu Boden und gleichzeitig auf ihre Fußspitzen gerichtet war, denn unter der Türritze kroch etwas hervor.

Dünn und blaugrau.

Der Nebel!

Tief atmete Aldo ein. Er zitterte, als er das erkannte, und sprang auf Claudia zu. Es gelang ihm, ihren Arm zu packen und sie an sich zu reißen.

»Wir müssen hier weg!«

Claudia wurde von ihm umfasst. Der alte Mann hatte sich vorgenommen, diese Frau zu schützen, solange es ihm möglich war. Sie durfte nicht in die Klauen dieser Bestie Okastra gelangen, dann war sie verloren.

Die ersten Schläge hämmerten gegen die Tür.

Sie hallten innerhalb der Bodega wider. Dumpf und drohend. Okastra kündigte sein Erscheinen an.

Die Blicke der beiden Menschen waren so auf die Tür fixiert, dass sie das sich noch im Gastraum befindende Skelett völlig vergessen hatten. Es machte sich auf drastische Art und Weise bemerkbar.

Zwar vernahm Claudia noch das Klappern der Knochen, doch da war es zu spät. Das Skelett packte zu.

Eisenhart war sein Griff. Claudia schrie, wurde zurückgezogen, und Aldo, der ebenfalls herumfuhr, erkannte mit Schrecken, dass auch die zweite Klaue zugepackt hatte und Claudia in einem so starken Klammergriff hielt, dass es für sie unmöglich war, sich zu befreien.

Der Knöcherne hatte sie zu sich herangezogen, einen Arm um ihre Kehle gelegt, und drückte mit der Knochenspeiche dagegen.

Für die angststarre Claudia gab es keine Chance zur Flucht.

Aldo stand da, wie vom Donner gerührt. Er dachte daran, dass sich auch noch andere Gäste in der Bodega aufgehalten hatten, doch die waren verschwunden, einfach weggelaufen wie kleine Kinder.

Er war allein.

Claudia hing im Klammergriff des Skeletts. Sie hatte ihren Mund weit aufgerissen, weil sie nach Luft schnappen wollte. Dann schlug sie mit den Armen um sich, trampelte, traf auch die Knochen, aber das Skelett war kein Mensch. Es reagierte zwar ähnlich, dennoch verspürte es keinerlei Schmerzen.

Aldo wollte und musste etwas tun.

Das Messer hatte ihm keinen Erfolg gebracht. Damit konnte man keine Knochen abtrennen, aber er besaß noch andere Waffen. Stühle, zum Beispiel. Wenn er damit zuschlug und das Monster traf, konnte er es vielleicht auseinanderhämmern.

Die Hände des Mannes umschlossen eine Lehne. Dann wuchtete Aldo den Stuhl in die Höhe und bewegte sich auf Claudia und das Skelett zu.

Die Frau hatte sehr mit der Atemnot zu kämpfen. Sie war im Griff des Skeletts zusammengesackt, ihr Kopf befand sich unter dem des knöchernen Monsters.

Ein Vorteil für Aldo.

Den Messergriff hatte er zwischen die Zähne gesteckt. Seine Augen funkelten, als er den Stuhl anhob und ihn über seinen Kopf schwang. Noch zwei Schritte lief er vor, dann ließ er das Möbel nach unten sausen.

Er traf.

Leider ließ es sich nicht vermeiden, dass auch Claudia etwas abbekam. Ihr Schrei hallte durch den Raum, doch was Aldo hatte erreichen wollen, war ihm gelungen.

Die beiden trennten sich.

Claudia rutschte aus dem Griff der blanken Knochenarme und sank am Boden zusammen.

Aldo sah seine Chance. Die Kräfte des Mannes waren nicht mehr die besten, doch in diesen Minuten wuchs er über sich selbst hinaus. Er führte einen zweiten Schlag, diesmal in Kopfhöhe und schwingend von links nach rechts. Wäre doch gelacht, wenn er den Knöchernen nicht in Stücke hauen konnte.

Der Stuhl krachte auf den Schädel des Skeletts. Mit großer Wucht war der Schlag geführt worden, und der Knochenmann wurde zur Seite gefegt wie ein Pappkamerad. Der Schwung schleuderte ihn über einen Tisch, wo er noch zwei Stühle umriss, dann fiel er zu Boden und blieb dicht neben der Wand unter einem schmalen Fenster liegen.

Ob er sich wieder erhob, konnte Aldo nicht feststellen. Ebenfalls war es ihm nicht mehr möglich, Claudia zu beschützen, denn Okastra hatte die Tür aufgerammt.

Wuchtige Schläge trieben sie bis gegen die rückseitige Wand, und der Unheimlich hatte freie Bahn.

Nebel hüllte ihn ein.

Blauer Dunst. Ein geruchloser Qualm, der sich zu Wolken und Spiralen zusammengedreht hatte und den anderen begleitete.

Okastra stand in seinem Zentrum!

Der alte Mann kannte die schrecklichen Legenden über diese Person. Okastra war der Anführer einer blutgierigen Sarazenenmeute gewesen, man hatte viel über ihn erzählt und ihn auch in das Reich der Fabel verbannt.

Dem war nicht so.

Jetzt stand er da!

Eine düstere, schaurige Gestalt mit roten Augen und einem dunklen Gesicht, das einen bräunlich schimmernden Farbton aufwies, wie der Mann zu erkennen glaubte.

In der Hand hielt er die Waffe, für die er bekannt war.

Sein Sarazenen-Schwert!

Schmal mit einer zweischneidigen Klinge versehen, die selbst Papier durchtrennen konnte.

Die Spitze des Schwerts stach aus dem Nebel, und sie zeigte auf Aldo.

Er sollte das Opfer werden!

Noch hatte Okastra ihn nicht erreicht, und Aldo dachte nicht daran, sich so einfach töten zu lassen. Er wollte sich wehren, auch gegen Schwerthiebe.

Das Messer ließ er verschwinden, denn er brauchte seine beiden Hände. Aldo war sicher, dass der andere es verstand, sein Schwert hervorragend zu führen. Mit dem Messer kam er gegen Okastra nicht an, er musste ihn auf andere Art und Weise abwehren.

Die Tische waren schwer. Dennoch schaffte Aldo es, einen in die Höhe zu hieven und als Deckung vor sich zu halten.

Leider war die Fläche so groß, dass er nicht vorbeischauen konnte, aber er hörte seinen Gegner.

Schleifend und irgendwie lauernd, so hörten sich die Schritte an. Dabei noch zielstrebig, denn Okastra, einmal auf ein Opfer fixiert, würde keine Rücksicht kennen.

Auch jetzt dachte Aldo noch an die Frau. »Laufen Sie weg!«, rief er ihr zu, dann musste er sich auf seinen Gegner konzentrieren, denn Okastra war nahe.

Aldo drückte den Tisch nach links, sodass er an dessen Seite vorbeischauen konnte.

Er sah den Arm.

Aus dem Nebel schaute er, und die Verlängerung seiner Hand bildete die gefährliche Klinge.

Sie fuhr aus dem blauen Nebel, pfiff durch die Luft und jagte von der Seite her auf den Tisch zu.

Sie traf hart.

Aldo merkte die Erschütterung. Er wollte den Tisch festhalten, aber das war nicht mehr möglich, denn die Klinge hatte eine so ungeheure Schärfe, dass sie durch das Holz hieb.

In zwei Teile wurde der Tisch gespalten.

Aldo taumelte zurück, stieß selbst Möbelstücke um und sah, dass die Nebelwolke und damit Okastra auf ihn zukam.

Schräg stach das gefährliche Sarazenen-Schwert in die Höhe. Der Unheimliche war bereit, zuzuschlagen und allem ein Ende zu bereiten.

Aldo packte die reine Verzweiflung. Er wusste nicht mehr, wie er sich wehren sollte, zudem war er nicht der Schnellste, und in einem Akt der Panik warf er sich vor.

Das Messer hielt er fest.

Da fegte die Klinge nach unten.

Es entstand sogar ein fauchendes Geräusch, das ihren Weg begleitete, und Aldo wurde auf halber Strecke getroffen.

Einem Schwert, das Holz spalten konnte, würde auch ein Mensch keinen Widerstand entgegensetzen.

So war es hier!

Aldo hatte keine Chance. Fast der Länge lang wurde er getroffen, und kaum hatte das Schwert ihn berührt, geschah etwas Unbegreifliches …

Claudia Darwood hatte auf dem Boden gesessen. Sie war froh, dem Skelett entkommen zu sein, doch sie fand einfach nicht mehr die Kraft, sich in die Höhe zu stemmen.

So schaute sie aus ihrer Perspektive zu, wie Okastra vorging und sich Aldo verzweifelt zu wehren versuchte, obwohl er keine Chance gegen dieses Monster hatte.

Beim ersten Schlag wurde der Tisch geteilt, als bestünde er aus Papier.

Aldo stand nun deckungslos, und Claudia ahnte, dass er einen zweiten Schlag nicht überleben würde.

So war es auch.

Sie wollte schreien, als sie das Fauchen der Klinge hörte, doch kein Laut drang aus ihrem Mund. So hockte sie nur da und schaute der Verzweiflungstat des alten Mannes zu, der sich praktisch in den Hieb hineinwarf.

Die Klinge traf haargenau, und die nächsten Sekunden erlebte Claudia überdeutlich, denn ihr wurde mit einem Mal bewusst, zu was Schwarze Magie fähig sein kann.

Aldo löste sich auf.

Nicht zwei Teile seines Körpers kippten jeweils zu verschiedenen Seiten hin weg, nein, bevor sie noch entstehen konnten, dampfte eine graue Nebelwolke auf, drehte eine Spirale und drückte sich dabei in den anderen Nebel hinein.

Das also war es!

Okastra konnte töten, aber auch die Opfer zu Nebelstreifen werden lassen, die sich fortan in seiner Nähe befanden.

Dies begriff Claudia Darwood sehr deutlich, und sie fragte sich, wie so etwas möglich war.

Gleichzeitig dachte sie daran, dass ihr unter Umständen das gleiche Schicksal bevorstand, und Okastra, eingehüllt in diese dampfende und wallende Wolke, drehte sich um.

Dabei hielt er seinen rechten Arm ausgestreckt. Die Hand schaute aus einem Kuttenärmel hervor, und Claudia konnte die Waffe in ihrer gesamten Länge erkennen.

Ihr Blick fraß sich an der Schneide fest. Zum ersten Mal sah sie diese aus der Nähe, und sie stellte fest, dass dieses Sarazenen-Schwert nicht nur zwei geschliffene Seiten hatte, sondern dass die beiden sich auch noch farblich voneinander unterschieden.

Die eine Seite glänzte stählern.

Die andere schimmerte bläulich.

Noch immer saß die Frau auf dem Boden. Sie hatte ihre Arme zurückgedrückt und stützte sich mit den Händen auf. Ihr starrer Blick war auf Okastra gerichtet, der sich Zeit ließ.

Ihm konnte keiner entkommen, ihm gehörte hier alles. Es sah fast lässig aus, wie er sich zur Seite wandte und dorthin schritt, wo das Skelett lag.

Damit gab er den Weg zur Tür frei.

War er sich seiner Sache so sicher?

Claudia verfolgte ihn genau. Sie schien für ihn uninteressant geworden zu sein, und die Engländerin sagte sich, dass sie, wenn sie jetzt die Chance nicht nutzte, wohl nie mehr diese verdammte Bodega verlassen würde.

Und so schnellte sie hoch.

Das Blut schoss in ihren Kopf und verursachte einen Schwindel. Aber sie hielt sich auf den Beinen.

Die Tür!

Mein Gott, die musste sie erreichen, solange der andere abgelenkt war. Auf dem Weg dorthin drehte sie den Kopf nach rechts, um nach ihrem Gegner zu schauen.

Er hielt sich noch immer dort auf, wo das Skelett am Boden lag, und kümmerte sich nicht um sie.

Nur noch wenige Schritte.

Schon jubilierte Claudia, als sie der Schock umso heftiger erwischte.

Vor der Tür stand jemand.

Der tote Aldo!

Die Engländerin begann zu schreien. Sie bemerkte nicht einmal, dass sie gestoppt hatte, sie stand nur da und brüllte ihre Verzweiflung hervor.

Aldo bot ein grauenvolles Bild.

Er musste es sein oder sein Geist.

Aber wie konnte er leben?

Seine Haltung war etwas schief. Er trug noch dieselbe Kleidung, nur etwas hatte sich verändert.

Der Körper zeigte von der Stirn an und dabei schräg nach unten bis zum Fuß laufend einen langen Einschnitt, der Aldo gewissermaßen in zwei Hälften teilte.

Dennoch kippte er nicht auseinander. Er stand da und schien sich am Entsetzen der jungen Frau zu weiden.

Claudia konnte nicht mehr stehen bleiben. Sie wollte diesen Anblick verscheuchen, wankte zurück und hielt beide Hände vor ihr Gesicht, wobei sie den Kopf schüttelte.

Selbst die Schritte überhörte sie.

Es waren nicht Aldos oder ihre, sondern die des fürchterlichen Dämons Okastra.

Er kehrte zurück.

Claudia ließ die Hände sinken. Sie starrte auf die Tür und sah, dass Aldos Geist verschwunden war. Unendlich langsam drehte sie den Kopf.

Okastra war nicht mehr aufzuhalten. Sein Schwert hatte er weggesteckt, dafür hielt er etwas anderes zwischen beiden Händen.

Einen Skelettschädel!

Er musste ihn dem Knöchernen abgenommen haben. Wie die

gesamte Gestalt wurde der Skelettschädel ebenfalls von dem bläulichen Nebel umflort.

Dennoch war er zu sehen, und die Nebelschlieren schienen ihm ein unheimliches Leben zu geben.

Claudias Angst steigerte sich. Bisher hatte Okastra noch kein Wort gesprochen. Das brauchte er auch nicht. Es lag auf der Hand, dass sich seine folgenden Aktionen um die Frau drehen würden.

Claudia hatte nur Augen für die Schreckensgestalt mit dem Totenschädel. Sie überhörte selbst das Poltern aus dem Hintergrund. Erst als sie eine laute Stimme vernahm, wurde sie aufmerksam.

Es war eine menschliche Stimme.

Ein Klang der Hoffnung.

»Aus der Schusslinie, Mädchen! Geh aus der Schusslinie!«

Wir fielen!

Dies geschah genau in dem Augenblick, als Paco mir die Klinge durch die Wange ziehen wollte.

Nun gab es zwei Möglichkeiten. Entweder stieß er zu, oder seine Hand zuckte zurück.

Er drückte nicht zu. Das Messer verschwand von meiner Wange. Dafür hörte ich seinen entsetzt und überrascht klingenden Ruf, als er bemerkte, dass andere Kräfte die Regie übernommen hatten.

Ich konnte mich noch immer nicht normal bewegen.

Sarrazan stürzte über mich, als er versuchte, mit einem schnellen Griff irgendwo Halt zu finden. Seine Fingernägel hinterließen ihre Spuren in meinem Gesicht.

Wir fielen, aber nicht schnell.

Es war fast ein Segeln, und wir wurden immer wieder, wenn sich der Fall steigerte, abgestoppt.

Das Grab schluckte uns.

Paco schrie. Er schlug um sich, traf mich zweimal und auch seinen Kumpan. Sein Körper zuckte dabei zur Seite, sodass ich für einen Moment freie Sicht nach oben hatte.

Die Graböffnung wurde immer kleiner.

Und ich sah, wie sich jemand darüber beugte. Fast sogar eine menschliche Gestalt.

Das war sie nicht.

Der Engel hatte sich bewegt und seinen Körper nach vorn gedrückt. Dann verdeckte mir Paco wieder das Sichtfeld, außerdem konzentrierte ich mich auf meinen Fall.

Bremsen, weiter fallen, bremsen, fallen …

So lief es ab. Da war eine regelrechte Kontinuität zu spüren.

Der Aufschlag. Trotzdem hart, und wir purzelten durcheinander, wobei ein Beinpaar gegen meinen Hals prallte.

Mein Schädel brummte, aber ich durfte nicht liegen bleiben. Wir befanden uns momentan in einer absoluten Dunkelheit, denn aus der Höhe, wo das Grab lag, schimmerte kein Strahl durch.

Und ich hatte nicht nur die Finsternis zum Feind, sondern auch noch zwei Menschen.

Die Lähmung war gewichen. Zwar spürte ich ein dumpfes Gefühl in meinem Hals, ansonsten konnte ich mich wieder bewegen. Und ich rollte mich sofort zur Seite.

Dabei hatte ich Glück. Unter meinem rechten Arm, etwa in Ellbogenhöhe, verspürte ich einen bekannten Druck.

Nicht nur wir drei waren in die Tiefe gefallen, auch meine Beretta hatte die Reise mitgemacht. Wahrscheinlich hatten die anderen beiden daran nicht gedacht. Bevor sie sich erinnern konnten, griff ich zu und steckte die Waffe heimlich ein.

Jetzt war mir ein wenig wohler.

Auch meine beiden Gegner hatten sich inzwischen wieder gefangen. Ich hörte ihre Stimmen.

Pacos klang wütend. Er schrie Flüche. Zwar verstand ich die Worte nicht, aber es konnte sich bei seinem Schreien nur um solche handeln.

Auch Sarrazan redete. Hart fuhr er seinem Kumpan in die Parade, und Paco verstummte.

Da ich ebenfalls nichts sagte und mich nur auf die Umgebung konzentrierte, war es ziemlich still.

Ich hörte meine beiden Gegner atmen.

Es war mehr ein Keuchen. Sie mussten sich bereits gefunden haben, denn die Geräusche drangen von einer Seite zu mir. Die Kerle hockten rechts von mir.

»He, Engländer!«

Paco hatte die Worte gesprochen.

Ich kniete und duckte mich unwillkürlich noch weiter zusammen. Ich hütete mich davor, eine Antwort zu geben. Vielleicht gelang es mir, ein wenig an den Nerven der beiden zu kratzen.

»Verdammt, gib Antwort!«

Wieder schwieg ich. Mein Atem hatte sich inzwischen wieder beruhigt. Sehr schwach und flach nur drang er über meine Lippen.

Einige Sekunden später redete auch Sarrazan.

»Vielleicht ist er verreckt?«

Paco begann hohl zu lachen.

»Möglich ist alles. He, Engländer, bist du verreckt?«

Ich gab den beiden keine Antwort. Sie sollten in ihrem eigenen Saft schmoren.

Paco redete weiter. Diesmal richtete er seine Worte an Sarrazan. »Geh mal zur Seite, Kumpel, ich versuche es mit dem Messer. Vielleicht kann ich ihn kitzeln.«

Dieser Kerl hatte wirklich eine Macke. Wie konnte er in einer solchen Lage noch an so etwas denken?

»Das ist doch jetzt egal!«

»Nein, ich hole ihn mir!«

»Hast du Streichhölzer?« Sarrazan wechselte das Thema.

»Klar.«

»Dann mach Licht und lass dein verdammtes Messer stecken!«

»Nein, zünde du es an.«

»Si.«

Sehr aufmerksam war ich der Unterhaltung gefolgt und demnach schon gewarnt. Ich konnte mich bestens auf die Lage einstellen und blieb zunächst starr auf dem Rücken liegen. Kaum hatte ich die Augen geschlossen, hörte ich das typische Geräusch, das entsteht, wenn ein Einweg-Feuerzeug benutzt wird.

Es gab keinen Zweifel, dass wir Gefangene waren. Innerhalb eines gefährlichen Grusel-Kellers, und ich fragte mich, wie es weitergehen sollte, denn der Weg nach oben war einfach zu weit. Den brachten wir nie und nimmer ohne Hilfe hinter uns.

Die Flamme zuckte auf.

Es herrschte kein Windzug, deshalb brannte die Flamme verhältnismäßig ruhig, und sie warf einen Lichtkreis, der die beiden Basken berührte und auch mich nicht ausließ.

Die beiden sahen mich.

Paco konnte sich kaum beherrschen. »Verdammt, da liegt der Hundesohn!«

Er sprach die Worte sogar in meiner Heimatsprache aus, damit ich ihn auch verstehen konnte.

Es war ein risikoreiches Spiel, denn Paco, dieser Heißsporn, hielt sein Messer fest. Die Klinge zeigte auf mich, sein Gesicht war verzerrt und wirkte noch finsterer im Schein der Kerzenflamme.

Wenn es nach ihm gegangen wäre, hätte er zugestoßen. Zum Glück reagierte Sarrazan besonnener. Er legte seinem Partner die Hand auf die Schulter.

»Lass es erst einmal gut sein.«

Die Flamme verlöschte. Sarrazan fuhr fort: »Wir stecken in einer verdammt miesen Lage, da sind sechs Hände besser als vier.«

Das hörte sich fast wie ein Angebot an. Ich spitzte auch weiterhin die Ohren.

Paco lachte leise, bevor er zischte: »Du willst mit dem Engländer gemeinsame Sache machen?«

»Was bleibt uns anderes übrig?«

»Aber der Hund weiß zu viel.«

»Das ahnte Darwood auch.«

»Wir haben ihn nicht gekillt!«, sagte Paco wütend. »Hier spielen ganz andere Kräfte eine Rolle.«

»Und welche?«

»Wenn ich das wüsste.« Paco stöhnte vor Wut. »Ich glaube einfach nicht an diesen verdammten Sarazenen-Quatsch. Das ist doch Unsinn. Darauf kann man sich nicht verlassen. Ich, für meinen Teil, glaube an die Maschinenpistole und an mein Messer.«

»Das bleibt dir überlassen.«

Die beiden schwiegen eine Weile. Auch ich hing meinen Gedanken nach. Man konnte zu ihnen stehen, wie man wollte, in einem hatten die Basken recht.

Dieser Fall, der zuerst wie ein Politikum aussah, weitete sich aus und geriet in ein Gebiet, das mit dem menschlichen Verstand kaum zu erfassen war.

Es war wirklich eine Sache für mich, den Geisterjäger, geworden.

Paco bewegte sich. Ich hörte, wie er über den Boden rutschte. Er flüsterte mit Sarrazan. Diesmal benutzten sie eine fremde Sprache. Baskisch. Ich konnte kein Wort verstehen. Aber Sarrazan sprach dann in Englisch weiter. »Was meinst du, willst du nachschauen, ob er hin ist?«

»Klar. Mach mal Licht.«

Ich verstand. Wahrscheinlich hatte es die beiden gewundert, dass ich mich nicht rührte. Jetzt befürchteten sie anscheinend das Schlimmste.

Im Schein der kleinen Flamme kroch Paco näher.

Er hatte sein verdammtes Messer noch immer nicht losgelassen. Den Griff hielt er mit der rechten Hand umklammert. Die Flamme warf ihre Reflexe auf die Klinge und gab ihr einen schaurigen Rotschimmer.

Paco atmete heftig. Auf seinem Gesicht glänzte der Schweiß. Die dunklen Augen waren weit aufgerissen, denn er wollte alles genau erkennen.

Ich ließ ihn kommen.

Als er so nahe heran war, dass er mich greifen konnte, öffnete ich die Augen.

Diese lautlose Bewegung wurde von Paco wahrgenommen, und er erschrak so heftig, dass ich befürchtete, er würde mit dem Messer zustechen.

Das tat er nicht. Stattdessen zuckte er zurück.

»Was ist los?«, fragte Sarrazan.

»Der Hund ist wach!«

»Habe ich mir gedacht.«

»Engländer, du bist zäh«, sagte Paco und blieb vor mir hocken. »Alle Achtung.«

Ich richtete mich auf. Sofort nahm Paco eine Abwehrhaltung ein und sah mein Abwinken. »Reiß dich zusammen«, forderte ich, »wir sitzen wirklich in einem Boot.«

Paco verzog das Gesicht. »Verdammt, mit einem Engländer. Merde!« Er fluchte auf französisch. »Damit hätte ich nie in meinem Leben gerechnet, einmal mit einem Hundesohn …«

»Hör endlich auf«, unterbrach ich ihn. »Wir müssen lieber zusehen, dass wir hier rauskommen.«

»Und wie?«

»Das ist die Frage.«

»Klugscheißer!«

Ich stand auf. Das geschah mühsam, denn in meinem Kopf begann sich plötzlich ein Mühlrad zu drehen. Den Zustand hatte ich diesen beiden Basken zu verdanken.

Dafür würde ich ihnen noch eine kleine Rechnung präsentieren, falls ich je dazu in der Lage war. Ich wandte mich an Sarrazan, der sein Feuerzeug nicht mehr brennen lassen konnte und seine Hand zurückzog, sodass die Flamme verlöschte. Dennoch hatte er meine letzte Bewegung gesehen.

»Was willst du?«

»Sag deinem Kumpan, dass ich keine Lust habe, mir seine Hasstiraden weiter anzuhören.«

»Ist gut.«

Sarrazan sprach mit Paco. Die beiden schrien sich bald an. Ich verstand kein Wort, wusste aber, worum es sich drehte, und holte meinerseits das Feuerzeug hervor. Die Bleistiftleuchte ließ ich stecken. Einen Trumpf wollte ich in der Hinterhand haben.

Als ich das Feuerzeug anknipste, standen sich die beiden wie Kampfhähne gegenüber, sogar Pacos Messerklinge zeigte auf Sarrazan.

Sarrazan hob die Hand. Er drehte sich zu mir um. »Es ist in Ordnung, Engländer. Paco wird still sein.«

»Nein, ich …«

»Natürlich wirst du!«

Da nickte Paco. Sogar meinen Namen wollte er wissen. Es gab für mich keinen Grund, ihn zu verheimlichen, deshalb sagte ich ihm auch, wie ich hieß.

Beide nickten.

Ich ließ die Flamme wieder verlöschen. Die Basken standen vor mir, das wusste ich, obwohl ich sie nicht sah. »Wie kann es weitergehen?«, erkundigte ich mich. »Ihr müsst es wissen.«

»Nein!« Sarrazan hatte die Antwort gegeben.

»Aber ihr stammt aus dieser Gegend.«

»Nein. Aber Paco wuchs hier auf.«

»Kennst du dich hier aus?«

»Nicht im Berg«, erklärte Paco. »Es gibt hier viele Höhlen, Etagen, Galerien, Verliese und Kasematten. Aber wie das alles genau ist, weiß ich auch nicht.«

»Wir sind also auf Vermutungen angewiesen.«

»Wahrscheinlich.«

Ich dachte nach. Nach oben war uns der Weg versperrt. So blieb uns nichts anderes übrig, als einen zweiten Ausgang zu suchen.

Und das würde eine Quälerei werden. Ein Weg durch die unterirdischen Kasematten, eine abenteuerliche Reise, die voller Gefahren und böser Überraschungen steckte.

Drei Männer waren wir.

Zwei Basken und ich.

Feinde, doch in diesem Fall waren wir aufeinander angewiesen. Da mussten Gefühle zurückstehen.

Das sagte ich ihnen.

Sarrazan zeigte sich einsichtig, auch Paco. Er fügte aber hinzu, dass wir noch miteinander abrechnen wollten, wenn wir es überstanden hatten.

»Meinetwegen«, erwiderte ich und wollte dennoch mehr über die Geschichte dieses Bergs wissen.

Der Erfolg war gleich Null. Die Basken hatten sich nur für ihren »Job« interessiert, für mehr nicht.

Es blieb uns also nichts anderes übrig, als weiter zu suchen.

Und das in der Dunkelheit!

Sarrazan hatte von Verliesen, von Galerien, von Kasematten gesprochen, was mich wiederum dazu veranlasste, an gefährliche Fallen zu denken. Es konnte uns passieren, dass wir urplötzlich in die Tiefe stürzten und irgendwo in einem Stollen oder Schacht mit zerschmetterten Knochen liegen blieben.

Das waren natürlich keine guten Aussichten.

Es spielte auch keine Rolle, in welche Richtung wir uns wandten, aber ich musste jetzt meine kleine Trumpfkarte spielen und kramte die kleine Lampe hervor.

Als ich sie einschaltete, kniffen die Basken überrascht die Augen zusammen, weil sie für den ersten Moment geblendet wurden.

Paco lachte auf. »Da haben wir ja Licht.«

»Fragt sich nur, für wie lange. Oder glaubst du, dass die Batterien ewig halten?«

»Wohl kaum.«

Ich leuchtete in die Runde. Nach oben hin verlor sich der Strahl, aber ich erkannte, was uns aufgehalten hatte.

Es waren Fäden gewesen!

Wie ein Netz spannten sie sich durch das Verlies, und der letzte

Faden befand sich so dicht über unseren Köpfen, dass ich nur den Arm auszustrecken brauchte, um ihn zu erreichen.

Das tat ich auch.

Kaum berührten ihn meine Finger, als ich die Hand auch schon wieder zurückzog.

»Was war denn?«, fragte Sarrazan.

Ich schüttelte die Hand, bewegte die Finger und gab eine leise Antwort. »Irgendwie habe ich das Gefühl, als wären diese Fäden mit denen eines Spinnennetzes zu vergleichen.«

»Aber so stark?«

Sarrazan hatte die Frage gestellt, und ich hob die Schultern. »Wir wissen es nicht.«

»Ach, das ist Unsinn. Spinnenfäden!« Paco lachte. »Da hat man uns reingelegt. Wir sollten davor keine Angst haben. Ich bin dafür, dass wir erst einmal verschwinden.«

»Gut, gehen wir«, sagte ich und leuchtete nach vorn, wobei ich den Arm heftig bewegte.

Der helle Lichtstrahl verschwand in der Tiefe.

Ich glaubte, an seinem Ende ein Glitzern zu sehen, was aber auch eine Einbildung sein konnte.

Ich schärfte meinen beiden unfreiwilligen Begleitern noch einmal ein, sich zusammenzureißen und vor allen Dingen nicht zu meckern, wenn wir im Dunkeln marschierten, da ich die Batterie der kleinen Lampe schonen wollte.

»Ja, ja, schon gut.« Paco schüttelte den Kopf. Er machte den Anfang und ging einfach los.

Sarrazan wusste, dass es gefährlich war, deshalb schrie er ihm zu: »Verdammt, bleib zurück! Wir gehen gemeinsam!«

Paco gehorchte nur widerwillig.

Ich machte mir große Sorgen. Allein hätte ich mich wohler gefühlt, so unwahrscheinlich dies klang, aber Typen wie Paco konnten alles durch ihre Unberechenbarkeit verderben.

Nun, wir begannen mit unserem Marsch ins Ungewisse. Niemand von uns wusste, was uns erwartete.

Die Luft in dieser Bergtiefe war relativ gut. Das ließ darauf hoffen, hier irgendwo eine Verbindung zur Außenwelt zu finden, durch Schächte oder Stollen.

Die Zeit war bedeutungslos geworden. Hin und wieder knipste ich meine Lampe an, leuchtete auch zu Boden und stellte fest, dass wir noch immer über Gestein schritten.

Manchmal sahen wir die seltsamen Fäden. Entweder schräg oder waagerecht breiteten sie sich über unseren Köpfen aus, wo sie ein regelrechtes Netz- und Flechtwerk bildeten.

Waren es tatsächlich Spinnfäden?

Wir sprachen kaum. Nur Paco stieß ab und zu einen Fluch aus.

An die Dunkelheit hatte ich mich mittlerweile gewöhnt, auch an unsere Schritte, aber wir hörten noch ein anderes Geräusch, das so gar nicht zu den normalen passen wollte.

Ich blieb stehen.

Die beiden Basken gingen noch einige Schritte weiter, bevor auch sie stoppten.

»Schalt die Lampe ein, Sinclair«, forderte Sarrazan.

Ich wollte ihm den Gefallen tun. Zudem war ich selbst neugierig, machte Licht und schwenkte den Strahl nach rechts. Unsere Augen wurden groß. Im Restlicht der Lampe, praktisch an seinem Ende, sahen wir das Unglaubliche.

Es war ein Monstrum, ein Ding der Unmöglichkeit, aber eine furchtbare Realität.

Eine riesige schneeweiße Spinne!

Der Hieb hatte Romero Sanchez von den Beinen gerissen! Es war wirklich über ihn gekommen wie ein Sturmwind. Dass er die Wagentür geöffnet hatte, daran konnte er sich noch erinnern. Er hatte seinen Oberkörper in das Fahrzeug gebeugt, wollte nach der Plane greifen, und dann waren die beiden Schatten aufgetaucht.

An den Beinen hatten sie ihn gepackt und aus dem Wagen gezerrt. Kaum befand sich sein Kopf im Freien, hatte der andere schon zugeschlagen.

Und wie!

Schlagartig waren für Romero Sanchez sämtliche Lichter erloschen, und der Majordomo von Campa war in das tiefe Dunkel der Bewusstlosigkeit gesunken.

Neben dem Talbot liegend, kam er langsam wieder zu sich. Zuerst wusste er überhaupt nicht, wo er sich befand. Da kühler Wind durch sein Gesicht strich, dachte er darüber nach, dass er eigentlich nur im Freien liegen konnte.

Dem war auch so. Sein Arm schlug gegen die Wagenseite, er fand die offen stehende Tür und konnte sich daran hochziehen.

Sanchez schwankte von einer Seite auf die andere. Die Schmerzen in seinem Kopf tobten, sie waren so stark, dass sie seinen Blickwinkel verengten. Nie in seinem Leben hatte Sanchez einen so harten Schlag auf den Schädel erhalten.

Nun, das hatte sich geändert.

Er musste damit fertig werden und wurde auch damit fertig. Nur dauerte es seine Zeit, bevor Sanchez den Gedankenapparat »einschalten« konnte. Er versuchte sich zu erinnern, wie alles abgelaufen war. Schließlich drehte er sich, schaute das letzte Stück des Weges hoch und blickte auf die Szenerie des einsamen Bergfriedhofs.

Gräber und Grabsteine lagen vor ihm. Stumme Zeugen des Todes und der Vergänglichkeit.

Von dem Engländer fand Sanchez keine Spur mehr. Er war verschwunden. Niedergeschlagen worden war der Majordomo von anderen Typen. Krampfhaft überlegte er, wer dafür wohl verantwortlich war, doch zu einem Resultat gelangte er nicht.

Jedenfalls musste man ihm heimlich gefolgt sein.

Er dachte an seine Aufgabe und blieb nicht mehr länger stehen. Obwohl es ihm schwerfiel und die Schmerzen in seinem Schädel tobten, begann er, das letzte Stück des Wegs zurückzulegen. Er ging dabei wie ein Baby, das laufen lernt. Den einen Fuß setzte er vor den anderen, musste achtgeben, dass er nicht irgendwo anstieß und durch den Schwung stürzte, doch er riss sich immer wieder zusammen, überwand die Distanz und erreichte den Friedhof, wo er sich an einem Grabstein endlich abstützen konnte.

Da ruhte er sich aus.

Keuchend rang er nach Luft, hatte den Kopf in den Nacken gelegt und das Gesicht verzerrt.

Es dauerte Minuten, bis er wieder in der Lage war, den Weg fortzusetzen.

Um die kopflose Leiche des Engländers war es gegangen. Sie hatten den Torso in die Plane wickeln wollen, um ihn wegzuschaffen.

Nun musste er sich der Tatsache stellen.

Der Bürgermeister ging weiter. Zitternd, von Schmerzen gepeinigt. Schon bald sah er das grauenhafte Bild.

Der Körper lag vor einem großen Grab, auf dem eine Engelsfigur stand, die in der rechten Hand ein Schwert und in der linken einen Totenschädel hielt.

Sanchez blieb stehen.

Er schaute auf die Leiche, blickte darüber hinweg, sah die Grabfläche und auch den Boden, der zertrampelt war.

Hier hatten Menschen gestanden.

Mindestens zwei, wenn nicht mehr …

Sanchez erkannte dies sehr deutlich. Es fiel ihm schwer, dennoch drehte er sich um und ging davon.

Keiner sah das kalte Lächeln auf seinem Gesicht …

»Aus der Schusslinie, Mädchen! Geh aus der Schusslinie!«

Claudia Darwood vernahm die Stimme des Mannes, die sich bei dem Schrei fast überschlug.

Für einen Moment vergaß sie den schrecklichen Okastra, schaute tiefer in den Gastraum der Bodega hinein und erkannte dort den Wirt als Schatten.

Der Mann hatte sich bewaffnet. Er trug ein Gewehr, hatte den Kolben gegen die Schulter gestemmt und zielte auf Okastra.

Automatisch gehorchte Claudia dem Befehl. Sie drückte sich nach links aus der Schusslinie, und der Bodegero feuerte.

Er schoss nicht nur einmal, sondern riss den Stecher mehrere Male hintereinander zurück.

Das Krachen der Schüsse hämmerte durch die Bodega und schien die Wände auseinanderreißen zu wollen. Pulverdampf verbreitete einen ätzenden Gestank.

Die Geschosse hieben in den Nebel hinein und trafen die Gestalt darin.

Die junge Engländerin konnte zuschauen, wie die Kugeln gegen den Unheimlichen hämmerten und die Wucht der Treffer ihn regelrecht durchschüttelte, ihn aber nicht von den Beinen riss.

Okastra hielt sich!

Er stand da, nahm die Geschosse auf und griff gleichzeitig an.

Er schleuderte den Totenschädel.

Wie ein Ball flog dieser durch die Luft, drehte sich dabei und traf den Wirt.

Was dann geschah, war der absolute Horror für Claudia. Sie vernahm noch die schrecklichen Schreie des Mannes, hörte ein Poltern, als ihm das Gewehr aus den Händen rutschte und zu Boden fiel.

Der Wirt konnte sich nicht mehr halten. Er taumelte nach rechts, danach in die andere Richtung, ging nach vorn und geriet in den Lichtkreis einer unter der Decke hängenden Lampe.

Bevor er zu Boden prallte, sah die Frau das Schreckliche.

Der von Okastra geworfene Schädel war nicht zerstört worden, er hatte sich über den Kopf des Mannes gestülpt und klebte daran fest. Ein grauenhaftes Ergebnis, unerklärbar, und Claudia beobachtete, wie der Wirt versuchte, den Schädel von seinem Kopf abzureißen.

Es gelang ihm nicht. Seine Hände rutschten an den Seiten ab, er verlor den Halt, kippte zu Boden und blieb hinter der Theke liegen.

Vorbei!

Claudia war wieder allein.

Allein mit Okastra, der sich ihr sofort zuwandte.

Sie wich zurück, doch er folgte ihr wie ein Schatten. Vom blauen Nebel umhüllt und die Augen als ovale Punkte, sah er fürchterlich aus. Sein Gesicht schien innerhalb der Schwaden nur eine braune, eingetrocknete Maske zu sein.

»Bitte nicht!«, flüsterte Claudia. »Was habe ich dir denn getan ...?«

Er gab keine Antwort, ging Schritt für Schritt auf Claudia zu, die sich fragte, ob dieses Wesen überhaupt in der Lage war, auch nur ein Wort zu reden.

Er wollte sie holen.

Sie allein!

Und dann konnte sie nicht mehr weiter. Zwei Stühle hatte sie noch umgeworfen, schließlich gab es da eine Wand, gegen die sie stieß, und die war nicht durchlässig.

Okastra stand dort, wo sich die Öffnung im Boden befand und das Skelett entstiegen war.

»Komm!«

Zum ersten Mal hörte Claudia die Stimme aus dem Nebel. Sie klang brüchig, rau und gefährlich. »Komm zu mir ...«

Sie wollte nicht, schüttelte den Kopf, aber da war etwas, gegen das sie machtlos war.

Und die Kraft zog sie an.

Okastra hielt sie voll unter seiner Kontrolle. Auch die nächsten Worte waren schrecklich für sie, als er sagte: »Auf dich wartet mein Grusel-Keller, kleine Prinzessin ...«

Da wusste Claudia Darwood, dass sie keine Chance mehr hatte. Verzweifelt fügte sie sich in ihr Schicksal ...

IM REICH DER
MONSTER-SPINNEN

Die Hände des Superintendenten Sir James Powell umklammerten einen nicht nur für ihn außergewöhnlichen Gegenstand. Es war ein Totenschädel, und er hatte zu einem Menschen gehört. Wo der Körper lag, wusste Sir James nicht, er besaß nur diesen Schädel, der aussah, als wäre er mit einer glänzenden Wachsschicht überzogen worden. Ein schauriges Gebilde, das an die Vergänglichkeit und den Tod erinnerte.

Über den Schädel hinweg schaute Sir James Powell auf einen Mann, der ihm gegenübersaß.

Es war Suko, der Freund und Kollege des Geisterjägers John Sinclair. Die beiden Männer saßen in dieser späten Stunde zusammen, weil Sir James etwas mit Suko zu besprechen hatte. Irgendwie schien sich der Alte nicht wohl zu fühlen, wie Suko feststellte, denn er kannte seinen Vorgesetzten lange genug.

»Was halten Sie von der Geschichte, Suko?«, fragte er.

»Wie meinen Sie, Sir?«

Der Superintendent lächelte knapp. Er wusste genau, dass der andere ihn verstanden hatte, erwiderte aber nichts in dieser Richtung, sondern kam auf das Thema zu sprechen. »Ich meine den Schädel.«

Suko hob die Schultern. »Wir wissen, wem er gehört hat. Henry Darwood. Das ist alles.«

»Wirklich?«

»Ja.«

»Finden Sie, dass an dem Schädel etwas Besonderes ist oder es etwas gibt, das Sie als besonders bezeichnen würden?«

»Nein, Sir, wenn ich von der Herkunft einmal absehe.«

»Und von seinem Geheimnis«, unterbrach der Superintendent seinen Mitarbeiter.

»Welches Geheimnis meinen Sie?«

»Ich bin mir zwar nicht sicher, Suko, aber ich habe das Gefühl, dass uns dieser Schädel noch einige Rätsel aufgeben wird. Der ist nicht normal, und man hat ihn nicht ohne Grund der Schwester des Verstorbenen geschickt.«

»Das sicherlich, Sir.« Suko war mit seinen Antworten vorsichtig. Er wusste nicht, worauf sein Chef hinauswollte. Bei Sir James musste man da immer auf Überraschungen gefasst sein, deshalb wartete er zunächst einmal ab.

Hinzu kam, dass sich Suko geärgert hatte, weil man ihn praktisch aus diesem Fall hinausgeworfen hatte. Vielleicht nicht Sir James, sondern ein anderer, ein Geheimdienstmann mit Namen Snyder. Colonel Snyder, denn er hatte den Stein ins Rollen gebracht.

Dabei ging es um Henry Darwood, der für den Geheimdienst in Spanien tätig gewesen war und dessen Schädel seiner Schwester nach London geschickt worden war.

Man setzte John Sinclair allein auf den Fall an, der eine hohe Stufe der Geheimhaltung enthielt, denn die Aktivitäten des Henry Darwood sollten keinesfalls an die Öffentlichkeit gelangen. Was gewisse Kreise zu verbergen hatten, darüber konnte Suko nur mehr spekulieren, aber es war nicht die feine englische Art, ihn auf diese Art und Weise nach allen Regeln der Kunst auszubooten.

Nun schien etwas schiefgelaufen zu sein. Sonst hätte Sir James ihn nicht zu sich gerufen.

»Worauf wollen Sie eigentlich hinaus, Sir?«, erkundigte sich der Inspektor.

Der Superintendent stellte den Schädel zur Seite. Dabei hob er die Schultern, und das wunderte Suko. Normalerweise erlebte er bei Sir James nicht diese menschlichen und dann noch negativ zu wertenden Reaktionen. »Ich weiß es selbst nicht«, gab er mit seiner Antwort zu, »aber ich habe wohl einen Fehler gemacht, wie ich zugeben muss.«

»Der wäre, Sir?«

»Ich hätte John Sinclair Unterstützung mitgeben müssen.«

»In meiner Person, Sir?«

»Natürlich. Dass ich es nicht getan habe, ärgert mich, ist aber nicht zu ändern. Außerdem hat man einen gewissen Druck von ganz oben ausgeübt, denn die Geheimdienstleute haben leider einen zu großen Einfluss gewonnen. Das zu meiner Entschuldigung, die aber keine sein soll, ich gebe den Fehler zu.«

Suko hatte den Sinn der Rede verstanden. »Es geht also um John«, stellte er fest.

»Richtig.«

Der Inspektor setzte sich gespannter hin. »Was ist mit ihm geschehen?«

»Wenn ich das wüsste …«

In Suko schrillte so etwas wie eine Alarmklingel. »Sie haben keinen Kontakt?«, erkundigte sich Suko.

»Nein.«

»Haben Sie etwas vereinbart?«

»Natürlich. John sollte sich melden.« Sir James schaute gegen die Wand, wo die Verkleidung auf Knopfdruck verschwinden konnte, wenn er es für nötig hielt. »Er hat es nicht getan, und das bereitet mir große Sorge. Hinter diesem Fall scheint mehr zu stecken, als wir bisher angenommen haben.«

»Wo soll er sich befinden?« Suko wurde konkret.

»An der Nordwestküste Spaniens. Der Ort heißt Campa. Soviel ich weiß, handelt es ich dabei um ein Bergdorf. Mehr habe ich trotz intensiver Bemühungen nicht herausfinden können.«

»Den Namen kenne ich nicht«, gab Suko zu.

»Das habe ich mir gedacht. Niemand von uns weiß, was dort vorgeht. Ich habe mit Colonel Snyder über den Job des Henry Darwood geredet. Er wollte nicht so recht mit der Sprache herausrücken, und ich bin da sehr skeptisch. Darwood schien den Auftrag gehabt zu haben, sich um die Basken zu kümmern.«

»Das ist gefährlich.«

»Da sagen Sie etwas, Suko. Diese Leute sind verbohrt. Ich will mir hier kein Urteil über ihre politischen Ziele erlauben, aber ich habe Angst davor, dass John Sinclair zwischen die Mühlsteine des Kampfes geraten und zerdrückt worden ist.«

Er hatte es hart ausgedrückt, und Suko nahm es auch so hin. Der Inspektor kniff die Lippen zusammen. Er nickte und schluckte. »Das wäre natürlich fatal, Sir.«

»Sehr richtig, Suko. Deshalb möchte ich, dass Sie sich um die Sache kümmern.«

»Ich soll nach Spanien fliegen?«

»Und John heraushauen.« Der Superintendent schaute auf den Schädel. »Ich möchte nämlich nicht, dass John Sinclairs Kopf irgendwann hier auf meinem Schreibtisch liegt.«

»Da sprechen Sie mir aus der Seele, Sir. Welche Vollmachten können Sie mir geben?«

»Überhaupt keine. Sie sind auf sich allein gestellt. Wir haben in Spanien keinerlei Befugnisse. Deshalb sage ich Ihnen, dass Sie sich davor hüten müssen, sich erwischen zu lassen.«

»Wie haben Sie sich die Reise vorgestellt? Ich kann offiziell nicht einreisen.«

»Nein, Suko. Sie werden an Land gesetzt. Wir haben da unsere Kanäle und Beziehungen.«

Der Chinese lächelte. »Sie oder der Geheimdienst?«

»Letzterer.«

»Dann arbeitet Snyder mit?«

»Diesmal nicht. Ich habe ihn aus dem Spiel gelassen. Er hätte meine Aktion bestimmt nicht verstanden. Sie werden sich an die Marine wenden, Suko, an einem bestimmten Punkt der Küste abgesetzt und schlagen sich von dort aus nach Campa durch.«

»Wie weit ist es?«

Sir James beugte sich zur Seite. Unter seinem Schreibtisch und von einem Besucher nicht zu entdecken, befanden sich einige Knöpfe. Einen davon betätigte Sir James. Er berührte ihn nur leicht mit dem Finger, und schon geschah die Reaktion.

Ein Teil der getäfelten Wand fuhr lautlos zur Seite. Sie rollte auf Schienen und gab den Blick auf eine Karte frei. Diese Karte zeigte einen Ausschnitt der Nordwestküste Spaniens. Suko hatte gute Augen, er brauchte nicht aufzustehen, um die Städtenamen lesen zu können. Ein Name war dicker geschrieben und sogar unterstrichen.

La Coruña!

Suko verstand sofort. »Hat dieser Ort etwas zu bedeuten?«, erkundigte er sich.

»Ja«, sagte Sir James. »Es ist die Stadt, die Campa am nächsten liegt. Aber sie soll uns nicht interessieren.«

»Und der Ort selbst?«

»Liegt auch in der Nähe der Küste. Schauen Sie genau hin, Suko, dann werden Sie ihn sehen.«

Das tat der Chinese. Und er erkannte, dass Campa nicht nur nahe der Küste lag, sondern auch von Bergen eingeschlossen war. Ein richtiges Gebirgsdorf, unzugänglich, wahrscheinlich von der Zivilisation ein gutes Stück entfernt.

»Was sagen Sie dazu?«, fragte Sir James.

Suko runzelte die Stirn. »Ich weiß nicht, Sir, aber ich kann mir gut vorstellen, dass es in Campa kein Telefon gibt.«

»Das ist ein Irrtum. Dort existiert eine Verbindung.«

Suko schluckte die Enttäuschung. »Dann wundert es mich allerdings, dass John sich nicht gemeldet hat.«

»Er konnte es nicht.«

»Sie klingen sicher, Sir.«

»Das bin ich auch, denn wir hatten vereinbart, dass sich John Sinclair meldet. Wie Sie wissen, ist John ein Mann, der sich daran hält. Deshalb bin ich so beunruhigt. Nicht einmal wegen des Schädels, mir machen die politischen Verhältnisse dort die größeren Sorgen.«

»Das kann ich verstehen, Sir.«

»Also werden Sie sich dort umsehen. Bevor Sie reisen, weise ich Sie in Einzelheiten ein.«

In den nächsten Minuten erfuhr Suko das, was für ihn überaus wichtig war.

Er machte sich Notizen, nickte ein paar Mal und schüttelte dann den Kopf.

»Was haben Sie?«

Suko fixierte den auf dem Schreibtisch stehenden Schädel. »Kann man ihn als normal bezeichnen, Sir?«

»Wie meinen Sie das?«

»Haben Sie den Schädel untersucht?«

Sir James legte seine Hand auf die blanke Platte. »Das haben wir natürlich«, erwiderte er. »Sehr genau sogar …«

»Aber nicht auf seine magischen Fähigkeiten hin?«

»Nein, leider nicht.«

Suko schluckte. »Vielleicht sollte man das noch ändern. Unter Umständen kann uns der Totenschädel eine Spur mitteilen.«

Der Superintendent nickte. »Und wie wollen Sie das anstellen?«

»Ich will wissen, ob er mit Schwarzer Magie in Berührung gekommen ist, und da gibt es eine Möglichkeit.« Suko stand auf. Mit einem Griff hatte er die Dämonenpeitsche gezogen, schlug einmal einen Kreis über den Boden und ließ die drei Riemen aus der Öffnung fahren.

Die Peitsche war eine gefährliche Waffe. Die Riemen bestanden aus der Haut des Dämons Nyrana. Und in ihnen steckte eine Kraft, die unwahrscheinlich war. Durch ihre Hilfe war es dem Chinesen schon sehr oft gelungen, andere Schwarzblüter zu vernichten. Wenn dieser Schädel magisch aufgeladen war, musste er einfach reagieren.

»Zerstören Sie ihn nicht«, warnte Sir James.

Suko hob die Schultern. »Das kann ich Ihnen nicht versprechen, Sir. Ich werde mein Bestes tun.« Suko näherte sich dem Schreibtisch und damit dem Schädel mit vorsichtigen Schritten.

Vor dem Schreibtisch blieb er stehen, streckte einen Arm aus und legte, wie vorhin Sir James, die Hand auf die blanke Schädelplatte.

Er fühlte nach, bewegte seine Finger, aber er merkte keine Reaktion. Der Schädel schien normal zu sein.

Schien …

»Und?«

Auf Sir James' Frage hob Suko die Schultern und dann die Hand mit der Dämonenpeitsche.

»Wollen Sie schlagen?«

Das hatte Suko nicht vor. Für ihn war es ein Test. Er fasste einen Peitschenriemen an, hob ihn höher und legte ihn quer über den Schädel, um Reaktionen zu testen.

Es war nicht so abwegig, was er da tat, denn Suko hatte schon erlebt, dass Schädel schreien konnten. Dieser Fall lag nicht einmal weit zurück und hatte schließlich auf die Spur des Schwarzen Tods geführt.

Deshalb dieser Versuch.

Tief atmete Suko ein. Er wartete auf eine Reaktion und merkte plötzlich, dass sich etwas tat.

Der Schädel bewegte sich.

Zuerst war es nur ein Zittern, dann hatte Suko das Gefühl, als würden sich auf der Kopfplatte Risse bilden, und er zog den Riemen hastig zurück.

Genau dort, wo er zuvor auf dem blanken Kopf gelegen hatte, war ein Abdruck zu sehen. Dunkelbraun schimmerte er, und Sir James, den es nicht auf seinem Platz gehalten hatte, starrte ebenfalls verblüfft auf den Totenkopf. »Also doch!«, flüsterte er.

»Ja, Sir.«

»Machen Sie weiter!«

Suko schüttelte den Kopf. »Ich will ihn nicht zerstören, aber diese Reaktion zeigt mir, dass der Schädel mit Schwarzer Magie in Berührung, gekommen ist.«

»Damit auch Henry Darwood.«

»Wir müssen davon ausgehen.«

Sir James presste die Lippen hart zusammen. Die Augenbrauen bewegten sich aufeinander zu, ein Zeichen dafür, wie scharf er nachdachte. Schließlich gab er seinen Kommentar. »Wenn das stimmt, was wir hier vermuten, ist John genau richtig.«

»So wird es sein, Sir.«

Suko kümmerte sich nicht weiter um seinen Chef, ihn interessierte der Totenkopf. Er drehte ihn so herum, dass er in das »Gesicht« schauen konnte.

Dort tat sich nichts. Die Augenlöcher blieben leer. Zwei Höhlen in einem gelblichen Gebilde, und Suko überlegte, was er noch alles anstellen konnte, um den Schädel sprechen zu lassen. Falls er voll Schwarzer Magie steckte, musste es möglich sein.

»Wenn ich zuschlage, zerstöre ich ihn womöglich noch«, murmelte er.

»Nein, lassen Sie das.«

Der Stab brachte nicht viel. Nicht in diesem Fall. Die Beretta ebenfalls nicht, und die Peitsche war einfach zu stark. Aber Suko wollte einen Hinweis.

Sir James schwitzte. Mit einem Tuch wischte er sich über die Stirn. »Dass ich an eine magische Untersuchung auch nicht gedacht habe!«, warf er sich selbst vor. »Aber dieser verfluchte Colonel war seiner Sache so sicher, dass er mich damit einlullte.«

»Sie meinen, dass er alles auf die Basken zurückführte?«

»Ja.«

»Weshalb hat er sich dann an Sie gewandt?«

»Das frage ich mich mittlerweile auch.«

»Ich werde es noch einmal versuchen«, sagte Suko. Er nahm jetzt zwei Riemen zwischen die Finger. Damit verdoppelte er die Stärke seiner Attacke.

Vorsichtig näherte er die beiden Riemen dem Ziel. Immer dichter brachte er sie an den Schädel heran, bis zu dem Punkt, als er und Sir James einen Schrei vernahmen.

Beide zuckten zurück.

Nicht der Schädel hatte geschrien, sondern ein anderer. Er stand an der Tür.

Es war Henry Darwood!

Ihm hatte der Kopf gehört. Seinetwegen war John Sinclair unter anderem nach Spanien geflogen, um den Torso zu suchen. Und jetzt stand er im Büro, direkt vor der Tür.

Beide Männer waren überrascht. Ihre Augen glichen kleinen Tellern, so weit hatten sie sie aufgerissen.

Sir James und Suko wechselten ihre Blicke zwischen dem Schädel und der Tür. Sie suchten verzweifelt nach einer Erklärung, doch die würden sie wohl kaum erhalten. Nicht von dem Schädel.

Vielleicht von Darwoods Geist!

Es war kein normaler Körper, der sich da an der Tür aufhielt, sondern ein feinstoffliches Wesen, das allerdings sämtliche Anzeichen eines Menschen aufwies. Es hatte eine Gestalt, ein Gesicht, Augen, Nase, Mund und Ohren.

Nur eben durchscheinend.

Ein Toter, der sich aus dem Geisterreich zurückmeldete …

Suko ging auf ihn zu. Schlagbereit hielt er die Dämonenpeitsche fest. Er wollte und würde nicht aufgeben, denn nicht der Schädel hatte gesprochen, sondern der Geist.

Sukos Schritte waren kaum zu hören, und er hoffte stark, dass ihm der Geist den Gefallen tat und nicht verschwand.

Einen Schritt davor blieb der Inspektor stehen. Er tat nichts, griff nicht an und stellte nur eine Frage.

»Wer bist du?«

»Darwood!«

Diesmal klang die Antwort nicht so laut, sondern wie ein Hauch.

»Und was willst du hier?«

»Du darfst mich nicht töten.«

»Bist du nicht schon tot?«, fragte Suko.

»Ja und nein. Ich schwebe in einem anderen Reich. Man hat mich getötet, aber zum Weiterleben verflucht.«

»Wer tat es?«

»Okastra, er ist der Herr über Leben und Tod. Er lebt dort, er hat sein Reich aufgebaut. Die weißen Spinnen, ich – ich …« Plötzlich versiegte seine Stimme, und bevor Suko reagieren konnte, war der Geist wieder verschwunden.

Suko schaute auf eine leere Wand.

»Jetzt verstehe ich gar nichts mehr.« Die Stimme des Superintendenten klang ebenso leise wie vorhin die des Geistes.

»Ich auch nicht«, gab Suko zu. Er drehte sich wieder um.

Die Blicke der beiden Männer trafen sich. Die des Superintendenten waren verständnislos und scheu, Sukos mehr nachdenklich, und er rieb sich das Kinn. Tief atmete er ein.

Der Schädel stand noch immer auf dem Schreibtisch. Er reagierte überhaupt nicht, bis Suko nach ihm greifen wollte.

Zunächst vernahmen beide Männer das Knacken. Er war schon als Warnung zu verstehen, aber sie konnten nichts mehr ändern. Der Schädel zerstörte sich selbst vor ihren Augen.

Er fiel auseinander und wurde zu Staub.

Als solcher blieb er auf dem Schreibtisch liegen.

Sir James und Suko schauten sich an. Keiner wusste so recht, was er sagen sollte, bis Suko meinte: »Ich schätze, Sir, da hat jemand nachgeholfen.«

»Und wer?«

»Weiß ich nicht. Aber hinter diesem Schädel muss eine gewaltige Kraft stehen, die es nicht ertragen kann, dass man sich gegen sie stellt und sie bekämpft.«

»Sie werden herausfinden, um welche Kraft es sich handelt.«

»Ja.« Suko nickte gedankenverloren. »Was hat diese Stimme noch gesagt? Weiße Spinnen?«

»Stimmt. Jetzt, wo Sie es sagen, Suko, fällt es mir auch wieder ein. Er sprach über weiße Spinnen.«

»Sehen Sie da eine Verbindung, Sir?«

»Nein, Suko, noch nicht.« Sir James streckte seinen Arm aus. »Aber Sie werden die Verbindung herausfinden. Jetzt ist Ihre Reise noch wichtiger geworden.«

Das sah Suko ein. »Wann soll ich fahren?«, fragte er.

»Es ist alles bereit. Ich habe mich mit den zuständigen Stellen in Verbindung gesetzt. Sie werden ein Flugzeug besteigen, das Sie auf hoher See absetzt. Dort haben Sie nichts anderes zu tun, als in ein U-Boot zu …«

»Wirklich?«, unterbrach Suko seinen Chef.

»Ja.«

»Dann bin ich nicht besser als Spione, die heimlich in der Nacht an Land gesetzt werden.«

Sir James hob die Schultern. »Sehen Sie eine andere Möglichkeit, Suko?«

»Nein, Sir!«

»Dann fahren Sie …«

Ich spürte die Hand auf meiner Schulter und merkte den harten Klammergriff der Finger. Als ich mich drehte und dabei die Lampe schwenkte, schaute ich in das Gesicht des Basken Sarrazan.

Es war verzerrt. Gleichzeitig spiegelte sich in den Zügen die Überraschung wider, die auch ich bei dem unheimlichen Anblick empfunden hatte.

Ich drehte die Lampe wieder, leuchtete nach vorn und sah im hellen Licht einen ebenso hellen Körper.

Es war der einer Spinne!

Aber keiner bekannten Spinne, sondern einer vielfach größeren. Ein regelrechtes Ungeheuer war es, ein Monstrum, das, wenn es stand, sicherlich die Größe eines Menschen hatte.

Es war nicht sicher, ob die Spinne uns gesehen hatte, aber wir mussten davon ausgehen. Zumindest musste sie uns gespürt haben, als wir durch den Grabschacht nach unten gefallen waren und auf diesem Weg mehrmals aufgehalten wurden.

Und zwar von Fäden!

Bisher hatte keiner von uns gewusst, was diese Fäden zu bedeuten hatten. Nun war es uns klar geworden. Eine abnorme Riesenspinne hatte ihr Netz gelegt und unseren Fall damit gebremst. Sicherlich nicht aus Menschenfreundlichkeit, und ich überlegte weiter, wobei ich zu dem Schluss gelangte, dass die Spinne unter Umständen nicht allein in diesem Höhlenlabyrinth unter dem Berg lauerte und sich bestimmt noch andere in der Nähe befanden.

Mit Spinnen hatte ich meine Erfahrungen gesammelt.

Ich brauchte nur an den gewaltigen Dämon Kalifato zu denken. Auch er war in seiner Urgestalt als Spinne aufgetreten.

In einer beneidenswerten Lage befanden wir uns nicht. Dabei gab ich nicht allein dem Auftauchen der Spinne die Schuld, sondern auch der Gesamtsituation.

Für mich war es ein etwas komplizierter Fall, denn ich jagte nicht allein Geister oder Dämonen, sondern war in den Kampf mit einer extremen Gruppe verwickelt. Zwei ihrer baskischen Vertreter hatten mich für einen Agenten des englischen Geheimdienstes gehalten, wie es auch Henry Darwood gewesen war. Man hatte mich töten wollen, das war nicht gelungen, stattdessen waren wir alle drei in die Falle gegangen, und die Basken hatten erkennen müssen, dass wir aufeinander angewiesen waren, so leid es ihnen sicherlich tat.

Sie hießen Paco und Sarrazan.

Paco war der Heißsporn von ihnen. Er hätte mich gern mit seinem Dolch gekitzelt, zum Glück hielt die Gesamtlage ihn davon ab.

Aber nicht nur um mich ging es. Ich hatte von einem Dämon gehört, der bisher bei den Bewohnern des Dorfes Campa nur in den Sagen und Legenden existierte.

Sein Name war Okastra!

Dieser Dämon, ein schrecklicher Sarazenen-Herrscher, hatte vor Hunderten von Jahren das Dorf und dessen Einwohner terrorisiert und viele Menschen getötet, auch wenn diese sich in den Berg geflüchtet hatten, in dem wir jetzt steckten.

Gänge, Verliese, Kasematten, Stollen und Schächte bildeten zusammen ein Labyrinth, das Fremde wie wir kaum durchschauten. So blieb uns nichts anderes übrig, als durch die Höhlen zu irren und nach einem zweiten Ausgang zu suchen, denn den musste es meiner Ansicht nach geben, da die Luft in diesem Berg relativ frisch war.

Vor den Erfolg haben die Götter den Schweiß gesetzt. In diesem Fall war es die weiße Spinne, wobei ich inzwischen davon ausging, dass sie nicht allein in dieser unheimlichen Tiefe lauerte und ihre gefährlichen Netze spann.

Sarrazan ließ mich los. Vielleicht hatte er von mir eine Erklärung erwartet, doch ich gab sie ihm nicht, auch wenn ich es gekonnt hätte. Dafür schaltete ich die Lampe aus, schließlich musste ich mit der Batterie sparsam umgehen.

Darüber regte sich Paco, der zweite Baske auf.

»He, verdammter Engländer, schalte die Lampe wieder …«

»Nein!«

»Willst du mein Messer …«

»Halt dich zurück, Paco!«, fuhr Sarrazan seinen Kumpan an. »Reiß dich endlich zusammen. Wir stecken gemeinsam in dieser verfluchten …«

»Und wem haben wir das zu verdanken?« Am Klang seiner Stimme hörte ich, dass er näher gekommen war. »Nur diesem Engländer.«

Paco dachte nicht mehr klar. In seinem Gehirn schien einiges durcheinander geraten zu sein. Ich kümmerte mich nicht um ihn. Das besorgte Sarrazan.

Etwas klatschte, und Paco stöhnte. Noch ein Treffer folgte, dann die Stimme des zweiten Basken.

»Hast du jetzt genug?«

Paco gab einen ächzenden Laut ab. »Verdammt, Sarrazan, das vergesse ich dir nicht. Du hast deinen Freund geschlagen. Du hast …«

»War alles nur zu deiner Sicherheit. Du wärest sonst durchgedreht, und das wollte ich nicht. Auf uns kommt noch genügend Ärger zu, das kann ich dir sagen.«

»Wegen der Spinne? Die schieße ich ab.«

Sarrazan lachte. »Das kannst du ja mal versuchen.«

»Werde ich dir beweisen.«

Die beiden sprachen eine Mischung aus Spanisch und Englisch, sodass ich sie verstehen konnte. Es war gefährlich, was Paco da vorhatte. Nicht nur für ihn, auch für uns.

Deshalb mischte ich mich ein. »Lass es sein!«, zischte ich ihm aus der Dunkelheit zu. »Die Spinne wird dich töten.«

»Von einem Engländer lasse ich mir noch lange nichts sagen!«, schrie er plötzlich los. »Und wenn ich die Spinne erledigt habe, bist du an der Reihe.«

»Falls es bei einer Spinne bleibt«, erwiderte ich trocken. Seine Hasstiraden ignorierte ich mittlerweile.

»Wieso?«, fragte Sarrazan.

Ich lachte hart auf. »Glaubst du denn im Ernst, dass sich in diesem gewaltigen Höhlenlabyrinth nur eine Spinne befindet? Nein, das müssen mehrere sein. Hier hat Okastra ein Reich aufgebaut, über das wir nur staunen können.«

»Aber …«

»Ach, halt die Klappe. Ich gehe jetzt.« Paco war von seinem Plan nicht mehr abzubringen.

Mich streifte ein Windzug, von Paco verursacht, weil er sich rasch umdrehte. »Und ich werde gehen, ihr könnt mich davon nicht abhalten, das verspreche ich euch.« Sein warmer Atem streifte mein Gesicht, sodass ich unwillkürlich einen Schritt zurückging. »He, Engländer, du gibst mir jetzt die Lampe, dann …«

»Du bekommst sie nicht!«

»Paco, sei vernünftig!«, meldete sich Sarrazan.

»Ich will nur die Lampe. Schließlich rette ich euer beschissenes Leben, und da brauche ich Licht.«

»Nein!«, erwiderte ich noch einmal.

Gleichzeitig allerdings schaltete ich die Bleistiftleuchte ein. Es war gut, dass ich so reagiert hatte, denn Paco stand bereits auf dem Sprung.

Und er hielt sein Messer so, dass die Klinge in meine Richtung zeigte. Ein wenig höher zielte ich mit dem fingerdünnen Strahl, sodass der Baske geblendet wurde.

»Leg das Messer weg!«, befahl ich.

Pacos Gesicht nahm einen lauernden Ausdruck an. »Erst die Lampe, Engländer.«

»Du bist verrückt, Mensch!«

»Ich nicht, ich will …«

Da zog Sarrazan seinen Revolver. Er stand ein wenig abseits, wurde vom Lichtschein nicht getroffen, sodass auch Paco die Bewegung erst wahrnahm, als es zu spät für ihn war.

Mit einem Schritt näherte er sich seinem Freund. Erst jetzt sah Paco die Mündung. Sie wies direkt auf ihn.

Er hob nicht die Arme, sondern grinste verzerrt. »Willst du deinen eigenen Freund erschießen?«

»Wenn es nicht anders geht, ja.«

Paco spie aus. Der Speichel klatschte dicht vor Sarrazans Füße. »Du bist kein Held, sondern ein dreckiger Verräter. Ich werde dich zur Verantwortung ziehen und dir die Zunge aus dem Hals schneiden, wenn ich zurückkomme und die Spinne getötet habe.«

»Falls du zurückkommst«, erwiderte Sarrazan trocken.

»Darauf kannst du dich verlassen!« Paco fluchte noch einmal und drehte sich um, um einen Blick auf die lauernde Spinne zu werfen.

Ich löschte das Licht.

Es war riskant, und meine Hand befand sich nahe an der Beretta. Beide Männer wussten nicht, dass ich meine Waffe wiedergefunden hatte, und ich würde es ihnen auch nicht sagen, höchstens beweisen, wenn es unbedingt sein musste.

Es musste nicht sein. Paco schien Lehren angenommen zu haben, denn er verhielt sich ruhig.

So atmete ich vorläufig auf.

Sarrazan sprach wieder. »Willst du es dir nicht noch einmal überlegen, Paco?«

»Das habe ich schon.«

»Dann bleibst du bei deinem Entschluss?«

»Ja.«

Sarrazan atmete stöhnend ein. »Verdammt, so renn doch in dein Verderben.«

Ich hielt mich zurück. Es wäre mir sowieso nicht gelungen, Paco vom Gegenteil zu überzeugen. Er hatte sich einmal etwas in den Schädel gesetzt und führte dies auch durch.

Er ging.

Wir blieben zurück.

Unbewusst taten Sarrazan und ich das Gleiche, denn wir hielten den Atem an und lauschten nur den sich allmählich entfernenden Schritten.

»Paco muss den Verstand verloren haben«, zischte mir Sarrazan aus der Dunkelheit zu. »Der kann doch nicht normal sein.«

Paco hatte die Worte gehört. Noch einmal meldete er sich aus der Finsternis. »Ich werde es euch zeigen, wer von uns wahnsinnig ist. Ihr seid für mich Feiglinge, miese Feiglinge …«

»Paco …« Sarrazan versuchte es noch einmal. Er hatte mit seinem Ruf keinen Erfolg.

Dafür knipste Paco sein Feuerzeug an. Der Weg in dieser absoluten Finsternis war ihm nicht geheuer. Zudem wusste er von den Höhlen, Spalten und Trichtern, die sich in diesem Berg befanden. In der Dunkelheit war ein Ausrutschen leicht möglich, und Paco tat gut daran, sehr vorsichtig zu sein.

Ihn sahen wir nicht, dafür den schwachen Schein des Feuerzeugs, den Paco zudem noch mit einer Hand abschirmte. Durch seine Bewegungen blieb die Flamme nicht ruhig. Sie tanzte auf und nieder, flackerte und erzeugte ein Spiel aus Licht und Schatten, das irgendwann von der Finsternis aufgesaugt wurde.

Allmählich verschwand Paco aus unserem Sichtfeld. Zudem erlosch die kleine Flamme.

Neben mir hörte ich Sarrazan flüstern, verstand die Worte aber nicht, weil er sie in seiner Heimatsprache gesprochen hatte.

»Was ist los?«, wollte ich wissen.

»Er ist ein Idiot!«, erwiderte Sarrazan knirschend. »Ein verdammter Idiot. Mehr kann ich dazu nicht sagen.«

Da hatte der Baske sicherlich recht. Aber was sollten wir machen? Es war unmöglich, Paco wieder zurückzuholen. Der tat sowieso, was er wollte, und hielt uns für Verräter, Narren und was weiß ich nicht noch für alles.

So ließen wir ihn gehen.

»Du glaubst an mehrere Spinnen?«, sprach mich der Baske aus der Dunkelheit an.

»Sicher.«

»Und wieso?«

»Wenn ich das wüsste, wäre mir wohler.«

»Du bist wegen dieser Sache gekommen!«, hielt mir Sarrazan vor.

»Eigentlich nicht. Es sind nur die Folgen.«

»Dann bist du doch ein Agent?«

»Nein.«

»Sondern?«

»Polizist.«

Er lachte. »Hatte ich mir fast gedacht. Und du hast mit uns Basken nichts am Hut?«

»So ist es. Mir ging es um den Schädel, der Darwood gehörte und nach London geschickt wurde.«

»Wir haben es nicht getan!«

»Wer dann?«

»Tut mir leid, Engländer, darauf kann ich dir keine Antwort geben. Wirklich nicht.«

Gern hätte ich dieses Rätsel gelöst. Dann wäre ich der Lösung sicherlich ein Stück näher gekommen.

So aber war ich nur auf Vermutungen angewiesen, und die konnte ich abhaken.

Paco war verschwunden, auch seine Schritte hörten wir nicht mehr.

Allein standen wir in der Finsternis.

Ich hatte einen Weg eingeschlagen, von dem ich nicht wusste, wo er enden würde.

Vielleicht im Netz der Spinne, und als ich daran dachte, rann eine Gänsehaut über meinen Rücken.

»Verdammt, ich höre nichts von ihm!«, vernahm ich das Flüstern des Basken.

Eine Antwort konnte ich nicht mehr geben, denn Bruchteile von Sekunden nach Sarrazans Bemerkung hörten wir etwas.

Einen Schrei!

Grauenhaft schwang er durch die Finsternis und jagte uns eine Gänsehaut über den Rücken. Das konnte nur einer gewesen sein.

Paco!

Sekundenlang blieben wir in der Finsternis stehen, ohne uns von der Stelle zu rühren. Wir wussten, dass wir etwas unternehmen mussten, aber niemand reagierte.

»Schalt doch die Lampe …«

Sarrazan hatte noch nicht ausgesprochen, als der fingerdünne Strahl bereits durch die Finsternis glitt. Ich war einige Schritte vorgegangen, bewegte die Hand ein wenig, und so geriet die weiße Spinne in mein Sichtfeld.

Sie hatte sich noch immer nicht bewegt. Jedenfalls nicht so weit von der ursprünglichen Stelle entfernt, als dass es mir aufgefallen wäre. Sie hockte da und glich einem Denkmal.

Und doch musste etwas passiert sein. Ich dachte an eine zweite Spinne, die sich vielleicht in unserer Nähe aufhielt, leuchtete deshalb nach links, wo sich der Strahl leider in der Dunkelheit verlor, ohne ein Ziel zu treffen.

Ich schwenkte den Arm nach rechts.

Da sahen wir ein Ziel. Der kleine Kegel glitt über eine Felswand hinweg, doch Paco entdeckten wir nicht. Er musste seinen Weg weitergegangen sein und sich irgendwo vor uns befinden.

Deshalb schlugen auch wir die Richtung ein.

Sarrazan hielt sich eng an meiner Seite. Diesmal ließ ich die Lampe brennen, allerdings wanderte der Strahl über den Boden, denn ich wollte sehen, wohin ich trat.

Beide zuckten wir zur selben Zeit zurück, denn wir hatten das Schreckliche gesehen.

Der Weg war plötzlich beendet!

Unser Lichtstrahl fand kein Ziel mehr, er fiel etwa einen Meter vor uns ab und verschwand in der Tiefe.

Jetzt wusste ich Bescheid. Paco hatte sich nur auf die dürftige Flamme des Feuerzeugs verlassen, und sie war einfach zu schwach gewesen. Sie hatte ihm den Rand des Abgrunds nicht mehr zeigen können. Der letzte Schritt war zu viel gewesen.

Wir wurden noch vorsichtiger. Mit den Fußspitzen grenzte ich den Rand des Abgrunds ab. Dicht davor blieb ich stehen und schaute in die Tiefe. Ich hatte erwartet, in einen Schlund zu schauen, das war nicht der Fall. Zwar ging es in die Tiefe, doch der Körper, der herunterfiel, wurde von einem weißlich schimmernden Spinnennetz aufgefangen.

Wie viele Meter es waren, interessierte mich nicht, ich sah nur den Mann, der seltsam verrenkt innerhalb des Netzes lag und sich nicht rührte.

Paco hatte die Spinne töten wollen.

Nun steckte er in ihrer Falle!

Ich vernahm den Fluch, den Sarrazan ausstieß, und hielt den Mund. Der Baske stand neben mir. Die Hände hatte er geballt. Er schüttelte den Kopf, weil er es nicht fassen konnte, und sein Blick war starr in die Tiefe gerichtet.

»Er hätte es wissen sollen, dieser Kerl!«, flüsterte er. »Verdammt, er hätte es wissen müssen!«

Was sollte ich ihm da sagen? Natürlich recht geben, aber Paco war nicht zu belehren gewesen.

Jetzt musste er die Folgen tragen!

»Ist er tot?«, fragte Sarrazan.

»Mal sehen«, erwiderte ich und bewegte meine kleine Lampe, sodass Paco geblendet werden musste.

Zwinkerte er mit den Augen?

Es war wohl anzunehmen, denn hundertprozentig sicher konnte ich nicht sein.

Sarrazan rief den Namen seines Freundes. »He, Paco!«, verstand ich nur, die anderen Worte nicht mehr. Der zweite Baske sprach schnell, und seine Stimme überschlug sich fast.

Da bewegte sich Paco. Er versuchte sich aufzurichten, seine Arme und die Beine zuckten, nur erreichte er keinen Erfolg. Die Fäden des Netzes hielten ihn zu fest.

»Der ist verloren!«, keuchte Sarrazan. »Paco kommt nicht weg.«

Jetzt endlich schien Paco uns bemerkt zu haben, denn er meldete sich mit heiserer Stimme. »Holt mich hier raus, verdammt! Lasst mich nicht verrecken, verdammt! Lasst mich nicht verrecken, ihr habt die Schuld. Ihr …«

So etwas Ähnliches hatte ich mir gedacht. Das hatte ja kommen müssen. Ein Typ wie Paco suchte die Schuld für eine Misere nie bei sich selbst, immer nur bei anderen.

Aber was konnten wir tun? Gar nichts.

Das dachte nicht nur ich, auch Sarrazan war der Meinung, als er mir zuflüsterte: »Wir kommen nicht hin. Der ist selbst schuld. Wir können nicht über das Netz gehen.«

»Ich weiß«, erwiderte ich ruhig.

»Ihr Narren!«, brüllte Paco los. »Worüber unterhaltet ihr euch? Über mich? Freut es euch, dass ich hier festliege, dass ich gefangen bin und ihr zuschaut?«

»Nein, Paco, das freut uns nicht.« Sarrazan hatte seine Hände als Trichter gegen den Mund gelegt, als er die Worte schrie. »Aber wie sollen wir dich befreien?«

»Versucht es!«

»Es geht nicht!«

Paco litt Qualen. Nicht nur seiner Stimme war dies anzumerken, wir sahen es auch, als er sich bewegte und in die Höhe stemmen wollte. Das gelang ihm nicht, denn die widerlichen, klebrigen Spinnfäden hielten ihn fest wie mit Leim beschmierte Seile. Da kam er einfach nicht weg, und zerreißen konnte er die Fäden nicht. Auch wenn er es geschafft hätte, wäre er wahrscheinlich verloren gewesen, denn unter dem Netz breitete sich eine fast endlose Tiefe aus, die erst recht nicht vom Licht meiner kleinen Leuchte erhellt wurde.

»Wir müssen ihn da lassen«, sagte Sarrazan. Wahrscheinlich wollte er von mir eine Zustimmung erhalten, doch so weit war ich noch nicht. Es war nicht meine Art, einfach die Flinte ins Korn zu werfen. Wenn es eben möglich war, suchte ich nach einem Ausweg. Deshalb bewegte ich auch den Arm mit der Lampe und leuchtete an der vor meinen Fußspitzen beginnenden Schachtwand entlang in die Tiefe. Ich wollte sehen, ob die Wand tatsächlich so glatt wie Marmor war, und konnte beruhigt aufatmen, sie war es nämlich nicht.

Ich erkannte Risse, Spalten, sogar kleinere Vorsprünge. Ein geübter Kletterer, womöglich ein Artist, konnte es unter Umständen schaffen, bis an das Netz zu gelangen.

Aber was dann?

Ich wusste es nicht, denn ob Sarrazan oder ich, wir würden beide bei einem Versuch der Rettung gefangen werden.

Ich dachte wieder an die Riesenspinne. Sie war nicht normal, sondern ein dämonisch beeinflusstes Wesen, wobei ich mich fragte, ob sie auch resistent gegen die Waffen der Weißen Magie war.

Zum Beispiel gegen Silberkugeln!

Leider hatte sie einen Panzer, zudem befand sie sich zu weit entfernt, sodass eine Kugel zwar treffen, aber kaum etwas anrichten konnte, es sei denn, die magische Kraft des Geschosses schaffte es.

Das würde sich feststellen lassen.

Wieder ein Schrei!

Abermals hatte Paco ihn ausgestoßen. Als ich nach vorn schaute und in seine Richtung leuchtete, erkannte ich den Grund.

Das Netz bewegte sich jetzt stärker. Es schwankte sogar. Aber nicht, weil Paco versuchte, sich loszureißen, nein, das hatte einen ganz anderen Grund. Die Spinne bewegte sich.

Ich leuchtete dorthin und sah sie jetzt besser, denn sie hatte bereits ein kurzes Stück zurückgelegt.

Meine Augen wurden groß. Mit ihren acht Beinen hielt sie sich wie ein Tänzer auf dem Seil fest und balancierte in die Richtung des gefangenen Paco.

Ich schluckte. Es war ungeheuer. Nicht allein für uns, was musste Paco erst durchmachen!

In diesen Augenblicken verzieh ich ihm manches. Jetzt ging es wirklich um sein nacktes Leben.

Neben mir schwitzte Sarrazan Blut und Wasser.

Er hatte sich so weit vorgebeugt, dass ich schon befürchtete, er würde das Gleichgewicht verlieren und ebenfalls in das Netz fallen.

»Nimm dein Messer, Paco! Zerschneide das verdammte Ding!«

Gequält und kaum zu verstehen, vernahmen wir die Antwort des Mannes. »Ich schaffe es nicht. Ich kann nicht. Mein Arm …«

»Was ist damit?«

»Er hängt fest!«

Sarrazan trat einen Schritt zurück. Dabei drang ein Fluch über seine Lippen.

Ich hatte mir so etwas Ähnliches gedacht. Wer einmal in diesem Netz hing und sich in einer solchen Lage wie Paco befand, würde es schwer haben, auch nur einen Finger zu bewegen. Mit seinem vollen Gewicht war er hineingefallen, nun musste er seinen Eigensinn ausbaden.

Und die Spinne kroch näher. Einmal auf ihrem Netz, ließ sie sich durch nichts und niemanden aufhalten. Sie sah das Opfer und reagierte wie eine normale Spinne in der freien Natur, nur hing in diesem Netz keine Fliege, sondern ein Mensch.

Seltsam war nur, dass die übergroße weiße Spinne nicht den direkten Weg nahm, sondern einen kleinen Halbkreis schlug, als wollte sie den festklebenden Mann ärgern.

Ich musste ihm helfen.

Es war mir egal, ob Sarrazan zuschaute oder nicht, jetzt zog ich meine Beretta.

Für einen Moment erkannte ich trotz des schwachen Lichts seinen erstaunten Gesichtsausdruck, er hielt sich aber mit einem Kommentar zurück und wartete ab.

Die Spinne hatte eine ziemliche Strecke zurückgelegt, wenn auch nicht auf dem direkten Weg. Aber ich konnte sie im Lichtschein meiner Lampe halten.

»Willst du schießen?«, fragte Sarrazan.

Ich nickte nur, korrigierte die Richtung der Mündung ein wenig, zielte über Kimme und Korn.

Leider blieb die Spinne nicht ruhig sitzen, sonst hätte ich in die Nähe des Auges schießen können. Aus diesem Grunde blieb mir nichts anderes übrig, als mir ihren Körper vorzunehmen.

Ich drückte ab.

Beide schauten wir in das blasse Mündungsfeuer, und ich traf auch mein Ziel.

Die Spinne zuckte, als die Kugel gegen ihren Panzer stieß. Für einen Moment wurde ihr Drang nach vorn zu ihrem Opfer hin gestoppt, sie zog sich sogar zurück, und für einen Augenblick atmete ich auf, während Sarrazan sich die Hände rieb.

»Geschafft! Wir haben es geschafft …«

Er frohlockte zu früh, denn die Spinne dachte nicht daran, sich durch die Kugel aus dem Konzept bringen zu lassen, da nutzte auch kein geweihtes Silber.

Sie wollte den Mann!

Paco hatte während des Schusses geschwiegen, ebenfalls in den Sekunden danach. Jetzt begann er wieder zu schreien, denn er bemerkte, wie die Spinne sich abermals in Bewegung setzte und ihn als Ziel ausgesucht hatte.

Sie tänzelte und glitt näher.

»So tut doch etwas!«, brüllte Paco. »Ihr könnt mich hier nicht verrecken lassen!«

Sarrazan schaute mich an, als wäre ich hier der große Supermann, der für alles eine Lösung bereithielt.

Aber die hatte ich auch nicht.

Mein Blick fiel nach unten. Ich schaute wieder an die Wand in die Tiefe und sah abermals die Einkerbungen und Einbuchtungen sowie die Vorsprünge in der Wand.

Sollte ich es wagen?

Sarrazan hatte meinen Blick bemerkt. »Du willst runter?«.

»Ja.«

»Und dann?«

Ich hatte bereits meine Lampe zwischen die Zähne gesteckt und konnte ihm kaum eine Antwort geben. Nur eines wusste ich. Diesmal musste ich schneller sein als die Spinne …

Suko hatte es geschafft!

Die Reise hatte er mit einer Himmelfahrt vergleichen können, denn über dem Atlantik war die Maschine in ein Schlechtwettergebiet geraten. Es hatte nicht nur geregnet, auch gehagelt und geschneit, und der Pilot wollte schon umkehren, als er von einer Bodenstation einen Funkspruch auffing, der besagte, dass sich das Wetter im Bereich der spanischen Nordostküste besserte.

So war es dann auch.

Und das U-Boot wartete.

Noch im Schutz der Dunkelheit wasserte das Flugzeug auf dem Atlantik, und Suko konnte umsteigen. Die letzten Meilen ging es unter Wasser weiter.

Der Kapitän, ein alter Haudegen, grinste Suko an. »So etwas lasse ich mir gefallen. Das ist wie in alten Zeiten.«

»Wie meinen Sie das?«

»Na ja, so lange sind die Zeiten noch nicht vorbei. Ich denke an Falkland.«

Suko zog ein langes Gesicht. »Können die Engländer darauf stolz sein?«, fragte er zurück.

Da war der Kapitän eingeschnappt, und Suko erhielt nicht einmal mehr einen Schluck zum Aufwärmen.

Er hockte in einer engen Kabine, in der es nach Öl roch. Auf einem Hocker hatte er sich niedergelassen und seine Parkajacke ausgezogen, weil es ihm zu warm wurde.

Irgendwann klopfte es an die kleine Tür, und ein Offizier streckte Suko den Kopf entgegen.

»Es ist so weit. Sie können.«

»Okay.« Suko stand auf. Er bemerkte, dass das Boot allmählich an Höhe gewann.

Nahe dem Sehrohr blieb er stehen. Der Kapitän selbst peilte durch die Optik und gab auch die Kommandos. Im Boot herrschte absolute Ruhe. Selbst das Geräusch der Maschinen und Aggregate schien sich reduziert zu haben.

Ohne Schwierigkeiten lief der Vorgang des Auftauchens über die Bühne. Die Luft war rein. Weitere Schiffe oder Flugzeuge befanden sich nicht in der Nähe.

Es war nur ziemlich windig. Das merkte Suko, als er auf der Brücke stand und seine Haare in die Höhe gewirbelt wurden.

Er schaute sofort nach Osten.

Das Ufer sah er als einen dunklen Streifen in der Ferne liegen. Hätte er paddeln müssen, wäre es ziemlich anstrengend gewesen, doch sein dunkelgrünes Schlauchboot war mit einem Hilfsmotor ausgerüstet. Der Wulst war fingerdick, und man hatte das Boot zusätzlich mit einer Notausrüstung versehen.

Es war vereinbart, das U-Boot in den nahen Küstengewässern unter Wasser kreisen zu lassen.

Nur zu bestimmten Uhrzeiten sollte es auftauchen. War Not am Mann, musste Suko eine Leuchtpistole abschießen.

Sie verglichen noch einmal die Uhren, danach wurde der Inspektor mit einem Schulterklopfen entlassen. Der Kapitän verabschiedete sich nicht von ihm.

Suko enterte das Boot. Da erfasste eine Welle das Boot und riss es hoch. Trotzdem kam der Inspektor gut vom U-Boot weg. Er schaltete den Motor ein. Der kleine Außenborder reagierte bereits auf den ersten Zug der Leine. Suko nahm Kurs auf die Küste, während das U-Boot wieder verschwand und die dabei entstehenden Wellen in ihren Ausläufern Suko noch erreichten.

Wenig später befand er sich allein auf dem Atlantik. Er hatte sich in das Boot geduckt. Sollte ihn jemand beobachten, wollte er auf keinen Fall zu rasch gesehen werden.

Die Wellen schoben das Schlauchboot in Richtung Ufer. Der Wind blies aus Westen. Suko hätte sogar den Hilfsmotor ausstellen können, er wäre dennoch an sein Ziel gelangt.

Dunkelheit, Meer, der ferne Strand und die Klippen der Küste, sie waren seine Begleiter.

Irgendwo weit über sich sah er am wolkenlosen Himmel die Positionsleuchten eines Linienjets.

Zeit verging.

Allmählich schob weit im Osten die Dämmerung den ersten breiten Streifen der Dunkelheit zur Seite, sodass der Himmel dort einen hellgrauen Farbton annahm.

Der Inspektor hatte sich zuvor erkundigt. So wusste er, dass es wegen der zahlreichen Klippen gar nicht mal ungefährlich war, die Küste anzulaufen.

Strudel entstanden zwischen den Felsen. Der Inspektor hörte es schmatzen und gurgeln. Mit dem Paddel oder Ruder wäre er jetzt hilflos gewesen.

Schmatzendes, schäumendes Wasser erfasste ihn, trieb ihn voran und schleuderte ihn in einen Kanal hinein, der sich zu einem Kreisel erweiterte, das Schlauchboot um die eigene Achse wirbelte und kurz danach dem Ufer entgegenschoss.

Suko sah bereits die helle Schaumwand der Brandung, und wenig später erkannte er die kleine Bucht.

Da genau musste Suko hin.

Er war voll konzentriert. Die Kraft der Strömung hatte sich nicht verändert. Das Wasser gurgelte und schäumte an dem Schlauchboot entlang und bildete dort helle Schlieren.

Die Gewalt der ufernahen Wellen trieb das kleine Schlauchboot voran und sorgte für eine regelrechte Schussfahrt. Für einen Moment erfasste Suko die Angst, ein Felsen könnte das Boot eingerissen haben. Doch wenig später konnte er aufatmen.

Spritzer gischteten über ihn und das Boot, und die Kraft der Wellen schob Suko immer schneller voran.

Auch in der kleinen Bucht stand eine Wand aus Gischt. Sie wurde größer und größer, wuchs vor Sukos Augen in die Höhe, schäumte zurück, und der Inspektor duckte sich noch tiefer.

Das Boot wurde zu einem Spielball der Brandungswellen. Zunächst schleuderte es mit dem Bug in die Höhle. Suko schaute hinab in ein wie gläsern wirkendes Wellental, bevor es abwärts ging, das Heck aus dem Wasser gerissen wurde und der Propeller des Motors in die Luft quirlte.

Der Aufschlag, die überstürzenden Wellen, die an dem Chinesen zerrten und ihn wegspülen wollten, und das regelrechte Hineintauchen in das ruhige auslaufende Gewässer.

Geschafft!

Suko sah vor sich einen helleren Streifen, auf den das letzte Licht des Mondes fiel.

Der Strand!

Letzte Wellen schoben das Boot vor. Den Chinesen hielt jetzt nichts mehr, er sprang über Bord, das Wasser reichte ihm nur mehr bis zu den Oberschenkeln. Er packte ein an der Bordwand befestigtes Tau und zog das Boot gegen den Sog der zurücklaufenden Wellen auf den Sandstrand zu.

Als ihn auch die letzten Ausläufer nicht mehr erreichten, ließ Suko sich zu Boden fallen und blieb zunächst einmal sitzen. Er war froh, es hinter sich zu haben, und atmete prustend durch.

Das gierige Meer hatte ihn und das Boot nicht behalten. Er hatte einen ersten Sieg errungen.

Aber vor ihm lag ein sehr beschwerlicher Weg, und das wusste Suko verdammt genau.

Er ruhte sich nicht lange aus, zog das Boot weiter über den Strand und verbarg es unter einem vorspringenden, an eine Nase erinnernden Felsen. Dort würde es nicht so leicht zu finden sein, vorausgesetzt, hier ließ sich jemand sehen.

Obwohl es der Inspektor ziemlich eilig hatte, holte er zunächst die Karte hervor und studierte sie. Bis zu seinem Ziel musste er einige Meilen zurücklegen. Luftlinie war es ein Katzensprung, aber in der Karte hatte niemand die Felswand einzeichnen können, die das erste Hindernis für den Chinesen bildete.

Sie musste zunächst einmal überwunden werden.

Suko ließ nichts anbrennen und machte sich an die Arbeit. Eine lichtstarke Taschenlampe trug er bei sich. In ihrem Schein untersuchte er die Felswand genauer, in der Hoffnung, so etwas wie einen Steilweg zu finden. Die Hoffnung trog.

Suko musste klettern.

Das tat er auch.

Leider konnte er nicht den direkten Weg nehmen, und so war es schon hell, als der Inspektor keuchend den Rand der Felswand erreichte und dort hocken blieb.

Vor ihm lag das Land.

In der Dämmerung sah es schmutzig aus, mit seinen Hügeln und Tälern, wobei in der Ferne die Zacken der Berge schon im ersten Licht lagen, und der dort liegende Schnee schimmerte wie Silber.

In diese Richtung musste Suko.

Er zögerte nicht länger und machte sich auf den Weg. Es wurde eine beschwerliche Strecke, denn Pfade oder Wege entdeckte Suko nicht. Zu viele Felsen lagen im Weg, die er erst noch umrunden oder überklettern musste. In der Ebene wurde es besser. Auch die Lichtverhältnisse änderten sich, mittlerweile war der Tag angebrochen.

Minuten reihten sich aneinander, wurden zu Stunden, und die noch blasse Spätmärzsonne schien am Himmel wie eine Scheibe zu kleben. Ihre Strahlen wärmten kaum, aber Suko schwitzte auch so, denn das Laufen strengte an.

Immer wieder schaute er auf die Karte und verglich. Seine Miene hellte sich zusehends auf, denn er näherte sich seinem Ziel immer mehr.

Allmählich verlor die Gegend ihren ebenmäßigen Charakter. Felswände und steile Hänge rückten näher. Das Gelände wurde gebirgiger, der Marsch noch anstrengender.

Wieder musste Suko sich an Felswänden vorbeischieben oder über schmale Pfade wandern, und er sah plötzlich vor sich eine hohe Wand. Dieser Berg gehörte praktisch zu Campa, nur lag der Ort auf der anderen Seite, wo laut Karte das Gelände flacher abfiel, bevor man nach Campa hineingelangte.

Sukos Weg führte an der Wand vorbei. Sie war mit winterfesten Büschen und manchmal mit Gras bewachsen. Sie hatte Buckel, Vorsprünge und Merkmale, die den Inspektor hin und wieder an die Gesichter von Menschen erinnerten.

In dieser Gegend hatte sich John Sinclair herumgetrieben. Um ihn ging es, ihn sollte Suko finden.

War das zu schaffen?

Er blieb stehen, wischte sich den Schweiß von der Stirn und entdeckte einen schmalen Weg, der in die Höhe führte und ihn an einen kleinen Passpfad erinnerte.

Den musste Suko überwinden!

Er strengte sich an.

Rechts von ihm lag die Felswand, links zwar auch ein Hang, doch er stach längst nicht so steil hoch.

Plötzlich blieb Suko stehen.

Etwas hatte ihn gewarnt.

Augenblicklich bewegte sich der Inspektor geschmeidig zur Seite und verschwand im Schatten der Wand.

Hier lauerte er.

Von oben her wurde er von einer vorspringenden Felsnase gedeckt. Er horchte, ob sich das Geräusch wiederholte, aber er konnte noch nichts vernehmen. Dennoch war er sicher, sich nicht getäuscht zu haben.

Vielleicht hatte ein Tier das Geräusch verursacht, denn möglicherweise gab es in dieser Gegend Schalenwild, aber es konnte auch ein Mensch gewesen sein.

Und so lauerte Suko.

Sehr flach und so gut wie unhörbar atmete er. Denn er wollte dem Gegner keinen Vorteil geben.

Er hörte etwas!

Steine tickten die Steilwand hinab, schlugen mehrmals auf und blieben nicht weit entfernt von Suko am Boden liegen.

Wer turnte über ihm herum?

Diese Frage beschäftigte den Chinesen und noch mehr die Antwort, die man ihm leider nicht gab.

Suko wollte sie selbst holen. Er blieb nicht mehr in Deckung der Wand. Zwei Schritte brachten ihn auf den kleinen Pfad. Dort wartete er gespannt und wurde von den Ereignissen überrascht.

Etwas fiel herab. Ein großes Tier, das auf dem Pfad gerade noch Platz hatte.

Suko schüttelte den Kopf und hielt gleichzeitig den Atem an. Was er vor sich sah, schien aus einem Film zu stammen, denn auf dem Weg hockte eine weiße Monster-Spinne …

Claudia Darwood wunderte sich, dass sie vor Angst noch nicht gestorben war, denn vor ihr stand ein Monster, wie sie es nicht einmal in ihren Alpträumen erlebt hatte.

Und das Monster hatte einen Namen.

Okastra!

Um diese von bläulichem Nebel umwallte Gestalt rankten sich die zahlreichen Sagen und Legenden, und Claudia sah die roten Augen, die in der bläulichen Nebelsuppe als rote, blutige Flecken schwammen.

Claudia war allein mit Okastra.

Widerstand hatte dieser Dämon ausgeräumt. Zuletzt war der Bodegero gestorben. Durch den Wurf eines Totenschädels hatte Okastra ihn umgebracht, nun war er endlich mit Claudia allein.

Er blieb im Nebel.

Wie die Schreckensgestalt in allen Einzelheiten aussah, konnte Claudia nicht erkennen, dazu war der Nebel zu dicht, aber sie glaubte, einen bräunlich schimmernden Körper zu sehen. Ja, diese Farbe musste Okastra haben.

Wie eine Mumie!

War er das nicht auch? Wer diese lange Zeit in der Dunkelheit verbracht hatte, musste einfach verwest oder aber mumifiziert sein, obwohl es für Letzteres keine natürliche Erklärung gab.

Die Engländerin mit den rotbraunen Haaren hatte auch erlebt, dass Okastra sprach. Er konnte reden, und dies in einer Sprache, die sie, Claudia, sogar verstand.

Wieder ein Phänomen.

Sie war eine Gefangene. Die Wand der Bodega hinderte sie daran, zu fliehen, und sie starrte nur auf den Unheimlichen. Er hatte wieder sein Schwert gezogen, eine Klinge, die zwei verschiedenfarbige Seiten hatte. Einmal mit einem matten Blauschimmer versehen, zum anderen in einem blanken Silber schimmernd.

»Geh!« Dieses eine Wort sprach Okastra nur. Aus dem blauen Nebel drang die Stimme wie ein böses Raunen, und Claudia hatte das eine Wort genau verstanden.

»Wohin?«

»Da!«

Aus dem Dunst erschien die Schwertspitze, wurde gedreht und deutete dorthin, wo sich im Boden das Loch befand, aus dem das Skelett gestiegen war.

Claudia zögerte. Sie hatte eine schreckliche Angst davor und schüttelte unbewusst den Kopf.

Okastra warnte sie.

Die Frau hörte plötzlich das Pfeifen dicht an ihrem Ohr und zuckte zusammen.

Der nächste Hieb würde nicht so gnädig ausfallen, und sie dachte dabei an das Schicksal ihres Bruders, dessen Kopf man ihr zugeschickt hatte.

Deshalb nickte sie.

Langsam ging sie nach vorn. Sie hielt genau die Richtung bei, die ihr angegeben worden war, und sie brauchte nur wenige Schritte, um vor dem Loch stehen zu bleiben.

»Hinein!«

Claudia schaute in eine ihr unheimliche Tiefe. Licht sah sie nicht, nur ein geheimnisvolles Dunkel, das wie ein gefährlicher Trichter wirkte und sie anzuziehen schien.

Sie hörte Okastra nicht, sie spürte ihn nur, wie er hinter ihr stehen geblieben war.

Und sie merkte die Berührung.

An der Schulter verspürte sie den Druck. Vielleicht war es eine Knochenklaue, die sie berührt hatte, genau wusste sie dies nicht, aber der weitere Weg lag klar vor ihr.

Hinein in die Tiefe.

Da sie nicht gehorchte, half Okastra nach.

Der Stoß kam sehr plötzlich. Sie konnte ihn nicht ausgleichen, näherte sich dem Rand, und im nächsten Augenblick trat sie ins Leere ein, und im nächsten Moment wurde sie von der Tiefe verschluckt.

Sie schrie.

Es waren keine grellen Laute, die aus ihrem Mund drangen, nur abgehackte Schreie, denn sie rechnete damit, irgendwo zerschmettert liegen zu bleiben.

Das geschah nicht.

Okastra war plötzlich bei ihr. Er schwebte so lautlos wie ein Vogel und hielt sich an ihrer Seite. Sie spürte ihn, und seine Berührung, und der Vergleich eines Engels kam Claudia in den Sinn, denn so ähnlich schwebte sie auf dem Boden entlang. Einen rasenden Fall, wie sie ihn eigentlich erwartet hatte, den gab es nicht.

Okastra, ihr Feind, beschützte sie!

Sie schwebte dem Ziel entgegen. Claudia stellte fest, dass auch sie in dieser Nebelwolke stand. Das Grauen schwand allmählich. Sie fühlte sich leicht, als hätte sie beschwingte Musik gehört, und sogar ein Lächeln glitt über ihre Züge.

Das Ende der Reise.

Abrupt und im Vergleich zum Schweben der vergangenen Sekunden ziemlich hart.

Mit den Beinen stand sie auf dem Untergrund, sah wieder die glühenden Augen, die sich gleichzeitig mit dem Nebel von ihr zurückzogen. Und sie vernahm die flüsternde Stimme.

»Bleib hier und warte auf mich. Ich werde irgendwann einmal zurückkehren …«

»Aber …« Claudia sprach das eine Wort. Sie streckte den Arm aus, da war Okastra schon nicht mehr zu sehen.

Der blaue Nebelstreifen glitt davon und ließ Claudia Darwood zurück. In den folgenden Sekunden konnte sie es nicht fassen. Ihr war nichts weiter geschehen. Sie hatte eine lange Strecke hinter sich gelassen und zu einer sanften Landung angesetzt. Über ihr musste die Bodega liegen.

Claudia schaute nach oben. Sie legte den Kopf in den Nacken, doch eine Decke oder Ähnliches konnte sie beim besten Willen nicht erkennen.

Ein paar Mal schluckte sie, schüttelte gleichzeitig den Kopf und versuchte, sich auf die veränderten Gegebenheiten zunächst einmal einzustellen.

Was war ihr passiert?

Eigentlich nichts Schlimmes, denn sie lebte noch, und das war für sie das Wichtigste. Sie musste, wenn sie nicht alles täuschte, in einem Keller stehen.

Unter der Bodega!

Plötzlich begann sie zu lachen. Keller unter der Bodega. Nein, das war ein Irrtum.

Es gab keinen Keller, keinen so tiefen. Sie war in den Schacht gefallen, in den Berg, hinein ins Grauen, in das Reich des schrecklichen Okastra.

Sie war gefangen!

Daran gab es nichts zu rütteln, und darüber machte sich die Frau auch keinerlei Illusionen. Wenn Okastra einfach verschwand, musste er schon sehr sicher sein, dass sie es nicht schaffen würde, diesem unheimlichen Gefängnis zu entfliehen.

Zunächst einmal freute sie sich darüber, ihr Leben behalten zu haben. Nur, was war das noch für ein Leben. Gefangene eines Monsters zu sein, das nicht menschlich dachte und reagierte, sondern seiner Gefangenen irgendwann überdrüssig sein würde und sie erschlug oder erstach. Darauf lief es letzten Endes hinaus.

Nichts hatte genutzt, gar nichts. Auch nicht das Erscheinen des John Sinclair. Ihn hatte es sicherlich auf dem Friedhof erwischt. Claudia konnte sich kaum vorstellen, dass die andere Seite sich irgendeine Blöße gab. Sie deckte sich ab, so gut es ging.

Aus diesem Grunde zerplatzte auch die Hoffnung der Gefangenen.

Wenn sie sich auf jemanden verlassen konnte, dann nur auf sich selbst. Sie schaffte es, ihre Angst unter Kontrolle zu bringen, und sie dachte darüber nach, wie es weitergehen sollte. Aus eigener Kraft würde sie den Berg nicht verlassen können, wie aber dann?

Wer sollte ihr helfen?

Sie überlegte hin und her. Dabei erinnerte sie sich an die Worte des leider gestorbenen Aldo, der vor dem Berg gewarnt hatte, denn Aldo hatte gewusst, dass sich in dessen Innern eine Hölle abspielte. Der Berg war ein einziges großes Gefängnis, in dem es zahlreiche Kammern, Stollen, Gänge und Verliese gab.

Ein Labyrinth des Schreckens!

Aldo hatte Bescheid gewusst und dieses Wissen mit seinem Leben bezahlen müssen.

Irgendwann geriet Claudia an einen toten Punkt. Da war sie einfach mit ihren Gedanken am Ende und musste sie erst wieder neu formulieren. Doch es gab nichts mehr, woran sie denken konnte, sie hatte über alles schon nachgedacht.

Jetzt kehrte die Angst zurück.

Der lange Moment der ersten Erlösung war verstrichen. Plötzlich begann sie zu zittern. Ohne es zu wollen, schlugen die Zähne aufeinander, sie spürte das Gummigefühl in den Knien. Es erfasste ihren gesamten Körper, erreichte sogar die Schultern, die dabei in hektische Bewegungen gerieten. Claudia hatte lange nicht mehr geweint.

Nun konnte sie nicht anders.

Sie musste es einfach, und sie ließ ihren Tränen freien Lauf. Dabei starrte sie zu Boden, den sie nicht einmal sah, denn sie konnte die eigene Hand nicht vor den Augen erkennen.

Irgendwann versiegte der Tränenstrom. Claudia fror. Es war nicht die Kälte, die ihr dieses Gefühl vermittelte, sondern die Ungewissheit, und sie starrte hinein in die Finsternis, in die plötzlich ein winziges Licht stach.

Eine Flamme!

Auch von ihr aus zu sehen und nicht größer als ein Daumennagel. Sehr blass, sehr unruhig, flackernd und dabei kaum größer werdend, sodass Claudia das Gefühl hatte, die Flamme würde stehen bleiben.

Ein Irrtum.

Sie näherte sich!

Claudia spannte sich. Mit einmal war die Angst vergessen. Jetzt sah sie nur noch nach vorn, bohrte den Blick in die Finsternis, wischte sich noch die Augen klar und konnte anschließend besser erkennen, was sich da tat.

Die Flamme wurde wie eine Kerze gehalten. Etwa in Brusthöhe. Von einer Frau.

Sie sah deren Umrisse, das blonde Haar, ein dünnes, getupftes Sommerkleid und ein Gesicht, das nicht einmal unhübsch war, doch die Spuren eines harten Überlebenskampfes zeigte.

Die Frau blieb stehen.

Vielleicht zwei Schritte trennten die beiden, die sich stumm anschauten.

Niemand traute sich, mit einem Wort eine Brücke zu schlagen. Bis sich Claudia ein Herz fasste.

»Wer sind Sie?«, hauchte die Engländerin.

»Ich heiße Nadine Lafour.«

»Und was machen Sie hier?«

Da lachte die Blondine auf. »Was ich hier mache? Ich bin gefangen und warte, ebenso wie Sie, auf den Tod …«

Sie wartete auf den Tod!

Die Antwort der Frau löste einen Schock bei Claudia aus. Dieser eine Satz hatte ihr ihre Chancenlosigkeit drastisch vor Augen geführt. Nein, da gab es nichts, was man noch ändern oder retten konnte.

Sie wartete auf den Tod!

Claudia holte tief Luft. Ein paar Mal musste sie schlucken, bewegte dabei den Mund, als wollte sie sprechen, doch kein Wort drang über ihre Lippen, weil die Lage einfach zu schrecklich für sie war.

»Und wer bist du?«, wurde Claudia gefragt.

Sie sagte ihren Namen.

»Auch keine Spanierin.«

»Nein, ich komme aus London.«

»Was hat dich denn hierher verschlagen?«

»Die Suche nach meinem Bruder. Er war hier …«

»Hieß er vielleicht Henry?«

Claudia erschrak, als sie die Frage vernahm. »Ja, natürlich, kanntest du ihn?«

»Und wie ich ihn kannte. Wir haben uns zufällig getroffen oder auch nicht, das kann man in unserem Job nicht so genau wissen.«

Claudia schaute auf die Kerzenflamme und in das über ihr schwebende Gesicht. »Dann gehörst du auch zu dem Club, oder?«

»Sehr richtig. Ich werde von der Regierung bezahlt und habe mich für den Job freiwillig gemeldet, weil einige Basken meinen Bruder erschossen haben.«

»Aber das hier hat mit den Basken nichts zu tun.«

»Genau, mein Kind. Die Basken und dies hier sind zwei verschiedene Paar Schuhe.«

Claudia nickte, als wäre ihr alles klar. »Und was machen wir jetzt?«, wollte sie wissen.

»Nach einem Ausweg suchen.«

»Gibt es den denn?«

»Wahrscheinlich ja. Aber wir müssen ihn finden.«

»Dann sollen wir den Berg durchwandern?«

»So ist es.« Nadine lachte auf. Mit einer Hand strich sie über ihre Figur und den Kleiderstoff. »Schau dir dieses Fähnchen an. Sie haben mich fast aus dem Bett geholt, die Schweine.«

»Und wer?«

»Ich wohnte in der Bodega. Oder hast du Okastra nicht gesehen, meine Liebe?«

»Doch, ja …«

»Dann weißt du ja Bescheid.« Nadine Lafour kam näher und strich über Claudias Wange. »Keine Bange, Mädchen, er wird uns noch am Leben lassen.«

»Welchen Grund sollte er dafür haben?«

»Vielleicht braucht er Opfer.«

»Für wen?«

»Nicht für sich oder indirekt auch, wie man's nimmt. Na ja, lassen wir das!«

»Nein, Nadine!« Claudia legte ihrer neuen Bekannten eine Hand auf die Schulter. »Ich möchte endlich wissen, was gespielt wird. Da stimmt doch etwas nicht …«

Nadine nickte. »Du hast recht, Mädchen, hier ist einiges nicht in Ordnung, aber ich kann dir das beim besten Willen nicht alles erzählen. Das muss man erlebt haben.«

»Was denn?«

Nadine schüttelte den Kopf. »Lass uns gehen, Claudia, es ist wirklich besser!«

Mit dieser Antwort war die Engländerin zwar nicht einverstanden, doch was sollte sie machen? Nadine hatte hier die älteren Rechte. Sie war schon länger eine Gefangene und kannte sich unter Umständen in dem unterirdischen Labyrinth des Bergs aus. Ihr Blick glitt tiefer und blieb auf der Kerze haften.

Nadine Lafour hatte sie auf einen viereckigen Stein gestellt und dort Wachs festgeklebt. So konnte sie die Kerze besser transportieren.

»Das Licht wird nicht mehr lange reichen!«, bemerkte sie, als sie den Blick der Engländerin sah. »Tut mir leid.«

»Und was tun wir dann?«

»Hast du kein Feuer?«

»Moment«, flüsterte Claudia und suchte in einer Rocktasche nach. Als sie die Hand hervorzog, hielt sie ein kleines Einweg-Feuerzeug zwischen den Fingern.

»Das ist alles.«

Die Französin hob die Schultern. »Besser als nichts. Dann komm jetzt, halte dich immer dicht hinter mir.«

»Aber wo willst du hin?«, rief Claudia verzweifelt. »Kennst du den Weg nach draußen?«

»Das nicht, doch es muss ihn geben. Überleg mal. Würden wir sonst Luft bekommen?«

»Das stimmt …«

»Also gibt es noch Schächte, die an die Oberfläche führen. Etwas anderes kann ich mir nicht vorstellen.«

»Ja, das ist möglich …«

»Halt dich immer an meiner Seite. Und sei hübsch vorsichtig, dann passiert dir nichts.«

Nadine sprach mit ruhiger Stimme, die Claudia Darwood so etwas wie Vertrauen einflößte.

Und so gingen die beiden Frauen in die Dunkelheit hinein. Meter für Meter stachen sie tiefer in den Berg. Sie spürten unter ihren Füßen den felsigen Boden, und die Kerzenflamme bewegte sich tanzend auf dem Docht.

Sie gab Licht und erzeugte auch Schatten, die immer an der linken Seite über eine Wand huschten. Rechts sah Claudia Darwood nichts. Da musste es ihrer Meinung nach in eine unheimliche Tiefe gehen, wobei sie schauderte, als sie daran dachte.

Sie hatte längst erkannt, dass sie sich auf einem schmalen Grad voranbewegten. Wenn sie einen verkehrten Schritt tat, war es vorbei. Dann würden sie irgendwann ins Dunkel oder ins Nichts fallen und von der Tiefe verschluckt werden.

Aus, Ende ...

Und so konnten sie nur langsam gehen. Nadine Lafour hielt die Kerze in der rechten Hand. Mit der linken strich sie an der Felswand entlang, fühlte unter den Fingerspitzen das raue Gestein und setzte vorsichtig einen Fuß vor den anderen.

»Gleich wird es eng«, erklärte sie über die Schulter hinweg der ihr folgenden Claudia. »Du musst aufpassen.«

Die Engländerin nickte.

Und da erwischte es Nadine!

Es war eine seltsame Szene, die Claudia geboten wurde, und sie fühlte sich auf einmal wie in einer albtraumhaften Filmszene.

Zunächst begann die Flamme wild zu tanzen, und sie schwebte plötzlich rechts von Claudia, wo sich ein unheimlicher Abgrund befand. Nicht ein Schrei löste sich aus Nadines Kehle, sie versuchte sich noch mit der freien Hand festzuhalten, rutschte aber mit dem rechten Bein an der Kante des Pfads ab und segelte in die Tiefe, während die Flamme auf dem Weg nach unten verlöschte.

Nadine Lafour war weg. So schnell, als hätte es sie nie gegeben, als wäre sie nur eine Traumgestalt, ein Geist gewesen.

Und Claudia stand in der absoluten Finsternis auf dem schmalen Pfad.

Sie wusste nicht, was sie tun sollte, hielt eine Hand gegen den Mund gepresst, um einen Schrei zu unterdrücken.

Sie wartete auf den Aufprall.

Sekunden vergingen.

War denn die Tiefe so unendlich, dass sie nichts hören konnte? Claudia wusste es nicht, sie stand auf dem Fleck wie angewachsen und dachte daran, dass sie keinen Schritt mehr nach vorn gehen durfte, wollte sie nicht das gleiche Schicksal erleiden wie Nadine.

Der Berg hatte wieder ein Opfer gefunden!

Das stand für Claudia Darwood fest, wobei sie sich fragte, wann sie an der Reihe sein würde. Wie lange gaben ihr die Gegner noch? Stunden? Minuten?

Da vernahm sie den Ruf!

»Claudia!«

Leise, verzweifelt klingend und aus der Tiefe an ihr Ohr dringend. Claudia kannte die Stimme. Sie wusste plötzlich, dass Nadine noch lebte, und ihr Herz begann rasend zu hämmern.

»Bist du es?«

»Ja.«

»Wo steckst du denn?«, rief die Engländerin voller Verzweiflung. »Wo hat es dich …«

»Ich bin hier unten. Ich – ich …«

»Sprich weiter, Nadine!« Claudia hatte sich so aufgebaut, dass sie mit dem Gesicht zum Abgrund stand und in die dunkle Tiefe schauen konnte, obwohl sie dort nichts sah.

»Ich habe meine Kerze verloren!« Kläglich klang die Antwort.

»Und warum bist du nicht tot?«

»Ich – ich – man hat mich aufgefangen. Ich liege in einem Netz. Es ist klebrig. Ich kann mich nicht bewegen, Claudia. Das ist wie ein Spinnennetz. Ich weiß jetzt Bescheid …«

»Wie?«

»Die Spinnen werden kommen. Sie sind die Herren hier. Wir sind im Reich der weißen Spinnen. Ich habe es dir nie sagen wollen, weil du genug mitgemacht hast, aber jetzt musst du es wissen. Wer in ihren Netzen landet, ist verloren.«

Claudia Darwood wusste nicht, was sie noch denken oder antworten sollte. Die ganze Lage war zu undurchsichtig, zu quer, zu verstrickt. Sie konnte kaum einen klaren Gedanken fassen. Zuerst Okastra und jetzt diese seltsamen Spinnen.

Wo war die Verbindung?

»Was soll ich denn tun?«, fragte sie.

»Nichts kannst du tun, gar nichts. Du kannst höchstens zusehen, wie ich von ihnen gefres…«

»Nein, hör auf!«, schrie Claudia. »Das darfst du nicht sagen, Nadine!«

»Es stimmt aber!«

Claudia war nicht mehr fähig, eine normale Antwort zu geben, und so wartete sie ab.

Nur allmählich normalisierte sich ihr Herzschlag. Sie konnte jetzt etwas ruhiger atmen, doch die Aufregung kehrte zurück, als sie Nadines Schrei vernahm.

Er klang schrill und überaus ängstlich.

Dabei hatte Claudia ihre neue Freundin so sehr bewundert, deren Nervenstärke, deren Sicherheit. Und nun dieser verzweifelte Schrei, der Claudia bewies, dass Nadine in Schwierigkeiten steckte.

»Was ist denn?«

»Das Netz, Claudia. Es hat sich bewegt!«

»Ja und?«

»Die Spinne oder die Spinnen kommen!«

Einen halben Schritt ging Claudia Darwood zurück. Das ließ diese schmale Galerie zu. Die Frau prallte mit dem Rücken gegen die Felswand, und aus ihrem Mund drang ein ächzendes Geräusch.

Die Spinnen!

Noch hatte sie diese Monstren nicht gesehen, aber sie war sicher, dass Nadine nicht gelogen hatte.

Sollte sie versuchen, das Feuerzeug einzuschalten? Es wäre unter Umständen schlimm gewesen. Dann hätte sie zusehen müssen, wie die Spinnen Nadine Lafour vernichteten.

Aber die Dunkelheit war ebenso schlimm. Wenn sie irgendwann in naher Zukunft die Todesschreie der neuen Freundin hörte, würde sie wahrscheinlich wahnsinnig werden.

Und so entschloss sie sich, dennoch das Feuerzeug einzuschalten und nachzuschauen.

Zweimal rutschte die Daumenseite ab. Claudia sah nur das Sprühen der Funken. Dann war es geschafft. Die Flamme stand, und Claudia hielt den kleinen schwarzen Drücker fest, damit die Flamme blieb und nicht mehr zusammensackte.

Vorsichtig ließ sie sich auf die Knie fallen. Im Schein erschien der Rand des Wegs. Er war nicht normal glatt, sondern zeigte Zacken und Risse.

Hinter ihm fiel die Wand senkrecht in die Tiefe.

Claudia Darwood streckte den Arm noch nach unten. Sie wollte die Entfernung zu Nadine ein wenig verringern und hoffte, dass der Widerschein ausreichte, um sie auch erkennen zu können.

Ja, sie sah etwas.

Ein Netz.

Es war allerdings mehr zu ahnen, als genau zu erkennen, und sie hörte Claudias Stimme. »Weiter nach rechts, Mädchen. Du musst den Arm weiter nach rechts bewegen …«

»Moment, warte noch.« Claudia drückte sich zur Seite. Dabei gab sie nicht acht, sodass die kleine Flamme wieder zusammenfiel. Sie betätigte das Feuerzeug erneut, sah den Lichtkreis, wie er eine Insel aus der Dunkelheit riss, starrte nach unten und erkannte die Konturen eines Körpers.

Das war Nadine!

Eine Gefangene!

Auf dem Rücken lag sie. Dabei schaute sie in die Höhe. Das

Gesicht wirkte wie ein rötlich blasser Fleck. Die Arme hatte sie angewinkelt, aber sie konnte sie nicht anheben, denn das gewaltige Spinnennetz hielt sie eisern fest.

Und es bewegte sich.

Nicht Nadine sorgte dafür. Es waren die beiden Spinnen, die von zwei verschiedenen Seiten auf ihr Opfer zu krochen. Sie tänzelten auf dem dünnen Netz näher. Es gab nichts, was sie aufhalten oder stoppen konnte. Nadine Lafour war verloren.

Und Claudia schaute zu.

Sie merkte nicht, dass ihre rechte Hand zitterte. Tränen rannen aus den Augen, verschleierten den Blick, und sie sah die beiden schrecklichen Monstren, die immer näher kamen, wobei sich ihre langen Beine hektisch bewegten.

Das Opfer!

Es konnte sich nicht wehren. Aus dieser Höhe gesehen, waren die Spinnen schon schrecklich genug. Wie mussten sie erst auf die im Netz liegende Nadine wirken?

Claudia hörte den Schrei.

Sie wäre fast nach vorn gefallen, weil dieser Ruf sie so überrascht hatte.

Jetzt schaute sie nach.

Und sie sah den Grund des Schreis.

Es war einer Spinne gelungen, eines ihrer acht Beine auf den Körper der Frau zu drücken. Was weiter geschah, sah Claudia Darwood nicht mehr. Sie konnte einfach nicht hinschauen, zudem spürte sie die Hitze der Flamme, die fast ihren Daumen versengte.

So blieb sie zitternd und bebend in der für sie furchtbaren Dunkelheit hocken und konnte nur die Daumen für ihre neue Freundin drücken.

Aus der Tiefe vernahm sie die Geräusche.

Schreien, das Stöhnen, das Ächzen, all die Angst, die aus diesen Lauten sprach.

Claudia fühlte sich so schrecklich hilflos. Sie erlebte den Tod eines Menschen aus unmittelbarer Nähe mit und konnte dennoch nicht eingreifen. Wenn sie gesprungen wäre, hätte es sie auch erwischt.

So blieb sie in ihrer Haltung, lauschte und vernahm grauenhafte Laute, die sie zwar identifizieren, worüber sie allerdings nicht nachdenken wollte, weil es einfach zu schrecklich war, zu schlimm für sie war. Sie konnte den Tatsachen nicht ins Auge schauen. Da hätten ihre Nerven nicht mitgespielt.

Irgendwann, sie wusste nicht einmal, wie viel Zeit vergangen war, hörte sie nichts mehr.

Die Stille war ebenso schrecklich, und es dauerte noch Minuten, bis Claudia Darwood sich so weit gefasst hatte, dass sie wieder in der Lage war, das Feuerzeug zu bedienen.

Abermals hatte sie Mühe. Als die Flamme schließlich brannte und Claudia den Arm wieder ausstreckte, erkannte sie das Netz.

Ein leeres Netz …

Nein, doch nicht. Claudia sah genauer hin und erinnerte sich daran, dass Nadine ein getupftes Kleid getragen hatte.

Davon sah sie Reste. Sie hingen zwischen den Netzmaschen. Bunte, kleine Fetzen, mehr nicht …

An manchen Stellen hatte das Netz auch eine andere Farbe angenommen. Dunkler als normal.

Obwohl sie es nicht nachprüfen konnte, wusste Claudia genau, dass es sich dabei um Blut handelte.

Um Nadines Blut …

Von ihr selbst sah sie nichts mehr. Nur die Reste des bunten Kleiderstoffs.

Und die Spinnen?

Claudia suchte sie verzweifelt, aber im Netz hockten sie nicht. Sie sah keines dieser Monstren, die unheimlichen Mörder hatten sich zurückgezogen.

Dennoch schwankte das Netz.

Das ließ Claudia Darwood misstrauisch werden. Ihrer Ansicht nach mussten die Spinnen noch irgendwo lauern.

Sie wollte sie sehen, wenn es auch noch so schrecklich für sie war, und sie beugte sich noch weiter vor, bis dicht an die Gleichgewichtsgrenze. Nun ging es nicht mehr weiter. Diesmal schaute sie direkt an der Felswand nach unten.

Im nächsten Augenblick verzerrte namenloses Entsetzen ihr Gesicht. Die Spinnen waren schon da. Dicht vor ihr erschien der gewaltige Kopf, und sie sah die ersten beiden Beine.

Claudia zuckte zurück. Das Feuerzeug verlöschte, sie steckte es ein, ohne es richtig zu merken, und schlug gleichzeitig, weil sie sich zu hastig bewegt hatte, mit dem Hinterkopf gegen die in ihrem Rücken aufragende harte Wand.

Für einen Moment sah sie wirklich Sterne. Danach erloschen sie, und die absolute Dunkelheit hüllte Claudia wieder ein.

Dass sie wegmusste, war ihr klar. Dennoch traute sie sich nicht, in dieser Dunkelheit aufzustehen und zu fliehen.

Ein schabendes Geräusch vernahm sie dicht vor sich. Sie sah es nicht, aber sie wusste, dass die erste Spinne die steile Wand bereits überwunden hatte.

Einen Gedankensprung später spürte Claudia Darwood bereits die Berührung auf ihrem Körper.

Sie begann zu schreien …

Und ich kletterte nach unten!

Es war Wahnsinn, lebensgefährlich, aber ich konnte nun einmal nicht gegen meine Natur an. Da lag ein Mensch in einer tödlichen Falle, die gleichzeitig eine dämonische war. Möglicherweise hatte ich als Einziger die Chance, da noch etwas zu tun. Und das wollte ich auf keinen Fall aufs Spiel setzen.

Ein Stuntman hätte es sicher leichter geschafft als ich. Ich war ungeübt und musste mich auf mein Glück und auf die Härte des Gesteins verlassen.

Und so rutschte ich weiter nach unten.

Äußerst behutsam, sehr vorsichtig. Mir stets die Stellen aussuchend, die ich erreichen konnte und die mir fest genug aussahen, um mein Gewicht halten zu können.

So näherte ich mich dem Netz.

Dabei hatte ich ihm den Rücken zugedreht. Ich wusste nicht, wie weit die Spinne entfernt war, und hoffte nur, dass ich schneller sein würde als sie.

Sarrazan beobachtete mich. Er hatte sich hingekniet, schaute mir nach und gab auch seine Kommentare.

»Verdammt, Engländer, beeil dich. Die Spinne ist schon zu nah. Sie wird Paco …«

Er verschluckte sich und verstummte, während ich auf den Mann nicht achten konnte. Sollte er schreien, was und wie er wollte. Mir kam es darauf an, das Gleichgewicht zu behalten und an den Kanten oder Vorsprüngen nicht abzurutschen.

Die Hälfte schaffte ich ohne nennenswerte Schwierigkeiten. Es war natürlich ein Unding für mich, über das Netz laufen zu wollen, aber vielleicht konnte ich die menschengroße Monster-Spinne durch meine Aktivitäten von ihrem ursprünglichen Opfer ablenken und an mich heranlocken.

Und so kämpfte ich mich weiter. Wie ein Tier klammerte ich mich mit allen zehn Fingern am Gestein fest. Die Lampe steckte noch immer zwischen meinen Zähnen. Ihr Licht hüpfte im Rhythmus meiner Bewegungen, es stach an der Felswand entlang und verschwand plötzlich in einem Schacht oder einer Höhle, die wie ein Tunnel in die Felswand hineinstach.

Sie lag links von mir und war auf meinem Weg nach unten ein gewisses Etappenziel.

Ich änderte ein wenig die Richtung und hörte Paco fürchterlich brüllen.

Was er im Einzelnen für Worte schrie, konnte ich nicht verstehen. Jedenfalls galten sie auch seinem Kumpan Sarrazan, der uns beide nicht aus den Augen ließ, soweit es ihm möglich war.

Schüsse peitschten auf.

Da ich nicht geschossen hatte, blieb nur Sarrazan übrig. Es war der reine Wahnsinn, in die Dunkelheit zu feuern, und ich glaubte, aus dem Echo heraus einen Schrei zu vernehmen.

Ausgerechnet jetzt, wo ich mich auf alles konzentrieren musste. Noch eine Armlänge bis zu meinem Etappenziel. Ich streckte die rechte Hand aus, und es gelang mir, mit den Fingern den Rand des Höhleneingangs zu umfassen.

Vorsichtig zog ich den Fuß nach, mit dem ich mich bisher abgestemmt hatte, und schaffte es, mich in die Höhle zu ziehen.

Sie war ziemlich geräumig. Ich konnte mich sogar hinstellen, wenn ich wollte.

Daran war jetzt nicht zu denken. Ich musste zusehen, dass ich Paco half, denn ich hatte durch meine letzte Aktion bereits zu viel Zeit verloren.

Sarrazan brüllte sich fast die Lunge aus dem Leib. »Verdammt, Sinclair, mach Licht!«

Das hatte ich auch vor. Wenig später schnitt der Strahl über das Netz. Der Winkel war jetzt günstiger, Sarrazan und ich konnten besser sehen.

Beide waren wir schockiert.

Von Paco erkannten wir nichts mehr, nur noch den übergroßen widerlichen Spinnenkörper, der sich über Paco gebeugt hatte.

Die Spinne drehte uns ihr Profil zu. Dabei bewegten sich ihre Beine hektisch auf und ab. Sie tänzelte auf dem Seil, und auch ihr Maul befand sich in Bewegung.

Es klappte auf und zu. Ich brauchte nicht erst groß zu raten, was dies zu bedeuten hatte. Diese Bewegungen sagten mir genug und auch die Tatsache, dass ich von Paco nichts mehr sah.

Daran trug allein die Spinne die Verantwortung.

Ich schluckte, schüttelte den Kopf, atmete schwer, schluckte wieder und konnte es nicht fassen.

Als sich das Monstertier bewegte und sich dabei in meine Richtung drehte, erkannte ich, dass etwas aus ihrem Maul hing.

Es war ein Stück Stoff …

Der Rest eines Menschen.

Meine Hand mit der Lampe zitterte. Das konnte ich nicht vermeiden, und so tanzte der Strahl über das Gesicht der Spinne, wenn man bei ihr überhaupt von einem Gesicht sprechen konnte.

Zwei Augen sah ich.

Seltsam geschliffen. Sie wirkten wie Glas, das man schichtweise übereinandergesetzt hatte. Ein fürchterliches Bild, das ich da sah.

Sarrazan meldete sich.

Er brüllte den Namen seines Freundes. Schrie immer wieder nach Paco, aber er erhielt keine Antwort.

Für einen Moment glaubte ich, dass die Spinne sich in meine Richtung bewegen würde. Das tat sie nicht. Sie zog sich zurück. Schritt für Schritt, und sie bewegte bei jeder Bewegung ihre acht Beine.

Über mir drehte Sarrazan fast durch. Er schrie immer wieder meinen Namen und was ich doch für ein Idiot gewesen wäre, weil es mir nicht gelungen war, Paco zu retten.

Ich ließ ihn schreien. Erst als er folgenden Satz rief, wurde ich aufmerksam.

»Wenn du dich zeigst, verdammter Engländer, brenne ich dir eine Kugel auf den Pelz!«

»Das würde ich dir nicht raten. Dann stehst du allein!«

Er lachte noch. »Na und? Kannst du mir helfen? Das habe ich ja letztendlich gesehen!«

Ich erwiderte nichts darauf, sondern leuchtete über das Netz. Die einzelnen Fäden blitzten wie Silber, als sie von dem weißlichen Licht berührt wurden.

Tief atmete ich durch. Die vergangenen Minuten hatten mir meine Hilflosigkeit vor Augen geführt. Im Reich der weißen Monsterspinnen waren andere die Herrscher, nicht Sarrazan oder ich.

»Ich komme jetzt zurück!«, rief ich dem Basken zu, nur um seine Reaktion zu testen.

»Untersteh dich. Oder willst du eine Kugel?«

»Mensch, Sarrazan, sei vernünftig! So kommen wir nicht weiter. Nicht jeder allein. Wir müssen zusammenhalten.«

»Aber nicht mit mir.«

»Verdammt, so verstehen Sie doch!«

»Nein!«

Ich zog mich ein wenig zurück. Diesem Kerl war wirklich nicht zu helfen. Konnte man ihn als einen Wahnsinnigen bezeichnen, war er durchgedreht oder was?

Wahrscheinlich hatte er intensiver als ich den Tod seines Freundes erlebt, und deshalb reagierte er so unüberlegt.

Wie dem auch sei, ich konnte hier nicht ewig hocken bleiben und musste mir überlegen, ob ich es schaffte, das Netz, das nicht einmal weit von mir entfernt an der Felswand endete, zu zerstören. Wenigstens an dieser Stelle, damit ich irgendeine Wirkung auslöste.

Nur womit?

Da gab es eigentlich nur eine Lösung. Ich musste es mit dem Dolch versuchen.

Der Silberdolch war magisch geladen oder hatte außergewöhnliche Kräfte.

Wenn er mir nicht helfen sollte, blieb als letzte Chance das Kreuz, obwohl ich nicht so recht daran glauben wollte, dass es viel ausrichten konnte, wahrscheinlich gar nichts.

Ich wollte die Klinge schon ziehen, als ich hinter mir das seltsame Geräusch vernahm.

Es war ein Schaben und Knistern. Sofort keimte ein schrecklicher Verdacht in mir hoch.

Noch in der Hockstellung flirrte ich herum.

Gleichzeitig schwenkte ich die Lampe mit. Ihr dünner Strahl stach nun in die Finsternis des Tunnels – und fand ein Ziel.

Eine weiße Monster-Spinne!

Suko überwand das Auftauchen der Spinne sehr schnell, denn er wusste, dass er nicht an ihr vorbeikonnte.

Er musste sich stellen!

Das Monstrum sah nicht nur gefährlich aus, es war auch gefährlich. Auf seinen acht Beinen stand es wie ein Fels vor dem Chinesen. Das erste helle Tageslicht berührte den Panzer der Spinne und ließ ihn noch heller erscheinen, als er ohnehin schon war. Er glänzte auf eine gewisse Art und Weise, als hätte man ihn mit einem durchsichtigen Wachs eingeschmiert.

Suko wusste, dass es in der normalen Natur keine Spinnen dieser Größe gab. Deshalb gab es für ihn nur die eine Möglichkeit. Diese Spinne war dämonischen Ursprungs. Irgendjemand, der mit den finsteren Mächten in Verbindung stand, hatte sie geschaffen, und Suko dachte an den Namen Okastra.

Wahrscheinlich steckte er dahinter.

Die Spinne lief. Suko war überrascht, wie schnell die Distanz zwischen ihnen zusammenschmolz und die Spinne ihre acht Beine auf einmal bewegte.

Deshalb konnte er nicht stehen bleiben und ging sicherheitshalber zurück, weil er Zeit brauchte, um seine Dämonenpeitsche zu ziehen. Für ihn gab es keine andere Waffe, um die gefährliche Spinne, die die Größe eines Menschen erreichte, zu besiegen.

Das dämonische Tier ließ ihm die Zeit. Auch den Kreis konnte Suko schlagen, sodass die drei Riemen aus der Öffnung rutschten und die Peitsche nun kampfbereit war.

Suko war von den Augen der Spinne fasziniert. Zwei befanden sich in ihrem Schädel, und sie sahen so aus, als bestünden sie aus übereinander geschobenen Glasplatten.

Darunter begann ein regelrechtes Maul. Mit diesem Maul konnte die Spinne schon einiges verschlingen.

Sie öffnete es.

Sogar Zähne sah Suko. Sie erinnerten ihn an einen Kamm mit dreieckigen Zinken:

Damit konnte die Spinne töten und zerkleinern. Das war Suko klar. Er musste sich nur hüten, von diesem grässlichen Maul erwischt zu werden.

Und so lauerte er.

Auf acht Beinen stand die Spinne. Plötzlich nicht mehr, da hatte sie die zwei vordersten angehoben, auseinander gebogen und führte sie so zusammen, dass sie Suko in Halshöhe erwischt hätte.

Hätte, wohlgemerkt, denn der Inspektor war schneller. Was er tat, war riskant, aber wahrscheinlich der Weg zum Erfolg. Er duckte unter den beiden zupackenden Klauen hinweg, jagte zwischen ihnen und dem Maul der Spinne hoch, wobei er die seltsam schillernden Augen dicht vor sich sah und sofort zuschlug.

Die drei Riemen blieben dicht zusammen. Und alle drei trafen das rechte Auge der Monster-Spinne.

Suko vernahm ein sattes, platzendes Geräusch, und im nächsten Augenblick war das Auge verschwunden.

Herausgerissen und zerstört.

Darum kümmerte sich Suko nicht.

Er schlug weiter zu.

Einmal, zweimal, dreimal, immer wieder trafen die Riemen den Spinnenkörper.

Suko war wie eine Maschine. Er reagierte goldrichtig, denn die weiße Monster-Spinne hatte der Kraft dieser Dämonenpeitsche nichts entgegenzusetzen.

Sie wurde vor den Augen des Inspektors buchstäblich zerrissen, in mehrere Teile gefetzt und gehauen, sodass von ihr schließlich nichts mehr zurückblieb, das Suko noch gefährlich werden konnte.

Nur mehr Trümmer.

Er starrte auf die Spinnenteile, noch jetzt hatte er das Klatschen der drei Riemen in den Ohren, und als er den Fuß auf einen Rest des Körpers setzte und Druck gab, vernahm er das Knirschen, als würde unter der Sohle dünnes Horn zerbrechen.

Das Ende einer Riesenspinne. Suko dachte daran, was wohl geschehen wäre, hätte die Spinne ihn erwischt. Eine Gänsehaut rann dabei über seinen Rücken.

Er bückte sich, denn er wollte sehen, was mit den zerstörten Augen geschehen war. Sie gingen ihm einfach nicht aus dem Sinn.

Von der wie Glas wirkenden Masse war nichts zurückgeblieben. Jedenfalls nichts in einer festen Form. Suko entdeckte wohl die Tropfen einer dicken Flüssigkeit, die an den Schleim widerlicher Ghouls erinnerten.

Der Rest dieser Augen …

Anschließend warf Suko einen Blick in die Höhe, denn er wollte nachschauen, woher die Spinne gekommen war. Die Felswand wuchs gegen den Himmel, aber sie zeigte Unterbrechungen, denn Suko erkannte innerhalb des Gesteins einige Höhleneingänge. Sie sahen aus wie gewaltige, dunkle Augen, aus denen jeden Moment das Grauen strömen konnte.

Es wäre interessant gewesen, diese Wand zu untersuchen. Bestimmt wäre Suko auch auf ein Ereignis gestoßen, doch er nahm davon Abstand. John Sinclair war wichtiger. Er musste den Geisterjäger finden. Dann konnte er weitersehen.

Und so setzte er seinen Weg fort. Der Spinnenrest blieb hinter dem Chinesen zurück, und Suko brauchte nicht mehr lange zu laufen, als sich vor seinen Augen ein völlig anderes Bild ausbreitete.

Er hatte genau die Passhöhe erreicht, schaute hinunter ins Tal und sah einen Friedhof.

Er lag im klaren Licht des Morgens. Aus diesem Grunde konnte Suko Einzelheiten erkennen.

Die kleine Kapelle mit dem schmalen Turm und der Totenglocke am oberen Ende. Dann die Gräber, die zahlreichen Grabsteine, die Kreuze aus verwittertem Stein, die Figuren, die in einer so unnatürlich steifen Haltung auf den Gräbern standen, und sogar die schmalen Bänder der Wege, die ein Muster zwischen den letzten Ruhestätten bildeten.

Kein Vogellaut unterbrach die über dem Friedhof liegende Stille, die Suko als unheimlich und unwirklich erschien. Es gab keinen Grund für ihn, sich vor diesem Friedhof zu fürchten, dennoch spürte er ein Gefühl der inneren Unruhe.

Selbst aus dieser Entfernung fiel ihm ein besonders ausgefallener Grabstein auf. Er stand links von ihm und zeigte einen mannsgroßen Engel, der in einer Hand ein Schwert und in der anderen etwas Rundes hielt, das Suko nicht genau identifizieren konnte, jedoch annahm, dass es sich bei diesem Gegenstand um einen Schädel handeln konnte.

Eine wirklich seltsame Figur.

Suko wollte sich den Friedhof aus der Nähe ansehen. Der Pfad hörte schon nach wenigen Metern auf. Suko musste quer über das Gelände gehen, das nun abschüssig wurde, in eine Ebene mündete, auf der der Friedhof lag.

Es war ein Geröllhang, den der Inspektor hinabschritt. Hin und wieder stieß er gegen einen Stein, der vor ihm herrollte und erst auf dem Friedhof liegen blieb.

Die Morgensonne war verschleiert.

Vom Meer her war Dunst aufgestiegen und trieb auf das Land zu, wobei er sich wie gewaltige Tücher zwischen dem Boden und dem Himmel spannte.

Es dauerte vielleicht eine Viertelstunde, bis Suko den Friedhof erreicht hatte.

Er gelangte an den Ort, wo die Kapelle stand.

Einen Menschen hatte er bisher nicht gesehen. Er wollte sichergehen und schaute in der Kapelle nach. Suko öffnete die Tür, blickte in einen kahlen, schmucklosen Kirchenraum, in dem ein halbes Dutzend Bänke standen.

Der kleine Altar zeigte ein wunderschönes Marienbild. Davor stand ein Blumenstrauß.

Mehr Schmuck gab es in der Kirche nicht, sah man von kleinen, handgeschnitzten Bildern ab, die den Kreuzweg darstellten.

Normalerweise übte eine Kirche eine beruhigende Wirkung auf Suko aus.

Dies war hier nicht der Fall. Suko fühlte sich unbehaglich und glaubte manchmal, von irgendwelchen unsichtbaren Augen beobachtet zu werden.

Auch wenn er sich scharf umdrehte, sah er nichts, was seinen Verdacht bestärkt hätte.

Ein völlig normaler Friedhof lag vor ihm. Es deutete auch nichts darauf hin, dass irgendwelche lebenden Toten in den Tiefen der Gräber lauerten und nur darauf warteten, an die Oberfläche zu steigen, um sich in ihrer unersättlichen Gier auf die Menschen zu stürzen.

Keine Zombies, keine Menschen, auch keine Tiere. Oft schwirrten in Strandnähe Möwen oder ähnliche Wasservögel durch die klare Luft eines Morgens, auch die vermisste Suko.

Dieser Friedhof war völlig normal und doch so anders.

Er erreichte die ersten Gräber. Für ihn fremde Namen standen auf den verwitterten Steinen. Hier waren die Menschen aus Campa begraben worden. Da der Ort ziemlich klein war, reichte dieser Friedhof völlig aus.

Besonders interessierte sich Suko für das Grab mit dem außergewöhnlichen Grabstein.

In dessen Richtung ging er und hatte erst wenige Schritte zurückgelegt, als er wie vom Donner gerührt stehen blieb.

Vor ihm lag etwas.

Ein Mensch ohne Kopf!

Über Sukos Rücken lief eine Gänsehaut. Mit einem so makabren Fund hätte er nie im Leben gerechnet, doch er verfiel nicht in eine wilde Panik, sondern dachte nach.

Der Fund hatte etwas zu bedeuten und auch, dass der Mann keinen Kopf mehr hatte, war kein Zufall.

Der Inspektor dachte weiter. Er erinnerte sich an den Schädel, den man Claudia Darwood geschickt hatte, und wahrscheinlich gehörte dieser Torso zu dem Kopf.

Claudia hatte ihn so sehr gesucht, aber Suko hatte ihn letztendlich gefunden.

Obwohl der Tote keinen Kopf mehr hatte, konnte Suko erkennen, dass es sich bei ihm um einen Nordeuropäer handelte. Er war kein romanischer Typ, und ein anderer als Henry Darwood kam für Suko nicht infrage. Er musste der Tote sein.

Wieso lag er hier auf dem Friedhof? Und wieso hatte man ihn

nicht weggeschafft? Hatte John den Toten vielleicht auch schon gesehen?

Eine Reihe von Fragen stellte sich dem Inspektor, auf die ihm die Leiche sicherlich keine Antwort geben konnte. Die musste er schon selbst finden.

Fragte sich nur wie.

Suko blieb auf der Stelle stehen, als er sich umschaute. Sein Blick glitt über den Friedhof, und wieder hatte er das Gefühl, beobachtet zu werden.

Waren es vielleicht die Monster-Spinnen, die in irgendwelchen Höhlen hausten und ihn nicht aus den Augen ließen?

Das konnte sein, obwohl Suko daran nicht so recht glauben wollte. Es musste da noch jemand anderer in der Nähe hausen.

Seinen Blick richtete er wieder nach vorn. Dabei schaute er über ein Grab; und er sah sehr deutlich den außergewöhnlichen Grabstein. Ein Engel aus Stein, der in der rechten Hand ein Schwert hielt und in der linken einen Totenschädel.

Endlich war Suko in der Lage, sich diese Figur genauer anzusehen. Von oben herab hatte er nicht erkennen können, dass es sich um einen Schädel handelte. Nun fragte er sich, welch eine Bedeutung der Totenschädel auf der Hand des Engels wohl hatte.

Ohne Grund jedenfalls hielt er ihn nicht.

Und noch etwas fiel ihm auf.

Das Grab war zertrampelt. Ein Motiv konnte sich der Inspektor noch nicht vorstellen. Das zusammengedrückte spärliche Gras, die Spuren im Lehm, wenn man alles addierte, konnte dies durchaus auf einen Kampf hindeuten.

Und es musste einen Grund gehabt haben.

Über ihn dachte Suko nach, als er den Boden genauer untersuchte. Plötzlich vernahm er ein Knirschen, das so gar nicht in die Ruhe des Friedhofs passen wollte.

Suko, bisher in gebückter Haltung, stand blitzschnell wieder aufrecht.

Er hatte das Knirschen vernommen, und es gab für ihn nur eine

Möglichkeit, wer der Verursacher des Geräuschs gewesen sein könnte.

Der Engel!

Suko starrte ihn an.

Sein Blick fiel automatisch in das Gesicht der steinernen Figur, dort konnte sich unter Umständen etwas abzeichnen. Eine Verschiebung, vielleicht eine Bewegung der Augen, des Mundes oder noch mehr.

Nein, da hatte sich nichts getan. Suko war das Gesicht noch in der gleichen Erinnerung, wie er es beim ersten Mal gesehen hatte. Steinern, glatt und dennoch rau.

Ein für ihn unangenehmer Augenblick.

Er schaute auf den Totenschädel. In diesem Augenblick erkannte er die volle Wahrheit.

Der Schädel hatte sich verändert!

Nicht dessen Umrisse, sondern die Augen. Die waren anders geworden. Suko konnte sich daran erinnern, dass er sie geschlossen in Erinnerung hatte, nun standen sie offen.

Weit offen!

Das Knirschen aber war nicht durch das Öffnen der Augen geschehen, es hatte einen anderen Grund gehabt. Die Schwertspitze schwebte über dem Boden, und sehr langsam wurde sie, als die Figur ihren Arm bewegte, in die Höhe gehievt.

Fasziniert schaute der Inspektor zu.

Noch bestand keine Gefahr für ihn, denn die Figur reagierte sehr langsam.

Das änderte sich in der nächsten Sekunde, denn unter Suko öffnete sich das Grab ...

Claudia Darwood verging fast vor Angst!

Die Spinne hatte Nadine Lafour getötet. Welchen Grund sollte sie haben, ausgerechnet vor ihr haltzumachen?

Keinen!

Und so sah Claudia die Lage sehr realistisch, trotz der schrecklichen Furcht, die in ihr steckte.

Sie würde der Spinne nicht mehr entkommen, und sie wollte sie auch nicht mehr sehen, aus diesem Grunde ließ sie das Feuerzeug stecken.

Wieder eine Berührung. Diesmal auf ihrem linken Oberschenkel. Grauenhaft in der Dunkelheit, und das widerliche Bein der Spinne drückte hart in ihr Fleisch.

Die Engländerin verkrampfte sich. Sie öffnete den Mund zu einem Schrei, aber sie brachte es einfach nicht fertig, auch nur einen Laut auszustoßen.

Es war schlimm.

Wie ein tastender harter Finger fühlte sich das Bein der Spinne an, als es höher über ihren Körper glitt und plötzlich dicht über der Brust gegen den Hals tippte, um hineinzudrücken, sodass ihr für einen Moment die Luft abgeschnürt wurde.

Claudia röchelte. Der Atem wurde ihr knapp. Sie bekam keine Luft mehr, tief in der Kehle bildete sich ein seltsames Würgegefühl.

War das das Ende?

Noch nahm sie alles in vollem Bewusstsein wahr. Sie empfand einen seltsamen Horror davor, dass es der Spinne gelingen konnte, mit ihrem Bein den offen stehenden Mund auszustopfen, sodass Claudia ersticken musste.

Vor so einem Tod hatte sie schon als kleines Kind eine furchtbare Angst empfunden. Nun lag er in greifbarer Nähe.

Sie wurde verschont. Es gab kein Spinnenbein, das sich in ihren Hals drücken wollte. Im Gegenteil, es zog sich für eine winzige Strecke zurück, aber das andere Bein packte sie an der linken Körperseite, übte Gegendruck aus und rollte Claudia herum.

Noch in der Bewegung merkte sie, dass die Spinnenbeine überall an ihrem Körper waren, und es musste der Moment nahe sein, wo das Maul der Spinne über ihr aufklaffte, um sie zu verschlingen.

Doch das tat sie nicht.

Stattdessen geschah etwas anderes.

Ein Ruck schüttelte Claudia durch. Sie merkte, dass sie von mindestens vier Beinen umklammert worden war und schwebte im nächsten Augenblick über dem schmalen Sims.

Erst jetzt wurde ihr bewusst, was die Spinne mit ihr vorhatte. Sie wollte Claudia nicht töten, sondern mitnehmen, und sie besaß tatsächlich die Kraft, einen normal gewachsenen Menschen in die Höhe zu wuchten.

Für die Engländerin wurde es zu einem Albtraum, der einfach kein Ende nahm.

Zuerst dieser schreckliche Überfall in der Bodega, dann das grauenvolle Erlebnis mit Okastra, danach die erste Begegnung mit den Monster-Spinnen, und nun der Transport.

Ja, sie wurde transportiert.

Weggeschafft …

War die Spinne satt? Hatte sie bereits an einem Opfer genug gehabt? Grauenhafte Gedanken schossen der jungen Frau durch den Kopf, und sie wollte nicht mehr in den Fängen dieser Monster-Spinne bleiben, deshalb versuchte sie sich mit aller Kraft dagegen zu wehren.

Es gelang ihr nicht einmal, ihren Körper in dem Griff zu drehen. Zu hart hielten sie die Beine der Spinne. Dort, wo sie gegen den Körper drückten, spürte sie die Schmerzen, aber die Angst ließ seltsamerweise keine Schreie zu.

Einen Arm konnte sie normal bewegen. Den rechten, denn der linke war eingeklemmt.

Als sie um sich schlug, gelang es ihr sogar, ein Spinnenbein zu umklammern. Hart hielt sie es fest. Noch einmal setzte sie all ihre Kraft ein, um das Bein von ihrem Körper wegzuschieben.

Es nutzte nichts.

Das Monster war einfach stärker, und in derselben Sekunde noch wurde Claudia gekippt.

Sie wusste, was das bedeutete. Die Spinne hatte, mit ihr als

Beute, den Rand der schmalen Galerie überwunden und lief nun senkrecht an der Felswand nach unten.

Für Claudia Darwood wurde der Weg zu einer schrecklichen Tortur. Durch die Drehung und das Abkippen der Spinne war sie auf den Kopf gestellt worden.

So ging es weiter.

Das Blut rauschte hinter ihren Schläfen. Das sonst so leise Tuckern wurde zu einem regelrechten Hämmern, auch ihr Herzschlag hatte sich verdoppelt, doch darauf nahm die Spinne überhaupt keine Rücksicht. Sie setzte den Weg unbeirrt fort.

Immer tiefer.

Und schneller …

Dann ein Sprung.

Zum ersten Mal löste sich aus der Kehle der jungen Frau ein Schrei. Sie hatte Angst, in eine unauslotbare Tiefe zu fallen, doch das Spinnennetz fing sie weich und federnd auf.

Die folgenden Sekunden erlebte Claudia wie in einem Schreckenstraum, denn sie rechnete damit, dass die Spinne nun ihr Ziel erreicht hatte und mit ihr das Gleiche begann, was sie mit Nadine Lafour getan hatte.

Zum Glück irrte sich Claudia.

Die Spinne lief weiter. Und sie wurde sehr schnell, denn sie konnte sich auf ihrem Netz sicher bewegen.

Welches Ziel sie hatte, wusste die gefangene Frau nicht. Sie rechnete nur damit, irgendwann einmal ein Opfer der Spinne zu werden. Ihr blieb nichts anderes übrig, als sich in das unausweichliche Schicksal zu ergeben …

Ich sah die Spinne, die Spinne sah mich!

Sofort wussten wir beide, dass wir Feinde waren. Todfeinde, denn der eine wollte den anderen vernichten.

Sie wurde von mir aus nächster Nähe angeleuchtet. Zwar war der Lampenstrahl nicht gerade breit, aber was er aus der Finsternis hervorriss, reichte aus, um auch mir einen Schrecken einzujagen.

Und das Grauen sollte sich noch steigern.

Zunächst einmal hörte ich Sarrazans Stimme. Er brüllte von oben herab meinen Namen und verlangte, dass ich mich meldete.

Den Gefallen tat ich ihm nicht, denn die Spinne war in diesen Augenblicken wichtiger.

Sie öffnete ihr Maul.

Mir war seine Breite aufgefallen, und auch jetzt sah es aus wie ein kleines Tor, an dessen Rändern zwei Zahnreihen schimmerten.

Damit konnte die Spinne alles zermalmen.

Normale Tiere hatten so etwas nicht. Deshalb war diese Spinne für mich ein Albtraum, eine Ausgeburt Schwarzer Magie, ein Killertier aus tiefster Hölle.

Wie sollte ich sie vernichten?

Vielleicht in die Augen schießen, die so seltsam schimmerten und das Licht meiner Lampe brachen.

Um zuschnappen zu können, musste die Spinne näher an mich heran. Das tat sie nicht. Stattdessen geschah etwas anderes.

Sie spie aus.

Zuerst wollte ich es nicht glauben, weil es zu grauenvoll war, dann erkannte ich es und sah plötzlich ein Skelett, das die Spinne aus ihrem Maul drückte.

Keine zerstörten oder zerstückelten Knochen, sondern ein Skelett, das noch so zusammenhing, als wäre es das Stück einer Ausstellung im Biologie-Unterricht.

Ich war diesmal geschockt, denn etwas an dem Skelett trieb mein Blut in Wallung.

Es war ein dünner bunter Stofffetzen, der in Ellbogenhöhe des rechten Arms hing.

Furchtbar …

Das konnte nur der Rest eines Kleides sein.

Vielleicht hätte ich die Spinne während des letzten Vorgangs angreifen sollen, doch sie hatte mich einfach zu sehr überrascht und ging nun selbst zum Angriff über.

Ich ließ mich auf die Knie fallen, wechselte die Lampe in die linke Hand und zog mit der rechten die Beretta.

Die Augen, du musst auf die Augen zielen! Das hämmerte ich mir ständig ein.

Es war möglich, dass die Spinne etwas von der Gefahr ahnte, denn sie bewegte ihren Schädel hektisch von einer Seite auf die andere.

Davon ließ ich mich nicht irritieren. Mit dem Lauf der Waffe verfolgte ich die Bewegungen, suchte einen günstigen Zeitpunkt und drückte ab.

In der Tunnelröhre klang das Echo des Schusses dumpf. Das Mündungsfeuer nahm ich kaum wahr, für mich war der Erfolg wichtig.

Und den hatte ich erreicht.

Die Spinne war zwar nicht im Zentrum des Auges getroffen worden, aber meine Kugel hatte sie am Rand erwischt, das Auge dort zerstört und war in den Schädel gedrungen.

Wären die Pupillen aus Glas gewesen, so hätte ich es klirren hören. Stattdessen aber bewegte die Spinne ihre beiden Vorderbeine in die Höhe, knickte sie in Richtung des Kopfes ein und stach ein Bein in das getroffene Auge.

Dabei fiel sie zur Seite.

Sehr wachsam blieb ich hocken. Wenn es sein musste, würde ich auch auf das zweite Auge schießen.

Mit ihrem Rücken rutschte die Spinne an der Felswand entlang.

Ich konnte wieder in das Gesicht schauen, sah den offenen Mund und auch das getroffene Auge, das gar nicht mehr so blank wirkte, sondern mit einer schleimigen Masse ausgefüllt war, die ihren Weg nach draußen suchte, die Höhlung des Auges zunächst ausfüllte und anschließend zu Boden tropfte.

Es waren dicke Schleimtropfen, die nach unten fielen, dort liegen blieben und sich zu Lachen ausbreiteten.

Ich stand auf.

Musste ich noch einmal schießen?

Nein es war nicht mehr nötig. Mit dieser einen Silberkugel hatte ich den magischen Nerv dieses Monstertiers getroffen. Die Spinne blieb liegen und traf keine weiteren Anstalten, sich wieder in die Höhe zu stemmen.

Ich konnte aufatmen.

Endlich ein kleiner Sieg, denn nun wusste ich, wie die Spinnen zu töten waren.

Leider war es mir erst bei einer Spinne gelungen. Wie viele es von ihnen noch gab, war mir unbekannt. Ich hoffte, dass mir noch einige über den Weg liefen.

Dann schaute ich mir das Skelett an.

Es war furchtbar. Das musste einmal ein lebender Mensch gewesen sein. Und nicht nur das.

Dieser Mensch hatte sicherlich noch bis vor Kurzem existiert, denn sonst hätte ich nicht den Stofffetzen gesehen. Wahrscheinlich war es eine Frau gewesen, die sich die Spinne geholt hatte.

Nun wusste ich auch, welches Schicksal Paco, der Baske, erlitten hatte.

Sarrazan wartete noch immer über mir am Rand des Abgrunds. Er musste den Schuss gehört haben. Bisher hatte er sich noch nicht gemeldet, das änderte sich nun, denn ich hörte ihn schreien.

»Sinclair, hören Sie mich?«

Ich drehte mich um und brüllte meine Antwort dem Stollenausgang entgegen. »Ja, ich habe dich verstanden!«

»Was ist los?«

»Ich musste eine Spinne töten!«

Nach diesen Worten schwieg er für eine Weile. »Stimmt das auch, Sinclair?«

»Willst du dich überzeugen?«

Er lachte rau. »Lass mal. Wenn du das sagst.« Ich hörte ihn husten. »Wie hast du das denn geschafft?«

»Ich schoss auf ihr Auge.«

»Und Paco?«

»Von ihm habe ich bisher nichts gesehen.«

»Was willst du denn jetzt machen?«

Eine gute Frage, auf die ich keine Antwort wusste. Viel hatte ich durch die Vernichtung der Spinne nicht erreicht. Wir hatten einen Gegner weniger, das war auch alles.

Sollte ich wieder zurückgehen oder nachschauen, wohin dieser Tunnel führte?

Ich entschied mich für Letzteres.

Sarrazan sagte ich nichts davon. Zwar hörte ich seine Rufe, die zu wütendem Schreien wurden, aber das interessierte mich alles nicht! Für mich war wichtig, den Anführer des Ganzen zu finden. Dieses Wesen namens Okastra.

Bisher hatte er sich mir nicht gezeigt. Vielleicht war er tatsächlich nur eine Legende, über die Menschen kaum zu reden wagten, aber die Spinnen hatten mich sehr misstrauisch gemacht. Ihre Existenz konnte durchaus mit einer Leibwächterfunktion für Okastra zu vergleichen sein.

Die Tunnelröhre war eng, und sie wurde noch schmaler, je weiter ich fortschritt.

Ich ließ die Lampe eingeschaltet. Es dauerte gar nicht mehr lange, als ich vor mir ein Loch im Boden entdeckte.

Genau dort war der Gang zu Ende.

Vor dem Loch blieb ich stehen, kniete mich hin und leuchtete in die Tiefe.

Ein unheimlicher Schacht schien mich fressen zu wollen. Das Licht der Lampe verlor sich in der Tiefe, doch ich vernahm Geräusche. Da es um mich herum sehr still war, konnte ich sie deutlich hören.

Es war ein Schaben, ein Krabbeln. Der Schacht hatte die Funktion eines Schalltrichters, sodass ich die Laute ziemlich deutlich hörte und auch identifizieren konnte, wer sie verursacht hatte.

Das konnten nur die Spinnen sein!

Vielleicht befand sich dort unten ein regelrechtes Nest. Ich jedenfalls hatte keine Lust, in die Tiefe zu klettern und entschloss mich, den gleichen Weg wieder zurückzugehen.

Diesmal schneller. Als ich den Ausgang des Stollens erreichte, wurde ich vorsichtig und streckte zunächst einmal den Kopf nach draußen, um zu sehen, ob die Luft rein war.

Das Licht meiner kleinen Lampe huschte über das Netz. Wo es berührt wurde, funkelten die Fäden, die so dünn aussahen, dennoch ein großes Gewicht aushalten konnten.

Sarrazan hatte sich bisher nicht mehr gemeldet. Ich rief nach ihm.

»Ach, bist du auch wieder da?«

»Natürlich.«

»Ich dachte schon, du hättest dich aus dem Staub gemacht.«

Auf seine provozierende Art ging ich nicht ein, sondern erklärte ihm, dass ich wieder zu ihm hochklettern würde.

Der Aufstieg gestaltete sich ebenso schwierig wie der Abstieg. Schließlich hatte ich die Strecke überwunden und stand neben Sarrazan, der mich misstrauisch beäugte.

»Da war doch was«, sagte der Baske.

»Natürlich.«

»Und?«

»Ich killte eine Spinne, die zuvor ein Skelett ausspie. Dieses Skelett gehörte zu einer Frau. Wissen Sie nun, Señor, was Ihnen bevorsteht, wenn es den Spinnen gelingt, Sie zu töten?«

Er starrte mir ins Gesicht. »Ein Skelett?«, flüsterte er.

»Ja.«

»Aber das kann nicht sein.«

Ich deutete nach unten. »Klettere selbst in den Schacht, dann wirst du es sehen.«

Der Baske knetete sein Gesicht. Ein paar Mal zwinkerte er mit den Augen, verzog den Mund, schluckte und schüttelte den Kopf. So durcheinander hatte ich ihn noch nicht gesehen.

»Haben wir noch Chancen?«, fragte er leise.

»Noch leben wir.«

Er lachte. »Richtig, aber was ist das für ein Leben? Ein verdammt mieses.«

»Besser als keins.«

Sarrazan entschwand aus meinem Blickfeld. Er war zurückgetreten, blieb irgendwann stehen, sodass ich seine Schritte nicht mehr hörte und es still wurde.

Bis auf den Schrei!

Wo er aufgeklungen war, wusste keiner von uns zu sagen. Dass ich mich nicht getäuscht hatte, erkannte ich an der Reaktion des Basken. Er stand sofort wieder neben mir, fasste mich an und zischte: »Hast du das auch gehört, Sinclair?«

»Bin ja nicht taub!«

»Das war eine Frau!«, behauptete Sarrazan.

»Woher willst du das wissen?«

»Hör zu, Sinclair. Ich bin in den Bergen groß geworden. Da muss man sich nicht nur auf seine Augen, sondern auch auf sein Gehör verlassen können. Meines ist geschärft. Ich kann sehr gut unterscheiden, ob ein Mann oder eine Frau geschrien hat. Und das war eine Frau.« Er ließ mich los, drehte sich in die Runde und hob den Arm halb an, wobei er ihn dann fallen ließ und schließlich über das Spinnennetz deutete. »Wenn mich nicht alles täuscht, ist der Schrei aus dieser Richtung aufgeklungen. Ja, ich bin fast sicher, Sinclair.«

Ich glaubte ihm. Aber wer hatte da geschrien? Meine Gedanken drehten sich um dieses Problem. Wenn ich davon ausging, dass es tatsächlich eine Frau gewesen war, gelangte ich automatisch nur zu einem Ergebnis.

Claudia Darwood!

Sie war in Campa zurückgeblieben. Sie hatte mit Okastra zu tun gehabt und folglich auch mit den Spinnen. Irgendwie musste es unseren Gegnern gelungen sein, sie in ihre Gewalt zu bringen.

Verdammt auch.

»Was hast du?«, fragte mich Sarrazan. Er hatte bemerkt, dass ich mit meinen Gedanken ganz woanders war.

Ich hob die Schultern. »Wahrscheinlich weiß ich sogar, wer da geschrien hat!«

»Und?«

Ich erklärte es ihm.

Er nickte. Schließlich kannte Sarrazan Claudia Darwood ebenfalls. Er und Paco waren in ihr Zimmer eingedrungen und hatten sie mit Waffengewalt entführen oder etwas aus ihr herauspressen wollen, und nun schien Claudia ebenfalls in den Kreislauf des Schreckens hineingeraten zu sein. Keine guten Aussichten.

»Schalt mal die Lampe an!«, verlangte Sarrazan.

Die Idee war gut. Ich ließ den dünnen Lichtfinger wieder über das unter uns liegende Netz wandern, sah die zahlreichen Maschen und stellte fest, dass sie sich bewegten.

Sarrazan hatte die gleiche Entdeckung gemacht. Seine Stimme klang gespannt, als er seine Vermutung akustisch preisgab. »Da kommt bestimmt eine Spinne.«

Sollte dies der Fall sein, war sie noch immer so weit entfernt, dass der Strahl sie nicht erreichte.

Das änderte sich bald.

Durch das breite Schwenken der kleinen Lampe erreichte ich eine gute Streuung und leuchtete auch nicht nur auf einen Fleck. Von unserem Standpunkt aus gesehen mussten wir nach rechts schauen, um das Schreckliche zu erkennen.

Sarrazan fluchte in seiner Heimatsprache.

Ich sagte gar nichts, denn das kalte Entsetzen lähmte meine Reaktionen.

Eine Täuschung war es nicht.

Aus der Düsternis tauchte eine weitere Monster-Spinne auf. Sie lief nur auf sechs Beinen, die restlichen hatte sie angehoben, und zwischen ihnen klemmte ein Mensch.

Claudia Darwood!

Suko war ein Mann der schnellen Reaktionen!

Ein anderer hätte eine mindestens doppelt so lange Schrecksekunde gehabt. Doch der Chinese handelte in dem Augenblick, als die Graberde unter ihm nachgab.

Er warf sich zurück, krachte mit dem Rücken gegen die Kante, rutschte aber wieder nach vorn, und es sah so aus, als würde ihn die Tiefe trotz allem noch verschlingen.

In der Luft hängend drehte sich Suko. Eine artistische Leistung. So gelang es ihm, die Arme nach vorn zu schleudern und sich am Rand des Grabes festzuhalten.

Da hing er nun, während seine Beine in der Tiefe verschwanden.

Lange konnte sich Suko nicht halten, er musste wieder hoch, denn hinter sich vernahm er wieder das Knirschen.

Da hatte der Engel seinen Arm bewegt …

Für Suko wurden die nächsten Sekunden endlos lang. Es war schlimm zu wissen, dass sich hinter ihm ein Gegner befand, der Sukos Tod wollte und es eigentlich leicht hatte, denn der Chinese bot ihm seinen ungeschützten Rücken.

Das konnte nicht gut gehen …

Woher der Mann plötzlich kam, wusste Suko nicht zu sagen. Jedenfalls war er da, stand am Grabrand, bückte sich, streckte die Arme aus und umklammerte die Handgelenke des Inspektors.

Ohne ein Wort zu sagen, riss er Suko in die Höhe, schleuderte ihn nach vorn, und Suko, der sich sofort wieder drehte, sah, dass die Grabplatte hochschwang und die Öffnung verschloss.

Auch der Engel hatte wieder seine normale Haltung eingenommen, als wäre nichts geschehen.

Der Inspektor wischte sich über die Augen.

Hatte er nur geträumt? Nein, das Grab wäre ihm fast zum Verhängnis geworden, und auch der Engel hatte reagiert, obwohl es eine Steinfigur gewesen war.

Einen Schritt entfernt wuchsen zwei Beine in die Höhe. Suko, der bisher kniete, stand auf und schaute sich seinen Retter an.

Es war ein Einheimischer. Der Mann lächelte Suko zu. »Darf

ich Ihnen zum neuen Leben gratulieren, Señor?«, sagte er. Dabei sprach er ein sehr hartes Englisch.

»Das dürfen Sie in der Tat, Señor, und ich darf mich bei Ihnen bedanken.« Suko reichte seinem Retter die Hand und drückte sie fest. »Wären Sie nicht gewesen, hätte mich …«

»Der Berg verschluckt«, vollendete der andere die Aussage.

Suko nickte nur. Dann fragte er: »Wer sind Sie, Señor?«

»Ich heiße Sanchez!«

»Etwa Romero Sanchez?«

»Richtig.«

Der Chinese lachte. »Sie hat wirklich der Himmel geschickt, denn genau Sie habe ich gesucht.«

Sanchez zeigte sich erstaunt und deutete mit dem Zeigefinger auf seine Brust. »Mich?«

»Ja, nur Sie.«

»Aber wieso suchen Sie mich? Ich bin Ihnen doch völlig unbekannt.«

»Ich Ihnen, Sie mir aber nicht. Wir haben sogar einen gemeinsamen Bekannten und möglicherweise auch zwei.«

»Wer ist das?«

»Henry Darwood und John Sinclair!«

Romero Sanchez kniff die Augen leicht zusammen.

»In der Tat, ich kenne sie«, erwiderte er gedehnt.

»Dann wäre ja alles klar.«

Sanchez hob die Schultern. »Es kommt darauf an, was Sie darunter verstehen. Ich für meinen Teil bin mir nicht so sicher, wissen Sie.«

»Wieso?«

»Nun ja, es sind Dinge passiert – und ich muss Ihnen sagen, dass Ihr Bekannter, dieser John Sinclair …«

»Was ist mit ihm?«

»Er ist verschwunden. Wir waren bis vor Kurzem noch zusammen, doch jetzt …«

»Erzählen Sie, Sanchez!«

»Gern, wenn Sie Zeit haben.«

»Für so etwas immer.« Selbst Suko war nervös geworden. Er ahnte, dass er unter Umständen der Lösung des Falles nahe war, und Sanchez ließ sich nicht lange bitten. So erfuhr Suko aus erster Hand, was sich in der Bodega abgespielt hatte.

»Und John war hier auf dem Friedhof?«

Sanchez nickte. »Ich habe ihn selbst hergefahren.« Er deutete auf den Torso. »Wir wollten ihn abholen, doch ich erhielt einen Schlag auf den Schädel.«

»Und was wollten Sie hier?«

»Noch einmal nachschauen.«

Suko schüttelte den Kopf. »Ich verstehe das alles nicht.«

»Da haben Sie ein wahres Wort gesprochen, Señor. Zunächst wusste ich nicht, wo ich Sie einordnen sollte. Ich sah Sie kommen und wartete lieber ab.«

»Das hätte ich auch getan. Nun darf ich Ihnen noch einmal danken, dass Sie mich gerettet haben.« Suko deutete zu Boden. »Wo wäre ich da wohl gelandet?«

»Ich sagte Ihnen schon: im Innern des Berges.«

»Sicher. Aber was befindet sich da?«

»Zahlreiche Verstecke. Seit Hunderten von Jahren schon. Es ging damals um die Sarazenen ...« Sanchez zeigte sich sehr gesprächig und erklärte dem Inspektor die blutige Geschichte des Dorfes.

Suko hörte aufmerksam zu. Er ahnte schon, dass hier ein sehr komplizierter und brandheißer Fall anlag. Er musste höllisch achtgeben, dass er nicht zwischen die Mühlensteine geriet und es ihm letztendlich nicht so erging wie John Sinclair.

»Dann könnte John also in diesem Berg stecken?«, erkundigte er sich.

»Ja.«

»Ich werde hineingehen.«

Sanchez erschrak und hielt Suko an der Schulter fest. »Um Himmels willen, nur das nicht.«

»Wieso?«

»Es ist gefährlich. Die Legende sagt, dass derjenige, der freiwillig in den Berg gegangen ist, nicht wieder zurückkehrt.«

»Gibt es nur diesen einen Eingang?«, fragte Suko.

»Das glaube ich nicht.«

»Dann suchen wir doch den zweiten«, erwiderte Suko und deutete auf den Engel. »Aber vorher werde ich mich um ihn kümmern. Er hat sich bewegt, das habe ich genau gesehen.«

Romero Sanchez lachte, was Suko wiederum irritierte. »Was haben Sie? Stimmt etwas nicht?«

»Schon. Aber wieso glauben Sie, dass sich der steinerne Engel bewegt hat?«

»Weil ich es selbst gesehen habe.«

»Das ist doch Unsinn. Nein, das nimmt Ihnen keiner ab. Die Grabsteine können nicht leben. Die sind aus Stein, und damit basta. Alles klar, Señor?«

»Für mich nicht.«

Suko ließ Romero Sanchez sagen, was er wollte. Suko hatte gesehen, dass sich der Engel bewegt hatte, und davon ließ er sich nicht abbringen.

Der Totenkopf und das Schwert, beide waren nicht mehr ruhig geblieben. Und wenn sich steinerne Gegenstände bewegten, gab es für Suko nur eine Erklärung.

Schwarze Magie!

Er zog seine Peitsche, schlug den Kreis und ließ die drei Riemen ausfahren. Eine weiße Monster-Spinne hatte er auf diese Art und Weise erledigen können. Wenn sie und das Grabmal irgendwie in Verbindung standen, musste er auch hier Erfolg haben.

Suko holte aus. Er zielte nicht auf das Schwert oder den Totenschädel, sondern auf den Kopf der Figur.

Der Schlag.

Von der anderen Seite schaute Romero Sanchez zu, wie die drei Riemen durch die Luft pfiffen und haargenau ins Ziel trafen. Das Klatschen schreckte den Spanier auf, Suko hatte sich an das Geräusch gewohnt, und er ging einen Schritt zurück, nachdem die Peitsche das Ziel getroffen hatte.

Reagierte die Figur?

Ja, es tat sich etwas!

Die magische Kraft der drei Riemen hatte den Stein zerrissen. Er platzte auseinander, erinnerte an die Schale einer Frucht, denn die Stücke flogen nach vier Seiten weg.

Jemand anderer kam darunter zum Vorschein.

Es war ein Mensch!

Suko verstand nichts mehr. Das Schwert blieb, der Totenkopf blieb, nur die äußere Steinhülle war verschwunden. Stattdessen schaute er auf den Rücken eines Menschen.

Eines Toten …

Tief atmete Suko ein. Er warf einen Blick an der Figur vorbei und sah in das leichenblasse Gesicht des Romero Sanchez. Dieser Mann konnte den Menschen von vorn sehen, und das wollte Suko ebenfalls. Deshalb baute er sich wieder vor dem Grab auf.

Ein unheimliches Bild bot sich seinen Augen. Es gab keinen großen Unterschied zwischen der ehemaligen Steinfigur und dem vor ihm stehenden Mann. Der Tote war ebenso starr, unbeweglich und nicht verwest. Er trug nach wie vor das Schwert in der rechten und den Totenschädel in der gedrehten linken Hand.

Der Mann war nackt. Seine Haut, falls man überhaupt davon noch sprechen konnte, hatte einen seltsamen Grauton, als wären unzählige Staubpartikel darauf geklebt worden. Auch das Gesicht war deutlich zu erkennen. Es zeigte die Züge eines romanischen Typs, wie es die Spanier eben waren.

Und es kam Suko bekannt vor.

Im ersten Augenblick wollte er es nicht glauben, weil es einfach zu unwahrscheinlich war. Er runzelte die Stirn, dachte intensiver über dieses Phänomen nach und sah seine erste Vermutung bestätigt.

Kalt rann es über seinen Rücken. Er fühlte plötzlich, dass längst nicht alles so glatt lief, wie er es sich vorgestellt hatte, dass hier möglicherweise ein uraltes Geheimnis verborgen lag, dem er auf die Spur gekommen war.

Dieses Gesicht, diese Züge, die Nase, auch der Mund. Es gab keinen Zweifel, das war er. Das war der Mann, der Suko erst vor wenigen Minuten kennengelernt hatte.

Romero Sanchez!

Der Chinese drehte sich um.

»Ich glaube, Sie haben mir etwas zu erklären, Señor«, sagte er.

Sanchez nickte. »Das habe ich in der Tat«, erwiderte er leise und ließ Suko in die Mündung einer spanischen Armee-Pistole blicken ...

Nicht nur Sarrazan stand wie angewachsen auf der Stelle, auch ich bewegte mich nicht. Zu hart und grausam hatte mich diese Überraschung getroffen.

Claudia Darwood befand sich in den Klauen einer weißen Monster-Spinne. Dieses mutierte Tier hatte sie in sein Reich geholt, und wie es aussah, hatte die Frau keine Chance mehr, der unheimlichen Spinne zu entkommen.

Sie und ihre Artgenossen waren innerhalb dieses Bergs die wahren Herren, das hatten sie uns schon mehr als einmal bewiesen.

Ich sprach nicht, und Sarrazan neben mir stöhnte auf. Er redete anschließend, wobei er einen Dialekt verwendete, den ich nicht verstand.

Ob Claudia tot oder bewusstlos war, konnte ich nicht erkennen. Jedenfalls bewegte sie sich nicht. Sie hing regungslos in der Beinklammer. Ein Arm, es war der linke, pendelte bei jeder Bewegung der Spinne, wobei die Spitzen der Finger über die klebrigen Fäden des Netzes strichen.

Die Spinne setzte ihren Weg fort. Ob sie uns entdeckt hatte oder nicht, das wussten wir nicht. Jedenfalls setzte sie ihren Kurs fort und wandte uns das Profil zu.

Der Baske neben mir begann vor Erregung zu zittern. Mit einer heftigen Bewegung griff er unter seine Jacke und holte die Pistole hervor. Er legte schon an, da schlug ich auf seine Hand.

»Nein, nicht!«

»Aber wir müssen sie befreien.«

»Natürlich. Nur nicht so. Wer sagt Ihnen denn, dass Sie nicht die Frau treffen?«

Sarrazan schaute mich erstaunt an. »Ist die denn nicht tot?«

»Können Sie das mit Bestimmtheit sagen?«

»Nein.«

»Na bitte. Dann sollten wir davon ausgehen, dass sie noch lebt.«

Sarrazan hob die Schultern. Seine Wangen bewegten sich, als er einen unsichtbaren Kloß schluckte. »Ich weiß es nicht, ich kann es mir nicht vorstellen. Du hast von dem Skelett erzählt …«

»Shut up!«, sagte ich hart.

Er schwieg tatsächlich. So wurde ich nicht abgelenkt und konnte in Ruhe beobachten, wie die Spinne einen Kreisbogen schlug und mir ihr Gesicht zuwandte.

Seltsamerweise blieb sie bei ihrem »Tanz« auf dem Netz stets im blassen auslaufenden Schein der Lampe. Mir schien es so, als wollte sie, dass wir sie und vor allen Dingen das Opfer sahen.

Noch immer rührte sich Claudia nicht. Ihr langes Haar fiel wie eine Flut nach unten. Manchmal strichen die Spitzen über das klebrige Seil, blieben aber nicht hängen.

Die Monster-Spinne stoppte.

Irgendwie kam ich mir vor wie in einem Theaterraum, wobei das Netz die Bühne darstellte, auf der sich die Akteure bewegten. Es war ein schauriges Bild, und ich ahnte, dass sehr bald etwas passieren musste.

In der Tat.

Zunächst bewegte sich das Netz. Diesmal stärker als bei der

Ankunft der ersten Spinne. Es wurde regelrecht eingedrückt, und es breiteten sich Wellen aus, die, ähnlich wie bei einem See, am Rand der Felswand ausliefen.

Das Netz wippte, schwankte, und ich wusste, dass so etwas nicht von ungefähr geschah.

Die Spinne stand regungslos. Sie und Claudia schienen nicht mehr zu leben, sondern nur Figuren zu sein.

»Das hat was zu bedeuten«, raunte Sarrazan. »Vielleicht sollte man jetzt schießen …«

»Nein!«, quetschte ich zwischen den Zähnen hervor. »Machen Sie sich und die Frau nicht unglücklich.«

»Aber wenn …«

Es interessierte mich nicht, was er hinzuzufügen wollte, denn aus dem Dunkel erschienen sie.

Spinnen!

Groß, weiß, unheimlich anzusehen. Gewaltige Monstren, auf acht starken Beinen laufend und auf den Fäden des Netzes wie Artisten balancierend und dennoch so sicher gehend, dass es mich schon faszinierte.

Es war eine unheimliche Erscheinung, die bei mir Magendrücken verursachte.

Ich hielt unwillkürlich den Atem an, zwinkerte mit den Augen, wollte das Bild verscheuchen, doch es blieb.

Spinne auf Spinne erschien.

Sieben zählte ich.

Sie waren zunächst hintereinander gelaufen, sodass sie eine Reihe bilden konnten. Nun, da sie ihr Ziel erreicht hatten, fächerten sie auseinander und bauten sich rechts und links neben der Spinne auf, die Claudia Darwood in ihrem Maul hielt.

Acht Spinnen bildeten eine Reihe und damit ein für uns unüberwindliches Hindernis.

Neben mir begann Sarrazan zu lachen. »Jetzt ist es aus mit uns!«, sagte er hastig. »Verdammt, die haben uns. Wir kriegen keine Chance, die lassen uns verrecken …«

»Mensch, sei ruhig!«

Ich war sauer auf den Typ. Er hatte sich nicht gescheut, eine hilflose Frau anzugreifen, doch jetzt, wo er wirklich Stärke und Mut beweisen konnte, stand er da, als hätte er schon die Hosen voll.

Ein Typ zum Abgewöhnen!

Es war noch nicht zu Ende. Nur der Aufmarsch der Gladiatoren hatte bisher stattgefunden, denn nun erschien derjenige, der diesem Horror seinen Stempel aufgedrückt hatte.

Okastra!

Er war eine Wolke! So sah es im ersten Augenblick aus. Woher die Wolke gekommen war, konnte ich nicht sagen. Sie war da und erreichte den Rand des Lichtscheins, der von meiner kleinen Lampe abgegeben wurde. Nebel wallte in den hellen Streifen. Träge Schwaden trieben über das Netz, als wollten sie sich krampfhaft daran festklammern. Sie wallten, quirlten, wurden größer, zogen sich kurz darauf zusammen, verteilten und verdichteten sich.

Eine Nebelwand entstand.

Sie blieb stehen, obwohl sie sich bewegte.

Ich konnte trotz der schlechten Beleuchtung erkennen, dass es sich um einen blauen Nebel handelte, und meine erste Befürchtung, es mit dem Todesnebel zu tun zu haben, bewahrheitete sich nicht.

Der Nebel hatte sich so weit ausgebreitet, dass er uns eine direkte Sicht auf die acht Spinnen nahm. Die meisten von ihnen verschwammen hinter dieser unruhigen Wand, und nur die Spinne, auf die es ankam, blieb zum Teil in unserem Sichtfeld.

Und mit ihr Claudia Darwood!

Eine Frau, die eine Hölle durchgemacht hatte, sich nicht mehr rühren konnte und vom Maul des Monsters umklammert wurde.

Dann erschien er.

Er kam aus dem Zentrum. Der Mann, der aus dem Nebel schritt. Ein Monster? Ein Ungeheuer?

Vielleicht beides, denn Sarrazan und ich entdeckten etwa in

Kopfhöhe ein glühendes rotes Augenpaar, dessen Blickrichtung sich nicht änderte und starr auf uns fixiert war.

Das war also Okastra!

Noch sah ich ihn nicht genau, nur seinen Umriss, aber schon die Augen reichten. Und ebenfalls das, was aus den grauen Wolken hervorschaute. Ein langer Gegenstand, der vorn spitz zulief.

Sein Schwert!

Ich dachte dran, dass Okastra zum Volk der Sarazenen gezählt hatte. Diese Gruppe stammte aus dem Nordosten der arabischen Halbinsel und hatte sich später mit den Arabern vermischt.

Das war mir bekannt, und ich wusste auch um die Stärke dieser Menschen. Sie waren als tollkühne Krieger bekannt geworden und Meister der Schmiedekunst. Vielleicht wie Nathan, der Schmied aus Atlantis, dem Kara das Schwert mit der goldenen Klinge verdankte.

So war es auch hier. Die Sarazenen verstanden es ausgezeichnet, Waffen zu schmieden. Ihre messerscharfen Schwerter waren berühmt und bei den Feinden berüchtigt.

Man hatte viel über die Sarazenen geschrieben. Und wenn auch nicht alles stimmte, so blieb noch genügend übrig, um mir Angst einzujagen.

Im Gegensatz zu den acht Spinnen dachte Okastra nicht daran, in ihrer Nähe zu bleiben. Er bewegte sich weiter auf uns zu.

Dabei nahm er den direkten Weg. Er konnte über das Spinnennetz gehen, das für einen normalen Menschen eine tödliche Falle war. Es war nicht einmal zu erkennen, ob er das Netz überhaupt berührte. Der Nebel begleitete ihn, und mir schien es, als würde er über die einzelnen Fäden hinwegschweben.

Ich hatte die Hände geballt und zitterte innerlich. Eine Entscheidung stand dicht bevor, das wusste ich genau, und sie würde in den nächsten Minuten fallen.

Näher und näher kam Okastra.

Mittlerweile konnte ich seine Gestalt besser sehen. Der schmale Lichtfinger stach in die Nebelwolke.

Okastra blieb stehen.

Nicht ein Wort drang über seine Lippen. Er glich in diesen Augenblicken einem Denkmal.

Ich sah ebenfalls keinen Grund, die Initiative zu ergreifen, nur Sarrazan neben mir schien auf einem Nerventrip zu sein, denn er atmete hastig und stoßweise.

»Der lässt uns keine Chance mehr. Nein, verdammt, es wird uns wie Paco ergehen.«

Auch in mir stieg die Spannung, und sie erreichte allmählich einen Siedepunkt.

Wie würde es weitergehen?

Okastra wollte etwas von mir, also musste er die Initiative ergreifen und nicht ich.

Das tat er auch.

»Ihr seid in mein Reich eingedrungen«, erklärte er, »obwohl ich euch nicht darum gebeten habe …«

Ich vernahm die Worte, doch ich verbannte sie aus meinem Kopf. Diese Stimme, mein Gott, wie hörte sie sich nur an! So seltsam hallend, so hohl, wie aus einem Grab kommend. Gleichzeitig weit entfernt und doch so nah. Die Stimme eines lebenden Toten.

»Es war Schicksal«, erwiderte ich. »Ich wäre freiwillig nicht …«

»Das spielt keine Rolle mehr. Du bist ein Gegner, und ich verfahre mit Gegnern so, wie ich es schon immer getan habe. Als Sarazene habe ich die Pflicht, dich zu vernichten. Anders kann meine Ehre nicht gerettet werden.«

Es war immer das gleiche Spiel. Er drohte mir, er stand vor mir, er nahm sich und mich als Tatsache hin, ich aber wollte wissen, wieso dies geschehen konnte und welche Motive ihn leiteten. Dass es schwarzmagische waren, daran gab es keinen Zweifel, aber es musste noch andere Dinge geben.

Und die wollte ich wissen.

»Wie kommt es, dass du lebst?«, fragte ich.

»Hat man dir das nicht berichtet?«, erklang die Gegenfrage aus der Wolke.

»Nein.«

»Die Menschen glauben nicht mehr an mich, wie?«

»Zum Teil. Sie halten dich für eine Legende. Für einen Spuk, mehr nicht.«

»Das bin ich eigentlich auch. Ein Spuk, aber ein Spuk, der lebt, der fühlen und begreifen kann und der Bescheid weiß. Mir ist bekannt, welch ein Gegner vor mir steht, und ich fasse es sogar als Ehre auf, den Geisterjäger John Sinclair zu erledigen. Die Mächte der Finsternis schlafen nicht. Sind sie auch oft verfeindet oder zerstritten, in der Vernichtung ihrer Gegner aber sind sie sich einig, und sie informieren sich untereinander, wer ihre Feinde sind.«

Das konnte ich mir vorstellen. Auf irgendeine Art und Weise gehörten alle Schwarzblüter zusammen, waren sie auch noch so verschieden.

Ich war Okastra also bekannt, aber ich kannte ihn nicht und wusste nichts von seinen Verbündeten und auch nichts aus der fernen Vergangenheit.

»Wie kommt es, dass du nicht vermodert bist?«

»Weil die Menschen nicht glauben wollten und ich einen großen Beschützer habe.«

»Den Teufel?«

»So ähnlich. Aber es gibt einen Dämon, den ihr Menschen schon zu biblischen Zeiten verflucht habt. Das ist Baal. Es ist mein Helfer. Seine Magie hält mich am Leben, denn ihm habe ich gedient, als wir Sarazenen in dieses Land einfielen. Ich wusste, was ich zu tun hatte, um Baal ein rechter Diener zu sein. Die Menschen des Altertums haben um das goldene Kalb getanzt und dem Götzen Baal Menschenopfer gebracht. Das hatte ich nicht vergessen, und ich brachte Baal die Opfer, denn es waren meine Feinde. Sie haben sich vor mir versteckt, nur nicht gut genug. Ich fand und tötete sie der Reihe nach, wobei ihr Blut das Innere des Berges tränkte und von den zahlreichen Spinnen aufgesaugt wurde, die hier lebten. Durch mein Schwert war ihr Blut magisch verseucht. Die Menschen starben, aber sie wurden wiedergeboren. Als weiße Monsterspinnen, die von nun an mir gehorchten. Und so überlebte ich die langen Zeiten im Schutze der Spinnen. Die Menschen hatten gedacht, sie könnten mich töten. Sie haben sogar einen Friedhof über dem Berg errichtet und eine Figur auf ihm demjenigen geweiht, der sich mir damals entgegenstellte. Es war ein Mann eurer Kirche, ein spanischer Feldherr, er war mächtig, denn er kämpfte mit starken Waffen. Ihm gelang es, mich zu bannen. Aber auch er verlor sein Leben. Ich tötete ihn auf magische Weise, nachdem er mich verflucht hatte und ich nicht mehr aus diesem Berg heraus konnte. So verbrachte ich die langen Jahre mit dem Wissen, dass es mir gelingen würde, denn meine Spinnen kratzten irgendwann das Gestein auf und schufen Ausgänge. Nun ist der Weg für mich frei, und ich habe ebenfalls Helfer unter den Menschen, die das Grab, das von meinem Gegner bewacht wurde, in eine Falle verwandelten, durch die auch du gerutscht bist, Geisterjäger.«

Jetzt war ich um einiges schlauer. Geändert allerdings hatte sich nichts. Leider.

Ich konnte also mit mehr Spinnen rechnen, als ich sah. Wie ich wusste, waren damals sämtliche Einwohner von Campa vor den Horden der Sarazenen in den Berg geflüchtet und in dieser stockdunklen Tiefe zu Monster-Spinnen geworden.

Doch was hatte Henry Darwood mit der Sache zu tun gehabt?

Auf ihn sprach ich Okastra an, und er wusste auch sofort, wen ich damit meinte.

»Er kam aus der Fremde und glaubte nicht an die Dinge, die man sich erzählte. Fast hätte er das Geheimnis des Friedhofs ergründet, aber ich kam ihm zuvor. Den Schädel schlug ich ihm ab, und mein Helfer kümmerte sich um ihn.«

»Wer ist es?«, wollte ich wissen.

»Er heißt Romero Sanchez!«

Mir fiel es wie Schuppen von den Augen. Natürlich, ich hatte geschlafen. Wenn sich einer unerkannt hatte bewegen können, dann war es einzig und allein Romero Sanchez, denn er genoss das Vertrauen der Bevölkerung und konnte für Okastra die Weichen stellen. Mein Verdacht, die beiden Basken hätten für diese grausame Tat gesorgt, erwies sich nun als völlig absurd.

Diese Tatsachen musste ich zunächst einmal verkraften. Damit hatte ich wirklich nicht gerechnet.

Romero Sanchez!

Und ich hatte Claudia Darwood bei ihm zurückgelassen. Sicherlich hatte er dafür gesorgt, dass auch sie in die Klauen des fürchterlichen Okastra geraten war.

»Weißt du nun Bescheid?«, fragte mich der Sarazene.

»So einigermaßen.«

»Dann kannst du ja herkommen.« Ich lachte auf. »Zu dir?«

»Klar.«

»Du glaubst doch nicht im Ernst, dass ich über das Netz gehe. Ich käme keinen Schritt weit.«

»Es wird dich nicht behindern!«

»Und wenn ich nicht komme?«

»Sorge ich dafür, dass die Spinne, die die Frau trägt, ihr Maul öffnet und sie verschluckt.«

Das war deutlich genug. Verdammt deutlich sogar. Mir blieb wirklich nichts anderes übrig, als dem Befehl Folge zu leisten. Eine andere Alternative sah ich nicht.

Zum ersten Mal nach unserem Dialog meldete sich Sarrazan. Aus seiner Kehle drang ein heiseres Lachen. »Du bist doch verrückt, Engländer, willst du wirklich da hingehen?«

»Bleibt mir eine Wahl?«

»Klar, wir kämpfen.«

Ich deutete nach vorn. »Kommst du gegen die Spinnen an?«

»Nein, aber …«

»Also werde ich gehen!«

»Und mich zurücklassen, wie?« Er wurde wütend und schlug zu.

Obwohl ich aufgepasst hatte, überraschte er mich mit dieser

Reaktion. Ich musste den Hieb einstecken, der mich dicht über der Gürtelschnalle erwischte, mir die Luft zum Atmen nahm und mich gleichzeitig in die Knie trieb.

Darauf hatte der Baske nur gewartet. Er zog seine Pistole. Verdammt schnell war er, hob den rechten Arm und ließ den Lauf auf mich niedersausen.

Ich trat gegen seine Beine.

Sarrazan brüllte wütend, weil er aus der Richtung gerissen wurde. Sein Hieb verfehlte mich. An meinem Gesicht vorbei wischte der Waffenlauf, und Sarrazan folgte der Bewegung mit torkelnden Schritten. Er konnte sich kaum fangen, geriet aber zum Glück nicht zu nahe an den Rand des Abgrunds.

Ich konnte noch nicht nachsetzen, weil ich den überraschenden Hieb nicht verdaut hatte.

Andere reagierten.

Es waren die Spinnen. Ich wurde aufmerksam, als ich über meinem Kopf ein Zischen vernahm.

Sofort schaute ich hoch, sprang auf und hatte kaum eine stehende Haltung erreicht, als ich schon die Schreie des Basken vernahm.

Ihn hatten die Spinnen erwischt. Wie echte Tiere hatten auch sie Drüsen. Aus ihnen schlugen die gefährlichen Fäden und fanden zuckend wie Schlangen ihren Weg ins Ziel.

Das war Sarrazan.

Die Fäden waren genau gezielt gewesen und umwickelten den Mann wie dünne Seile. Er konnte sich gegen diese starken und klebrigen Fesseln nicht wehren, und auch ich war zu langsam.

Sarrazan wurde das nächste Opfer der Monstren.

Mehrere Spinnen hatten ihre Netzfäden aus den Drüsen gepresst und Sarrazan damit umwickelt. Er sah aus wie ein Paket, und es gelang ihm nicht mehr, die Arme oder Beine zu bewegen, da sich die klebrigen Fäden eng um den Körper pressten.

Er war verloren …

Das wusste er. Deshalb schrie er auch so, und ich fühlte mich so verdammt hilflos, denn ich war einfach nicht schnell genug, um noch etwas für ihn tun zu können.

Die Spinnen hatten ihre Erfahrungen. Sarrazan war nicht ihr erstes Opfer und würde wohl auch nicht das Letzte sein, wie es so aussah. Ein Ruck lief durch seine Gestalt.

Für einen Moment blieb er noch auf der Stelle stehen, dann kippte er weg, genau in dem Augenblick, als ich mich wieder gefangen hatte und zugreifen wollte.

Meine Finger fassten ins Leere. Ich drehte mich nach links, um nachzugreifen, da aber hatte die Wucht den Basken bereits über die Kante des Abgrunds geschleudert.

Ich war mit einem Satz da, hörte sein Schreien und sah, dass er bereits im Netz lag.

So schmal der Lampenstrahl auch war, er leuchtete direkt in das angstverzerrte Gesicht des Basken, der wusste, dass er keine Chance mehr hatte.

Ich änderte die Richtung des Strahls, weil ich Okastra sehen wollte, erkannte innerhalb des Nebels seine diffuse Gestalt und schleuderte ihm mit sich überschlagender Stimme die nächsten Worte entgegen.

»Lass ihn los, verdammt! Gib deinen Spinnen den Befehl, ihn nicht zu töten!«

Okastra lachte nur. Ich wusste Bescheid. Er würde sich meinen Wünschen nicht beugen, und ich musste mit ansehen, wie der gefangene Baske von den Spinnen weitergezogen wurde und dabei über das Netz hüpfte, als würde er sich auf einem Trampolin befinden.

Die mutierten Tiere selbst befanden sich so weit im Hintergrund, dass ich sie nicht sehen konnte. Nur ihre Fäden, die aus dem Dunkel stachen und den Körper umwickelt hielten.

Ich zog meine Beretta. Irgendetwas wollte und musste ich tun. Direkt an der Kante und gebückt blieb ich stehen, zielte auf den Baal-Diener Okastra und schoss.

Die Kugel traf ihn. Vielleicht blieb sie stecken, vielleicht ging sie durch, das alles war nicht genau zu erkennen. Eine Wirkung aber erzielte das Silbergeschoss nicht.

Ich hätte auch eine Erbse gegen ihn schleudern können. Okastra reagierte nicht auf das geweihte Silber.

Aus dem Nebel hörte ich die Schreie. Sarrazan war nicht mehr zu sehen, weil ihn der Dunst verschluckt hatte. Etwas Schreckliches geschah nun mit ihm, und ich dachte unwillkürlich an die Szene, als die Spinne mir das Skelett entgegengespien hatte.

Ähnliches musste auch jetzt geschehen.

Noch ein letzter, verzweifelter Todesruf, dann wurde es still.

Gespenstisch still ...

Ich stand regungslos auf der Stelle. Mein Herz pochte wild, der Schweiß lag dick auf meinem Gesicht. Sogar meine rechte Hand mit der Beretta zitterte. Wieder einmal hatte mir die andere Seite demonstriert, wie erbarmungslos sie sein konnte, wenn es um ihre Ziele ging.

»Wirst du jetzt kommen?«, fragte mich Okastra. Seine dröhnende Stimme durchbrach die lastende Stille.

Ich nickte.

»Dann los!«

Es blieb mir nichts anderes übrig, und ich hoffte stark, dass ich durch meine Aktion wenigstens Claudia Darwood retten konnte ...

Zweimal das gleiche Gesicht, und zweimal fast die gleiche Statur. Das sah Suko und fragte sich, während er seinen Blick senkte, um in die Mündung zu schauen, was geschehen war.

Welches Rätsel verbarg dieser einsame Bergfriedhof?

Sanchez hatte Sukos Überraschung natürlich bemerkt und begann zu lachen. »Ja, damit hast du nicht gerechnet, nicht wahr, Chinese?«

»Das stimmt.«

»Darf ich fragen, woher du kommst? Auch aus London?«

»Sicher.«

»Dann kennst du diesen Sinclair gut.«

»Er ist mein Freund.«

Sanchez lachte. Das konnte er sich erlauben. Erstens hatte er die Waffe, und zweitens war der Abstand zwischen ihm und Suko so groß, dass der Inspektor nichts unternehmen konnte, da eine Kugel immer schneller war als er.

»Es ist schön, wenn Freunde gemeinsam sterben, weißt du?«

»Ist John Sinclair denn tot?«

»Das nehme ich doch an«, erwiderte der Bürgermeister kalt. »Den Regeln nach hat er keine Überlebenschance. Wen der Berg einmal geschluckt hat, gibt er nie mehr frei.«

So ähnlich hatte Suko sich die Sache vorgestellt, aber er wollte jetzt nicht an Sinclair denken, sondern musste zusehen, dass er dieses Geheimnis löste.

»Wie kommt es, dass ihr gleich seid, und wie ist alles geschehen? Du kannst es mir jetzt sagen.«

»Hast du dich selbst aufgegeben?«, fragte Sanchez.

»Möglich.«

»Ich finde es gut, wenn man erkennt, dass die Chancen vorbei sind«, erklärte der Spanier.

»Und deine stehen gut?«

»Würde ich sagen.«

»Du vertraust auf ihn, wie?«

Sanchez wusste, wer gemeint war, und schüttelte den Kopf. Ein Windstoß fuhr über den Friedhof, wirbelte Laub vom letzten Herbst hoch und ließ auch die Haare des Spaniers flattern. »Nein, er hat zwar Ähnlichkeit mit mir, doch wir stehen auf verschiedenen Seiten. Dieses Denkmal hat man einem Ahnherrn von mir geweiht, dem es vor langer Zeit gelungen ist, Okastra zu stoppen. Wie sich heute herausgestellt hat, stimmt das nicht. Okastra hat damals nicht gewonnen und mein Ahnherr auch nicht. Er hieß Garcia Fernando Ramon de Sanchez, war Christ und ein großer Feldherr. Er konnte Okastra stoppen, und es mussten Jahrhunderte vergehen, bis dieser sich wieder meldete. Bei mir meldete und mich vor die Wahl stellte, entweder ihm zu dienen oder zu sterben. Ich stimmte zu. Längst wohnten wir in Madrid, doch als ich Okastras Ruf vernahm, bin ich nach Campa zurückgekehrt, wurde hier aufgenommen und war bald Bürgermeister. Ich hatte alles im Griff.«

»Wer hat das Grabmal gebaut?«, wollte Suko wissen.

»Ein großer Künstler aus dem Süden. Er muss die Leiche meines Ahnherren aus dem Grab geholt haben, um sie anschließend in den Stein einzuhüllen. Das Grabmal steht dort schon sehr lange.«

»Und was hat das Schwert zu bedeuten?«, fragte Suko.

»Damit hat mein Ahnherrn gegen Okastra gekämpft. Der Totenschädel soll die Vergänglichkeit des Lebens zeigen, und gleichzeitig sollte die Figur den Friedhof vor der grausamen Rache des Okastra schützen. Das aber ist ihr nicht gelungen. Er war stärker. Okastras Geist hat überlebt. Ich profitiere von ihm.«

»Hast du auch Henry Darwood getötet?«, erkundigte sich Suko.

»Nein«, gab der andere lachend zurück. »Das habe ich meinem großen Vorbild Okastra überlassen.«

»Und weshalb musste er sterben?«

»Eigentlich hätte ich dich schon erschießen müssen. Aber auch das will ich dir sagen, Chinese.«

»Wie nett!«

Auf Sukos spöttische Bemerkung hin verzog der andere sein Gesicht zu einer Grimasse. »Darwood hat den gleichen Fehler begangen wie du und dein Freund. Er geriet mir in die Quere, als ich die Vorbereitung für Okastras Rückkehr traf. Ich hatte zuerst angenommen, dass er mir auf der Spur war, doch er war hinter den Basken her, um ihnen wichtige Papiere abzujagen, die ihnen in die Hände gefallen waren. Dabei kreuzte er meinen Weg. Ich lockte ihn zum Friedhof, und dort konnte Okastra ihn erledigen. Seine Leiche ließ ich liegen, den Kopf schickte ich ihm nach Hause.« Sanchez lachte. »Es sollte ein kleiner Gag sein, und der ist mir gelungen.«

Suko schaute auf den Torso. »Hätte er nicht schon vermodert sein müssen?«

»Eigentlich ja. Aber wer mit Okastras Magie in Verbindung steht, reagiert eben anders. Er ist sehr mächtig, weil ein noch Mächtigerer hinter ihm steht. Ein Götze des Altertums. Baal. Einer der Finsteren aus dem Orient, der allmählich seine Fühler ausstrecken wird. Okastra ist der erste Versuch, und er ist bereits gelungen.«

Das schien Suko auch so. John Sinclair verschwunden, er hilflos. Wie sollte es weitergehen?

Eine Antwort auf diese Frage wusste er nicht zu geben.

»Es ist schade, Chinese, dass ich dich auf eine ziemlich billige Art und Weise umbringen muss. Mit einer Kugel im Kopf ist dem großen Okastra eigentlich nicht Genüge getan, aber die Situation erfordert es nun einmal. Tut mir leid. Geh einen Schritt zurück und stell dich auf das Grab.«

»Und dann?«

»Wirst du schon sehen!«

Suko gehorchte, während er fieberhaft nach einem Ausweg suchte. Es war wirklich billig, wie er sein Leben verlieren sollte. Durch die Kugel dieses schmierigen Typs, der es verstanden hatte, die Menschen einzuwickeln. Nein, das sollte nicht sein.

Sanchez zielte genau.

Suko hob die Arme. »Etwas wäre da noch«, sagte er.

»Und was?«

»Ich habe da eine Sache bei mir, die ich gern in den richtigen Händen gewusst hätte und …« Suko drückte sich bewusst umständlich aus, um den anderen abzulenken.

»Was ist es denn?«

»Ein Stab!«

»Wie?«

»Ja, ich trage ihn bei mir. Ein Talisman. Ich werde ihn dir zeigen. Du kannst ihn vielleicht nach London schicken. An meine Partnerin. Gewissermaßen als letztes Andenken.« Während dieser Worte war Sukos Hand schon in die Tasche gerutscht und hatte den Stab hervorgeholt.

»Lass es!«, schrie Sanchez.

Suko brüllte dagegen: »Topar!«

Und dann war alles anders.

Nicht mehr die Figur hinter dem Chinesen schien zu einem Denkmal geworden zu sein, sondern der Mann vor ihm. Für fünf Sekunden hatte Suko durch das Rufen dieses Begriffs die Zeit anhalten können. Kein anderer in Rufweite konnte sich mehr bewegen. Nur er, das heißt, der Träger des geheimnisvollen Stabs.

Suko hatte mithilfe diese Waffe schon manchen Fall aus dem Feuer gerissen. Auch jetzt war er nicht zu halten und bewegte sich gedankenschnell.

Romero Sanchez stand steif wie ein Brett. Seine Gesichtszüge waren eingefroren, und mit einem kurzen Ruck und einer ebenso schnellen Drehung wand ihm Suko die Waffe aus der Hand, bevor er dem Kerl einen Stoß gab, der ihn auf den weichen Boden schleuderte.

Zwei Sekunden hatte der Inspektor noch Zeit. Lächelnd wartete er ab.

Plötzlich bewegte sich Sanchez wieder. Er wusste nicht, wie er auf die Erde geraten war, fuchtelte mit den Armen in der Luft herum, starrte auf seine Hände und einen Gedankensprung später in das Loch der Waffenmündung. Suko hielt Sanchez' eigene Pistole fest.

Zehn Sekunden ließ der Chinese ihm, dann war er an der Reihe. »So, und jetzt wird nach meinen Regeln gespielt.«

»Aber wieso? Wie komme ich …?«

»Aufstehen! Und keine Fragen!«

Romero Sanchez gehorchte zitternd. In dieser veränderten Situation bewies er, welch ein Feigling er war. Er erhob sich, blieb geduckt stehen und breitete die Arme aus. »Ich – ich – habe nur auf Befehl gehandelt. Wirklich. Ich …«

Suko nickte. »Das glaube ich dir. Ich glaube dir sogar alles, mein Lieber, aber du solltest immer wissen, dass hier bei mir die Musik spielt. Ist das klar?«

Der Spanier nickte.

»Wo komme ich in den Berg? Nur durch das Grab?«

»Si.«

Am Ausdruck der Augen erkannte Suko, dass der Mann gelogen hatte. Drohend ging der Chinese einen Schritt vor. Sanchez' Angst wurde noch größer, er hob die Arme und schützte sein Gesicht.

»Nein, nicht …«

»Sag die Wahrheit!«

»Es gibt einen zweiten Eingang.«

»Und?«

»Nicht hier, in Campa!«

Der Inspektor starrte den Bürgermeister hart an. »Stimmt das auch, Sanchez?«

»Ja, verdammt!«

»Dann gehen wir!«

Der Bürgermeister drehte sich um. Er hatte sich in sein Schicksal ergeben. Mit gebeugtem Rücken schlich er vor. Die beiden Männer verließen den seltsamen Friedhof, erreichten den Weg, und Suko entdeckte, versteckt hinter einem Felsvorsprung, zwei Autos.

Einen Talbot und einen Fiat.

»Welcher gehört dir?«, fragte er Sanchez.

Der Spanier deutete auf den Fiat.

»Okay, einsteigen.«

Sanchez öffnete die Tür. Er sprach kein Wort mehr. Auch nicht, als er hinter dem Lenkrad Platz genommen hatte. Der Wagen stand so, dass er nicht erst gewendet zu werden brauchte. Sie konnten dem Ort entgegenrollen.

Suko hatte es sich auf dem Beifahrersitz bequem gemacht. Die Pistole ließ er nicht mehr aus der Hand. Ihre Mündung wies auf den Mann am Steuer, der beim ersten Versuch zunächst einmal den Motor abwürgte. Endlich fuhren sie los.

»Bleib nur ruhig«, warnte Suko. »Ich will nicht, dass du den Wagen gegen eine Wand setzt.«

»Nein, nein …«

Die Fahrt nach Campa glich einem Hindernisrennen. Eine schlechte Wegstrecke, Schlaglöcher, Steine, die gegen den Wagen schlugen, und unübersichtliche Kurven.

Wären die Rollen vertauscht gewesen, so hätte Suko sicherlich Gelegenheit gefunden, seinen Bewacher loszuwerden. Sanchez hatte einfach zu viel Angst. Er traute sich nicht, irgendetwas zu unternehmen, und mehr als einmal fuhr er so dicht an vorspringenden Felsen vorbei, dass er sie mit dem Kotflügel fast berührt hätte.

»Sei vorsichtiger«, warnte Suko.

Sanchez nickte nur.

Wenig später tauchte die letzte Kurve vor ihnen auf. Es folgte eine Gerade, und Suko konnte nach Campa hineinschauen.

Der erste Eindruck war der richtige.

Ein Geisterdorf!

In der Tat, dieser kleine Ort war ausgestorben. Kein Mensch war zu sehen.

Nicht einmal Tiere zeigten sich. Campa war ausgestorben, und die wenigen parkenden Autos wirkten wie Gegenstände für eine Filmkulisse.

»Was ist hier geschehen?«, fragte Suko.

Der Bürgermeister hob die Schultern. »Die Menschen sind geflüchtet«, erklärte er.

»Das sehe ich. Und weshalb?«

»Vielleicht vor Okastra.«

»Sicher«, murmelte Suko, »sicher. Wo kann ich den zweiten Eingang zu seinem Reich finden?«

»In der Bodega.«

»Dann fahr hin!«

»Wir wären sowieso auf die Plaza gekommen.«

Der Mann hatte nicht gelogen. Der Weg führte zur Plaza, wo Suko auch einen Brunnen sah. Daneben ließ er den Mann halten, verließ blitzschnell den Wagen und stand schon an der Fahrertür, als diese von Sanchez aufgedrückt wurde.

»Geh du vor!«, befahl Suko.

Romero Sanchez traute sich nicht, die Tür wieder zuzuschlagen. Er hob freiwillig die Arme und ging mit zitternden Schritten los. Suko hielt zwei Schritte Abstand, denn er wollte sich nicht überraschen lassen. Die Tür der Bodega stand offen. Aus dem Gastraum wehte ein seltsamer Geruch, der nicht zu identifizieren war.

Immer noch in einem gewissen Abstand betrat Romero vor Suko den Raum und musste stehen bleiben.

Rasch schaute sich der Chinese um. Die Bodega unterschied sich in nichts von Hunderten ihrer Art. Alles war normal, oder schien zumindest normal zu sein, wenn es da nicht einen Toten gegeben hätte, der noch immer ein Gewehr festhielt.

»Wer ist das?«, fragte Suko.

»Der Bodegero!«

»Weshalb ist er gestorben?«

»Ich weiß es nicht.«

Suko ging einen Schritt zur Seite. Ihm war etwas aufgefallen. Und zwar am Boden.

Nachdem er eine andere Position erreicht hatte, sah er es genauer. Im Holzboden befand sich ein Loch.

Von unten her aufgerissen, zertrümmert.

»Der zweite Eingang?«, fragte Suko.

»Ja.«

»Okay, mein Freund, wenn das so ist, geh mal vor. Ich will dich verschwinden sehen.«

Sanchez drehte sich um. »Nein, das kannst du nicht verlangen. Ich – ich will nicht.«

»Und weshalb nicht?«

»Okastra, er ist – ahhhh …«

Beide wurden überrascht. Sanchez schlimmer als Suko. Er stand zu dicht an der Öffnung, aus der pfeilschnell ein Spinnfaden schoss, der sich um den Körper des Mannes wickelte und ihn in die Tiefe zerrte …

Ich schritt über das Netz!

Es war Wahnsinn, unwahrscheinlich, nicht fassbar, denn die Fäden hielten mich nicht auf. Okastra hatte Wort gehalten, ich konnte meine Beine bewegen, die Füße anheben, weitergehen. Dabei spürte ich natürlich den schwankenden Boden, und ich hatte das Gefühl, auf einer Matratze zu schreiten.

Die gefährlichen Spinnen blieben im Hintergrund. Auch von meinem Begleiter Sarrazan sah ich nichts mehr. Die Tiere hatten ihn verschluckt. Als ich daran dachte, stieg die Wut wieder in mir hoch, und ich bewegte unruhig meinen Mund.

Okastra wartete auf mich. Der bläuliche Nebel hüllte ihn nach wie vor ein, und der schmale Lichtstrahl stieß in die lautlos quirlenden Wolken hinein.

Ich sah das rote Augenpaar, die Spitze der Klinge und auch einen Arm, der oberhalb der Schwertklinge aus dem Nebel stach.

Es war ein Zeichen für mich, stehen zu bleiben.

Ich stoppte und befand mich nur mehr so weit von meinem Gegner entfernt, dass ich ihn mit der Hand greifen konnte.

Okastras Bedingungen hatte ich erfüllt. Jetzt wartete ich darauf, dass er auch seine erfüllte.

Das sagte ich ihm. »Ich will, dass du die Frau freilässt. Ich bin bei dir. Wir können es austragen.«

Unter dem Augenpaar hörte ich ein Lachen. »Noch bestimme ich, Geisterjäger. Und ich sage, wann die Frau freigelassen wird. Vielleicht überlege ich es mir auch anders.«

»Das dachte ich mir, Okastra. Dämonen oder Dämonendiener

haben nie ihr Wort gehalten. Auf so etwas wie dich kann man sich als Mensch nicht verlassen. Ihr dient einem anderen, dem Satan oder den übrigen abnormen, widerlichen Götzen …«

»Es reicht, Geisterjäger. Ich will hier kein Gericht halten, sondern nur eins. Nämlich dich. Ich lasse die Frau frei, das habe ich dir versprochen.« Okastra drehte sich um. Innerhalb der Nebelwolke wandte er mir für einen Moment den Rücken zu, und ich spielte mit dem Gedanken, ihn anzugreifen, dachte dabei jedoch an die verschossene Silberkugel. Sie hatte nichts genutzt, also konnte ich mir einen Angriff sparen.

Okastra hatte es geschafft, wahrscheinlich auf geistiger Ebene, mit der Spinne, die Claudia hielt, Kontakt aufzunehmen, denn sie setzte sich in Bewegung.

Aus der Dunkelheit erschien sie, und erst jetzt fiel mir auf, dass es in Okastras unmittelbarer Umgebung doch nicht so stockfinster war, wie ich angenommen hatte.

Er selbst strahlte eine gewisse Helligkeit ab. Es war kein direktes Licht, ein anderes, kaum wahrzunehmen, dennoch vorhanden.

Die Spinne kam.

Sie bewegte sich auf ihren sechs Beinen sicher über das Netz, und die gefangene Claudia wurde weiterhin von den zwei vorderen Beinen der Monsterspinne festgehalten.

Natürlich schaute ich sie an, und diesmal stellte ich fest, dass Claudia nicht bewusstlos war. Sie bewegte ihre Augen, sie musste auch mich sehen, aber sie schaute durch mich hindurch.

Claudia Darwood stand unter einem schweren Schock. Davon konnte ich ausgehen.

»Gut, Okastra«, sagte ich. »Du hast die Frau zu mir geholt. Nun lasse sie auch frei!«

»Nein!«

Es war ein Wort, das ich erwartet hatte, dennoch schockte es mich. »Du willst dein Versprechen nicht einlösen?«, erkundigte ich mich mit lauernder Stimme.

»Das schon, aber erst später.«

»Was soll zuvor geschehen?«

»Ich will etwas von dir.«

»Nein, Okastra. Ich habe deine Bedingungen erfüllt. Jetzt bist du an der Reihe.«

»Ich will mehr, Geisterjäger!«

»Und was noch?«

»Deinen Dolch!«

Ich hatte mich auf jede Antwort eingestellt und gedacht, dass mich nichts aus der Fassung bringen könnte, diesmal irrte ich mich gewaltig. Mit einer solchen Reaktion hätte ich nicht gerechnet.

»Was willst du?«

»Deinen Dolch. Du besitzt ihn doch – oder?«

»Das schon …«

»Dann gib ihn her, bevor ich ihn mir mit Gewalt hole.«

Ich schluckte ein paar Mal. In meinem Kopf spielten die Gedanken verrückt. Was wollte der Dämon denn mit dieser Waffe anstellen? Es war eine weißmagische, und vor mir stand ein Dämon der Schwarzen Magie. Nein, das musste ein Irrtum sein.

»Ich werde dir den Dolch nicht geben«, erwiderte ich ruhig. »Du wirst mit ihm nichts anfangen können.«

»Wirklich nicht?«, tönte es aus dem blauen Nebel.

»Es ist eine Waffe der Weißen Magie …«

»Das hast du gedacht, John Sinclair!«

»Dann behauptest du das Gegenteil?«

»Ja, denn der Dolch stammt aus einer Zeit, in der ich noch mächtiger war. Du wirst ihn mir geben. Er gehört zu mir. Und wenn du dich weigerst, ist die Frau verloren.«

»Was ist das Besondere an dem Dolch?«, fragte ich ihn.

»Er ist ein Meisterstück der Sarazenen-Kunst. Mehr werde ich dir dazu nicht sagen. Gib ihn her, oder der Diener Baals wird dir zeigen, wer der eigentliche Herr ist.«

Nach diesen Worten griff er zu harten Mitteln. Plötzlich sah ich das Schwert dicht vor meinem Gesicht. Er hatte es so schnell gezogen oder geschwenkt, dass ich die Bewegung mit meinen Augen kaum verfolgen konnte. Ich stand nur starr, als ich die Klinge dicht vor meinem Gesicht sah, wo sie eine schräge Linie bildete.

Ich schaute sie an.

Es war eine seltsame Klinge. Zunächst glaubte ich an eine Täuschung, bis ich erkannte, dass ich dennoch richtig hingesehen hatte. Sie hatte tatsächlich zwei Farben und war gewissermaßen unterteilt.

Die eine Hälfte schimmerte blau, die andere silbrig. Beide Farben trafen sich in der Klingenmitte.

Und das musste eine Bedeutung haben.

In Situationen wie diesen hatte ich mir angewöhnt, Zeit herauszuschinden.

Das war mir quasi in Fleisch und Blut übergegangen. Auch jetzt handelte ich nicht anders und stellte meine Fragen.

»Ich sehe die Klinge«, sagte ich mit leiser Stimme. »Doch ich frage mich, was sie zu bedeuten hat. Sie hat zwei Farben, nicht wahr?«

»Ja, es ist ein besonderes Schwert. Nur Krieger wie ich durften es führen, und es ist dem Götzen Baal geweiht. Da es zwei Farben besitzt und aus zwei Materialien besteht, will ich dir seine Funktion erklären. Schlage ich mit der blauen Seite zu, werden die von mir getroffenen Opfer zu Geistern, zu feinstofflichen Wesen, sagt ihr doch – oder? Drehe ich sie aber um und treffe dich mit der anderen Seite, wird derjenige zum Skelett!«

Ich hatte keinen Grund, dem Dämon nicht zu glauben, und schielte deshalb genauer auf die Klinge.

Dabei erkannte ich, dass mir die blaue Seite zugedreht war. Wenn er also nach mir schlagen und mich treffen sollte, würde mich diese Seite erwischen und in einen Geist verwandeln.

In den folgenden Sekunden dachte ich darüber nach und konnte nicht vermeiden, dass es mir kalt den Rücken hinabbrann.

In diesen langen Sekunden fühlte ich tatsächlich einen immensen Horror.

»Hast du es begriffen?«, fragte er mich.

»Ja.« Meine Antwort bestand aus seinem Krächzen.

»Dann ist es ja gut, Geisterjäger. Deshalb kannst du dich auch glücklich schätzen, dass ich noch nicht zugeschlagen habe. Aber ich werde es tun, wenn du noch lange zögerst.«

Meine nächste Frage klang locker, doch mir fiel sie sehr schwer. »Mit welcher Seite wirst du zuschlagen?«

»Das verrate ich dir nicht!«

Wäre Claudia Darwood nicht gewesen, so hätte ich vielleicht schon längst etwas unternommen. So aber stand ich wie auf heißen Kohlen und wusste nicht, wie ich mich aus dieser verdammten Lage herauswinden sollte.

Okastra ging es vorrangig um den Dolch. Und erst in zweiter Linie um mich. Aber, so fragte ich mich, was wollte er mit dieser Waffe? Ich selbst war mir über ihre Herkunft im Unklaren, doch dieser Dämon schien den Dolch zu erkennen. Und auf irgendeine Art und Weise bildeten schließlich das Kreuz und mein Dolch eine gewisse Einheit.

Vom Kreuz wusste ich, wo es herstammte. Der Prophet Hesekiel hatte es in seiner babylonischen Gefangenschaft geschaffen. Wer den Dolch geschmiedet hatte, war mir unklar.

Ich atmete schneller. Eine Entscheidung stand dicht bevor, und ich vernahm die Stimme des Dämons aus dem Nebel.

»Ich will eine Antwort, Geisterjäger!«

»Erst das Mädchen!«, flüsterte ich.

Ich spielte mit dem Feuer, das war mir klar, deshalb hatte ich mich auch so schwer getan, eine Antwort zu geben, aber ich konnte nicht all meine Trümpfe aus der Hand geben.

Wie würde Okastra reagieren?

Meine Gedanken irrten zurück in die Vergangenheit. Ich dachte daran, dass mich Kara und auch Myxin schon einmal hatten mit einem Schwert umbringen wollen.

Beide Male war ich gerettet worden.

Klappte es auch hier?

Kaum. Ein Helfer befand sich nicht in der Nähe, so sehr ich dies auch hoffte oder wünschte.

Ich musste mich auf mich selbst verlassen.

Obwohl sich die folgenden Sekunden nach meiner Antwort dehnten, flossen sie dennoch sehr schnell vorbei, und Okastra gab zu meiner großen Überraschung seine Zustimmung.

»Ich werde dir meinen guten Willen beweisen, Geisterjäger«, erklärte er und gab der Spinne, die Claudia festhielt, auf telepathischem Wege einen Befehl.

Sie gehorchte sofort.

Die Frau rutschte aus ihren beiden Vorderbeinen, fiel in das Netz, schaukelte noch und blieb liegen.

Mit dieser Aktion war Okastra auf meine Bedingungen eingegangen. Nun musste ich die seine erfüllen.

»Den Dolch!« Er erinnerte mich noch einmal daran.

»Weshalb ist er für dich so wertvoll?«, fragte ich ihn.

»Das brauchst du nicht zu wissen.«

»Hängt es mit Baal zusammen?«

»Vielleicht, Geisterjäger, vielleicht!« Um seine Worte zu unterstreichen, bewegte er die Klinge noch um eine Idee nach vorn, sodass sie mich jetzt berührte.

Ich spürte das Metall an meiner Haut. Normalerweise sind Schwertklingen kühl. Das war bei dieser nicht der Fall. Sie hatte eine gewisse Wärme, die sich auf meine Haut übertrug.

Ich schluckte wieder und bewegte meinen rechten Arm. Zielsicher fand meine Hand den Griff der Klinge. Wie oft schon hatte ich diese Waffe gezogen, wie oft schon hatte sie mir geholfen. Nun aber sollte ich sie abgeben.

Das wollte ich nicht!

Möglicherweise war es ein Fehler, eine Selbstüberschätzung, aber ich hatte noch nie aufgegeben, auch wenn ich in fast ausweglosen Situationen steckte wie dieser.

Okastra sollte spüren, zu was ein Geisterjäger fähig ist.

Mit einem Ruck zog ich den Dolch aus der Scheide. Ich schaute auf die Klinge, sah sie lang und schmal vor mir und blickte jenseits davon in die Nebelwand.

Ich starrte die blaue Seite an. Sie würde mich zu einem Geist, zu einem Nebelstreif machen, wenn sie mich traf, und ich wollte einfach nicht daran glauben, dass Okastra mich in Ruhe ließ, wenn er den Dolch in seinen Besitz gebracht hatte.

Dämonen reagieren nicht so.

Dieses Wissen zwang mich förmlich, alles auf eine Karte zu setzen. So schnell wie in diesem Augenblick war ich selten in meinem Leben gewesen.

Ich duckte mich und stieß mich gleichzeitig ab. Ein Schrei drang aus meinem Mund, als ich in die Nebelwolke hechtete, wobei ich den Dolch stoßbereit in der rechten Hand hielt.

Auch Okastra handelte.

Er schlug zu!

Suko gehörte zu den Menschen, die ein überdurchschnittliches Reaktionsvermögen besitzen, was er schon hundertmal und mehr unter Beweis gestellt hatte.

In diesem Fall kam er zu spät.

Der klebrige, weiche, nachgiebige und dennoch so harte Spinnfaden hatte Romero Sanchez umwickelt, und die für Suko nicht sichtbare Spinne dachte überhaupt nicht daran, ihr Opfer loszulassen. Zudem stand der Bürgermeister einfach viel zu dicht an der aufgebrochenen Bodenöffnung. Er brauchte nur einen halben Schritt zurückgehen, dann würde er ins Leere treten und spürbar verschwinden.

Das war geschehen.

Suko sah ihn fallen, wuchtete sich selbst vor und streifte mit seinen Fingern noch die Haare des anderen. Mehr geschah nicht, denn die Öffnung verschluckte den Mann.

Der Inspektor hörte noch sein Schreien.

Aus einer schrecklichen Tiefe hallte es dem Chinesen entgegen, war unheimlich, angsterfüllt und endete in einem erstickten Gurgeln.

Suko hatte Mühe, das Gleichgewicht zu finden. Er hörte die Bohlen vor seinen Fußspitzen schon knacken, und er sprang sicherheitshalber zurück.

Eine Bohle brach auch weg, aber nicht, weil Suko dafür gesorgt hätte, nein, sie erhielt Druck von unten.

Eine Spinne erschien!

Weiß, unheimlich, monströs!

Sie schob sich aus der Öffnung, die für sie noch ein wenig klein geraten war, und brach mit den Umrissen des Körpers einige Bohlen weg, als wären sie aus Pappe.

»Aaaaaahhhh …!«

Es war das Letzte, was Suko von dem Bürgermeister Romero Sanchez hörte, dann musste er sich auf die verfluchte Spinne konzentrieren, die sich ihn als Opfer ausgesucht hatte.

Und sie war schnell, denn Suko kam nicht dazu, seine Dämonenpeitsche zu ziehen.

Er sprang zurück, dachte nicht mehr an die herumstehenden Tische, fiel über eine Platte hinweg, rollte sich dabei noch ab, während der Tisch zu Boden fiel, er aber auf die Füße kam.

Durch seine Aktion war er in die Nähe des Eingangs gelangt und hatte nun die Zeit, die Peitsche zu ziehen.

Er schlug den Kreis, die drei Riemen rutschten hervor, Suko war kampfbereit.

Und die Spinne griff an.

In nichts unterschied sie sich von der, die Suko auf dem kleinen Pass über dem Friedhof erledigt hatte. Bevor der Inspektor zuschlug, schaute er noch an dem monströsen Tier vorbei und sah, dass eine zweite Spinne aus der Öffnung kletterte.

Diesmal wurde ihm der Kragen eng.

Als die Spinne zugreifen wollte, klatschten die drei Riemen gegen ihre beiden ersten Vorderbeine.

Die magische Peitsche entwickelte auch hier ihre Kräfte. Die

Spinne sackte zusammen, dabei knickten die Beine weg, als wären sie nur mehr Streichhölzer.

Bevor sie sich fangen konnte, hatte Suko bereits das zweite Mal zugeschlagen.

Diesmal traf er den Rücken. Die Magie der Peitsche und die Wucht des Treffers rissen die Spinne auseinander. Ihr Körper brach auf, er wurde geknackt wie die Schale einer Nuss.

Suko konnte dieses Tier vergessen.

Inzwischen waren Sekunden vergangen, und eine weitere Spinne hatte es geschafft, sich aus dem Loch zu schieben. Wahrscheinlich kletterte sie an ihrem eigenen Faden hoch.

Zwei Spinnen standen wieder gegen Suko, und die Nächste kletterte schon aus der Öffnung.

Der Kampf wurde zum Stress.

Suko war klar, dass er ihn in dieser Bodega nicht gewinnen konnte. Irgendwann waren es einfach so viele Spinnen, da nutzte ihm auch die Peitsche nichts mehr.

Im Freien hatte er mehr Bewegungsfreiheit. Deshalb lief Suko zurück und schob sich nach draußen. Mit der Schulter hatte er die Tür auf gerammt. Sie schwang noch hin und her, als Suko auf der Straße stand und sein Blick den Weg hochglitt, den er mit dem Wagen gefahren war.

Die Augen des Inspektors wurden groß.

Was sich da vom Friedhof herabschob, war das Grauen.

Spinnen über Spinnen. Eine weiße, wirbelnde Masse, und die Ersten hatten das Dorf bereits erreicht.

Suko drehte sich um.

Auch von der anderen Seite kamen sie. Er sah sie sogar auf den Dächern der Häuser sitzen.

In diesem Augenblick wurde dem Chinesen klar, dass seine Chancen verdammt tief gesunken waren.

Falls es sie überhaupt noch gab …

Ich befand mich in Bewegung, und Okastra schlug ebenfalls zu!

Weit hatte ich meinen Arm vorgestreckt. Die Wegstrecke sollte so gering wie möglich sein, ich musste diesen verdammten Dämonendiener erledigen. Wenn er so scharf hinter meinem Dolch her war, dann konnte diese Waffe ihn unter Umständen auch erledigen. Vielleicht hatte er sie deshalb gewollt.

Ich kam durch, spürte den Nebel wie einen Hauch, wollte schon triumphieren, da traf mich der Hieb mit dem Schwert.

Man hatte nie einen Verurteilten fragen können, was er verspürt hatte, als ihm der Kopf abgeschlagen wurde, aber es war sicherlich nicht das, was ich merkte.

Es war nur mehr ein Brennen in Nackenhöhe, mehr nicht. Im nächsten Augenblick sah ich nur noch den Nebel, eine quirlende Wolke, die mich umfing und umkreiste.

Ein gestaltloser Zustand, ein Schweben, und ich suchte den Boden, denn ich wollte mich mit den Füßen abstützen, auch wenn es nur das Spinnennetz war.

Es klappte nicht.

Ich trat ins Leere, fand keinen Halt, sah nur den Nebel, aber keinen Körper.

Auch meinen nicht!

Da wusste ich Bescheid.

Die Klinge hatte mich mit der blauen Seite getroffen. Den sichtbaren, den körperlichen Menschen John Sinclair gab es nicht mehr, nur noch seinen Geist …

GÖTZENBRUT

Die Menschen hatten genau gewusst, was ihnen drohte, und den Ort Campa fluchtartig verlassen. Zurück blieb eine Geisterstadt. Doch aus England war ein Fremder gekommen. Suko, der Chinese.

Er stand mutterseelenallein gegen eine Armee von weißen Monster-Spinnen. Diese menschengroßen Bestien hielten das Dorf besetzt und waren überall. Sie kamen vom Pass her, vom Friedhof, und sie nahmen den schmalen Weg zwischen den Häusern vollständig ein.

Suko hörte sie, wenn die Körper gegeneinander rieben oder sie mit ihren zahlreichen Füßen über den Boden hackten. Sogar auf den Dächern der Häuser hatte Suko die Spinnen gesehen, als monströse, stumme Wächter einer unheimlichen und für Suko noch nicht erklärbaren Magie.

Der Weg nach vorn war ihm versperrt. Der in die entgegengesetzte Richtung ebenfalls, und ihm blieb praktisch nur eine einzige Chance. Er musste sich den Weg freikämpfen.

Zum Glück besaß er eine Waffe, die für die weißen Monster-Spinnen absolut tödlich war.

Seine Dämonenpeitsche. Er hatte bereits zwei Spinnen damit erledigt, nur war das Problem damit langfristig nicht gelöst, denn die anderen würden nicht aufgeben. Und sie waren in der Überzahl. Sie würden Suko das Leben schwer machen und ihn irgendwann einmal so erwischen, dass er keine Chance mehr hatte, sich mit der Peitsche zu verteidigen.

Der Inspektor war Realist, das sah er alles ein, doch es musste einfach noch einen Weg geben.

Zum Glück waren die Spinnen noch nicht so nahe, dass Suko

jetzt gezwungen war, die Dämonenpeitsche zu benützen. Er musste nach einer Lösung Ausschau halten, wobei er seinen eigentlichen Grund für den Besuch in diesem kleinen Ort vorerst vergessen konnte.

Der Grund hieß John Sinclair. In London hatte man vergeblich auf Nachricht vom Geisterjäger gewartet. Suko war geschickt worden, um ihm zur Seite zu stehen. Bisher aber hatte er von seinem Freund nicht einmal einen kleinen Finger entdeckt.

Dafür die Spinnen.

Hinter sich vernahm er ein Krachen. Auf der Stelle wirbelte Suko herum, er rechnete damit, von einem Untier angegriffen zu werden. Aber der Lärm hatte einen anderen Grund.

Eine der weißen Riesenspinnen hatte ihren Platz auf dem Dach verlassen und war nach unten gesprungen. Ein Fehlsprung, denn bevor sie den Boden erreichte, war sie in einer Oberleitung gelandet und hatte durch den Druck zwei Masten umgerissen.

Sie kippten allmählich dem Boden entgegen, während sich die Spinne in der Leitung verheddert hatte.

Es geschah, als sie Kontakt mit dem Boden hatte. Plötzlich war der Stromkreis geschlossen, und Suko sah auf einmal die blitzenden Spuren, die sich über den Körper der Spinne legten, sehr heiß waren und das unheimliche Insekt entzündeten.

Plötzlich stand es in hellen Flammen.

Dann fuhr ein Windstoß herbei, traf die Flammen, fachte sie noch stärker an und wehte Suko einen scharfen Geruch entgegen, der vom Knistern und Knacken des Feuers begleitet wurde. Die Spinne wurde von dem Feuer regelrecht eingeschmolzen.

Eine weniger, dachte Suko, erinnerte sich aber auch daran, dass durch die Zerstörung der Leitung die Verbindung zur Außenwelt abgeschnitten war. Telefonisch würde er keine Hilfe mehr herbeirufen können.

Während sich Suko wieder umdrehte, streifte sein Blick über die glatten Dächer der Häuser.

Manche waren von zwei Spinnen besetzt, und einige Tiere bewegten sich schnell voran, wobei sie mit grotesk wirkenden Sätzen von einem Dach zum nächsten sprangen.

Allmählich wurde es Zeit.

Wenn Suko zu Fuß lief, hatte er keine Chance, das sah er glasklar. Es gab vielleicht noch eine Möglichkeit zur Flucht. Er musste den Wagen des toten Bürgermeisters und Verräters Romero Sanchez benutzen. Soviel Suko wusste, hatte der Mann den Schlüssel stecken lassen. Der Fiat war also fahrbereit.

Er parkte am Brunnen, und das waren ungefähr zehn Schritte, die Suko zurücklegen musste.

Da klirrte es rechts von ihm.

Es war die Scheibe eines Bodega-Fensters, das von zwei Spinnenbeinen eingetreten wurde. Die Glasscherben wirbelten dem Inspektor entgegen.

Suko riss die Arme hoch, um sein Gesicht vor den scharfen Splittern zu schützen. Und eine Sekunde später sah der Inspektor die weiße Monster-Spinne, die durch das Fenster klettern wollte, aber darin stecken blieb.

Zwei Füße hatte sie nach vorn gestreckt. Sie schwangen auf und nieder und sahen aus wie dürre Pferdebeine.

An den Bewegungen der Spinne erkannte der Inspektor, dass sie sich zurückziehen wollte, damit aber scheiterte.

Der Chinese ließ sich die Chance nicht entgehen. Als er mit der Dämonenpeitsche zuschlug, hatte sich sein Gesicht verzerrt, einen solchen Hass empfand er gegen die Spinne.

Mit zwei wuchtigen Schlägen hieb er das widerliche Riesentier förmlich auseinander. Die Schale platzte wiederum auf und gab Suko die Sicht auf das Innere der Spinne frei.

Seine Augen wurden groß. Plötzlich hatte er das Gefühl, mit Eiswasser übergossen zu sein, denn innerhalb des Spinnenkörpers erkannte Suko die skelettierten Überreste eines Menschen und auch noch ein paar Kleidungsfetzen.

Er wusste genau, was Romero Sanchez getragen hatte!

Der Majordomo von Campa war einen schrecklichen Tod gestorben. Gleichzeitig wurde Suko bewusst, dass ihm das gleiche Schicksal widerfahren würde, wenn er in die Klauen einer Spinne geriet.

Es wurde ihm auf einmal bewusst, wie knapp die Zeit geworden war. Er durfte keine Sekunde mehr zögern, wenn er sich vor der mordenden Spinnenbrut in Sicherheit bringen wollte.

Suko startete.

Während er lief, schätzte er die Entfernung ab, die die Spinnen noch von dem Fiat trennte. In Yards kaum auszudrücken, aber es würde knapp werden.

Suko beeilte sich noch mehr. Seine Füße waren mit den wirbelnden Trommelstöcken eines Drummers zu vergleichen, und die hämmerten auf den mit rauen Steinen bedeckten Boden.

Die Fahrertür des Wagens stand noch offen. Ein wirklicher Zufall, durch den Suko Sekunden gewann.

Kaum gelang es ihm, seinen Lauf zu stoppen, als er den Wagen erreichte. Er rutschte nach vorn weg und fiel gegen die Tür, die bis zum Anschlag aufschwang. Suko hielt sich an der oberen Kante fest, wobei er die Tür zu sich heran riss und sich gleichzeitig in den kleinen Wagen wuchtete.

Der Schlüssel steckte.

Suko betete, dass der Fiat ansprang, drehte den Zündschlüssel und hatte Glück.

Das Brummen des Motors und die leicht knatternden Geräusche des Auspuffs waren für ihn wie die schönste Musik.

Die Spinnen bildeten eine Reihe und sie nahmen die gesamte Breite des Passwegs ein.

Es war fraglich, ob Suko da ein Schlupfloch fand. Deshalb musste er noch warten, bis die Brut den Marktplatz erreicht hatte, denn dort würde sie sicherlich auseinanderfächern, weil dort wesentlich mehr Platz war.

Rückspiegel, Innenspiegel, nach vorn.

Sukos Blick war überall.

Und er sah nur noch Spinnen.

Etwas drückte den Wagen an seinem Heck nach unten. Als Suko sich umdrehte, sah er die Monster-Spinne. Ihr hässliches Maul befand sich in Höhe der Heckscheibe, und sie hatte zwei ihrer acht Beine auf die Haube des Kofferraums gestemmt.

Deshalb das Federn nach unten.

Suko konnte nicht mehr zögern. Etwas heftig gab er Gas. Die Hinterräder brachten die Kraft nicht richtig auf den Boden, sie drehten durch, und der Inspektor hatte sekundenlang ein beklemmendes Gefühl, dann aber war es geschafft.

Freie Bahn!

Bis zu den Spinnen, und die hatten glücklicherweise den Weg verlassen und den Platz erreicht.

Es gab Zwischenräume.

Suko schaltete höher. Während dieses Vorgangs hatte er seinen Blick starr nach vorn gerichtet und suchte eine Lücke zwischen den Monstern.

Der dritte Gang.

Suko wurde schnell.

Die Spinnen rückten näher. Mit jedem Meter, den der Inspektor zurücklegte, wurden sie größer, und ihm konnte schon angst und bange werden, wenn er in die hässlichen, aufgerissenen Mäuler schaute, die ihm die Spinnen entgegenstreckten.

Wo war die Lücke?

Weiter nach rechts?

Ja, da sah Suko sie. Zwei Spinnen waren auseinandergefächert. Zwar bot die Distanz zwischen ihnen kaum Platz, aber wenn Suko riskant fuhr, musste es zu schaffen sein.

Die Spinnen konnten mit einem Menschen etwas anfangen, da wussten sie genau, was sie zu tun hatten, aber mit diesem röhrenden, rasenden, roten Wagen fanden sie sich nicht zurecht.

Hart umklammerte der Chinese das Lenkrad. Er durfte sich auf keinen Fall ablenken lassen.

Alles oder nichts, hieß die Devise.

Suko riskierte alles!

Und er war da. Plötzlich sah er die Körper der weißen Riesenspinnen seitlich. Für ihn ein Beweis, dass er die Lücke gefunden hatte und hindurchwischte.

Er konnte bereits wieder den kleinen Passweg sehen, der hoch zum Friedhof führte. Im Moment war er leer, und Suko hoffte, dass es auch weiterhin so blieb.

Da erhielt der Fiat den Schlag. Eine Autoscheibe ging zu Bruch.

Der Wagen schleuderte nach links, Suko spürte sofort, dass sich etwas verändert hatte, und zwar schien der Fiat mit einem Gewicht belastet zu sein.

Er warf einen Blick über die Schulter.

Im Bruchteil einer Sekunde erkannte der Chinese, was ihm widerfahren war. Das Spinnenbein hatte nicht nur Wagen und Fenster getroffen, sondern sich auch an einer Kante verhakt. Aus diesem Grunde wurde das Monstrum mitgezogen.

Das hatte Suko noch gefehlt.

Eine Spinne hat acht Beine. Sieben waren demnach noch frei, und damit konnte sie den Wagen während der Fahrt zertrümmern.

Er musste die Spinne loswerden.

Anhalten und sich ihr zum Kampf stellen konnte er nicht. Die anderen würden sich auf ihn stürzen, bevor er noch »Piep« sagen konnte. Es gab nur eine Möglichkeit. Suko wollte durch riskante Fahrmanöver und durch Ausnutzen der Fliehkraft versuchen, die Spinne von ihrem Fensterplatz zu schleudern.

Zum Glück hatte er einigermaßen Platz auf dem freien Teil des Marktes. Er fuhr Slalom. Mit dem Rücken hatte sich der Inspektor fest gegen die Sitzlehne gepresst, hart hielt er das Lenkrad umklammert, und seine Fingerknöchel sprangen weiß und spitz hervor. Einmal nach rechts, dann nach links drehte er das Steuer. Dabei ziemlich heftig, sodass Suko das Gefühl hatte, auf einem Karussell zu sitzen und nicht in einem Auto.

Die Reifen radierten über das katzenkopfartige Pflastergestein.

Irgendwie musste es der Spinne unfreiwillig gelungen sein, den Türverschluss zu öffnen, denn die rechte hintere Wagentür sprang plötzlich auf, der Fahrtwind jagte stärker in den Wagen und wirbelte im vorderen Teil zu einem Sog zusammen.

Schon nach wenigen Sekunden stellte Suko fest, dass es keinen Sinn hatte, Schlangenlinien zu fahren. Er musste zu einem anderen Mittel greifen und zog den Fiat in eine Linkskurve.

Er ging so scharf und schnell an, wie es ihm möglich war. Jetzt machte sich die Fliehkraft bemerkbar. Sie hob die Spinne an und drückte sie in die entgegengesetzte Richtung.

Wieder schaute Suko nach hinten.

Die Spinne hing in der Luft. Noch hielt sie sich fest. Sogar mit drei Beinen, die anderen pendelten, und der Körper war in eine Kreisbewegung gezogen worden.

Suko wurde fast schwindlig.

Er sah die Häuser und den Pfad zum Friedhof nur noch als huschende Schatten. Ebenso erging es ihm mit dem Brunnen. Die Reifen qualmten, ihr Jaulen war Sukos Begleitmusik, und der Fiat neigte sich schon gefährlich zur Seite.

Noch eine Kurve wollte Suko fahren. Half das nichts, musste er in den Weg preschen. Vielleicht gelang es ihm dort, die verdammte Monster-Spinne an einer Felsecke abzustreifen.

Er hatte die Kurve kaum gefahren, als er den Ruck spürte. Er übertrug sich auf den Wagen. Fast hätte der Inspektor das Lenkrad verrissen und den Fiat gegen eine Wand gesetzt. Im letzten Augenblick konnte er gegenlenken, brachte den Wagen wieder in die Spur, ging vom Gas, wurde langsamer und konnte den Wegeinschnitt erkennen.

Er sah noch mehr!

Nicht weit von der Einmündung entfernt lag die Spinne. Noch immer hielt sie die Tür fest. Mit ihrer unheimlichen Kraft hatte sie diese aus dem Wagen gerissen. So fuhr der Inspektor nur mehr mit drei Türen weiter. Das war ihm egal. Bei diesem Kampf gab es keinen Preis für irgendwelche Schönheiten. Hier ging es ums nackte Leben.

In seinem Hirn kreiste es noch immer, als er geradeaus weiterfuhr. Dabei hatte Suko sogar Mühe, die Einmündung des kleinen Passwegs zu erkennen.

Kurz bevor er hineinfuhr, schaute er noch einmal in den Rückspiegel. Die Spinnenflut war weit hinter ihm geblieben. Dabei sah er eine Szene, die auch aus einem Film hätte stammen können. Zwei weiße Monster-Spinnen sprangen gemeinsam vom Dach und sprangen auf die Straße.

Einige von ihnen hatten sich schon wieder neu orientiert. Und zwar konnten sie es nicht zulassen, dass Suko ihnen entwischte. Sie nahmen bereits die Verfolgung auf.

»Auch das noch!«, presste der Inspektor hervor und gab gleichzeitig Gas. Der Fiat preschte förmlich in den Weg hinein, der zunächst mit hoher Geschwindigkeit durchfahren werden konnte, bevor die erste Kurve auftauchte, und die war verdammt eng.

Suko musste vom Gas, wollte er nicht gegen die Felswand geschleudert werden.

Vorsichtig ging er mit dem Pedal um, nahm die erste Rechtskurve, der sofort eine in entgegengesetzter Richtung folgte, durchfuhr sie mit jaulenden Reifen, sah vor sich den Weg ansteigen und auch die weiße Monster-Spinne, die ihn versperrte …

Hinter Claudia Darwood lag eine Hölle!

Wäre sie noch ein Schulkind gewesen und hätte eine Nacherzählung schreiben müssen, sie wäre nicht mehr in der Lage gewesen, all die Ereignisse nachzuvollziehen, die ihr innerhalb von Stunden widerfahren waren.

Claudia war in einen Taumel des Schreckens geraten, und sie wusste nicht, ob sie ihm jemals wieder entrinnen würde.

Zwischendurch war sie bewusstlos gewesen, und als sie das letzte Mal erwachte, war wieder alles anders.

Diesmal befand sie sich nahe der Person, die hinter allem stand. Dem Baal-Diener Okastra!

Und gehalten wurde Claudia von zwei Spinnenbeinen, die fest

in ihren Körper drückten, sodass sie keine Chance hatte, sich davon zu befreien.

Sie war zwar erwacht, dennoch nahm sie nicht bewusst wahr, was um sie herum vorging. Alles war zu unwirklich, zu schrecklich, einfach nicht mehr fassbar.

Der Mensch stumpft rasch ab, auch gegen die Schrecken der Umwelt. Was einen vor Kurzem noch bis ins Mark getroffen hatte, interessiert nicht mehr.

So erging es Claudia!

Bis zu dem Punkt, als sie eine Stimme hörte, die sie aufhorchen ließ, denn sie glaubte, sie zu erkennen.

Es war die Stimme eines Mannes.

John Sinclair!

Zunächst dachte sie an einen Traum, doch es war keiner. Die Stimme bildete sie sich nicht ein, sie redete weiter, und später merkte Claudia, dass sich John Sinclair mit ihrem größten Feind unterhielt: Okastra!

Claudia, Sinclair, die Spinnen und auch ihr gemeinsamer Feind waren noch immer in Okastras Grusel-Keller gefangen, der gleichzeitig ein Reich der weißen Monster-Spinnen war. Aber Sinclair schien es besser zu gehen, denn er ließ sich von Okastra nichts sagen. Im Gegenteil, er stellte selbst Bedingungen, denn er wollte, dass Okastra, sie, Claudia Darwood, freigab.

Wenn nur nicht das dumpfe Gefühl im Kopf gewesen wäre, hätte sie mehr verstehen können. So aber musste sie sich mit Wortfetzen zufriedengeben, merkte schließlich doch, dass Okastra auf John Sinclairs Bedingungen einging und der Spinne den Befehl gab, sie loszulassen.

Claudia fiel in das Netz!

Zum ersten Mal seit langer Zeit war sie wieder frei. Das heißt, die beiden Spinnenbeine hielten sie nicht mehr fest, und sie konnte wieder freier atmen.

Jetzt lag sie im Netz, und sie erinnerte sich an die andere weibliche Gefangene, deren Namen sie plötzlich vergessen hatte.

Diese Frau hatte ebenfalls im Netz gelegen und war von einer Spinne geholt und verschluckt worden.

Claudia hatte Angst, dass ihr das gleiche Schicksal widerfuhr. Zum Glück blieb sie verschont.

Dafür konnte sie dem Dialog der beiden so unterschiedlichen Personen zuhören.

Der eine war ein Mensch. Blonde Haare, blaugraue Augen, überdurchschnittlich groß, ein Mann in den besten Jahren, der aus London kam und für Scotland Yard arbeitete.

Eben John Sinclair!

Der andere eine widerliche Gestalt. Umhüllt von blauem Nebel, kaum zu erkennen, nur mehr als braune Masse zu ahnen, in der die beiden glühenden roten Augen besonders auffielen.

Ihm gehorchten die Spinnen.

Und er trug eine sehr gefährliche Waffe. Ein Schwert, dessen Klinge zwei verschiedene Hälften hatte, die beim Zuschlagen jeweils unterschiedlich reagierten.

Dies erklärte Okastra seinem Gegner gerade und hielt die Klinge dabei so dicht vor Sinclairs Gesicht, dass dieser sich nicht wehren konnte. Der Mann aus London sprach zwar, aber er agierte nicht.

Auch Claudia brachte kein Wort hervor. Wie gern hätte sie geschrien, sich bemerkbar gemacht, irgendetwas gesagt, doch sosehr sie sich auch anstrengte, die Lippen blieben verschlossen. So konnte sie nur dem Dialog der Feinde lauschen.

Hierbei ging es um den Dolch.

Ein Ziel hatte der Geisterjäger erreicht. Claudia war freigelassen worden.

Nun wollte Okastra, dass seine Bedingungen erfüllt wurden. Glashart hatte er seine Forderungen gestellt, denn es ging weiterhin um Claudias Leben. Sie gehörte neben den gefährlichen Monster-Spinnen zu seinen Trumpfkarten. Acht mutierte Tiere lauerten noch im Hintergrund. Mochte John Sinclair noch so schnell und gut sein, gegen diese Übermacht konnte er auch nichts ausrichten.

Die Engländerin wunderte sich, wie klar und nüchtern sie die Lage einschätzen konnte. Daran merkte sie, dass sie sich ein wenig erholt hatte.

Würde Sinclair den Dolch abgeben?

Diese Frage beschäftigte sie. Und Claudia konnte aus ihrer Perspektive zuschauen, wie sich die Hand des Mannes dem Gürtel näherte, denn dort steckte die Waffe.

Er würde sie also abgeben.

Ihretwillen!

Nein! wollte sie schreien. Tu es nicht! Aber da war es schon zu spät, John Sinclair hatte den Dolch gezogen.

Aus seinem Mund drang ein Schrei, als er sich seinem Gegner entgegenwarf und in die blaue Nebelwolke eintauchte.

Für einen winzigen Moment konnte Claudia ihn noch klar erkennen, und sie sah auch, dass Okastra reagierte.

Mit der blauen Seite seines Schwerts schlug er zu.

Er traf Sinclairs Nacken!

Aus, vorbei! Tot, vernichtet!

An nichts anderes konnte Claudia denken. Sie rechnete damit, den Kopf des Engländers vor ihre Füße fallen zu sehen, und wunderte sich, dass dies nicht geschah.

Sie sah ihn überhaupt nicht mehr.

Sinclair war verschwunden!

Claudia Darwood spürte ihren eigenen Herzschlag überdeutlich. Eigentlich hatte sie gedacht, dass sie nichts mehr erschüttern konnte, nach dem, was alles hinter ihr lag, doch diese Überraschung war fast noch schlimmer als ihr eigenes Leben.

Ein Mensch hatte sich aufgelöst, einfach aufgehört zu existieren. Darüber musste sie erst einmal hinwegkommen.

Sinclair war nicht mehr da, aber Okastra gab es noch. Und er lachte, wie Claudia noch nie in ihrem Leben jemand lachen gehört hatte. So hart, so grausam, so voller Triumph und Siegessicherheit, denn er war der Gewinner in diesem mörderischen Spiel.

Nebel umwallte ihn. In diesen Nebel war John Sinclair hineingetaucht. Gehörte er jetzt vielleicht auch dazu?

Der Gedanke war einfach zu schrecklich für die Frau, um ihn weiterspinnen zu können. Außerdem hatte ihr Okastra etwas zu sagen, denn er wandte sich ihr zu.

»Weißt du nun, was mit dem geschieht, der versucht, mich zu hintergehen?«

Claudia konnte nicht sprechen.

Okastra redete weiter. »Der wird die Strafen des Dämons Baal erleiden, denn die Götzenbrut wird ihn vernichten. Es gibt für Sinclair kein Zurück mehr. Er ist ein Geist geworden. Der Körper ist verschwunden, nur der Geist lebt noch.«

»Kann er keinen anderen Körper finden?«

Okastra lachte. Seine roten Augen funkelten dabei wie blutige Sterne. »Vielleicht findet er einen anderen Körper. Niemand kann garantieren, dass es ein menschlicher sein wird.«

Nach dieser Antwort beschleunigte sich der Herzschlag der Frau noch mehr. »Wieso garantieren?«, hauchte sie.

»Er kann ebenfalls in den Körper eines Tieres hineinfahren. Das wäre doch etwas, nicht wahr? John Sinclair als Hund oder als Katze. Du kannst es dir aussuchen. Was hättest du lieber?«

»Hör auf, hör auf …!« Ihre Schreie gellten durch den Grusel-Keller, und Okastra weidete sich am Entsetzen dieser gefangenen Frau. Aus der Nebelwolke stach plötzlich seine Sarazenen-Klinge hervor. Die Spitze näherte sich gefährlich nahe dem Hals der im Netz liegenden und gefangenen Frau.

»Ich könnte zustoßen, aber das wäre zu billig. Dieser Geisterjäger reicht mir. Dich werde ich meinen Spinnen überlassen. Sie haben den Weg in die Freiheit gefunden. Als Gnade gewähre ich dir noch zum letzten Mal den Anblick der Sonne. Hör gut zu. Die Spinnen werden dich packen und mitnehmen. Der Friedhof ist ihr Ziel. Dort wirst du sterben. Deine Leiche kann neben dem Torso deines Bruders vermodern. Keiner wird sich um euch kümmern. Keiner …«

Mit diesen Worten drehte er sich ab und verschwand laut lachend. Den Spinnen jedoch hatte er den Befehl gegeben. Claudia fühlte wieder die beiden Enden der Beine, die in ihren Körper drückten, und sie wurde im nächsten Moment in die Höhe gehievt.

Sterben sollte sie!

Aber nicht in diesen Grusel-Höhlen, sondern auf dem Friedhof. Ein kaum zu fassender Gedanke.

Sie begann zu schreien. Und sie schrie noch, als die Spinne bereits an einem Faden in die Höhe kletterte.

Suko sah die verfluchte Spinne, fuhr weiter, wurde aber langsamer und schätzte gleichzeitig die Breite des Weges ab.

Nein, da kam er nicht vorbei!

Spinne und Wagen passten nicht nebeneinander. Das war unmöglich.

Es blieb nur noch die Möglichkeit für Suko, den Fiat abzustoppen, ihn zu verlassen, auszusteigen und sich zum Kampf zu stellen.

Das wollte die Monster-Spinne nicht!

Hatte sie bisher wie ein künstliches Objekt dagestanden und gelauert, setzte sie sich plötzlich in Bewegung. Dabei schien ein unsichtbarer Lenker sie zu führen, denn das hastige Trappeln der Beine erweckte den Eindruck, als würden die Gelenke der Spinne an kleinen Fäden hängen.

Da blieb keine Zeit mehr, auszusteigen. Es gab nur noch eine Chance für den Chinesen.

Er hielt drauf!

Die Reifen drehten beim schnellen Start durch. Tief trat der Inspektor das Gaspedal nach unten. Der Motor drehte in hohen Touren, und in Sekundenschnelle wurde die Spinne größer. Sie wuchs förmlich zu einem gewaltigen Klumpen heran.

Angeschnallt hatte sich Suko nicht. Ihm war einfach nicht die Zeit geblieben, deshalb stützte er sich am Lenkrad so gut ab, wie es eben möglich war, drückte sich selbst die Daumen und kollidierte mit der Spinne.

Im ersten Moment hatte er das Gefühl, gegen eine Mauer gefahren zu sein, denn die Räder des Fiat drehten durch. Der Wagen wollte sich nicht mehr von der Stelle bewegen, er ruckte nach vorn. Die Reifen schleuderten Steine und Staub in die Höhe. Am Kühlergrill war etwas mit einem hässlichen Kreischen zu Bruch gegangen, doch Suko dachte nicht daran, aufzugeben. Er wollte durch und gab noch mehr Gas.

Der Fiat fuhr.

Es kam dem Inspektor zugute, dass die Spinne relativ hohe Beine hatte. Zwar konnte er nicht unter ihrem Oberkörper durchfahren, aber die Beine des Monstertiers knickten weg, die Spinne selbst kippte zur Seite und wurde mit dem Rücken an den Felsen gepresst.

Nicht alle Beine waren eingeklemmt. Einige bewegten sich. Suko vernahm die Schläge gegen das Blech. Ein unheimlicher Trommler schien sich den Wagen als Instrument ausgesucht zu haben. Die Scheiben hielten nicht mehr.

Spinnenbeine hieben dagegen.

Glas zerplatzte. An der Frontscheibe sah Suko plötzlich ein gezacktes Muster. Zum Glück an der Beifahrerseite dichter als an seiner, sodass er durchsehen konnte.

Er schob den Wagen förmlich vorbei und verließ auch nicht den Weg. Zwar radierten die Räder an der linken Seite des Wegs dicht am Abgrund entlang, sie rutschten aber nicht weg, und Suko konnte endlich wieder auf das Gaspedal drücken.

Der Wagen nahm Fahrt auf. Ruckartig zunächst schob er sich vor. Suko drehte das Lenkrad nach rechts, sodass es ihm gelang, auf die Mitte des Weges zurückzukehren.

Er rollte in eine Rechtskurve, stoppte dort und stieg aus, denn eine gewisse Zeit wollte er sich nehmen.

Suko hatte den Wagen kaum verlassen, da hielt er schon die Dämonenpeitsche schlagbereit in der rechten Hand.

Die Spinne hatte trotz ihrer Größe die Kollision nicht gut überstanden. An der Felswand war sie nach unten gerutscht, lag nun auf dem Rücken und war wehrlos.

Für Suko ideal.

Gegen die Kraft der Peitsche konnte auch eine Monster-Spinne nichts ausrichten. Dreimal schlug Suko gegen den Unterleib und vernichtete das Tier.

Ein hartes Lächeln hatte sich um Sukos Lippen gelegt. So einfach wollte er es seinen Gegnern nicht machen. Sie sollten spüren, dass mit ihm zu rechnen war.

Er schaute sich den Wagen an. Die Zeit musste er sich einfach lassen, denn der Fiat war zu einem lebensrettenden Gefährt geworden.

Die Spinne hatte ihn hart am rechten Kotflügel erwischt und das Blech nach innen gedrückt. Und zwar so weit, dass der Reifen berührt wurde.

Der Inspektor packte zu. Er kantete das Blech nach außen. Auf die anderen Kratzer und Abschürfungen achtete er nicht.

Als Suko hinter dem Steuer saß, hoffte er, dass es die letzte Überraschung dieser Art gewesen war. Es reichte ihm schon, dass die Spinnen hinter ihm her waren. In die Zange wollte er sich nicht nehmen lassen.

Suko fuhr weiter.

Von seinen Verfolgern sah er nichts, auch wenn er in Innen- und Rückspiegel schaute. Der Weg war zu kurvenreich. Es gab zu viele Sichthindernisse.

Die Reifen hatten zum Glück gehalten. So konnte Suko starten und kam auch gut weg.

Den Rest der Wegstrecke blieb er unbehelligt. Es dauerte nicht mehr lange, da verbreiterte sich der Weg, und Suko konnte einen Blick über den Friedhof werfen.

Ein trügerisches Areal, das er mittlerweile kennengelernt hatte. Gräber, Grabsteine, schmale Wege und eine hinterlistige Falle, in die Suko fast hineingerutscht wäre.

Es war ihm schon etwas seltsam, mit einem Auto auf den Friedhof zu fahren. Er dachte nur nicht daran, den Wagen wieder aufzugeben, denn mit ihm würde er über den Pass fahren, um anschließend die Klippen hinab zum Meer zu klettern.

So weit allerdings war es noch nicht. Es gab da einige Probleme. Unter anderem John Sinclair.

Seinetwegen war Suko hier, doch den Geisterjäger hatte er bisher noch nicht aufgespürt. Das ließ natürlich auf einiges schließen.

Suko wollte zwar nicht das Schlimmste annehmen, rechnen musste er aber damit.

Bis zur Kapelle fuhr er durch, stoppte den Wagen dort und stieg aus. Es war noch gar nicht lange her, da hatte er mit Sanchez auf dem Friedhof gestanden.

Der Bürgermeister hatte ihn umbringen wollen. Suko war dort zum ersten Mal klar geworden, dass hier einige Menschen mit Mächten der Finsternis unter einer Decke steckten.

Und ein bestimmtes Grab nahm da eine gewisse Schlüsselrolle ein. Es war das mit dem auffallenden Grabstein. Dieser Stein zeigte einen Engel, der in einer Hand ein Schwert und in der anderen einen Totenschädel hielt. Dabei wies das Schwert zu Boden, der Totenschädel lag auf der Hand der Figur.

Aber war es noch eine Figur?

Nein, der Stein war abgebröckelt und hatte denjenigen preisgegeben, der sich unter ihm befand.

Ein gewisser Sanchez. Und zwar der Ahnherr des Bürgermeisters, der sich vor vielen hundert Jahren gegen Okastra gestellt und versucht hatte, die schlimmen Zeiten aufzuhalten. Dies war ihm nicht gelungen, und so hatte sich eine Pattsituation ergeben. Und noch etwas konnte man als außergewöhnlich bezeichnen.

Die Leiche unter dem Stein war nicht zerstört worden. Sie wirkte wie eine Mumie, wobei sie in der Größe nicht zusammengeschrumpft war.

Es rann Suko kalt den Rücken hinab, als er sich das Grabmal aus der Ferne anschaute. Bis vor Kurzem noch war er davon überzeugt gewesen, dass die Figur mit dem Schwert und dem Totenschädel lebte. Genaueres konnte er darüber nicht sagen.

Er befand sich noch einige Schritte vom Grab entfernt, als er feststellte, dass es sich noch immer nicht geschlossen hatte. Nach wie vor bildete es eine Falle, und nach wie vor lag der kopflose Körper des Henry Darwood davor.

Vor dem Grab blieb Suko stehen. Er schaute hinein, sah in die dunkle Tiefe und dachte daran, dass der Berg, auf dem er sich befand, in seinem Innern ein schreckliches Geheimnis verbarg. Es war das Reich der Monster-Spinnen.

Wer sie in ihrem Kern treffen wollte, musste eigentlich in den Berg hineinklettern, wobei Suko mittlerweile davon überzeugt war, dass es John Sinclair geschafft hatte. Möglicherweise fand er dort seinen besten Freund.

Tot oder lebendig.

Der Inspektor schwitzte trotz des kühlen Windes, der über den einsamen Bergfriedhof wehte. Selten in seinem Leben hatte er sich in einer so starken Zwickmühle befunden. Er wusste wirklich nicht, was er zuerst tun sollte.

Da war einmal das Schicksal seines Freundes. Zum anderen auch die Spinnen, die Suko verfolgt hatten und bald auf dem Friedhof erscheinen würden.

Das Innere des Berges war kein Versteck für den Inspektor.

Und dann gab es da noch das Denkmal. Mit einem Menschen, der schon längst gestorben war und dennoch so seltsam aussah.

Suko dachte darüber nach, ob er diesem Toten eine Information entlocken konnte. Er hatte das Gefühl, als würde in dem Mann mit dem Schwert noch Leben stecken.

Nur, wie sollte er das herausfinden?

Die Entscheidung wurde ihm abgenommen. Suko, der wieder einen Blick in die Tiefe warf, glaubte, so etwas wie eine Bewegung erkannt zu haben. Genaues hatte er nicht gesehen. Es konnte auch eine Veränderung der Dunkelheit sein oder ähnliches, jedenfalls hatte sich seiner Ansicht nach etwas verändert.

Und so blieb er stehen. Etwas tanzte vor ihm in der Öffnung. Es schwankte von einer Seite zur anderen, sodass Suko Mühe hatte, dieses Etwas zu identifizieren.

Bis er den Faden sah.

In diesem Augenblick ging ihm ein ganzer Kronleuchter auf. Was da aus dem Grab klettern wollte, war eine Monster-Spinne.

Also hatten doch nicht alle die Tiefe des Berges verlassen. Es wurden immer mehr Gegner.

Suko veränderte seinen Standort. Er blieb nicht mehr vor dem Grab stehen, sondern wich vorsichtig zurück und suchte Deckung hinter einem kantigen Grabstein, der die Form eines Rechtecks mit abgerundeten Kanten aufwies.

Dort blieb er zunächst hocken.

Sekunden vergingen.

Ruhe herrschte auf dem Friedhof. Hoch über Suko zogen in der Luft einige schwarze Vögel ihre Kreise, das war alles, was er an Tieren sah. Auf dem Totenacker selbst hielten sie sich zurück. Wahrscheinlich spürten die Tiere die unheimliche Aura stärker als die Menschen.

Der Inspektor ließ das offene Grab nicht aus den Augen. Lange brauchte er nicht zu warten.

Die Spinne schob sich aus der Öffnung. Sie hatte Mühe, ihren Körper durch das Rechteck zu drücken, schabte mit den Seiten an den Rändern entlang und gelangte schließlich ins Freie.

Suko hatte sich hinter seine Deckung geduckt. Er sah zwar die Spinne, aber, was für ihn viel wichtiger war, er entdeckte auch das, was die Spinne zwischen den beiden Vorderfüßen hielt.

Eine Frau!

In diesem Fall waren die Akteure vor Überraschungen nicht sicher. Und auch Suko erlebte stets neue. Er hatte die Frau zwar nie gesehen, aber sie war ihm in London beschrieben worden.

Es konnte sich nur um Claudia Darwood handeln.

Sie befand sich in der Gewalt der Spinnen, und sie lebte noch, wie Suko erkennen konnte.

Selbst ein Mann wie der Chinese wurde bei diesem Anblick nervös. Er fragte sich, aus welchem Grund die Spinne Claudia Darwood nicht getötet hatte. War sie zu einem Spielzeug degradiert worden?

Noch hatte das Monstertier den Chinesen nicht gesehen, und Suko duckte sich noch mehr, als er hinter der rechten Seite des Steins hervorpeilte.

Die Spinne hatte das Innere des Berges verlassen. Auf sechs Beinen bewegte sie sich in Sukos Richtung, kroch aber nicht bis zu dem Grabstein, sondern blieb auf halber Strecke stehen.

Suko stand auf.

Nicht hastig, nicht schnell, sondern mit geschmeidigen Bewegungen, die dennoch ein gewisses Zeitlupentempo aufwiesen. Sein Gesicht war angespannt, und er hatte die Augen leicht zusammengekniffen.

In der Haltung eines Starters blieb er. Noch tat die Spinne der Frau nichts, und Suko wollte erst eingreifen, wenn tatsächlich Not am Mann war.

Er lauerte weiter.

Claudia Darwood war nicht bewusstlos. Sie bewegte ihre Arme, die Beine hielten nur ihre Hüften fest, und sie schrie sogar auf, als sie aus der Klammer fiel und zu Boden prallte. Dabei lag sie nicht einmal weit vom Torso ihres Bruders entfernt.

Suko hatte zwar keinen Beweis, doch er ahnte, was diese verfluchte Monster-Spinne vorhatte. Und er sollte sich nicht geirrt haben. Das Tier öffnete sein breites Maul.

Suko sah es nicht von vorn, nur im Profil, und er jagte aus seiner Deckung wie ein Irrwisch.

Ob die weiße Riesenspinne etwas bemerkt hatte, konnte er nicht sagen, jedenfalls nahm sie keine Notiz von Suko, und als es so weit war, befanden sich bereits die drei Riemen der Dämonenpeitsche dicht über ihrem Körper.

Noch in derselben Sekunde trafen sie.

Es war ein regelrechter Hammerschlag geworden. Suko hatte

Wut und Zorn hineingelegt, und der weiße Körper der Spinne wurde in der gesamten Breite aufgeknackt, wobei das riesige Tier sich drehte, bevor die Beine wegknickten und es zu Boden krachte.

Auf die Seite war es gefallen. Die Beine bewegten sich hektisch. Suko konnte nicht rasch genug ausweichen. Er wurde einmal an der Schulter getroffen und hatte das Gefühl, von einem Pferdehuf gestreift worden zu sein. Er musste zurück, fing sich wieder und sah, dass ein zweiter Schlag nicht mehr nötig war.

Die Spinne verging!

Ihr Körper wurde zerteilt, war zerknackt worden und zerfiel in zahlreiche Einzelteile.

Der Inspektor atmete auf.

Er trat dicht an den Grabrand und schaute in die Tiefe, denn er rechnete damit, dass ein weiteres Tier folgen würde.

Das war nicht der Fall. Diese Spinne schien die einzige gewesen zu sein.

Endlich konnte sich Suko um die Frau kümmern. Bevor er sich neben sie kniete, warf er noch einen Blick über den Friedhof.

Er war leer.

Auch die Spinnen aus dem Dorf hatten ihn noch nicht erreicht.

Suko schaute die Frau an. Er blickte in ein blasses Gesicht. Es schien zu einem Vampir zu gehören, denn aus der Haut war alles Blut gewichen.

Mit beiden Handflächen schlug Suko leicht gegen die Wangen der Frau und sprach sie ein paar Mal mit ihrem Namen an, wobei er hoffte, dass tatsächlich Claudia Darwood vor ihm lag.

Sie öffnete die Augen.

Selten hatte Suko im Blick eines Menschen so viel Angst, Erschrecken und Nichtbegreifen gesehen. Das alles summierte sich bei der Frau, als sie die Lippen öffnete und schreien wollte.

Sacht legte ihr Suko eine Hand auf den Mund. »Sie sagen jetzt nichts«, flüsterte er. »Sie sind in Sicherheit!«

Ob die Frau ihn verstanden hatte, wusste er nicht. Er beobachtete zunächst nur ihre Augen, aus denen allmählich der ängstliche Ausdruck verschwand, bis sie wieder einigermaßen normal schauten.

Da zog Suko seine Hand zurück.

»Gerettet?«

Die Frage hörte er kaum, so leise war sie an ihn gestellt worden. Lächelnd nickte Suko. »Ja, Sie sind gerettet, Claudia Darwood.«

»Woher kennen Sie mich?«

»Ich komme aus London.«

»Was?«

Suko reichte ihr die Hand. »Wir haben nicht viel Zeit. Ich will Ihnen helfen. Können Sie aufstehen?«

»Ja, ja …«

Ein wenig wacklig stand sie schon auf den Beinen, und Suko musste sie festhalten. Er hatte Claudia Darwood so gedreht, dass ihr Blick nicht auf die Leiche des Bruders fallen konnte.

Die Frau begann zu weinen. Hemmungslos. Suko ließ sie, obwohl die Zeit drängte, aber er konnte sich gut vorstellen, dass Claudia Schreckliches hinter sich hatte.

Als ihre Tränen versiegt waren und sie sich mit Sukos Taschentuch die Nase geschnäuzt hatte, redete sie von allein. »Sie haben die Spinne tatsächlich getötet?«

»So sieht es aus.«

»Und er hat es nicht geschafft!«

»Wen meinen Sie damit?«

Aus rot geränderten Augen blickte Claudia dem Inspektor ins Gesicht. »Der Mann aus London, John Sinclair!«

»Er ist hier?«, fragte der wie elektrisiert dastehende Suko.

»Nein, nicht mehr.« Sie senkte den Kopf. »John Sinclair – also, John Sinclair ist …«

Suko fasste die Frau an beiden Schultern an. »Sagen Sie nur nicht tot, Claudia.«

Sie nickte und schüttelte gleichzeitig den Kopf. »Ich weiß es doch nicht. Es ist alles so schwierig.«

Obwohl Suko die Zeit im Nacken saß und er diesen Friedhof unbedingt verlassen musste, drängte er Claudia Darwood, mit wenigen Worten zu berichten, was sich ereignet hatte.

Sie tat es.

So erfuhr Suko alles, was Claudia als Zeugin gesehen hatte, und er wusste danach, dass John verschwunden war.

»Er ist weg«, murmelte er und schüttelte den Kopf. »Verdammt, das kann ich nicht glauben.«

»Aber es ist so, Mister …«

»Ich heiße Suko. Mehr nicht.«

Sie nickte heftig. »Es ist so, wie ich es Ihnen gesagt habe. John Sinclair stürzte sich auf Okastra, und dann geschah es.« Ihr Blick richtete sich nach innen, der Ausdruck ihrer Augen änderte sich. »Auf einmal war er nicht mehr da …«

»Und was sagte Okastra?«

»Er wäre zu einem Geist geworden, der vielleicht die Chance hat, einen anderen Körper zu finden. Wobei nicht sicher ist, ob es sich um einen Menschen oder ein Tier handelt.«

Suko nickte. Er war in diesen Augenblicken deprimiert und dachte darüber nach, dass seine Aktion zu einem Fehlschlag geworden war. Ein Schuss in den Ofen. Okastra schien ein Gegner zu sein, der ihnen über war.

Und noch ein Name war gefallen. Claudia hatte von dem Götzen Baal gesprochen.

Damit konnte Suko etwas anfangen. Er wusste, dass Baal zu den Götzen gehört hatte, die im Altertum angebetet worden waren. Reichte dessen Macht tatsächlich bis in die heutige Zeit?

»Was wollen Sie denn jetzt unternehmen?«, fragte Claudia leise.

»Wir werden fliehen«, erklärte Suko.

»Und vor wem?«

Der Inspektor erklärte ihr den Grund.

Claudia presste ihre Hand gegen das Gesicht. »Dann gibt es noch mehr von diesen Spinnen?«

»Es deutet einiges darauf hin.«

»Wo wollen wir uns denn verstecken?«

»Es ist so, Claudia. Ich möchte Sie zunächst einmal in Sicherheit bringen. Ich weiß, dass es in diesem Land so gut wie unmöglich ist, ein Versteck vor den Spinnen zu finden, doch ich kann Ihnen einen weiten Weg nicht ersparen. Sie müssen noch einmal alle Kräfte zusammennehmen. Wir haben zum Glück einen noch fahrtüchtigen Wagen. Mit ihm werden wir über einen Pass fahren, um anschließend den Weg zum Strand hinabzuklettern, wo ich ein Schlauchboot versteckt habe. Nahe der Küste liegt ein Unterseeboot. Das wird Sie aufnehmen.«

Bei Sukos Worten hatte Claudia ein Frösteln überlaufen. »Meinen Sie denn, dass wir es schaffen?«

»Das hoffe ich stark.«

Sie nickte. »Na dann …«

Als sie sich umdrehen wollte, hielt Suko sie fest. Sie sollte die Leiche nicht sehen. »Kommen Sie zum Auto. Dort sind wir erst einmal relativ sicher.«

Einen letzten Blick warf Suko noch auf das Grab und auf die an seinem Kopfende stehende Figur, die keine mehr war, sondern ein jahrhundertealter Mensch.

Und wieder hatte Suko das Gefühl, als würde der Ahnherr des Bürgermeisters noch leben, aber es war leider nicht die Zeit, jetzt darüber nachzudenken und nachzuforschen.

Wenn die Frau in Sicherheit gebracht worden war, wollte Suko noch einmal zurückkehren, das nahm er sich fest vor.

Sie gingen zum Fiat. »Leider wird es etwas zugig sein«, erklärte Suko. »Es fehlt nämlich eine Tür.«

»Das habe ich gesehen.«

»Aber machen Sie sich nichts daraus, Claudia. Besser schlecht gefahren, als gut gelaufen.«

»Ich bin nur froh, dass Sie mich gerettet haben, Suko. Habe ich mich schon dafür bedankt?«

»Noch sind wir nicht in Sicherheit«, dämpfte der Chinese ihren Optimismus und ließ seinen Schützling an der Beifahrerseite einsteigen. Er selbst nahm auf dem ungewohnten linken Sitz Platz.

Der Schlüssel steckte noch.

»Schnallen Sie sich ruhig an«, sagte Suko, während er den Wagen startete.

Claudia tat es. Dabei drehte sie den Kopf, warf einen Blick zurück und begann zu schreien.

»Die Spinnen!«

Auch Suko schaute nach hinten.

Claudia Darwood hatte nicht gelogen. Sie hatten den Friedhof tatsächlich erreicht und den schmalen Weg überwunden, um sich auf dem Totenacker zu verteilen.

»Jetzt wird es verdammt Zeit«, stellte Suko fest, als er den Zündschlüssel herumdrehte.

»Was kann ich denn tun?«, fragte Claudia ängstlich.

»Beten, Mädchen, nur noch beten …«

Ich hatte den Dolch nicht aus der Hand geben wollen. Irgendwann gibt es auch bei mir einen Punkt, wo ich nicht mehr mitspiele und mir im Prinzip alles egal ist.

Dieser Punkt oder diese Grenze war erreicht, als ich mich auf Okastra stürzte.

Es dauerte nur mehr eine Sekunde, vielleicht noch weniger, aber in dieser kurzen Zeitspanne änderte sich mein Leben.

Ich wurde zu einem Geist.

Ich konnte denken, überlegen, die richtigen Schlüsse ziehen, aber ich hatte keinen Körper mehr. Ich schwebte irgendwo in einem Zwischenreich, in einer Dimension, in der die physikalischen Gesetze aufgehoben waren. Möglicherweise klopfte ich an das Tor zum Jenseits an.

Es war erfreulich und gleichzeitig auch erschreckend, dass mein Denkapparat noch funktionierte. Erschreckend deshalb, weil ich mir über meine eigene Situation und die Chancenlosigkeit im Klaren war.

In der Tat, ich war chancenlos.

Ich trat um mich, das heißt, ich nahm es an, dies zu tun, doch es gab keinen Widerstand.

Den brauchte ein Geist nicht!

Als ich das begriffen hatte und mich allmählich daran gewöhnte, nur mehr feinstofflich zu sein, begann ich, der Geist John Sinclair, zu denken.

Vielleicht fand ich einen Körper, in den ich hineinfahren konnte. Aber wer sagte mir, dass es ein Körper sein würde, der in meiner Zeit existiert hatte?

Und wo befand sich mein eigener Körper?

Darüber nachzudenken, fiel mir ungeheuer schwer. Als Mensch hätte mich wahrscheinlich das große Zittern gepackt, bei einem feinstofflichen Wesen waren diese Reaktionen nicht festzustellen.

Existierte ich als John Sinclair überhaupt noch? Oder hatte sich einfach alles aufgelöst, was meine frühere Existenz bedeutet hatte?

Daran nur dachte ich, während ich in einer Dimension schwebte, die man mit dem Verstand nicht erfassen konnte. Automatisch fiel mir ein, dass ich im Reich der Toten war. Irgendwo in der anderen Sphäre, über die zahlreiche Autoren geschrieben haben, die mit Menschen, die aus dem Jenseits zurückgekehrt waren, gesprochen hatten.

Doch die hatten von einem Licht gesprochen und von längst verstorbenen Freunden, die sie im Jenseits erwarteten.

Ich sah weder das Licht noch meine Freunde. Es gab keine Helligkeit und auch keine Dunkelheit.

Um mich herum war alles grau. Diffus grau, nicht klar, wie von einem Nebel überspült, durch den hin und wieder geisterhaft weiße Streifen oder Fetzen strichen.

Ich war eingegangen in ein Nichts, das ich aber nicht mit der »Leere« des Alls vergleichen konnte.

Und so ließ ich mich treiben, wobei ich krampfhaft versuchte, Gefühle und Stimmungen wie ein Seismograf die Erdbebenwellen in mich aufzunehmen. Ich wollte wissen, erkennen und vielleicht eine Lösung finden.

Manchmal hörte ich ein Rauschen, dann wiederum war es bedrückend still um mich.

Hin und wieder fühlte ich mich eingesperrt, wie in einem Gefängnis, aus dem es kein Entrinnen gab.

Okastra, die Spinnen, der unheimliche Berg, das alles lag so schrecklich weit weg. Mochte es auch noch so schlimm gewesen sein, dies hier übertraf alles.

Denn Okastra und seine grausamen Helfer waren real gewesen. Den Geist und dessen gespenstische Welt als Realität zu bezeichnen, wollte mir einfach nicht in den Sinn.

Und so trieb ich weiter. Den Begriff Zeit gab es nicht mehr. All die physikalischen Erfahrungen und Gesetze, die auf der Erde ihre Gültigkeit hatten, waren in diesem Fall radikal aufgelöst worden. Mich hielt das Nirwana fest.

Keine Kälte, keine Wärme, weder Schwitzen noch Frieren. Es gab nichts, das Gefühle anzeigte, und es kam der Zeitpunkt, wo ich nicht allein die mich umgebende Leere verspürte, sondern auch eine innere. Die seelische Verlassenheit.

Das war am schlimmsten.

Sie führte zu Depressionen, die auch mich nicht verschonten. Wie ein Mensch spürte ich sie, obwohl ich keinen Körper mehr hatte, wenigstens keinen sichtbaren.

Mein eigenes Ich sagte mir, dass alles egal war, dass ich mich treiben lassen sollte, dass alles zu Ende war, dass es nichts mehr gab, für das ich eintreten konnte.

Freunde, Freude, Angst, Trauer, es war alles so nebensächlich geworden und wurde auch nicht von dem großen Gefühl ausgeglichen, das vielleicht die Geister der Toten spüren, wenn sie die Schwelle zum Jenseits überschritten hatten.

Ich befand mich ganz woanders.

Manchmal hatte ich das Bedürfnis, weinen zu müssen, dann wiederum wollte ich mich in eine dunkle Ecke verkriechen, sodass ich keinen zu sehen oder zu hören brauchte.

Das alles war menschlich. Ich dachte noch menschlich. Und dies ohne Körper.

Wo würde mich dieser Strom hintreiben?

Ich dachte darüber nach, und automatisch fiel mir Okastra wieder ein. Während sich meine Gedanken mit ihm beschäftigten, verschwanden die Depressionen. Man konnte es nicht direkt als Kampfeswille bezeichnen, der mich umklammert hielt, aber eine gewisse Portion an Realitätsdenken war zurückgekehrt.

Okastra hatte den Dolch von mir gewollt. Er kannte ihn, er wusste wahrscheinlich, woher er stammte, und er hatte ihn mit dem Namen eines Götzen in Zusammenhang gebracht.

Baal!

Eine schreckliche Gottheit. Ein alttestamentarisches Wesen, das von zahlreichen Menschen angebetet wurde, wobei man so weit ging, ihm auch Menschen zu opfern.

Baal war das Wesen im Hintergrund. Sein Götzenkult hatte sich über Jahrtausende erhalten und feierte in Okastra auf gewisse Art und Weise die Rückkehr.

Würde ich ihn treffen?

Eine verrückte Perspektive. Besonders in meinem rein feinstofflichen Zustand, aber auch nicht so ohne weiteres von der Hand zu weisen, denn irgendein Ziel musste ich schließlich haben.

Und noch etwas fiel mir ein. So völlig hilflos war ich nicht fortgeschleudert worden. Schließlich besaß ich noch die Beretta und das sehr wichtige Kreuz.

Als Geist?

Nein, das ging nicht. Diese Dinge mussten bei meinem Körper zurückgeblieben sein, denn er existierte ja nicht mehr, wenn ich Okastras Angaben glauben schenken wollte.

War denn wirklich alles so einfach gewesen? Hatte Okastra durch seine Magie tatsächlich den Geist von meinem Körper trennen können, obwohl Letzterer durch mein Kreuz geschützt war?

Das konnte ich mir nicht vorstellen. Schließlich war das Kreuz nicht irgendeine Waffe, sondern die Erfüllung für mich, den Sohn des Lichtes. Es war für mich in ebenfalls alttestamentarischer Zeit geschaffen worden von Hesekiel, dem großen Propheten, wobei er unter Umständen auch den Götzen Baal gekannt oder zumindest von ihm gewusst haben musste.

Seltsam, wie realistisch ich denken konnte. Auf irgendeine Art und Weise gaben mir diese Gedanken wieder Hoffnung. Plötzlich glaubte ich an die Zukunft, obwohl es verflixt schwer war, da eine Perspektive zu sehen. Wenn man feinstofflich war, konnte man nicht so reagieren wie als normaler Mensch.

Wo trieb mich der Weg hin?

Noch immer blieb die Umgebung gleich. Das graue Nichts, manchmal aufgelockert durch die hellen Streifen, wobei ich zu der Überzeugung gelangte, ebenfalls ein heller Streifen zu sein.

Bei diesem Gedanken stockte ich. Sollte dies tatsächlich der Fall sein, war mein Körper nur in einen anderen Aggregatzustand übergegangen. Vom festen in den gasförmigen, wobei er den flüssigen kurzerhand übersprungen hatte.

Es war für mich gut, solche Gedanken zu haben, dadurch konnte ich die Depressionen zurückdrücken, und mich überfiel dabei ein gewisses Gefühl der Spannung. Zudem war ich mir sicher, nicht im Jenseits zu sein, also mich nicht unter den Toten zu befinden, sondern innerhalb einer magischen Zwischenstation.

Vielleicht auf dem Weg in die Vergangenheit.

Möglicherweise zu Baal?

Bei diesem Gedanken hätte sich bei mir als Mensch wieder eine Gänsehaut gebildet. So aber unterdrückte ich den Schock meiner eigenen Fantasie und wartete weiterhin ab.

Wie ich schon erwähnte, war die Zeit völlig bedeutungslos geworden. Ich kannte keine Begriffe mehr wie Sekunden, Minuten, Stunden oder Tage. In dieser Dimension war alles anders. Hier gab es nur die mit einem Geist ausgefüllte Leere, so paradox sich dies auch anhörte, doch im Prinzip stimmte es.

Plötzlich hörte ich etwas.

Das waren Stimmen!

Ja, ich konnte sie vernehmen.

Aber noch mehr, denn die Menschen oder wer sich auch immer für die Stimmen verantwortlich zeigte, sprachen nicht miteinander, sie sangen. Ein mir fremd klingendes Lied mit einer eintönigen, sehr leiernden Melodie, die aus einer für mich nicht messbaren Ferne bis an meine Ohren getragen wurde.

Nicht mehr mein Schicksal interessierte mich, sondern allein der ferne Gesang.

Es war ein hohes Schweben, ein geisterhaftes Klingen, das sich verstärkte und das, jedenfalls hatte ich den Eindruck, die graue Welt um mich herum aufriss.

Ich konnte sehen.

Und ich sah.

Als sie die Kapelle passiert hatten, drehte sich Claudia Darwood noch einmal um. Suko warf ihr einen Blick von der Seite zu. Ihr Gesicht war gezeichnet. Der Schrecken hatte seine Spuren in ihm hinterlassen. Und nicht nur innerhalb der Augen, auch auf der Haut. Wenn ein Mensch grau vor Angst werden kann, so traf dieses bei Claudia haarscharf zu. Der Blick war weiterhin unstet geblieben, die Lippen zitterten, ihre Nasenflügel bebten, und die Angst war wie ein Brunnen, der aus der Tiefe seine Fontänen hochschoss.

Mit den Händen klammerte sich Claudia an der Sitzlehne fest, während sie flüsterte: »Die Spinnen geben nicht auf.«

»Das kann ich mir vorstellen.«

»Und wenn sie uns erwischen?«

»Noch haben sie uns nicht.«

Claudia drehte sich wieder um. In den folgenden Sekunden

schwieg sie und schaute nur auf den schmalen Weg, der leicht anstieg und zur Passhöhe hoch führte.

Dann sagte sie etwas völlig Normales, das Suko aber in diesen Augenblicken einen Schock versetzte.

»Wie lange reicht das Benzin noch?«

Daran hatte der Inspektor nicht mehr gedacht. Er schüttelte im ersten Moment den Kopf, schaute auf den Tankanzeiger und wurde ein wenig blass um die Nase.

»Nun ja …«

»Wie lange, Suko?«

»Er steht schon fast unten.«

Die junge Engländerin schwieg. Andere hätten vielleicht geschrien, sie hielt sich tapfer, denn sie hatte mittlerweile so viel hinter sich, dass sie diese Neuigkeit auch nicht mehr erschüttern konnte.

Suko musste sich auf das Fahren konzentrieren. Er sprach nicht mehr über den Sprit, sondern erkundigte sich nach den Spinnen.

Claudia drehte sich um. »Sie sind noch da.«

»Holen sie auf?«

»Leider.«

»Sind Sie sicher?«

»Ich glaube es.«

Eine weitere Antwort konnte sie nicht geben, denn Suko war mit dem Fiat ziemlich schnell in eine enge Kurve gefahren. Von dieser Stelle aus führte der Weg direkt dem Pass entgegen und damit der höchsten Stelle dieses unwirtlichen Berglandes zu.

Sie würden bald den Fleck erreichen, wo Suko zum ersten Mal auf eine weiße Monster-Spinne getroffen war und sie getötet hatte.

Claudia sagte nichts mehr. Sie saß angeschnallt auf dem Beifahrersitz. Die Hände hatte sie in den Schoß gelegt und dort zusammengekrallt. Starr schaute sie nach vorn.

Durch das Türloch im Fond des Wagens strömte kalte Luft. Sie erfasste die langen Haare der Frau und spielte mit ihnen.

Der Untergrund war schlechter geworden. Steine bedeckten ihn. Manchmal, wenn Suko nicht durch einen Schlenker ausweichen konnte, hüpfte der Fiat über die Unebenheiten, und die beiden Menschen stießen sich am Wagenhimmel die Köpfe.

Raue und wuchtige Felsen grenzten den Weg jetzt zu beiden Seiten hin ab. Sie stiegen schroff in die Höhe, Kanten sprangen vor, die manchmal aussahen wie die Gesichter von Menschen.

Und es gab die Höhlen.

Suko und Claudia sahen die dunklen Löcher, die der Inspektor zusätzlich beobachtete, denn er hatte nicht vergessen, dass aus einer der Höhlen die Spinne gekrochen war.

»Da!«

Claudia hatte den Schrei ausgestoßen. Gleichzeitig fing sie an zu zittern, denn sie hatte an der rechten Felswand eine Höhle entdeckt, deren Ausgang von einem weißen Spinnenmonstrum besetzt war.

Noch konnten sie vorbei, doch wenn sich die Spinne fallen ließ, dann …

Suko gab noch mehr Gas.

Der Fiat bäumte sich auf wie ein Pferd. Er machte einen regelrechten Satz nach vorn, drückte sich in ein Schlagloch hinein, an der anderen Seite wieder heraus und hatte die Spinne passiert.

Sie tat nichts.

Auch als Claudia sich umdrehte und zurückschaute, sah sie das Ungeheuer auf acht Beinen noch immer vor der Höhle sitzen. Der Frau fiel ein gewaltiger Stein vom Herzen.

»Sie ist nicht gesprungen«, flüsterte sie.

Suko hob die Schultern. »Dass wir noch einige dieser Tierchen sehen werden, daran müssen wir uns gewöhnen.«

»Das kann ich nur so schlecht.«

Der Inspektor lachte. »Ich auch nicht.«

»Und wie lange müssen wir noch fahren?«

Claudia hatte eine berechtigte Frage gestellt, auf die Suko sofort keine Antwort wusste. Er schaute sich die Gegend noch einmal an und rechnete nach, wie lange er ungefähr gelaufen war. Das konnte man nicht miteinander vergleichen.

»Ich weiß es nicht.«

»Haben wir denn die Passhöhe geschafft?«

»Gleich.«

Sie erreichten sie in wenigen Minuten. Da hatte Suko nicht gelogen. Kaum waren sie oben, als der Motor stotterte.

»Das Benzin!«, hauchte Claudia.

Suko nickte verbissen. Er konnte keinen Sprit herbeizaubern, spielte mit dem Gaspedal, fluchte sogar, aber der Wagen wurde ständig langsamer.

Dann stand er.

Es hatte keinen Sinn mehr zu versuchen, ihn wieder zu starten, denn es gab nur eine Möglichkeit. Suko sprach sie auch mit einem Wort aus.

»Raus!«

Er stieß die Fahrertür auf, zog sofort seine Beretta und drehte sich auf der Stelle, wobei er die unmittelbare Umgebung mit seinen Blicken abtastete.

Kälte lag in der Luft. Die Felshänge stachen neben dem Weg nicht mehr so steil in die Höhe, sondern waren flacher geworden. Der Wind hatte hier freie Bahn, blies über das schroffe Gestein und putzte es blank.

Die Sicht war relativ gut, weil sie nicht von Bäumen versperrt wurde. Hier oben gediehen nur Bodengewächse, die sich wie mit Fingern in den harten Fels klammerten.

Auch Claudia war ausgestiegen. Furchtsam schaute sie zurück. Dabei stand sie in einer angespannten Haltung und hatte ihre rechte Hand auf das Dach des Fiats gelegt.

»Kommen Sie!«, rief Suko ihr zu und winkte gleichzeitig ausholend. »Wir müssen weiter.«

Sie nickte, während Suko einen Blick auf ihre Schuhe warf.

Zum Glück trug sie festes Schuhwerk, wenn es auch nicht gerade für Klettertouren geeignet war. Wer hatte das zuvor schon wissen können? Sukos Füße wurden von Turnschuhen umspannt. Eine Mischung aus Leder und Leinen mit einer geriffelten Sohle versehen.

Der Chinese nahm die Frau bei der Hand. Er tat dies bewusst, denn diese Geste hatte auch etwas Beschützendes an sich. Claudia fror. Ein Schauer nach dem anderen rann über ihr Gesicht, und Suko fragte, ob er ihr seine Jacke geben sollte.

Sie lehnte ab.

Sie liefen weiter den Weg entlang. Der Fiat blieb hinter ihnen zurück, aber sie wussten, dass sie nicht schneller sein konnten als ein fahrender Wagen, auch wenn der Weg nun bergab führte und erst an den Steilklippen endete.

Claudia sprach nicht mehr über die weißen Monster-Spinnen, doch die Angst stand ihr deutlich ins Gesicht geschrieben.

Auch Suko verspürte so etwas wie Furcht. Er hatte erlebt, wie schnell diese Spinnen sich bewegten, wie sie plötzlich losrennen konnten und längere Strecken in relativ kurzer Zeit überwanden.

Immer wenn Claudia einen Blick über die Schulter werfen wollte, zwang Suko sie mit barschen Worten, nach vorn zu schauen. »Dort spielt die Musik.«

Er meinte damit auch das Meer, das sie bereits sehen konnten. In der Ferne lag diese graue, manchmal auch grünlich schimmernde Fläche, die, je mehr sie dem Horizont entgegenführte, immer runder zu werden schien, um am Schnittpunkt mit ihm zu verwachsen.

Die Fläche war nie ruhig. Sie bewegte sich, und Schaumkronen rollten auf das Ufer zu.

Ein Schiff war nicht zu sehen. Auch keines, das die normalen Handelsrouten befuhr.

So blieb das Meer glatt und war gleichzeitig für die beiden Flüchtlinge eine Hoffnung.

Noch konnten sie normal laufen. Wäre Suko allein gewesen, er hätte mehr Tempo gemacht, so aber musste er auf seine Begleiterin Rücksicht nehmen, zudem benötigten beide noch viel Kraft, um die steilen Klippen überwinden zu können.

Suko hoffte darauf, dass Claudia ihm da nicht schlappmachte.

Sehr bald schon deutete sich die Nähe der Klippen an, denn das Gelände fiel steil ab. Der Boden war mit einer dünnen Moosschicht bewachsen und deshalb glitschig.

»Passen Sie auf!«, warnte der Inspektor.

Claudia nickte nur.

Manchmal stützte sie sich auch an großen, bizarr geformten Felsbrocken ab, wenn sie plötzlich zu schnell wurden.

Auf einmal waren sie da.

Claudia Darwood erschrak, denn der Weg hörte vor ihnen auf. Sie standen am Rand der Klippen.

Schwer atmend hielt Claudia inne. Sie presste sich dabei gegen Suko, weil sie Angst davor hatte, allein in die Tiefe schauen zu müssen. »Und da sollen wir runter?«, fragte sie.

»Es gibt keine andere Möglichkeit.«

Claudia schluckte. Sie biss auf ihre Unterlippe und sah ein Bild, das ihr Angst einjagte.

Das Meer schäumte gegen die Felsen, wobei gewaltige Gischtfontänen in die Höhe stoben, sich überschlugen und wie breite Wasserfälle wieder nach unten ins Meer fielen.

Claudia fürchtete sich. »Gibt es überhaupt eine Stelle, wo wir nach unten klettern können?«

»Ich bin auch hochgekommen«, erwiderte Suko optimistisch.

»Ein schwacher Trost.«

Suko blieb nicht mehr stehen. Er überlegte, wo genau die Stelle war, an der er die Felsen überwunden hatte. Wenn ihn nicht alles täuschte, mussten sie weiter nach rechts gehen.

»Kommen Sie mit, Claudia.« Der Inspektor zog sie kurzerhand weiter, sodass Claudia von ihren eigenen Gedanken ein wenig abgelenkt wurde, denn auch Sukos nächste Worte beschäftigten sich mit optimistischen Zukunftsaussichten.

»Es war hier in der Nähe, wirklich.«

Und er hatte sich nicht getäuscht. Sogar die Spuren, die er bei der Ankunft hinterlassen hatte, waren noch in der Moosschicht ziemlich deutlich zu erkennen.

Claudia beugte sich vor. Suko hielt sie dabei fest und vernahm ihren erschreckten Ausruf.

»Sollen wir da hinunter?«

»Warum nicht?«

»Das ist doch viel zu steil.«

»Es sieht nur so aus.« Wind fuhr über das Plateau und blähte die Kleidung der beiden auf. »Wenn Sie genauer hinschauen, sehen Sie eine Rinne. Sie endet auf einem Vorsprung.«

Claudia nickte nur. Sprechen konnte sie nicht mehr. Es war wohl die Angst, die ihr die Kehle zuschnürte.

Suko machte den Anfang. Er bedeutete der Frau, genau zuzuschauen, wie er sich bewegte. Dabei drehte er sich schon um und wandte dem Abgrund den Rücken zu.

Zuerst streckte Suko das linke Bein aus und fand mit der Schuhsohle einigermaßen Halt in der Rille. Das rechte Bein folgte, aber noch hielt er sich an der Kante fest.

Claudia drehte sich ein letztes Mal um.

In ihre Augen stahl sich ein ungläubiger Ausdruck. Über die Lippen drang ein wehender Ruf, der Suko alarmierte.

Er schaute hoch und sah es!

Die Spinnen hatten es geschafft und ebenfalls den Pass überwunden. Sie standen schon am Rand des Plateaus, wo sich das Gelände bereits leicht senkte.

In einer Reihe hatten sie sich aufgebaut.

Eine unheimliche, schreckliche Bedrohung, die zu einer Filmkulisse zu gehören schien.

Claudia Darwood zitterte wie Espenlaub. »Das – das schaffen wir nicht!«, flüsterte sie und schüttelte den Kopf.

»Jetzt erst recht!«, rief Suko …

Mein Blick klärte sich!

Der seltsame Nebel war gerissen, verschwunden, hinweggefegt, und ich konnte sehen.

Und zwar nach unten!

Ich sah auf ein Land. Hellbraune und beige Töne herrschten vor. So gut wie kein Grün gab es dort, und ich wurde an eine Wüstenlandschaft auf der Erde erinnert.

In der Ferne ging die Ebene in eine hügelige Geländeform über.

Ich wusste nicht, ob es warm, kalt, Sommer oder Winter war. Die Gefühle, die ich als Mensch gehabt hatte, versagten hier, und erst jetzt wurde mir bewusst, dass ich ein Geist war.

Unsichtbar schwebte ich über dem Land, und nur daran, dass mein Sichtwinkel kleiner wurde, stellte ich fest, dass ich mich dem Boden näherte.

Ich sah eine Prozessions-Kolonne. Gestalten, die kuttenartige Kleidung trugen und einen Wagen begleiteten, der von vier Ochsen gezogen wurde.

Auf vier Rädern rollte er, wobei jedes Rad eine Staubwolke aufwirbelte, die nie abriss und die Menschen wie ein feiner Schleier umgab.

Sechs Personen zählte ich. Ob Männer oder Frauen, das konnte ich nicht unterscheiden. Aus der Stimmlage des Gesangs hörte ich heraus, dass es sich dabei um Männer handeln musste.

Ich hatte den Wunsch, zu ihnen zu stoßen. Kaum war der Gedanke entstanden, wurde er auch schon in die Tat umgesetzt.

Plötzlich befand ich mich bei ihnen, denn ich sah sie aus der Perspektive eines zwischen oder neben ihnen gehenden Menschen.

War ich etwa doch tot?

Wieder musste ich daran denken und erinnerte mich an die nahe zurückliegende Vergangenheit, als ich den Trank des Vergessens zu mir genommen hatte.

Da waren Suko und ich auch wie tot gewesen, nur existierten damals unsere Körper, während hier nur mein Geist vorhanden war.

Ich bemerkte die Menschen, sie aber bemerkten mich nicht.

Ich konnte sie berühren, schlagen oder boxen, sie würden keinen Treffer verspüren, denn ich wischte hindurch.

Es war ein unwahrscheinliches Phänomen …

Zwei Männer schritten neben den beiden Ochsen her. Die Männer hielten Peitschen in den Händen, mit denen sie hin und wieder knallten, wenn ihnen die Tiere zu langsam liefen.

Die anderen beiden hatten den Wagen eingekreist, und die letzten zwei hielten sich hinter dem Karren auf. Und zwar dort, wo ich schritt.

Ich hatte mich zwischen sie gedrängt und schaute in ihre Gesichter. Nur schwerlich waren sie unter den hochgeschlagenen Kapuzen zu erkennen. Die Kleidung hatte sich der Farbe der Umgebung angepasst. Sie war beigefarben, und die Gesichter der Männer zeigten eine Schicht aus Staub, der sich in den Falten und auf der Haut festgesetzt hatte.

An den Füßen trugen die Wanderer einfach Sandalen, deren Schnürriemen bis in die Höhe der Knie reichten.

Ich wusste nicht, welchem Volk diese Leute angehörten und wie alt das Volk schon war.

Okastra war ein Sarazene gewesen, und die Sarazenen stammten aus dem nördlichen Teil der großen Halbinsel Arabien. Möglicherweise befanden wir uns dort, das erklärte auch den wüstenähnlichen Charakter.

Es war ein Klagegesang, der die Männer einlullte. Immer die gleichen Töne, die gleiche Melodie, mehr mit einem Schreien oder Jammern zu vergleichen, denn irgendwelche Worte – und sei die Sprache auch noch so fremd – verstand ich nicht.

Nur eines wusste ich.

Hier wurde jemand zu Grabe getragen.

Und dieser Jemand lag auf dem Karren.

Die Gestalten mit den harten, verschwitzten und staubbedeckten Gesichtern interessierten mich nicht mehr. Der Mann auf dem Karren war wichtiger.

Er lag auf dem Rücken, sodass ich ihn sehen konnte.

Meine Erinnerung war noch vorhanden, und ich wurde bei dem Anblick des Fremden an Bandor, den Dämonenjäger, erinnert. Auch er hatte solch starke Muskeln gehabt und das wilde, strähnige Haar.

Er trug nur einen schmalen Lendenschurz aus dunklem Tuch, der an den freien Enden der Oberschenkel von einem Band gehalten wurde.

Sein Gesicht glich einer Maske. So starr, so kantig und gleichzeitig starkknochig. Die Augen hielt er geschlossen, die Hände lagen auf der Brust, wobei sie nicht zum Gebet gefaltet waren.

Ich wusste nicht, wer dieser Tote war und wie er hieß.

Ich sah ihn nur und spürte als Geist, dass ich von ihm seltsam angezogen wurde.

Und das im wahrsten Sinne des Wortes.

Plötzlich sah ich ihn dicht vor mir …

Jetzt spürte ich ihn.

Seinen Körper, seinen …

Ich war er!

Ein ungeheurer, unglaublicher und unerklärbarer Vorgang hatte mich in ein Chaos von Gedanken gestürzt. Mein Geist, mein Ich steckte in einem fremden Körper.

Wie Okastra es gesagt hatte!

Aber wo befand sich dann mein Körper? Der John Sinclair, den jeder kannte?

Es war ein gewaltiger Moment der Verwirrung, und ich konnte auch keinen klaren Gedanken mehr fassen, denn ich dachte weder wie der Oberinspektor John Sinclair noch wie dessen Geist.

Ich dachte wie der Tote, der plötzlich nicht mehr tot war, denn dadurch, dass mein Geist in ihn gefahren war, lebte er wieder.

Ich war Torkan, ein barbarischer Krieger.

Und ich lebte.

Atmen könnte ich plötzlich. Auf einmal nahm ich die Umgebung wahr. Ich roch den Staub, den Schweiß der Männer, die Ausdünstung der Tiere und spürte auf meinem nackten Oberkörper die drückende Hitze, die über dem Land lag.

Torkan war erwacht!

Oder John Sinclair?

Nein, ihn gab es nicht mehr. Nur noch Torkan, den Krieger!

Der Weg war uneben. Durch Löcher und Rillen fuhren die Räder, und ich spürte, da ich still auf dem Rücken lag, jeden Stoß. Noch lag ich ruhig, noch dachte ich, aber ich dachte nicht mehr wie der Geisterjäger, sondern wie Torkan.

Bilder entstanden vor meinen Augen. Bilder, die fremd waren und an die ich mich doch erinnern konnte, weil ich Torkan war.

Blut …

Viel Blut!

Schreie! Männer starben unter grausamen Schwerthieben. Kampfgetümmel, das Wiehern stolzer Rösser, Waffenklirren, und ich kämpfte inmitten des Getümmels mit einem Beidhandschwert.

Ich war ein Barbar. Ich erschlug Menschen, wurde vom Blut meiner Feinde übersprüht und sah mich auf einem hellen Pferd davonreiten, einer rot glühenden untergehenden Sonne entgegen.

Szenenwechsel.

Ein Palast. Hohe Mauern schirmten ihn ab. Krieger bewachten ihn. Ich sprengte durch ein Tor, das mir geöffnet wurde, sprang vom Pferderücken und übergab einem Knecht das Tier.

Dann lief ich in einen wunderschönen Garten, mit Lauben- und Arkadengängen, zahlreichen Brunnen und blühenden Gewächsen.

Dort wartete eine Frau.

Eine wunderschöne dunkelhaarige Frau, dir mir einen gefüllten Becher reichte, den ich, staubbedeckt und überaus durstig, leerte.

Es war das Letzte, was ich in meinem Leben tat. Dann drehte sich alles vor meinen Augen. Die Frau zerfloss, der Boden raste auf mich zu, und ich hörte nur mehr das hässliche Lachen und ein Wort.

»Tot!«

Ja, ich war gestorben, aber nun lebte ich, denn diese Szenen waren Erinnerungen aus meinem ersten Leben als Torkan.

Ich war wieder Torkan und zurückgekehrt. Langsam öffnete ich den Mund, saugte die Luft ein, richtete mich auf und öffnete die Augen.

Für die neben und hinter dem Leichenkarren hergehenden Männer musste es etwas unwahrscheinlich Schreckliches sein, als sie mich plötzlich so sahen. Sie begannen zu schreien, rannten weg, und auch die beiden neben den Zugtieren gehenden Bewacher drehten sich um, sahen mich und stoben in wilder Flucht davon.

Das Schreien der Leute hatte die vier Ochsen aufgeschreckt. So lethargisch sie auch zuvor gewesen waren, das alles zählte nicht mehr, denn sie drehten durch und gerieten in eine Stampede.

Ich, Torkan, merkte es daran, dass ich umgerissen wurde, auf die Ladefläche fiel und der Wagen mit mir in einer halsbrecherischen Fahrt weitergezerrt wurde …

Suko machte kurzen Prozess. Es blieb ihm wirklich nichts anderes übrig, als alles auf eine Karte zu setzen, denn die Spinnen waren einfach zu schnell. Wenn sie hintereinander den steilen Hang herunterkletterten, würde zu viel Zeit vergehen, da Suko auf die langsamere Claudia Darwood Rücksicht nehmen musste.

Deshalb zog er sich wieder hoch, packte Claudia, die überhaupt nicht wusste, was mit ihr geschah, und wuchtete sie über seine linke Schulter.

Mit der linken Hand hielt er sie fest, wobei er den Arm um ihren Körper gelegt hatte.

Mit seiner Last zusammen begann Suko mit dem Abstieg.

Für ihn war es ebenfalls schwierig, das merkte er nach dem zweiten Schritt, als die Rinne am Fels zu glatt für ihn mit seiner doppelten Last wurde und er abrutschte.

Suko wollte noch irgendwo Halt finden, doch die Finger seiner rechten Hand schrammten nur über den Fels. Irgendwo festkrallen konnte er sich nicht mehr.

Beide fielen.

Die nächste Sekunde wurde für Suko unnatürlich lang. Im Geiste sah er sich und Claudia bereits mit zerschmetterten Gliedern zwischen den Felsen liegen, als schon der Aufprall erfolgte.

Es waren nicht die Klippen am Wasser, zwischen denen sie lagen, und sie waren auch nicht tot, sondern lebten, denn sie waren auf dem kleinen Vorsprung aufgeprallt, den Suko schon von der Höhe aus entdeckt hatte. Er wusste genau, wie schmal dieser Vorsprung war, und er warnte Claudia deshalb.

»Nicht bewegen!«

Die Frau sagte nichts. Sie lag halb unter dem Chinesen, der vorsichtig die Beine anzog, denn mit den Füßen hing er bereits über der Kante des Vorsprungs.

Claudia hatte ihre Angst überwunden. Sie half Suko, so gut es ihr möglich war, und drückte ihren Körper ebenfalls so weit vor, dass beide einen besseren Halt hatten und sich aufrichten konnten.

Als sie standen, zitterte die Frau.

»Geht es Ihnen besser?«, fragte Suko.

»So einigermaßen.«

»Und Sie haben sich nichts gebrochen?«

»Nein, das wohl nicht. Nur ein paar blaue Flecken. Vielleicht auch eine Prellung.«

»Das geht vorbei«, erklärte der Inspektor. Er legte den Kopf in den Nacken und schaute an der Felswand in die Höhe. Er konnte die Rinne verfolgen und musste sich eingestehen, dass es ein verdammt steiler Weg war, der hinter ihnen lag.

Die Landung hätte auch anders ausfallen können. Viel schlimmer. Mit gebrochenen Knochen und so.

Von den Spinnen sah Suko noch nichts. Er konnte sich jedoch vorstellen, dass es nicht mehr lange dauern würde, bis die Ersten am Rand des Steilhangs erschienen, und bis dahin mussten sie mehr Distanz zwischen sich und diesen Punkt gebracht haben.

»Ich gehe vor. Sie halten sich immer hinter mir«, wies Suko die Frau an. Claudia Darwood schielte in die Tiefe, wo die Wellen weiß und schaumig mit ungeheurer Wucht gegen die Klippen anrannten.

»Müssen wir da wirklich hinunter?«

»Leider.«

»Aber ein Weg …«

»Wir haben keine andere Wahl«, sagte Suko. »Wir werden es schon schaffen.«

»Wenn Sie meinen.«

»Klar doch.«

Suko gab sich sehr optimistisch. Er hatte bereits den Hang angepeilt, der links vom Vorsprung begann. Die schräge Ebene sah ihm nicht ganz so steil aus, und er erinnerte sich daran, sie hochgeklettert zu sein. Er wählte eine schräg verlaufende Route.

Dabei hielt er die rechte Hand nach hinten gestreckt, damit Claudia seine Finger umfassen konnte. Die Dämonenpeitsche hatte Suko ausgefahren in den Gürtel gesteckt. Mit seiner freien Hand suchte er stets nach Stellen, wo er sich festhalten und abstützen konnte, denn der Weg war mehr als gefährlich.

Sie überwanden den Hang. Dabei musste sich der Inspektor ständig abstützen und auch den Körper nach hinten drücken, um von der nachfolgenden Frau nicht umgestoßen zu werden.

Sie schafften den Hang.

Wieder blieben sie auf einem Vorsprung stehen. Er war so schmal, dass so eben ihre Füße darauf Platz fanden.

Claudia erschrak, als sie zurückschaute. »Mein Gott«, sagte sie leise. »Haben wir diese Strecke schon hinter uns?«

»Sieht ganz so aus«, erwiderte Suko und lachte leise. »War doch nicht so schlimm – oder?«

»Das sagen Sie.«

»Und den Rest schaffen wir auch noch.« Suko gab sich optimistisch, obwohl ihm vor der weiteren Kletterei bange war, denn das schwierigste und steilste Stück lag noch vor ihnen.

Er selbst war zwar kein Kletterer, aber er konnte sich gut bewegen, und er hatte sich vorgenommen, die Frau zu tragen, denn so erschien es ihm sicher, die nicht sehr trittsichere Claudia zwischen die Klippen zu schaffen.

Während Suko den besten Weg suchte, stand Claudia neben ihm und schaute zurück.

Sie sah die Spinnen.

»Da sind sie!«

Suko blickte hoch. Wie Claudia Darwood sah er die gewaltigen weißen Monstren am oberen Rand der Steilküste stehen. Dort hatten sie sich in einer Reihe aufgebaut. Er wollte sie erst gar nicht zählen, dann wäre er in Depressionen verfallen, doch er wusste, dass sie beide keine Zeit hatten und weiter dem Meer entgegenklettern mussten, sollte es für sie nicht mit einem frühen Tod enden.

Dennoch ließ sich Suko die Zeit, der Frau einige Worte zu sagen. Er wollte sie damit aufmöbeln.

»Was immer auch geschieht, Claudia«, sagte er. »Tun Sie mir um Himmels willen den Gefallen und schauen Sie nicht zurück. Denken Sie nur daran, dass wir uns in Sicherheit bringen müssen, und das schaffen wir auch.«

»Ja, ja …«

Bevor Claudia sich versah, hatte Suko sie angehoben. Sie hing jetzt auf seinem Rücken und klammerte sich mit beiden Händen an seinen Schulterbögen fest.

Suko begann mit dem gefährlichen Abstieg. Was er Claudia erzählt hatte, das galt auch für ihn. Er verbannte die Spinnen aus seinem Hirn, wollte nicht mehr an die Gefahr denken, denn eine solche Belastung konnte ihn unsicher werden lassen.

Der Weg war steil, daran gab es nichts mehr zu rütteln. Suko musste seine Schritte sehr vorsichtig wählen, denn das Gewicht der Frau behinderte ihn doch ziemlich.

Und so kam er nur mühsam voran. Jeden Schritt setzte er zunächst prüfend, testete den Boden auf die Tragfähigkeit und ging erst dann weiter.

Es war ein Spiel mit dem Feuer, ein gefährliches Klettern. Ein Fehltritt nur, und beide waren verloren.

Suko atmete schwer und durch den offenen Mund.

Er wollte zwar nicht an die Spinnen denken, doch er konnte sie nicht ganz aus seinem Hirn verbannen, denn die mutierten Tiere machten sich bemerkbar.

Zwar stießen sie selbst keine Geräusche aus, aber durch ihre Kletterei stießen sie an die Steine, die locker lagen und durch den Druck aus ihrer ursprünglichen Lage gelöst wurden.

Es ging steil bergab, und die Steine kollerten oder sprangen wie Fußbälle den Meeresklippen zu.

Eine sehr gefährliche Sache, denn mehr als einmal rollten sie ziemlich dicht an Suko und Claudia vorbei. Trafen sie die beiden, würden Claudia und Suko möglicherweise mit in die Tiefe gerissen.

Noch hatten sie Glück …

Suko spürte den keuchenden Atem seines Schützlings im Nacken. Heiß strich er über die Haut, und er hörte Claudia sogar Worte flüstern, die ihn an Gebete erinnerten.

Nicht nur die Füße musste der Inspektor einsetzen, auch die Hände. Er hatte die Arme ausgestreckt, fand immer wieder Halt an der Felswand, krallte die Finger in Lücken und Risse, bis er endlich eine schmale Galerie fand, die seitlich am Berg entlanglief und schräg in die Tiefe führte.

Der Vorsprung war sehr schmal und auch brüchig, wie Suko sehr bald feststellte. Plötzlich bröckelte das Gestein vor ihm ab, kollerte in die Tiefe, und Suko musste blitzschnell nachgreifen, um Claudia und sich überhaupt halten zu können.

Er spürte, dass Claudia etwas sagen wollte, doch sie verschluckte die Worte und hielt lieber den Mund.

Suko wurde vorsichtiger und blieb stehen, als er über sich das Rollen und harte Schlagen hörte.

Es waren Steine, die nach unten tickten. Diesmal verschonten sie die beiden Kletterer nicht.

»Halt dich fest, Mädchen!«, rief der Chinese und spürte schon die Treffer.

Die Steine hieben gegen ihre Körper. Es waren harte Schläge, die Flüchtenden wurden durchgeschüttelt, aber nicht so stark verletzt, dass sie nicht hätten weitergehen können.

Sie hielten die schrecklichen Sekunden durch und verfolgten das Echo der kleinen Steinlawine, die dem Tal entgegenrollte.

»Das war knapp«, flüsterte Claudia.

»Sind Sie verletzt?«

»Nein, nur Schrammen.«

»Okay, dann weiter.«

»Sie geben wohl nie auf, was?«

»Wenn es sich vermeiden lässt, nicht.«

Suko setzte den Weg fort. Er musste sich sehr stark auf seine nähere Umgebung konzentrieren, deshalb hatte er keine Zeit, darüber nachzudenken, wo sich die Spinnen befanden.

Aber Claudia tat es.

Sie drehte den Kopf, ohne allerdings den kletternden Suko dabei zu behindern.

Claudia Darwood hatte bisher genug von den Spinnen gesehen und sie ja selbst aus der Nähe erlebt. Sie wusste, dass sie schnell waren, deshalb empfand sie es nicht einmal als überraschend, dass sie und Suko bereits von einigen Spinnen überholt worden waren oder sich die gefährlichen Tiere zumindest auf gleicher Höhe befanden.

Diese Monstren auf acht dünnen Beinen konnten sich wesentlich schneller die Wand hinab bewegen als die Menschen. Sie brauchten dazu nicht einmal ihre Netze zu spannen.

»Wenn wir es tatsächlich schaffen, sind sie schon unten und erwarten uns«, sagte Claudia mit stockender Stimme.

Suko erwiderte nichts. Voll konzentrierte er sich auf den Abstieg. Die Galerie hatte er inzwischen verlassen müssen. Er hing förmlich an einer Wand, krallte sich fest und spürte das Gewicht der Frau auf seinem Rücken immer mehr als eine drückende Last.

Ein schweres Stück Arbeit lag noch vor ihm. Suko senkte den rechten Fuß. Mit der Spitze suchte er nach Lücken im Gestein, fand auch eine, klemmte für einen Moment fest, zog das eine Bein nach und suchte nach der nächsten Lücke.

Er fand sie.

Und er ließ die Wand hinter sich.

Wieder lag eine der Rinnen vor ihm. Sie führte sehr schräg nach unten und endete dort, wo ein winziger Sandstrand begann, der die zungenartige kleine Bucht einrahmte. Dort war Suko auch an Land gegangen und hatte sein Schlauchboot versteckt.

Plötzlich waren zwei Spinnen da.

Wieder wurden sie von Claudia zuerst gesehen. Sie näherten sich von der linken Seite. Schräg liefen sie über die steil abfallende Felswand auf die beiden Kletterer zu. Eine befand sich mit den Menschen auf gleicher Höhe, die andere ein wenig darüber. Sie würden Suko und Claudia Sekunden später erreichen.

Suko musste sich blitzschnell entscheiden.

Weiterlaufen konnte er nicht mehr, die Spinnen würden sich über sie stürzen und versuchen, sie zu verschlingen.

Es gab nur eine Möglichkeit.

Sie mussten die im Laufe der Zeit entstandene Felsrinne hinabrutschen und darauf hoffen, dass sie diesen gefährlichen Weg heil überstanden.

»Halten Sie sich gut fest!«, rief Suko. »Es geht los!«

»Wie denn?«

In diesem Augenblick öffnete die sich ihnen am nächsten befindliche Spinne ihr Maul. Sie schauten in diese unheimliche Öffnung und sahen auch die gefährlichen dreieckigen Zähne, die ihnen wie Messer entgegenschleuderten.

Da ließ Suko los. Sofort rutschte er ab. Er hörte Claudias Schreien und versuchte, seinen Oberkörper während des Falles gegen die glatte Fläche der Felsrinne zu drücken.

Es wurde eine Tortur. Mehrmals schlug Suko gegen den Fels, Claudia schrie noch immer, und der Inspektor hoffte inständig, dass sie im weicheren Sand der kleinen Bucht aufkamen.

Der Aufprall war dennoch mörderisch.

Bisher hatte sich Claudia an dem Inspektor festklammern können. Das war vorbei, als sie in den Sand und nicht auf einen aus ihm ragenden Felsen schlugen.

Claudia schrie. Sie überschlug sich, und auch Suko kippte nach hinten, wobei er seinen austrainierten Körper zusammenzog und die Wucht des Schwungs ausnutzte, um mit einer Rolle rückwärts wieder geschmeidig auf die Füße zu gelangen.

Im selben Augenblick knickte er nach rechts ein. Selbst Suko schrie vor Überraschung, denn er spürte den stechenden Schmerz in seiner Kniescheibe. Er fiel nicht zu Boden, sondern blieb in einer schiefen Haltung stehen, wobei er sich auf das Knie konzentrierte, von dem der Schmerz abstrahlte.

Claudia hatte sich aufgesetzt. Sie schaute Suko aus angstgeweiteten Augen entgegen. »Sind Sie verletzt?«

»Kaum.«

»Können wir denn weiter?«

»Sicher, Claudia. Kümmern Sie sich um das Boot. Bitte – und schnell.«

»Wo ist es denn?«

Suko deutete an Claudia vorbei auf eine Felsnase, unter der Suko das Schlauchboot versteckt hatte.

»Ich sehe es.«

»Dann ziehen Sie es vor!« Mehr sagte Suko nicht, denn er wollte sich auf die Spinnen konzentrieren.

Sein Blickwinkel war schlecht. Suko musste den Kopf schon

sehr weit in den Nacken legen, um an der Felswand hochschauen zu können. Die Sonne war inzwischen weitergewandert, und ihre Strahlen leuchteten gegen die Wand.

Sie gaben ihr einen gelben, warmen Schein, einen hellen Anstrich, und hoben die auf dem dunkleren Untergrund sitzenden Spinnen noch deutlich hervor.

Ein objektiver Betrachter hätte dieses Bild als faszinierend empfinden können. Suko sah es sehr subjektiv. Für ihn vereinigte die Szene etwas Grauenhaftes, denn die zahlreichen Monster-Spinnen, die über die Steilwand kletterten, waren darauf programmiert, beide Menschen zu verschlingen.

Claudia hatte zum Glück noch keinen Blick auf die Wand geworfen.

Suko stellte sich der Gefahr.

Die beiden Spinnen, die ihnen zuletzt ans Leben gewollt hatten und deretwegen sie die Rinne hinabgerutscht waren, befanden sich am nächsten. Sie hatten bereits den Strand erreicht. Die erste Spinne suchte sich Suko als Ziel.

Wieder einmal wunderte sich der Chinese, wie schnell dieses Monstrum laufen konnte. Unter ihren Füßen wirbelte der Sand.

Noch blieb Suko ein wenig Zeit, und die wollte er nutzen. Er belastete durch seitlichen Druck sein rechtes Knie und stellte fest, dass der Schmerz bis in seinen Oberschenkel zuckte, aber er konnte das Bein bewegen.

Die Spinne lief auf ihn zu.

Auch die zweite hatte den Sandstreifen erreicht, während sich die Frau bemühte, das doch ziemlich schwere und unhandliche graugrüne Schlauchboot aus der Deckung zu ziehen.

Noch einen letzten Blick warf Suko hoch zur Wand.

Die anderen Spinnen ließen sich Zeit. So blieb Suko und Claudia noch eine Galgenfrist.

Und der Inspektor griff an!

Ich war Torkan, ein Barbar und Kämpfer. Kraft und Gewalt hatten mein erstes Leben bestimmt, das wusste ich aus der Erinnerung, und diese beiden Dinge bestimmten auch mein zweites Leben.

Der plötzliche Ruck der vier anziehenden Ochsen hatte mich auf die Ladefläche geschleudert, während die sechs Männer fluchtartig das Weite suchten und schreiend aus der unmittelbaren Nähe des Gespanns flohen.

Ich konnte es nicht, denn die Ochsen, mochten sie auch noch so lahm wirken, waren, wenn sie einmal außer Kontrolle gerieten, nicht mehr zu halten.

Es gab nur eine Möglichkeit für mich, Torkan. Ich musste mich von dem Leichenkarren aus auf ihren Rücken schwingen und dort versuchen, sie zum Halten zu bringen.

Noch lag ich auf dem Rücken, und der verdammte Wagen begann zu schlingern, aber ich war nicht umsonst ein Bündel aus Kraft und Energie. Es gelang mir, mich trotz der rasenden Fahrt auf die rechte Seite zu drücken, den Rand des Karrens zu fassen und mich auf die Knie zu stemmen.

In dieser Haltung verharrte ich für einen Moment und schaute auf die knotigen Muskeln meiner Arme.

Als John Sinclair wären sie mir fremd vorgekommen, als Torkan war ich daran gewöhnt.

Die Räder wirbelten den Staub der Wüste auf. Schon bald war mir die Sicht auf die flüchtenden Begleiter des Wagens genommen, und auch die vier Zugochsen verschwanden hinter der wirbelnden Schicht, die wie eine Fahne zitterte und wehte.

Auf allen vieren kroch ich zum vorderen Ende des Wagens, klammerte mich dort für einen Moment fest und stemmte mich hoch.

Vor mir sah ich die beiden Rücken der letzten Ochsen. Die Tiere stampften schwer, ihre gewaltigen Schädel mit den kurzen Hörnern wippten im Rhythmus der Bewegungen, das aus Holz und Bändern bestehende Geschirr knarrte und zitterte.

Ich machte mich zum Absprung fertig.

Noch einmal schaute ich genau hin, riss den Mund auf und schrie, als ich mich abstieß.

Plötzlich lag ich in der Luft. Ein gewaltiger, muskulöser Körper, aus- und durchtrainiert, vor Schweiß glänzend und dennoch mit einer Schicht aus Staub bedeckt.

Ich wollte es schaffen.

Der Aufschlag.

Vielleicht wäre ich als normaler Mensch weggerutscht und unter die Hufe geraten.

Als Torkan hatte ich die Kraft, selbst einen Ochsen festzuhalten und ihn sogar zu Boden zu zwingen.

Ich lag auf dem Bauch. Meine Arme umspannten den Schädel des Ochsen dicht am Hals, und das Tier spürte die Berührung, denn es wollte mich, den Lästigen, abschütteln.

Ich setzte meine Kraft ein.

Torkan war stärker!

Ich packte beide Hörner, und mir gelang es, den Kopf des in Panik geratenen Ochsen nach unten zu drücken, sodass ich die Kontrolle über das Tier gewann.

Diese Haltung hatte ich genau haben wollen, denn nun konnte ich mich auf dem Rücken des Tieres weiter nach vorn schieben. Ich löste die linke Hand vom Horn und klammerte mich am Holzgeschirr fest, auf das sich das Zittern und Stampfen der vier Beine übertrug, sodass es auch mich nicht verschonte.

Ich war bereit, den zweiten Ochsen, den vorderen, anzugehen.

Das Dröhnen der Hufe auf dem harten Boden klang wie ein wilder Trommelwirbel an meine Ohren. Der Staub wurde noch dichter, ich hörte das Brüllen der Ochsen und merkte daran, dass auch die Tiere eine gewisse Angst verspürten.

Mein muskulöser Körper wurde durchgeschüttelt. Mit aller Kraft klammerte ich mich fest, und schließlich gelang es mir, mich in die Höhe zu stemmen. Wie beim ersten Mal, so musste ich mich auch jetzt nach vorn schwingen, um den ersten Ochsen zu erwischen.

Es war das vordere linke Tier, dessen Rücken im Rhythmus der trommelnden Beine auf und nieder schwang.

Ich fiel auf ihn.

Der Ochse spürte mein Gewicht. Ich hatte das Gefühl, als würde er sich noch mehr anstrengen, denn das Gewicht auf seinem Rücken passte ihm nicht. Er schüttelte sich, schleuderte den Kopf hoch, ich hörte sein Brüllen und packte auch hier beide Hörner.

Waren die Ochsen einmal in Wut geraten, dann rannten sie so lange, bis sie vor Erschöpfung zusammenbrachen. Dazu wollte ich es nicht kommen lassen und zwang durch meinen harten Griff die Tiere dazu, sich nach links zu wenden.

Als John Sinclair wäre mir dies vielleicht nicht gelungen, aber Torkan, der Barbar, besaß Kraft. Er war nichts anderes gewohnt. Er verließ sich auf seine Kraft und löste anstehende Probleme nur auf diese Art und Weise.

Mensch gegen Tier!

Wer gewann?

Ich schaffte es. Ich, Torkan, der Barbar, war den Kräften des Zugochsen überlegen.

Und als er sich meinen Willen aufzwingen ließ, pflanzte sich dieses fort, denn auch die übrigen drei Ochsen gehorchten demjenigen, der nun in einen Kreis hineinrannte.

Ich blieb auf ihm liegen. Den Griff hatte ich gewechselt, umklammerte nun den dicken Nacken des Tieres und hockte auf dem Ochsen wie angenagelt. Irgendwann war das Tier erschöpft.

Die drei anderen Tiere glichen sich dem Anführer an, sie wurden ebenfalls langsamer.

Und plötzlich standen die Ochsen.

Ich hörte sie noch schnauben, wobei sie die Köpfe senkten. Schaum stand vor ihren Mäulern. Sie hatten die Augen verdreht, ihre Beine zitterten. Es hätte nicht viel gefehlt und sie wären umgefallen.

Ich schwang mich vom Rücken eines Tiers, blieb neben ihm stehen und atmete zunächst ein paar Mal tief durch. Trotz meiner

Stärke hatte mich diese Aktion mitgenommen. Meine Muskeln zitterten, der Körper brauchte Zeit, um sich zu erholen, aber ich war der Sieger geblieben.

Torkan würde es ihnen zeigen!

Ich ging zurück zum Wagen. Schon beim Erwachen war mir etwas aufgefallen, das an der Seite des Karrens festgeklemmt war. Meine Augen leuchteten, als ich die Waffe sah.

Es war ein Schwert!

Für einen Moment krauste ich die Stirn. Die Klinge war nicht sehr lang, sie hatte einen matten Glanz, und ich hätte gern einen Schild gehabt, denn ein wirksames Kämpfen mit Kurzschwertern war nur gegeben, wenn ein Schild dem Körper Deckung gab.

Ich schaute das Schwert an und schüttelte den Kopf.

Torkan lebte wieder. Er hatte den Trank dieser Frau überstanden. Und ich, Torkan, war bereit, meinen Weg der Rache zu gehen. Ich wollte meine Feinde töten, denn ich lebte in einer wilden Welt, in der nur der Stärkere gewann.

Ein Barbar wie ich!

Aus der Ferne näherten sich Punkte. Sie bewegten sich über die graubraune Ebene, liefen dabei nicht zusammen, sondern fächerten auseinander. Mit ihren Armen gestikulierten sie, dem Anschein nach hatten auch sie mich entdeckt.

Es waren die Männer, die meinen Leichenwagen begleitet hatten, und ich wartete auf sie.

Die am Himmel stehende Sonne wanderte weiter. Ich stellte mich in den kleinen Schatten des Wagens, hörte dem Schnauben der Ochsen zu und kniff meine Augen halb zu, um sie vor den grellen Strahlen der Sonne zu schützen.

So wartete ich.

Die Männer liefen herbei. Ihre Haltung hatte sich verändert. Sie war demutsvoller geworden, und sie gingen gebeugt, als wollten sie mir Respekt erweisen.

In sicherer Entfernung blieben sie stehen. Ihre Kutten waren staubbedeckt. Die Gesichter lagen im Schatten der Kapuzen.

Kaum wagten sie, ihre Köpfe zu heben und mich anzuschauen, bis schließlich einer vortrat, sich mir auf drei Schritte näherte, und sich vor meinen Füßen auf die Knie warf.

Ich schaute auf seinen Rücken.

Eine Weile geschah nichts, nur der aufgewirbelte Staub senkte sich langsam dem Boden entgegen. Der Mann wartete wohl darauf, dass ich etwas sagte.

»Steh auf!« Meine Stimme klang rau. In der Kehle kratzte es. Ich hatte einfach zu viel Staub aufgewirbelt.

Der Mann gehorchte mir.

Er drückte sich hoch, blieb aber in einer demutsvollen Haltung stehen und schaffte es nicht, mir in die Augen zu schauen. »Wirst du uns jetzt töten, Torkan?«, fragte er.

»Weshalb sollte ich es?«

»Weil wir ihr gehorcht haben.«

»Der Königin?«

»Ja, sie hat dir den Trank gegeben. Sie wollte, dass du stirbst, und du bist gestorben, aber du bist wieder ins Leben zurückgekehrt. Wir können es uns nicht erklären. Welcher große Geist steht auf deiner Seite und hilft dir?«

Darauf wusste ich keine Antwort. Ich hätte sie ihm auch nicht gegeben, sondern fragte weiter. »Wo solltet ihr mich, den Toten, hinbringen?«

»Das weißt du nicht?«

»Sonst hätte ich dich nicht gefragt.«

»Du solltest zu Baal und auf dem Altar des Götzen sterben. Dort, wo die Gebeine seiner Feinde in der heißen Sonne bleichen, war auch dein Platz vorgesehen. Die Leichenvögel warten schon auf dich.«

»Welche Leichenvögel?«

»Du kennst sie nicht?«

»Ich habe sie nie gesehen.«

Der Mann hob die Schultern. Dabei wischte er sich über das Gesicht. »Aber du musst sie gesehen haben. Baals Leichenvögel sind immer da, wenn der Götze es will. Die Götzenbrut beherrscht dieses Land. Sie sind Aasfresser und laben sich an Baals Feinden.«

»Dann wolltet ihr mich auf den Altar legen, um mich den Leichenvögeln zum Fraß vorzuwerfen?«, fragte ich drohend und legte meine rechte Hand auf den Schwertgriff.

Der Sprecher wich zurück. Auch die anderen fünf zuckten zusammen. Sie begannen zu jammern und sprachen davon, dass sie sich nicht weigern konnten, da die Leichenvögel sie sonst selbst gefressen hätten.

»Wir sind nur unbedeutende Diener und müssen tun, was man von uns verlangt. Bitte, Torkan, töte uns nicht! Lass dein Schwert stecken, wir werden alles tun, um dir unsere Treue zu beweisen.«

»Wirklich alles?«, fragte ich.

Sie nickten.

»Dann bringt mich zu Baal. Bringt mich zum Altar und dieser Götzenbrut!«

Die sechs Männer erschraken. Damit hatten sie nicht gerechnet. Sie rangen die Hände und versuchten mit allen Überredungskünsten, mich von meinem Plan abzubringen.

Als ich es ihnen erklärte, wurde ihre Angst noch größer, doch ich ließ mich durch nichts abbringen und nahm wieder den Platz auf dem Wagen ein, auf dem ich schon zuvor als Leiche gelegen hatte.

»Ihr werdet mich zum Altar des Götzen Baal bringen und so tun, als sei nichts geschehen. Habt ihr gehört?«

»Ja, Herr!«

»Dann los!«

Ich lag rücklings auf der Fläche und hörte den Knall einer schweren Ochsenpeitsche.

Das Gespann setzte sich in Bewegung. Ich spürte den Ruck, hörte das Mahlen der Räder auf dem getrockneten harten Boden und roch schon bald den Staub, der von ihnen aufgewirbelt wurde. Rechts und links des Wagens quoll er hoch und legte sich wie ein Schleier über das Gefährt. Ich blieb ruhig liegen und harrte der Dinge, die bald kommen mussten.

Geduld zählte zu meinen Tugenden, obwohl ich als Barbar bekannt war. Ich musste warten können, ich würde warten, und ich wusste genau, dass nicht nur Baal auf mich lauerte, auch sein Opferaltar und die Leichenvögel.

Ich schaute hoch in den Himmel.

Grell schien die Sonne. Der in der Luft liegende Staub ließ ihre Scheibe wie ein helles, von Tränen umflortes Auge erscheinen. Der Staub setzte sich überall fest. Schon bald brannte er in meinen Augen, lag auf den Lippen und drang auch in meinen Mund.

Der Durst wurde stärker.

Ein Barbar wie ich hatte es gelernt, diese Gefühle zu unterdrücken. Wichtig war der große Kampf, dem ich entgegenfieberte.

Man hatte mich als Leiche auf den Altar des Götzen bringen wollen.

Ich würde kommen.

Aber als Kämpfer!

Claudia Darwood hielt den Wulst des Schlauchboots fest. Sie hatte es geschafft und das Boot aus seiner Deckung gezogen, doch sie kam nicht mehr dazu, es weiter in Richtung Wasser zu schleifen. Die Ereignisse zwangen sie, stehen zu bleiben, denn Suko hatte sich überwunden und griff an.

Damit rechnete die Monster-Spinne nicht. Plötzlich erschien ihr Gegner dicht vor ihr, und sie sah auch die zum Schlag erhobene Peitsche. Auf den beiden hinteren Beinen stellte sie sich hoch, hatte ihr gefährliches Maul geöffnet und wollte gleichzeitig zupacken, um Suko in ihren Körper zu stopfen.

Da schlug er zu.

Dabei hatte sich der Chinese geduckt, das Gewicht leider auf das rechte Bein verlagert, spürte den ziehenden Schmerz, doch er ignorierte ihn.

Die drei Riemen trafen die beiden Vorderbeine und teilten sie, als hätte Suko ein Schwert genommen.

Die Spinne fiel zurück, war für einen Moment aus dem Konzept gebracht und kassierte den zweiten Hieb.

Dem Klatschen folgte ein Knacken.

Plötzlich brach der Körper auf. Zwei große Hälften entstanden, ein gewaltiger Riss klaffte. Suko konnte in das Innere der Spinne schauen und sah die Knochenreste eines Menschen.

Auch diese Spinne hatte auf unvorstellbar grausame Weise getötet. Suko ging der Anblick durch und durch. Er schüttelte sich und war für einen Augenblick abgelenkt.

Zu lange, denn die zweite Spinne hatte sich im Schutz der ersten herangeschlichen und sprang.

Claudia Darwood sah dies genau. Sie wollte Suko noch warnen, doch das schaffte sie nicht mehr. Der Schrei blieb in ihrer Kehle stecken, und so musste sie mit ansehen, wie Suko plötzlich von zwei Füßen gepackt und in die Höhe gehoben wurde.

Der Schreck dauerte bei dem Chinesen nicht lange. Er war sich der Gefahr, in der er schwebte, voll bewusst, und sein Widerstandswille regte sich sofort. Auf keinen Fall durfte er es zulassen, länger in den Klauen zu stecken. Die Spinne konnte schnell reagieren, sie würde mit aller Macht versuchen, Suko in ihr Maul zu stopfen und ihn in ein Skelett zu verwandeln.

Der Inspektor war durch die beiden Griffe so eingeklemmt, dass es ihm nicht gelang, mit seiner Peitsche zuzuschlagen. Allerdings hatte er seine linke Hand noch frei, und damit gelang es ihm, nach der Beretta zu fingern.

Dicht vor sich sah Suko das gewaltige Spinnenmaul. Es war so breit, dass ein Mensch quer hineinpasste. Die Zahnreihen des Monstrums erinnerten Suko an riesige Sägeblätter.

Der Inspektor kantete den linken Arm an. Der Finger lag bereits am Drücker, es genügte ein kleiner Ruck.

Der Schuss.

Dicht vor dem Auge der Spinne, das so seltsam bunt und glasig schimmerte, blühte die Blume des Mündungsfeuers auf, bevor das geweihte Silbergeschoss mitten ins Ziel hieb.

Ein Volltreffer!

Suko vernahm das Platzen, sah die nach innen fallenden Scherbentrümmer und merkte noch in derselben Sekunde, dass der Druck der beiden Beine nachließ.

Er fiel in den Sand!

Wiederum zuckte der Schmerz durch sein Bein. Für einen Moment blieb er liegen und hörte Claudia Darwoods Stimme, bevor er ihre Schritte im Sand vernahm.

Plötzlich war sie neben ihm, packte Sukos Schultern und zog ihn zurück aus dem unmittelbaren Gefahrenbereich.

Die Spinne focht einen verzweifelten Todeskampf aus.

Um die eigene Achse drehte sie sich, hieb mit den acht Beinen in den Boden, wirbelte Sand auf, der fontänenartig in die Höhe schoss, dort zu Wolken aufquoll, die zu Boden sanken und den Todeskampf der Spinne verschleierten.

Suko gelangte wieder auf die Beine.

Claudia stand neben ihm und hielt sich an ihm fest. Dabei bewegte sie die Lippen, ohne dass sie ein Wort hervorbrachte.

Die weiße Monster-Spinne brach zusammen. Beide Menschen hörten das Knacken und Knirschen, als ihr Körper auseinanderbrach und ein Trümmerfeld aus Gebeinen zurückblieb.

Beide hatten keine Zeit, sich auszuruhen. Schließlich befanden sich noch andere Monster-Spinnen auf dem Weg, und Suko war der Erste, der danach drängte, die Flucht zu ergreifen. »Kommen Sie ins Boot!«

Claudia rannte neben Suko her. Es waren nur ein paar Meter bis zum rettenden Schlauchboot.

Dabei warf Suko einen Blick nach rechts, wo die Felswand in die Höhe stach.

Die Sonne beleuchtete jetzt den oberen Teil. Es waren blasse Strahlen, die untere Hälfte lag im Schatten, und auf ihr bewegten sich die weißen Spinnen.

Sie waren schnell.

Suko und Claudia mussten noch schneller sein.

Gemeinsam packten sie an. Suko vorn, die Frau hinten am Boot. Sie hatte es zum Glück hochgehoben, denn der Motor sollte durch den feinen Sand nicht leiden.

Die Wellen rückten näher. Schon bald liefen sie dort aus, wo sich die Füße des Chinesen befanden, und Suko spürte die Nässe, die in seine Schuhe drang.

»Weiter, weiter!«, hetzte er.

Suko hatte genau gesehen, dass jede Sekunde zählte. Sie mussten sich beeilen, die Spinnen konnten sich fast bewegen wie Schnellläufer. Suko verließ seinen Platz, um sich ihnen entgegenzustellen, denn drei dieser widerlichen Monstren waren schon verdammt nahe heran und würden es schaffen, ihre Flucht zu vereiteln.

Als Suko an Claudia vorbeihetzte und auf die Schmerzen in seinem rechten Bein nicht achtete, fing er ihren erstaunten Blick auf.

»Schieben Sie weiter!«, rief er.

Claudia nickte.

Suko stand mit gezogener Beretta und schlagbereiter Peitsche im weichen Ufersand. Er sah den drei Spinnen entgegen, während dahinter weitere die Felswand hinter sich ließen und die kleine sandige Bucht erreichten.

Der Chinese schoss.

Die Beretta hatte eine gute Reichweite, besser als die Peitsche. Man musste nur zielen können.

Das konnte Suko.

Die erste Kugel jagte in das linke Auge der sich ganz rechts befindlichen Spinne. Sie zerstörte das Auge, und sofort begann der Todeskampf dieses Monstrums, denn gerade die Augen waren die schwachen Punkte. Die Spinne wuchtete ihren Körper in die Höhe und gleichzeitig so zur Seite, dass sie gegen ihre Artgenossin fiel und diese in ihrem Vorwärtsdrang behinderte.

So konnte sich Suko auf die Dritte konzentrieren.

Wieder feuerte er.

Diesmal hieb die Kugel zwischen beide Augen der Spinne gegen den Panzer und sirrte als deformierter Querschläger-Klumpen davon.

Da hatte Suko nichts erreicht.

Er nahm die Peitsche.

Die Spinne war nahe genug heran, hatte die Beine erhoben, und Suko schlug genau in die Lücke.

Es wurde ein Volltreffer.

Klatschen und Knacken.

Diese beiden Geräusche waren es, die in Sukos Ohren wie Musik klangen und vom Tod der Riesenspinne zeugten.

Claudia rief ihn.

Suko drehte sich um.

Claudia Darwood hatte hervorragend reagiert. Es war ihr gelungen, das schwere Schlauchboot zu Wasser zu bringen. Sie selbst hatte darin ihren Platz gefunden und wurde schon von der Strömung erfasst und aus der kleinen Bucht gezerrt.

Für Suko wurde es Zeit.

Das rechte Bein zog er beim Laufen ein wenig nach. Darauf durfte und konnte er keine Rücksicht nehmen. Er musste es einfach schaffen. Hoch spritzte das Wasser auf, als er hineinlief. Die Wellen rollten an, wurden höher, schlugen schon über seine Knie und erreichten fast die Oberschenkel.

Suko musste schneller sein als das davontreibende Boot, und das bei seiner Verletzung.

Sogar in der kleinen Bucht war die Strömung ziemlich stark. Es war daran zu merken, dass sie an Sukos Beinen zerrte und die Füße aus dem weichen Schlick riss.

Er schwamm.

So kam er besser voran.

Claudia saß am Heck des Bootes und schaute Suko aus großen Augen entgegen.

Der Chinese strengte sich noch mehr an. Mit Kraulstößen durchpflügte er das Wasser, und es gelang ihm tatsächlich, schneller als das davontreibende Schlauchboot zu sein.

Eine Welle trug ihn fast aus dem Wasser. Suko schleuderte seinen Körper vor, streckte die Arme aus, und im nächsten Augenblick klatschte seine rechte Hand auf den Wulst des Schlauchbootes.

Claudia handelte ebenfalls. Mit beiden Händen umklammerte sie das Gelenk des Chinesen und half Suko dabei, sich über den Wulst der Bordwand zu rollen.

Erschöpft blieb Suko im Boot liegen. Einige Male atmete er tief durch, merkte das Schaukeln auf den Wellen und stemmte sich schließlich so weit hoch, dass er sitzen bleiben konnte.

»Geschafft!«, sagte er und lachte dabei.

Claudia saß im Boot. Ihr Körper schwankte im Rhythmus der Wellenbewegungen. »Und wie steht es mit den Klippen?«, fragte sie.

Suko wischte Wasser aus seinem Gesicht. »Daran müssen wir noch vorbei, Mädchen.« Er lächelte. »Zum Glück ist dieses Boot mit einem kleinen Motor ausgerüstet. Es ist also nicht ganz so schlimm. Sie brauchen nicht zu rudern.« Er bewegte sich zum Heck hin und drückte Claudia zur Seite. »Das ist jetzt mein Platz.«

Claudia überließ ihn Suko gern. Im Umgang mit Booten war sie nicht eben geübt.

Der Inspektor zog an der Leine. Beim dritten Versuch klappte es. Zuerst spotzte der Motor einige Male, dann jedoch sprang er an. Suko drückte seinen Rücken gegen den Wulst und fasste das kleine Ruder.

»Halten Sie sich gut fest, Claudia!«, warnte er die junge Frau.

Sie nickte. Die Lippen hatte sie aufeinandergepresst. In ihren Augen lag ein wachsamer, gespannter Zug. Sie sah die Notration, die beiden Paddel, die Munition für die Leuchtrakete, und ihr wurde ein wenig wärmer ums Herz. Zudem setzte sie in Suko Vertrauen. Der Mann hatte sie bisher sicher durch alle Gefahren geleitet und würde es auch weiterhin schaffen.

Die Strömung schmatzte. Sie gerieten in höhere Wellen und damit auch in die Nähe der ersten Felsen, die aus dem Wasser schauten. Es fiel dem Inspektor schwer, das Boot zu steuern. Beide Menschen wurden nicht nur nach vorn geschoben, sondern auch zurückgerissen und gerieten in gefährliche Strudel. Das Wasser schäumte, gurgelte und schmatzte. Rauschend rann es um den Wulst.

»Festhalten!«, rief Suko. Er hatte die Welle zuerst entdeckt. Plötzlich war sie da.

Hoch wurden beide auf den ersten wilden Ausläufer der Brandung gestemmt. Sie tanzten auf einem breiten Kamm. Gischt sprühte ihnen in die Gesichter, beide klammerten sich fest, einen Augenblick später rutschten sie in das Wellental und hatten gleichzeitig die ersten gefährlichen Felsen hinter sich gelassen.

Ein Kreisel aus sich drehendem Wasser, Schaum und Sprüh empfing sie, packte das Boot und spie es wieder aus. Das Boot zu steuern, war kaum möglich. In diesem Fall mussten sie sich auf das Glück verlassen.

Verständigen konnten sie sich kaum noch. Mittlerweile waren sie aus der schützenden Bucht getrieben worden und erreichten die Brandung.

Zwar wurden sie nicht mehr gegen die Felsen zurückgeworfen, doch fontäneartig schoss ihnen das Wasser entgegen und brach in gewaltigen Wellen über ihnen zusammen.

So kämpften sie sich vor und rutschten vorbei an den Felsen. Die Kraft des Wassers schob sie auf das offene Meer hinaus. Sie gerieten in den Bereich der Dünung, die sie erfasste und auf einem schäumenden Wellenkamm reiten ließ.

Vor ihnen lag die weite, unendlich erscheinende See. Sie waren nass und erschöpft, aber glücklich.

Claudia sprach Suko an. »Haben wir es überstanden?«, fragte sie begierig.

Der Chinese nickte. »Das glaube ich schon.«

»Und wie soll es weitergehen?«

»Man wird uns aufnehmen.«

»Wissen Sie denn, ob die im U-Boot uns auch sehen?« Die Frage klang skeptisch.

»Das glaube ich schon. Wir haben, als ich das Boot verließ, Zeiten vereinbart.«

Claudia drehte sich um und schaute über die graugrüne, leicht glasig wirkende Fläche. »Ich sehe aber nichts.«

»Sehrohre sind immer schwer zu entdecken. Warten Sie es nur ab, Claudia. Sie werden sehr bald erkennen, dass wir nicht allein sind.«

»Hoffentlich.« Claudia wischte sich das Wasser aus dem Gesicht und griff nach einer im Boot liegenden Decke. Sie musste sie erst losschnallen. Als der wärmende Stoff über ihren Schultern hing, lächelte sie und sagte: »Jetzt geht es mir besser.«

»Das freut mich.«

Suko schaute sie an. Er sah genau, wie sich ihre Gesichtszüge veränderten. Sie schienen plötzlich einzufrieren, und Claudia schüttelte den Kopf, als wollte sie es nicht glauben.

»Was haben Sie?«

Im Gegensatz zu Suko saß seine Begleiterin so, dass sie zum Strand zurückschauen konnte.

Ihr Mund klappte auf, sie wollte etwas erklären, brachte jedoch keinen Laut hervor.

Suko drehte sich.

Er sah es ebenfalls.

Die weißen Monster-Spinnen dachten keineswegs daran, die Jagd schon aufzugeben.

Der Reihe nach stürzten sie sich ins Wasser …

Claudia hob die Arme und presste die Hände gegen die Wangen. »Das kann doch nicht wahr sein. Verdammt!«, schrie sie. »Werden wir diese Ungeheuer denn überhaupt nicht los?«

Auch Suko war unwohl in seiner Haut. Er konnte sich die Sache nicht erklären. Wie schnell schwammen Spinnen? Schafften sie es überhaupt, sich über Wasser zu halten? Sicher, sonst hätten sie sich nicht ins Meer gestürzt.

Suko versuchte sich auszurechnen, wie groß ihr Vorsprung war und ob die Spinnen ihn überhaupt einholen konnten, bevor sie das rettende U-Boot erreichten.

Er wusste es nicht, es gab einfach zu viele Unbekannte in seiner Rechnung. Vorsichtshalber ließ er sich von Claudia die Leuchtrakete geben.

»Wird man uns denn sehen?«, erkundigte sich Claudia zitternd.

Suko blieb ruhig. Er klemmte das Ruder zwischen Wulst und Ellbogen fest. »Das müssen wir abwarten.«

»Sicher sind Sie auch nicht.«

»Bitte, geben Sie mir das Glas. Und halten Sie danach das Ruder. Sie brauchen nichts zu tun, nur festzuhalten.«

Abermals wechselten sie die Plätze. Zum Glück war das Meer ruhig. Wellenkamm und Wellental wechselten sich ab. Die Dünung war nicht sehr hoch, dafür lang gestreckt, und die Fahrten in die Täler aus Wasser waren mehr ein Gleiten.

Suko suchte mit dem Glas systematisch die weite See nach dem Sichtrohr des U-Bootes ab, doch er fand nichts.

Nur Wasser …

Hin und wieder einige Seevögel, die über der weiten Fläche schwebten und manchmal ihre Kreise so tief drehten, dass sie die Wellenkämme fast berührten.

Die Sonne war verschwunden. Dicke Wolken hatten sich vor sie geschoben. Es war kühler geworden.

»Und?«, fragte Claudia.

Suko ließ das Glas sinken. »Noch sehe ich nichts.«

»Die haben uns bestimmt vergessen«, presste Claudia hervor und nickte dabei heftig.

»So kann man das nicht sehen. Wir haben Zeiten abgesprochen. Die Besatzung besteht aus Soldaten. Solche Männer sind an Disziplin und Ordnung gewöhnt.

Claudia Darwood wiegte deprimiert den Kopf.

»Noch leben wir!« Mehr sagte Suko nicht. Dafür nahm er wieder das Glas hoch.

Er schaute zurück zum Strand. Der Inspektor drehte ein wenig an der Optik, holte die steile Küste noch näher heran, aber dort sah er keine Spinnen mehr.

Noch einmal verfolgte er den Weg, den Claudia und er zurückgelegt hatten. Im Nachhinein wunderte er sich darüber, dass sie beide es, ohne Schaden zu nehmen, überstanden hatten.

Von den Spinnen sah er zunächst nichts. Sie schienen von der Brandung und den Wellen verschlungen worden zu sein, verschwunden in den schäumenden Strudeln des ufernahen Wassers. Aber der Inspektor war Realist genug, er ließ sich nicht täuschen. Vielleicht vernichtete die Brandung einige dieser Tiere, aber nicht alle.

»Sehen Sie welche?«

Suko hörte die Angst aus Claudias Frage und hob die Schultern. »Im Augenblick nicht.«

»Aber Sie rechnen damit, dass sie uns verfolgen?«

»Davon müssen wir ausgehen.«

»Wann hört das endlich auf?«

Darauf wusste Suko keine Antwort. Er starrte weiterhin durch die Optik, bewegte das Glas auf und nieder, doch Spinnen entdeckte er nicht. Nur den wirbelnden weißen Schaum der Brandung, die langen Gischtfontänen – und die Bewegung auf dem oberen Rand der Klippen, direkt vor dem steilen Abgrund.

Da stand jemand.

Kalt rann es Suko über den Rücken. Er sah deutlich den blauen Nebel und in ihm die roten Punkte.

Okastra!

Suko verzog das Gesicht. Obwohl zum Greifen nahe, trennten ihn und den Dämon doch viele, viele Meter. Sein Anblick erinnerte den Inspektor wieder an den eigentlichen Zweck seiner Reise in diese windige Ecke Nord-West-Spaniens. Er hatte John Sinclair, seinen Freund und Kollegen, heraushauen wollen. Das war ihm nicht gelungen. Über Johns Schicksal war nichts weiter bekannt als das, was er von Claudia Darwood erfahren hatte.

Suko ließ das Glas wieder sinken. Er kniete im Boot, und das Blut stieg in sein Gesicht. Unter der Haut schien es zu kochen.

Claudia Darwood merkte, was mit dem Inspektor los war. »Geht es Ihnen nicht gut?«, fragte sie.

Der Chinese hob die Schultern. »Nun ja«, sagte er, »ich dachte gerade an John.«

Claudia senkte den Kopf. »Ich weiß auch nicht, was mit ihm weiter geschehen ist. Ich sah nur, wie er sich auflöste. Es ist schlimm.«

»Da sagen Sie etwas.« Von seinen anderen Beobachtungen erzählte der Inspektor nichts. Er wollte Claudia nicht unbedingt noch mehr strapazieren.

Die Küste blieb immer weiter zurück. Mithilfe eines Kompasses orientierte sich der Chinese.

Sie wurden nach Nord-Nordwest getrieben. Da wartete das U-Boot.

Wieder suchte Suko das Meer ab. Er hatte auf seine Uhr geschaut und festgestellt, dass sie sich genau zwischen den beiden Auftauchzeiten befanden.

Sollte er eine Leuchtkugel abschießen?

Es hätte sinnvoll sein können, aber es barg auch Risiken in sich. Suko wollte auf keinen Fall von der spanischen Küstenwache entdeckt werden, denn seine Aktion lief gewissermaßen unter dem Stempel »Geheim«.

Deshalb wartete er noch.

»Behalten Sie das Ruder!«, wies er Claudia Darwood an.

»Und wenn die Spinnen uns angreifen?«

»Kümmere ich mich um sie.«

Suko sagte dies einfach so dahin. Tatsächlich verspürte auch er ein gewisses Magendrücken. An Land hätten sie unter Umständen den Monstertieren ausweichen oder davonlaufen können. Hier waren sie gefangen, und Suko konnte sich durchaus vorstellen, dass es den Spinnen gelingen könnte, den Wulst des Bootes zu zerstören.

Das war nicht gerade angenehm.

Der Motor trieb sie weiter. Sie glitten über die lange Dünung. Wellenberge und Wellentäler wechselten sich ab. Einmal oben, danach wieder unten und dabei stets die Angst verspürend, von den unheimlichen Spinnen eingeholt zu werden.

Sukos Schätzungen nach mussten die Spinnen, falls sie die Brandung überstanden hatten, sich längst auf dem offenen Meer befinden und irgendwann einmal auftauchen.

Wieder suchte er die Fläche ab.

Da sah er die Höcker.

Es waren tatsächlich Höcker. Drei von ihnen gerieten in sein Blickfeld. Sie wurden von den langen Wellen bewegt, nach oben getragen, wieder zurückgespült, überschwemmt und gerieten abermals in seinen Sichtbereich. Ein ständiges Auf und Ab. Gleichzeitig eine Warnung für die Menschen. Die Spinnen waren da und wollten Opfer.

Suko schluckte. Von seiner Entdeckung hatte er Claudia nichts mitgeteilt. Er legte das Glas weg. Schon mit bloßem Auge waren die mutierten Spinnen zu erkennen.

Tief atmete Suko aus. Die Peitsche steckte in seinem Gürtel. Er dachte auch daran, die Beretta nachzuladen.

Das sah Claudia. »Hat es einen besonderen Grund?«

»Sicher. Wir müssen gewappnet sein.«

»Dann haben es die Spinnen geschafft?«

Suko sah keinen Grund mehr, die Frau zu belügen, deshalb nickte er. »In der Tat, sie überwanden die Brandung ebenso wie wir. Tut mir leid, Claudia.«

Sie lächelte. »Ich hätte es mir denken können.«

»Seien Sie also nicht überrascht, wenn plötzlich eine Spinne auftaucht. Und halten Sie um Himmels willen das Ruder fest.«

»Ich werde mich bemühen!« Trotz der klaren Worte zitterte ihre Stimme.

Suko lächelte und strich über ihr Haar. »Gemeinsam werden wir es packen, glauben Sie mir.«

Eine Antwort erhielt er von Claudia nicht. Außerdem hatte er keine verlangt.

Die Wellen trugen sie weiter. An das Geräusch des Außenborders hatten sich beide gewöhnt und auch an die überspritzende Gischt und die langen Fahnen der Wassertropfen.

Immer näher schwammen die Spinnen. Bereits mit bloßem Auge waren sie zu erkennen. Ihre weißen Höcker bewegten sich auf und nieder. Manchmal überspült, dann wieder da, und die Entfernung schmolz.

Drei Spinnen schienen die Brandung überwunden zu haben. Suko hatte sie gezählt.

Eine Vierte jedoch hatte es geschafft, sich dem Boot mit den beiden Menschen darin unbemerkt zu nähern.

Als sie auftauchte, wurde es für Suko und Claudia Darwood eine böse Überraschung.

An der Backbordseite erschien sie und stemmte sich in die Höhe. Claudia und Suko hatten das Gefühl, von gewaltigen Händen in die Höhe gewuchtet zu werden. Der Inspektor hörte den entsetzten Schrei der Frau und sah, dass sie gegen den Steuerbordwulst des Bootes rutschte. Das Ruder konnte sie nicht mehr halten.

Auch Suko schaffte es nicht. Er wurde aus seiner knienden Stellung gerissen und rutschte auf Claudia Darwood zu. Er sah ihr angstverzerrtes Gesicht, und darüber schwebten, einen Kreisbogen schlagend, zwei Spinnenbeine …

Man hatte von den Leichenvögeln gesprochen, und ich konnte sie plötzlich sehen.

Hoch in der Luft schwebten sie als kreisende Punkte, und ihr Erscheinen kündigte mir an, dass es so weit war. Baal und sein schrecklicher Altar konnten nicht mehr fern sein, denn die Leichenvögel waren seine Wächter.

An die Geräusche des Karrens hatte ich mich gewöhnt. Das

Knarren der Räder im Staub, der einfach nie abriss und eine braun-graue Schicht auf meinen verschwitzten Körper gelegt hatte.

Ebenfalls an die Schritte meiner Begleiter, die sich in ihrer Monotonie der des fahrenden Karrens und dem Stampfen der Ochsenhufe anglichen.

Ich spürte das Metall des Schwerts auf meiner Haut. Es war inzwischen warm geworden und klebte, weil Schweiß auch mein Bein bedeckte. Bei jedem Atemzug schmeckte ich den bitteren Staub.

So ruhig ich auch dalag, mein Herz steckte voller Rachegedanken. Ich dachte an die Königin, die mir ihren verfluchten Trank gegeben hatte, um mich dem Götzen Baal als Opfer zu reichen, damit sie unter seinem Schutz stand.

Ich würde allen einen Strich durch die Rechnung machen.

Und so wartete ich ab.

Es verging Zeit, und die Vögel blieben. Zunächst hatte ich nur drei gezählt, aber es wurden mehr.

Ich starrte sie an. Sie wurden größer, als sie auseinanderfächerten. Wahrscheinlich hatten sie mit ihren scharfen Augen längst das auf dem Leichenkarren liegende Opfer entdeckt und lauerten darauf, es zerreißen zu können.

Hin und wieder sah ich hinter dem Staubschleier ein neugieriges Gesicht erscheinen. Immer dann, wenn einer meiner Begleiter einen Blick auf mich und die Ladefläche des Karrens warf.

Ich gab mit keiner Reaktion zu erkennen, dass ich dies gesehen hatte. Sollten sie mich für schlafend halten. Nur nicht für tot.

Ein Vogel segelte herbei. Er hatte seine weiten Schwingen ausgebreitet.

Größer und größer wurde der Vogel. Ich hörte die Angst der Männer an ihren Schreien und heftig ausstoßenden Worten, sagte aber nichts, sondern blieb still liegen.

Wenn die Vögel etwas wollten, würden sie sich schon zeigen, dessen war ich sicher.

Schon bald sah ich den Ersten deutlicher. Sein Schnabel hob

sich von dem braunschwarzen Gefieder ab, ebenso wie die Farbe seines Schädels. Er war völlig blank und schimmerte in einem dunklen Rot, das schon einen Stich ins Violette zeigte.

Der Schnabel war sehr lang, dabei spitz und leicht gekrümmt. Er kam mir vor wie zwei aufeinanderliegende Dolche. Der Leichenvogel war bereits so nahe, dass ich seine Augen erkennen konnte, und ich fragte mich, weshalb er so hieß: Leichenvogel …

Wahrscheinlich war er ein Aasfresser …

Der erste Vogel befand sich direkt über mir. Er hielt die Geschwindigkeit des Wagens bei, schlug hin und wieder zum Ausgleich träge mit den Flügeln und ließ sich im nächsten Moment tiefer sacken.

Die Männer spritzten weg. Ihre Schreie wurden noch lauter, Panik überschwemmte sie. Ich sah den Vogel dicht über mir. Aus seinen Augen strahlte mir eine ungeheure Bösartigkeit entgegen, dabei war der Blick noch scharf wie ein Messer.

Wollte er mich?

Ich bewegte meine rechte Hand und legte sie auf den Schwertgriff. Gleichzeitig spannte ich die Muskeln an, damit ich mich, wenn es darauf ankam, mit einem einzigen Schwung in die Höhe stemmen konnte.

Er war da und huschte vorbei. Einmal hatte er mit beiden Flügeln geschlagen. Ich spürte noch den Windzug, der mich streifte, dann war der Vogel vorbei.

Dafür hörte ich den schrillen Ruf.

Jetzt hielt mich nichts mehr. Ich musste sehen, was geschehen war, und sprang auf. Dabei schwang ich die Klinge hoch, um mich dem Vogel zu stellen.

Das gelang mir nicht mehr. Er hatte bereits das Weite gesucht, aber mit einem Opfer im Schnabel.

Zwischen den beiden Hälften klemmte einer meiner Begleiter. Zum Glück rasten die Ochsen nicht davon, sie behielten ihren Trab bei und schienen vor dem Leichenvogel keine Angst zu haben. Dafür die Männer umso mehr.

Sie hatten die Nähe des Wagens verlassen und sich zu Boden geworfen. Zwei von ihnen drückten die Gesichter in den Staub. Die anderen drei knieten, rangen die Hände, flehten zu ihrem Götzen, und ich hörte mehrmals das Wort Baal heraus.

Ihm allein huldigten sie.

Baal war für sie das Größte. Und er gab und nahm.

Wie jetzt!

Der Leichenvogel war längst aus meiner Sichtweite entschwunden. Im Schnabel hielt er das Opfer. Ich glaubte, ferne Schreie zu vernehmen, und sah die anderen fünf Vögel, wie sie aus der Höhe herabstießen und sich an der Beute beteiligen wollten.

Der Leichenvogel drehte ab. Er wurde sehr schnell und flog den anderen davon. Direkt in den Himmel und damit in die gleißende Sonne schien er zu steigen. Dort wurde er zu einem Punkt und war bald gar nicht mehr sichtbar.

Wir blieben zurück.

Die Ochsen hörten nicht mehr das Knallen der schweren Bullpeitsche. Sie reagierten auf ihre Weise und blieben stehen, die Köpfe gesenkt, schnaubend und prustend.

Ich kletterte vom Wagen.

Zu den Knienden begab ich mich, packte sie an der Schulter und riss sie herum.

Ich schlug sie gegen die Wangen, schrie sie an und sah ihr Kopfschütteln.

Es dauerte seine Zeit, bis sie sich auf die Füße erhoben. Einen pickte ich mir heraus, schleuderte seine Kapuze zurück und drückte ihm die Schwertklinge schräg gegen den Hals.

Der Mann hatte schreckliche Angst. Seine Augen waren verdreht, der Mund stand offen. Auf seinem kahlen Schädel schimmerte der Schweiß in dicken Tropfen.

»Was haben die Vögel gemacht? Weshalb sind sie gekommen? Warum haben sie ihn geholt?«

»Baal!«, schrie er. »Baal …«

Immer wieder fiel der Name des Götzen. Mit einem wütenden

Laut auf den Lippen wandte ich mich ab und schüttelte den Kopf. Ich würde ihm bald gegenüberstehen, aber er und seine Leichenvögel sollten es nicht so einfach mit mir haben, das schwor ich mir.

Wenn ich den Altar Baals sah, dann …

»Weiterfahren!«, ordnete ich an. »Los!« Bei diesen Worten stieg ich auf den Leichenkarren und legte mich wieder auf den Rücken. Der Abdruck meines Körpers war genau zu sehen, denn dort lag keine Staubschicht.

Die Männer gehorchten. Sie waren nur mehr zu fünft. Was mit dem sechsten geschehen war, konnte ich mir gut vorstellen. Wieder knallten die schweren Bullpeitschen, und die Ochsen zogen an.

Abermals begann das monotone Fahren. Die Landschaft hatte sich kaum verändert. Noch immer erstreckte sich der Gebirgszug auf der rechten Seite. Die Berge waren allerdings höher geworden, und ich selbst wurde bergauf und bergab gefahren.

Ich hatte gehört, dass wir gegen Einbruch der Dunkelheit den Ort erreichen sollten, wo Baal die Opfer gebracht wurden. Noch aber stand die Sonne hoch am Himmel.

Die Vögel griffen nicht mehr an. Dennoch gab es einen Zwischenfall, denn einer von ihnen kehrte zu uns zurück.

Ich hörte es am angsterfüllten Schreien meiner Begleiter und sah ihn schon sehr bald über mir.

Etwas fiel auf uns nieder.

Ich vernahm die Einschläge, und auch der Leichenkarren wurde nicht verschont.

Ich richtete mich auf. Der Gegenstand war dicht neben meiner Schulter aufgeprallt. Er war rund und blank und hatte an seiner Vorderseite mehrere Höhlen.

Ein Totenschädel …

Ich hielt ihn für einen Moment in der Hand. Meine Finger steckten in den leeren Augenhöhlen, bevor mich die Wut überfiel, ich meine Kraft einsetzte und den Schädel zerdrückte.

Zwischen meiner Hand zerknackte und zerknirschte er. Die einzelnen Splitter sprangen weg, und den Rest schleuderte ich wütend über den Karrenrand.

Auch die anderen Männer waren von den vom Himmel fallenden Knochenteilen nicht verschont geblieben und hart getroffen worden. Einmal sah ich sogar ein blutendes Gesicht über mir, als der Mann in den Karren schaute. In der Hand hielt er einen skelettierten Fuß. Danach verschwand das Gesicht wieder hinter dem Staubschleier.

Es war eine wilde Welt, eine grausame Zeit, in der tatsächlich nur der Stärkere überleben konnte.

Ich, Torkan, war stark.

Barbaren mussten so sein. Ich kämpfte für keine Seite, sondern nur für mich allein.

Und ich würde bald dem Götzen Baal gegenüberstehen.

Die Berge rückten näher. Auch sie schimmerten braungrau. Ich sah ihre turmartigen Felsen wie Finger oder abgebrochene Hände in die Höhe stechen.

Noch immer begleitete mich das Mahlen der Räder. Weiterhin wirbelte der Staub, und die Sonne war nur mehr ein breiter heller Fleck. Zudem verschwand sie bereits hinter den hohen Felsen.

Das Knallen der Peitschen war meine Begleitmusik. Die Echos wurden anders, die Dunkelheit nahm zu, lange Schatten fielen auf den Leichenkarren nieder und trafen auch mich.

Wir fuhren durch eine Schlucht. Der Weg wand sich wie eine Riesenschlange um Felsen herum. Der Mann mit dem blutigen Gesicht trat dicht an die Seite des Karrens und beugte sich hinüber. »Es ist bald so weit«, erklärte er. »Baal wartet.«

»In der Schlucht?«

»Dort ist sein Reich.«

Ich hatte genug gehört und legte mich wieder hin. Ja, es war gut, dass ich ihm bald gegenüberstand, dann würde ich mich für das rächen, was er mir angetan hatte.

Die Echos der rollenden Räder hallten lauter von den Wänden zurück. Ein Zeichen, dass sie noch enger zusammengerückt waren. Wir fuhren im Schatten. Ich merkte die Kühle und fühlte mich wohler, obwohl ich wusste, dass mich bald einiges erwarten würde.

Es ging talwärts.

Hatte man nicht davon gesprochen, dass der Altar in einer Schlucht liegen sollte?

Gern hätte ich mich erhoben und nachgeschaut, aber ich wollte, dass Baal mich für tot hielt, wenn ich auf seinen Opferstein gelegt wurde und die Leichenvögel auf mich herabstießen.

Ich erinnerte mich wieder an sie. Wo steckten sie? Eigentlich hätten sie in meiner Nähe sein müssen, denn wo Baal seinen Hort hatte, konnten auch sie nicht weit sein.

Ich blinzelte in die Höhe.

Die Felsen sahen sehr dunkel aus. Schroff und kantig waren sie, hatten kleine, plateauartige Vorsprünge, die wie Nasen oder Kinne hervorschauten und dabei den Platz boten, den die Vögel brauchten, um sich auszuruhen.

Sie saßen dort.

Gewaltige Monstren, still, stumm und beobachtend. Fast verschmolzen ihre Körper mit den Schatten der Felsen, und nur die helleren Schnäbel lugten aus dem Dunkel.

Sie hatten mich längst entdeckt. Nur griffen sie nicht an. Bestimmt musste Baal ihnen erst einen Befehl geben.

Wir rollten weiter. Der Weg senkte sich noch stärker. Steine kollerten weg, waren schneller als wir und landeten irgendwo am Ende des schmalen Pfads.

Die Ochsen hatten Mühe. Hin und wieder stemmten sie sich ein, um nicht abzurutschen oder das Gleichgewicht zu verlieren. Kein Peitschenschlagen war mehr zu hören. Die Tiere gingen von allein, als würden sie die Nähe des Wassers wittern.

Ich rührte mich noch immer nicht. Wie ein Toter lag ich auf dem Rücken, atmete so wenig und so flach wie möglich, sodass sich mein Brustkasten weder hob noch senkte.

An der Lage des Karrens merkte ich, dass der bergab führende Pfad sein Ende gefunden hatte. Jetzt ging es normal und waagrecht weiter. Die vier Räder rumpelten über im Weg liegende Steine, der Karren schaukelte, rollte danach über ebeneren Boden, bis meine fünf Begleiter Schreie ausstießen und dabei den Ochsen in die Geschirre griffen.

Wir stoppten.

Lange hatte ich darauf gewartet, jetzt endlich war ich am Ziel. Gab man mir noch eine Galgenfrist, oder würde man mich sofort zu opfern versuchen? Ich wusste es nicht.

Und so wartete ich ab …

Es war still in dem kühlen, schattigen, leicht unheimlich wirkenden Tal geworden. Eine Ruhe vor dem Sturm, der jeden Augenblick mit aller Gewalt losbrechen konnte.

Von den fünf Begleitern sah ich nichts mehr. Sie hatten sich irgendwohin verzogen. Nur ihre Schritte vernahm ich noch kurze Zeit, dann war es ruhig.

Allmählich kühlte mein Körper ab. Der Schweiß darauf wurde zu einer kalten Schicht. Auch das Metall des Schwerts verlor seine Wärme, und ich fühlte die Waffe wieder.

Zwei Leichenvögel erhoben sich mit trägen Bewegungen von ihren Vorsprüngen. Obwohl sie ihre Schwingen bewegten, war kein Laut zu hören. Ich vernahm ihn erst, als sich die Vögel dem Leichenkarren näherten und die Schatten der Schwingen nicht nur über das Gefährt, sondern auch über mich fielen.

Wollen sie mich schon holen?

Ich irrte, denn die gewaltigen Leichenvögel nahmen rechts und links auf den Seitenrädern des Karrens Platz. Durch ihr Gewicht drückten sie ihn tiefer, das Gefährt schaukelte eine Weile, bis es sich wieder beruhigt hatte.

Es blieb still. Auch die Leichenvögel rührten sich nicht mehr, sodass sie wie versteinert wirkten.

Allmählich wurde ich mir über ihre Aufgabe klar. Sie waren als zusätzliche Wächter eingesetzt, damit ich, das Opfer, keinen Fluchtversuch unternahm. Das hatte ich auch nicht vor, ich wollte warten, bis der Dämon Baal erschien, und dann angreifen.

Mit aller mir zur Verfügung stehenden Kraft.

Schritte drangen an meine Ohren. Sie entfernten sich. Es waren meine bisherigen Begleiter, die sich davonstahlen. Wenig später waren ihre Tritte nicht mehr zu hören, dafür vernahm ich einen schrillen Singsang, der trotz der schrecklichen Melodie von einer gewissen Gleichförmigkeit war.

Baals Opfergesang …

Ich lag und lauschte. Der Gesang steigerte sich, wurde zu einem Kreischen, das anhielt, plötzlich in wilde Schreie überging und dann verstummte.

Ruhe …

Zeigte sich Baal jetzt?

Ich hörte ihn nicht, dafür wieder die Schritte meiner Begleiter, wie sie sich dem einsam stehenden Leichenkarren näherten. Das merkten auch die Vögel. Sie wurden nicht mehr gebraucht, nickten mit ihren rotvioletten, kahlen Köpfen, breiteten ihre Schwingen aus und stiegen träge in die Höhe, während vier Männer auf die Ladefläche des Karrens kletterten und mich anhoben.

Zwei hielten meine Beine fest, die anderen beiden schoben ihre Hände unter meine Arme.

Sie hoben mich an.

Plötzlich schwebte ich, schaukelte im Griff der vier Träger, die schwer atmeten, denn ich war nicht leicht.

Fast wären die beiden hinteren gefallen, als sie von der Ladefläche sprangen und Mühe hatten, mich festzuhalten.

Meine Erwartung nahm zu. Der Zeitpunkt, Baal gegenüberzustehen, rückte immer näher.

Zum ersten Mal kamen mir Zweifel.

Baal war ein Götze, eine finstere Gestalt aus schwarzmagischen Welten. Konnte ich, ein Mensch, ihm überhaupt gegenübertreten?

War es nicht schon immer so gewesen, dass die Götzen die Oberhand behalten hatten? Daran musste ich denken und gab mir selbst recht. Nicht sehr oft war es den Menschen gelungen, sich gegen die Götter zu stellen und sie zu besiegen.

Ich würde sehen.

Die vier Helfer trugen mich an der linken Seite des Wagens vorbei. Ich hörte ihre Schritte und schaukelte in ihren Griffen, weil sie nicht gleichmäßig gingen.

So näherten wir uns dem Ziel.

Da sie wussten, dass sie keinen Toten trugen, hatten sie mich so gedreht, dass ich nach vorn schauen konnte und den Blutaltar des Götzen Baal sehen konnte.

Er befand sich nicht mehr weit entfernt. Eine breite Platte aus Stein, die auf Felsbrocken stand und auf der trotz zahlreicher Knochenreste noch so viel Platz war, dass ich darauf liegen konnte.

Das Gestein war dunkel, die Knochen nicht.

Die zahlreichen Gebeine hoben sich scharf von dem Gestein ab. Ich sah Füße, Hände, Schädel, Arme, Finger und Beine. Manche zersplittert, andere noch völlig erhalten.

Auch halbe Schädel stachen mir ins Auge, und ich nahm auch noch anderen Geruch wahr.

Es roch nach Blut …

Ein schlimmer Gestank, der in meine Nase drang und Ekel in meinem Innern hochspülte.

Von Baal sah ich nichts.

Der Felsen, auf dem die Altarplatte lag, war in den Boden gebaut oder gelegt worden, sodass sich die Altarplatte in Oberschenkelhöhe eines Menschen befand und meine vier Träger keine Schwierigkeiten haben würden, mich niederzulegen.

Sie brauchten mich nicht erst anzuheben, ließen mich für einen Moment schweben und öffneten ihre Griffe.

Ich schlug auf die Platte.

Mein Hinterkopf dröhnte gegen das Gestein. Für einen Augenblick spürte ich ein dumpfes Gefühl, das von Schmerz abgelöst wurde, dann hatte ich mich daran gewöhnt und hörte, wie meine vier Träger zurücktraten.

Es wurde still.

Eine Stille der Erwartung, denn jeder, auch ich, wartete auf den Götzen Baal.

Seine Götzenbrut lauerte bereits.

Es waren die Leichenvögel, die auf den Felsen hockten und samt und sonders ihre Hälse so gedreht hatten, dass sie aus ihren gnadenlosen Augen auf den Altar starren konnten.

Ihr Blick bereitete mir Angst. Ich kannte die Stärke der Vögel. Ich war zwar kein Schwächling, aber wenn sie zur gleichen Zeit angriffen, würde ich es sehr schwer haben.

Schon mit ihren Blicken wollten sie mich fressen. Die runden Glotzaugen wirkten wie gefüllte, kleine Höhlen in dem kahlen Kopf.

Wann erschien Baal?

Ich hatte mich lange genug beherrschen müssen und fühlte die innere Unruhe in mir. Noch immer atmete ich flach, wobei ich den Mund geschlossen hielt und nur durch die Nase Luft holte.

Wenn ich in die Höhe schaute, sah ich die steilen Felswände und hoch über ihnen, an ihrem Ende, den Ausschnitt des Himmels.

Hell, in einem weichen Blau, aber nicht mehr von der Sonne verdeckt. Sie war längst verschwunden.

Es wurde noch stiller. Selbst der säuselnde Wind rührte sich nicht mehr. Kein kühlender Zug strich über mein Gesicht. Ich spürte, dass Baal in der Nähe war. Er kündigte seine Ankunft an.

Ich legte meine Hand auf den Schwertgriff. Wenn Baal da war und seinen Leichenvögeln befahl, mich zu vernichten, wollte ich hochspringen und das Schwert ziehen.

Dann sollte er Torkan kennenlernen.

Er schritt aus dem Felsen.

Direkt vor mir, sodass ich nicht den Kopf zu heben brauchte, erschien seine unheimliche Gestalt …

Das Boot hatte sich sehr stark zur Steuerbordseite geneigt, sodass Suko Kraft und Mühe aufwenden musste, um überhaupt das Gleichgewicht zu bewahren.

Er sah die beiden Spinnenbeine.

Ein furchtbares Bild, denn die Füße wirkten wie Lanzen, und Suko war klar, dass sie auch den harten Gummi des Bootes zerstören konnten. Es blieb dem Inspektor keine Zeit mehr, mit der Dämonenpeitsche zuzuschlagen, er konnte nur eines tun.

Schießen!

Suko schnappte sich die Beretta. Über den Schädel der geduckten Claudia Darwood hinweg zielte er auf ein Auge der Spinne.

Volltreffer!

Die Spinne hatte die geweihte Silberkugel geschluckt. Sie war in ihr Zentrum gefahren, vernichtete dort die unselige Kreatur, die nach hinten überkippte und im Wasser versank.

Das Boot richtete sich wieder auf. Eine lange Dünungswelle rollte heran, stellte es auf den Kamm und hob auch die sich in der Auflösung befindliche Spinne noch einmal hoch.

Suko kniete im Boot. Er hielt sich an der Bordwand fest, schaute nach vorn und sah die Spinne, die von einer anderen Welle gepackt wurde, wobei die einzelnen Teile des Monstertieres abtrieben.

Eine weniger.

Das Schlauchboot rutschte wieder in ein Wellental. Auch Claudia Darwood hatte ihren ersten Schrecken überwunden. Sie sah Sukos Hand vor sich, ergriff sie und ließ sich in eine sitzende Stellung hochziehen. Mit dem Rücken presste sie sich gegen die Bordwand, während ihr Blick starr auf Suko gerichtet war.

Der Inspektor nickte ihr zu. »Keine Angst, wir haben eine geschafft, Mädchen.«

»Und die anderen?«

Suko verzog die Mundwinkel. »Ich werde mal nachschauen. Vielleicht kann ich noch welche von ihnen mit Kugeln erwischen.« Er deutete zum Heck. »Übernehmen Sie wieder das

Ruder.« Suko wollte das Boot auf keinen Fall führerlos auf dem Meer treiben lassen.

Er schaute nach. Das Glas brauchte er nicht mehr. Trotz aller Widerstände war es den Spinnen gelungen, den unmittelbaren Uferbereich und die Brandung hinter sich zu lassen.

Sein Hals wurde trocken.

Es sah unheimlich aus, wie sich die Spinnen dem einsam fahrenden Boot näherten, ihre Beine hektisch bewegten und sich auf diese Art und Weise auf oder über Wasser hielten.

Wenn eine lange Welle sie in die Höhe schob und gewissermaßen über das Schlauchboot stellte, hatte Suko das Gefühl, als würden sie jeden Moment auf ihn und Claudia herabfallen.

Er schluckte. Die Trockenheit in seinem Hals wollte nicht weichen, und er stellte sich die Frage, ob er tatsächlich richtig gehandelt hatte. Wäre es unter Umständen nicht besser gewesen, sich der Spinnenbrut am Strand zu stellen?

Das war die große Frage. Am Ufer hätten sie Platz gehabt, um auszuweichen. Hier waren sie vom Meer umschlossen. Sie mussten sich einfach stellen.

Noch hatten die Spinnen sie nicht erreicht, auch wenn es manchmal bei den langen Wellen so aussah, als würden sie nur mehr wenige Meter trennen. Aber die Monstren näherten sich stetig. Sie kämpften ebenso gegen die Tücken der See an wie der Hilfsmotor des Schlauchboots. Und irgendwann, es ließ sich fast ausrechnen, würden die Spinnen es geschafft haben und das Boot entern.

Mit diesem Gedanken mussten sich die beiden allmählich vertraut machen, zudem hatte es ihnen eine Spinne bereits bewiesen.

Claudia schaute Suko ängstlich und fragend zugleich an. Sie brauchte die Worte nicht auszusprechen, der Chinese wusste auch so, was sie meinte.

»Ja«, sagte er, »sie sind noch in der Nähe, und ich habe mehr als drei gezählt.«

Claudia erschrak und presste ihre Hände gegen den Hals.

»Ich will Ihnen nichts vormachen, Claudia, aber wir stecken in einer ziemlich bescheidenen Lage.«

»Aus der Sie keinen Ausweg sehen?«

»Das weiß ich eben nicht.«

»Dann gibt es doch Hoffnung?«

»Möglich.« Suko schaute auf die Leuchtpistole.

Claudia bemerkte den Blick und fragte: »Wäre jetzt nicht die Möglichkeit, die Pistole einzusetzen?«

»Ja, sicher. Können Sie das Ruder noch halten?«

»Natürlich.«

Suko schaute, bevor er die Leuchtpistole an sich nahm, noch einmal über das Wasser. Was er sah, erschreckte ihn, denn die Spinnen hatten tatsächlich aufgeholt.

Keine Täuschung!

Tief atmete der Chinese durch. Er wischte sich den Schweiß von der Stirn. Es war besser, wenn er nicht nachzählte, das kostete nur Zeit, und noch kamen sie voran.

Der Inspektor drehte sich so, dass vor ihm das weite, graugrüne Meer lag. Es gab zwar keine Orientierungspunkte auf dieser wogenden Fläche, doch Suko glaubte daran, dass sie inzwischen ungefähr die Stelle erreicht hatten, wo er vom U-Boot abgesetzt worden war. Hier wollten die Kameraden der Marine kreisen.

Das Sehrohr sah Suko nicht. Leer und wogend lag die weite See vor ihm. Suko dachte daran, dass der Kapitän von dem Auftrag nicht gerade angetan gewesen war. Vielleicht hatte er es sich inzwischen anders überlegt und den Kurs gewechselt.

Nur wäre dies wirklich unverantwortlich gewesen.

Suko schaute sich die klobige Pistole an. Sie war geladen. Er streckte den rechten Arm schräg in die Höhe, stützte das Handgelenk ab. Der Zeigefinger fand den Stecher und zog ihn zurück.

Es gab ein zischendes Geräusch, als die Patrone den Lauf verließ und in den Himmel stach.

Suko verfolgte die Patrone mit seinen Blicken. Sie jagte dem

Himmel entgegen, zog einen Streifen hinter sich her, erreichte den höchsten Punkt der Parabel und zerplatzte.

Über der See schien eine Sonne zu explodieren und sich in zahlreiche Sterne oder nach unten fallende Kometen aufzulösen. Ein roter, lang gezogener Pilz entstand, der wie ein Fallschirm aussah, dessen lange Ränder die Wellen berührten und sofort verlöschten.

Die gefährlichen Monster-Spinnen waren für beide vergessen. Gebannt schauten Suko und Claudia dem Feuerwerk nach, das allmählich verglühte, wobei sie hofften, dass es von den richtigen Leuten gesehen wurde. Noch während der Widerschein über die Oberfläche des Wassers flackerte, nahm Suko das Glas und schaute nach, ob das Sehrohr irgendwo an die Oberfläche stach.

So sehr er sich auch anstrengte, er sah nur die weite Fläche des Meeres. Kein Zeichen der Hoffnung, auch nicht den Schatten eines auftauchenden Bootes.

Sie saßen fest.

Suko drehte sich wieder um. Er musste sich zwingen, ein optimistisches Lächeln zu zeigen, doch Claudia schüttelte den Kopf.

»Sie brauchen mir nichts vorzumachen. Ich weiß Bescheid. Es hat nicht geklappt.«

»Noch nicht.«

Die Frau winkte ab. »Auch wenn wir eine zweite Leuchtkugel abschießen, werden wir nichts erreichen. Wenn das Boot unter Wasser ist, sehen wir es nicht.«

Suko presste die linke Hand zur Faust. Claudia hatte recht, so verdammt recht.

Er konzentrierte sich wieder auf die Spinnen. Die Dünung trug sie näher heran. Sie befanden sich nicht mehr in einer Reihe, sondern wurden von den schwankenden Wellen auseinandergerissen und wieder zusammengebracht. Ein gläserner Berg schwemmte zwei Spinnen sehr nahe an das Schlauchboot heran, und Suko kniete sich hin.

»Halten Sie den Kurs!«, rief er Claudia zu. Er selbst streckte die rechte Hand über Bord. Schussbereit hielt er die Beretta. Es war vielleicht gut, die Spinnen auf Distanz schon abzuwehren, aber bei diesem Seegang war ein Zielen so gut wie unmöglich.

Das merkte der Inspektor schon sehr bald. Auf und nieder hüpften die Monsterwesen. Zu treffen waren sie leicht, aber nicht die Augen.

Der Chinese steckte die Waffe weg. »Es hat keinen Sinn«, kommentierte er zu Claudia gewandt. »Tut mir leid …«

Sie schwieg. Zum Glück behielt sie die Nerven und den Kurs, während sich Suko auf die Spinnen konzentrierte.

Die Erste war da.

Eine große Welle trug sie heran, und dicht vor dem knienden Inspektor stieg sie aus dem Wasser. Suko hatte sich nach hinten gebeugt und mit der Peitsche ausgeholt.

Er schlug zu.

Genau in diesem Augenblick erwischte das Boot vom Kiel her ein Schub. Der übertrug sich auch auf Suko, und der zuschlagende Inspektor verlor das Gleichgewicht. Er sah noch, wie die drei Riemen auf den weißen, nassen Körper der Riesenspinne klatschten, dann rollte er über den dicken Wulst der Bordwand und tauchte in das eiskalte Meerwasser.

Claudia Darwood schrie erschreckt auf. Sie sah Suko verschwinden und glaubte, dass alles vorbei war.

Allein mit den Spinnen.

Ihr Helfer versunken.

Gab es überhaupt noch eine Rettung?

Baal war da!

Als Barbar war ich viel herumgekommen und hatte einiges über ihn gehört. Zumeist aus Erzählungen seiner blutrünstigen Diener, aber gesehen hatte ich ihn noch nie.

Dies geschah zum ersten Mal!

Ich hatte mir keine Vorstellung von diesem Götzen gemacht und sah ihn auch jetzt nicht genau.

Er schien ein Schatten zu sein. Breit, groß und wuchtig. Etwas Helles leuchtete im oberen Teil des Schattens, so etwas wie ein Gesicht. Ich schaute genauer hin und erkannte, dass dieses Gesicht Ähnlichkeit mit dem Kopf eines Vogels aufwies. Es war eine weiße, sich bewegende Fläche, die nach unten hin auseinanderlief wie ein zerfasernder Bart.

Auch ich spürte das Fluidum, das dieser unheimliche Götze ausstrahlte und mich fast wie ein Hauch streifte. Er verließ den Felsen, in dem er gesteckt hatte und schwebte näher, als hinter ihm aus dem Gestein eine weißgelbe Feuerlohe hervorstach und mit ihrem heißen Atem nicht nur den Talkessel erfüllte, sondern auch mich.

Über meinen nackten Körper fuhr die Glut, die so heiß war, dass sie fast die Knochen zum Schmelzen brachte.

Baal kam aus der Hölle, und seine Leichenvögel lösten sich von ihren Plätzen, um ihn mit weit ausgebreiteten Schwingen zu umflattern.

Er hatte ein Opfer und wollte meinen Tod.

Dann vernahm ich seine Stimme. Sie klang wie ein böses Rauschen und hallte von den Wänden des Talkessels wider. »Ich habe das Feuer mitgebracht, damit es dir die Haut von den Knochen löst. Du wirst einen schrecklichen Tod sterben, und weil ich diese Worte so sage, wirst du erkennen, dass ich dich durchschaute. Du hast viele täuschen können, mich nicht, Torkan. Ich bin nicht zu täuschen, und deshalb wirst du hier dein Ende finden. In deinen Körper ist ein anderer Geist gefahren. Ich spüre, dass du nicht der Torkan bist, den ich kenne, aber ich weiß von meinem Diener Okastra, der in einer fernen Zeit wieder erschienen ist, dass der andere etwas hat, das mir gehört. Es ist der Dolch. Für den anderen wirst du sterben, Torkan! Das Feuer und die Leichenvögel werden sich an deinem Kadaver laben, du Hundesohn!«

Er lachte auf und senkte seine rechte Hand.

Im selben Augenblick hörte ich das Fauchen. Die Flammen wurden noch höher und heißer. Sie umhüllten den Altar des Todes wie ein Vorhang, und ich spürte diese mörderische Hitze, die meine Haut aufzulösen schien. Er wusste, dass ich ihn hatte täuschen wollen, ihm war alles bekannt, deshalb brauchte ich mich nicht mehr tot zu stellen.

Mit einem gewaltigen Schwung jagte ich in die Höhe. Aus meiner Kehle drang ein uriger Schrei, als ich vorstürzte und durch die lodernde Flammenwand sprang.

Torkan, der Barbar, wollte kämpfen!

Das Wasser war eisig.

Es raubte Suko nicht nur den Atem, er hatte auch das Gefühl, seine Brust wäre durch Eisenringe umklammert worden. Dennoch verlor er nicht die Übersicht.

Der Chinese ließ sich tiefer sacken, drehte sich im Wasser und tauchte unter das Schlauchboot. Er hatte die Augen weit aufgerissen, weil er unbedingt die Spinnen sehen wollte, wenn sie angriffen. Dass sie ihn nicht in Ruhe lassen würden, war klar, aber aufgegeben hatte der Chinese auch noch nicht.

Die Beretta hatte er weggesteckt. Die Peitsche jedoch behielt er in der Hand, wobei die drei Riemen von den Wellen erfasst und auseinandergefächert wurden.

Suko schwamm unter dem Boot hinweg, um an der Backbordseite wieder aufzutauchen.

Kaum schoss sein Kopf aus dem Wasser, als er direkt vor sich die große Welle sah.

Sie war leicht durchsichtig und schien über Suko zusammenbrechen zu wollen wie ein einstürzendes Haus. Das geschah nicht. Stattdessen wurde Suko von der Welle gepackt, hochgehoben und weggeschwemmt.

Es war fatal, denn die Welle entfernte ihn gleichzeitig vom Boot.

Suko schleuderte die Haare aus seiner Stirn, drehte den Kopf und dachte in diesem Moment nicht an die schwimmenden Monster-Spinnen, sondern an Claudia.

Er sah sie noch immer am Heck sitzen und krampfhaft das Ruder festhalten. Sie fuhr im Kreis.

Instinktiv hatte sie erkannt, dass sie sich nicht jetzt vom Schauplatz des Geschehens entfernen durfte.

Sie sah den Inspektor.

»Suko!« Ihr Schrei gellte dem Chinesen entgegen, der jedoch nicht antworten konnte, weil er kein Wasser schlucken wollte. Er hatte die Richtung erkannt, in der er schwimmen musste. Suko wollte auf jeden Fall das Boot wieder entern.

Die nächste Welle war da.

Bevor sie Suko erfassen konnte, stieß er den Kopf noch weiter aus dem Wasser und schrie Claudia zu: »Halte das Boot im Kreis, Mädchen! Nicht das Ruder loslassen!«

Claudia nickte nur. Ihr Gesicht war bleich wie eine frisch gekalkte Kellerwand. Ob sie Sukos Aufforderung genau verstanden hatte, konnte der Chinese nicht mehr sehen, denn die Welle trieb ihn in die Höhe, und gleichzeitig brachte sie ihn näher an das Schlauchboot heran, denn Suko hatte sich gedankenschnell in eine andere Richtung gedreht und hatte auch das Glück des Tüchtigen.

Es war wie eine Schussfahrt, die ihn ins Wellental führte. Leider nicht ihn allein, denn plötzlich war auch eine Spinne da, und sie bewegte sich verdammt dicht in seiner Nähe.

»Sukooo …!«

Claudia schrie, wollte ihn damit warnen, als Suko gegen die Außenwand des Bootes geschleudert wurde.

Mit dem Gesicht zuerst prallte er davor. Es war alles zu schnell gegangen, und er hatte es nicht mehr schützen können. Deshalb ging der Schlag auch durch.

Bevor er wieder abgetrieben werden konnte, schnellte sein freier Arm aus dem Wasser, und mit der Hand klammerte er sich an der Bordwulst des Schlauchbootes fest.

Claudia hatte erkannt, dass es Suko eigentlich unmöglich war, sich in dieser Lage länger zu halten. Auf Knien rutschte sie heran, um ihren Partner zu unterstützen. Mit beiden Händen umklammerte sie Sukos Gelenk, damit er nicht mehr abrutschte.

Die Monster-Spinne sah ihre Chance! Ihr Körper schnellte aus dem Wasser, während sich zwei andere Mutationen von der gegenüberliegenden Seite dem Boot näherten.

Mit zwei Beinen packte sie Suko.

Der Chinese spürte den Schmerz, als die kräftigen Enden der Beine wie harte Eisenstäbe in die Muskeln an seinen Hüften drückten und ihm die Luft aus den Lungen pressten.

Noch konnte er seine Arme bewegen. Da sich die Spinne in seinem Rücken befand, war es für ihn unmöglich, sie mit der Dämonenpeitsche zu erwischen.

Claudia Darwood musste helfen!

»Die Peitsche!«, keuchte Suko. »Verdammt, nimm die Peitsche!«

Zum Glück begriff die Frau. Sie hielt den Inspektor nur mehr mit einer Hand fest und zog ihm mit der anderen die Peitsche aus den Fingern. Dann beugte sie sich an Suko vorbei. Ihr Gesicht war verzerrt, der Wille zum Überleben und die Anstrengung standen darin wie festgeschrieben, als sie ausholte und zuschlug.

Dicht an Sukos Gesicht vorbei wischten die drei Riemen, wurden lang und fächerten gleichzeitig auseinander, bevor sie mit einem klatschenden Laut den weißen Spinnenkörper trafen.

Suko hörte das Brechen des Panzers, und wenig später ließ der Druck der beiden Beine nach. Der Inspektor rutschte aus der Klammer, versank aber nicht, weil er sich rechtzeitig genug festgehalten hatte.

Dennoch hing er wie ein pendelnder Gegenstand am Boot und im Wasser, während hinter ihm die Spinne von den Wellen erfasst und abgetrieben wurde.

Jetzt half Claudia mit beiden Händen mit, um Suko in das Boot zu ziehen. Sie kämpfte verzweifelt, strengte sich ungeheuer an, und Suko half ihr dabei.

Sein rechtes Bein schwang er zuerst aus dem Wasser und schleuderte es über den Wulst.

Die nächste Welle rollte herbei und trieb das mittlerweile steuerlose Boot wieder zur Seite.

Claudia hatte ihre Hände in Sukos Kleidung verhakt. Sie zerrte und riss, half mit, so gut es möglich war, und war erst beruhigt, als der Inspektor neben ihr auf die Planken fiel.

Das war noch einmal gut gegangen!

Zeit, um sich auszuruhen, hatte Suko nicht. Er nickte Claudia kurz zu und nahm die Peitsche sofort wieder an sich. Suko sah noch, wie die Reste der von ihr erledigten Monster-Spinne von den Wellen weggeschwemmt wurden, und er verspürte eine innerliche Freude, die aber bald verging, als sich die nächsten Spinnen von einer Welle direkt auf das Boot zutragen ließen.

Eine schaffte es nicht.

Die andere aber enterte das Boot.

Plötzlich war sie über den beiden. Riesengroß wuchs ihr Körper in die Höhe. Selbst Suko erschrak heftig, als er die acht Beine sah, die wie Lanzen zustechen konnten.

Der Inspektor setzte alles auf eine Karte. Er unterlief die Beine der Spinne und stemmte sich gegen sie. Das mutierte Tier hatte bereits sein Maul geöffnet, um das Opfer zu verschlingen, doch so einfach wollte es der Chinese der Spinne nicht machen.

Er merkte, dass sie trotz der gewaltigen Körpergröße leicht war, und es gelang ihm, sie wieder ins Wasser zu drücken.

Diesmal gab Suko acht, dass er nicht fiel. Ein Wellenschlag trennte Boot und Spinne, aber beiden Menschen war klar, dass sie erneut angreifen würde.

»Das halten wir nicht durch!«, keuchte Claudia. »Verflixt, das schaffen wir nicht!«

Suko erwiderte nichts. Er schaute zuerst zurück und konnte den Uferstreifen nur mehr als einen hellen grauen Strich erkennen. So weit waren sie schon abgetrieben worden.

Der Blick in die Gegenrichtung verlor sich in der unendlichen Ferne des graugrünen Wassers.

Eine wahre Wüste aus Wellen und Wogen, die an einer bestimmten Stelle in Bewegung geriet, und dies gar nicht mal so weit von dem Schlauchboot entfernt.

Suko hatte keine Zeit, sich darauf zu konzentrieren, die Spinnen waren wichtiger.

Sieben zählte er noch.

Sie schwammen verteilt, und sie schafften es immer wieder, die genaue Distanz zum Boot einzuhalten. Wen sie sich als Opfer ausgesucht hatten, den wollten sie auch nicht mehr aus ihren Klauen lassen.

Suko hatte sich hingekniet. Er starrte den Spinnen entgegen und presste hervor: »Kommt doch, verdammt! Los, kommt näher, damit ich euch meine Peitsche zu schlucken geben kann!«

Als hätten sie die Worte verstanden, ließen sich zwei Spinnen von einer Woge näher spülen.

Suko wartete darauf, sie vernichten zu können, als er Claudias schrillen, freudigen Ruf vernahm.

»Da, Suko, da!«

Die Engländerin hockte im Boot, hatte den Arm ausgestreckt und zeigte an Suko vorbei.

Ungefähr dorthin, wo der Inspektor die heftigen Bewegungen der Wellen gesehen hatte.

Etwas Schwarzes, im ersten Augenblick Unheimliches, tauchte aus der weiten Wasserwüste an die Oberfläche. Das U-Boot!

Zunächst erschien der flachere Bug, zusammen mit dem Turm, der wie eine stumpfe Zigarre wirkte, die zu lange im Wasser gelegen hatte.

Auch Suko war für einen Moment fasziniert. Da nahte die Rettung. Mit ihr hatten sie kaum noch gerechnet.

Wellen erfassten das Boot, schüttelten es durch, und sie vernahmen das Gurgeln und Schmatzen des Wassers, als das schwere U-Boot aus den Fluten auftauchte.

Turm und Oberdeck waren bereits frei von Wellen, und im Nu flog die Ausstiegsluke des Turms auf.

Männer in Kampfanzügen erschienen an Deck. Und diese Leute waren bewaffnet.

Suko erkannte den Ersten Offizier. Er hielt ein Megaphon in der Hand und brüllte den beiden durch die Flüstertüte zu, sich bereitzuhalten.

Nichts, was Suko und Claudia lieber getan hätten!

Andere Mitglieder der Besatzung feuerten kleine Kanonen auf sie ab. Es waren keine Kugeln, die auf das Schlauchboot zujagten, sondern an ihrem Ende beschwerte Taue mit Rettungsringen.

Es kam auf jede Sekunde an. Suko und Claudia mussten ungemein schnell sein, wenn sie den nach wie vor mordgierigen Spinnen entrinnen und sich im Bauch des U-Bootes in Sicherheit bringen wollten.

Zuerst das Mädchen.

Suko fing das Tau auf und streifte Claudia den Ring über, bevor er sie hochhob und über Bord schleuderte. »Halt die Luft an, Mädchen!«, schrie er, dann verschwand Claudia Darwood in der eiskalten See.

Die Dämonenpeitsche war Suko nur hinderlich. Er ließ sie im Hosengürtel verschwinden, schnappte sich das Tau und streifte ebenfalls den Ring über.

Claudia wurde durch das Wasser gezogen. Sie half selbst durch Schwimmbewegungen nach.

Auf dem Deck des aufgetauchten U-Bootes standen neben ihren Rettern noch andere Soldaten, die Maschinenpistolen schussbereit in den Händen hielten.

Die hohe Dünung tat dem U-Boot nichts. Das Schlauchboot aber begann zu schwanken. Suko hätte eigentlich schon über Bord springen müssen, doch er wollte sehen, ob die Frau es schaffte.

Ja, sie entwischte den Spinnen.

Abermals vernahm der Chinese die Stimme aus der Flüstertüte: »Springen Sie, Mann!«

Suko hob den Arm. Damit gab er sein Einverständnis, kletterte auf den Wulst der Bordwand und sprang.

Wie auch schon Claudia Darwood, so wurde er jetzt von den Fluten geschluckt.

Wieder einmal musste sich Suko zunächst an die Eiseskälte des Wassers gewöhnen. Für einen Moment raubte ihm der Schock die Luft. Er tauchte und spürte den Ruck, mit dem er plötzlich weitergezogen wurde.

Wenig später durchstieß sein Kopf die Oberfläche. Suko schleuderte die nassen Haare aus der Stirn.

Die Männer auf Deck schossen.

Suko hörte das bekannte helle Knattern der MPi-Schüsse und drehte sich im Wasser liegend auf die Seite.

Er war nicht das Ziel der Schützen. Sie hatten es auf die weißen Monster-Spinnen abgesehen.

Groß zu zielen brauchten sie nicht. Die Körper boten genügend Fläche. Die Garben hieben gegen die Panzer. Ihre Wucht stieß die Spinnen auch zurück oder brachte sie zumindest aus dem Konzept. Geknackt werden konnte der Panzer von den Geschossen nicht.

Die Spinnen schwammen weiter.

Sie ließen sich von den Wellen tragen, bewegten hektisch die Beine und hatten noch längst nicht aufgegeben.

Suko entging ihnen dennoch. Von Claudia Darwood sah er nichts. Sie war bereits unter Deck gebracht worden, während hilfreiche Hände den Inspektor unterstützten.

Nass und schwer atmend lehnte er sich gegen den Turm. Er nickte dem Ersten Offizier zu und bedankte sich für seine Rettung.

Der Mann winkte ab. »War ja ausgemacht!« Er schluckte und deutete auf die See. »Aber was ist das?«

»Spinnen, Sir.«

»So groß?«

»Ja, leider.« Suko wollte noch etwas hinzufügen. Die Worte

wurden ihm jedoch vom Knattern der Maschinenpistolen von den Lippen gerissen. Er schaute zu, wie die Kugeln gegen die Spinnenkörper hieben, ohne ihnen gefährlich werden zu können.

»Ich verstehe das nicht«, sagte der Erste.

Suko hob die Schultern. »Da wird wohl alle Mühe vergebens sein«, erklärte er.

»Wahrscheinlich müssen wir Torpedos nehmen«, sagte der Erste.

»Am besten wäre es, zu tauchen.«

»Und die Spinnen?«

Suko hob die Schultern. »Da wird mir schon etwas einfallen. Tauchen und kreisen, bevor die Spanier aufmerksam werden und es noch diplomatische Verwicklungen gibt. Nachdem vor Kurzem zwei ihrer Schiffe von den Franzosen beschossen worden sind, reagieren sie allergisch, habe ich mir sagen lassen.«

»Das stimmt leider.«

Der Erste befahl seinen Männern, das Feuer einzustellen. Der Reihe nach verschwanden die Soldaten im Bauch des Boots, Suko und der Erste Offizier folgten ihnen.

Am Sehrohr stand der Kapitän. Er nickte dem Chinesen kurz zu. Eine Frage stellte er nicht.

Befehle geisterten durch das Schiff. Die Luken schlossen sich automatisch. Flutventile wurden geöffnet, das Boot wurde schwer und verschwand allmählich in der Tiefe.

Jemand reichte Suko heißen Tee. Ein anderer brachte eine Decke, die sich der Inspektor dankbar über die Schulter legte. Der Tee war mit Rum veredelt worden.

Suko hatte sich auf einem Notsitz niedergelassen und trank die Flüssigkeit in kleinen Schlucken.

Er merkte kaum, dass sie sanken. Im Bauch des Schiffes war immer alles gleich. Egal ob Tag oder Nacht, das merkten die Soldaten nicht. Der Erste Offizier gesellte sich zu ihm.

»Ist Claudia Darwood in Sicherheit?«, erkundigte sich der Inspektor.

»Ja, wir haben ihr trockene Kleidung gebracht.«

»Das ist gut.«

»Der Kapitän will Sie sprechen, Suko.«

»Auch das noch.« Suko zog ein saures Gesicht. »Was will er denn?«

»Wahrscheinlich Fragen stellen.«

Suko trank seine Tasse leer, bevor er fragte: »Ist ein komischer Typ, euer Kapitän, oder?«

»Wie man's nimmt. Er ist eben ein alter Haudegen.«

»Ich mag keine Militaristen, wissen Sie.«

»Ich auch nicht, Mister.«

Suko schaute den Offizier erstaunt an. »Wieso? Sie sind doch selbst beim Militär.«

»Ja, aber ich denke anders.«

Suko schlug dem Mann auf die Schulter. »Das ist schon ein Vorteil, mein Lieber, und jetzt lassen Sie uns sehen. Ich habe die Befürchtung, dass dieser Fall noch längst nicht abgeschlossen ist …«

Ich hatte mich in die heiße Flammenwand hineingeworfen, auch wenn das Risiko bestand, dass ich von dem Feuer erfasst und verbrannt wurde. Die Glut strich über meinen bloßen Körper. Ich spürte ihren Hauch, glaubte zu zerschmelzen und durchbrach sie.

Auf den harten Boden prallte ich, ging in die Hocke, schnellte wieder hoch und zog mein Schwert.

In der Drehung schleuderte ich Baal bereits meine ersten Worte entgegen. »Baal! Stell dich zum Kampf. Hier ist Torkan, der Rächer. Ich bin hier, um mit dir abzurechnen. Deine Schergen haben es nicht geschafft, ich aber werde dich köpfen!«

Wütend hatte ich die Worte gesprochen. Ich reizte einen mächtigen Götzen, forderte ihn heraus, und wenn er die Forderung annahm, musste er beweisen, wie stark er war. Dann würde er keine Gnade kennen und mich töten.

Der Altar wurde von den Flammen umlodert. Ich sah ihn selbst nicht mehr und vernahm nur das Knacken und Brechen, wenn die Knochenteile unter der gewaltigen Hitze zersprangen, um danach allmählich zu schmelzen.

Ein kurzer Rundblick hatte mir gezeigt, wo ich gelandet war. In einem ziemlich engen Talkessel, der von hohen Felswänden eingeschlossen war. Das Licht der Sonne drang nur spärlich hinein. Aus diesem Grunde wurde das Tal stets von einer gewissen Düsternis erfüllt, die sich nahe der Felsen in lange Schatten verwandelten.

Das Gestein selbst war rau. Es sah düster aus, und auf den Vorsprüngen hoch über mir hockten die Leichenvögel.

Meine fünf Begleiter hatten sich zurückgezogen. Ich sah sie nicht, sondern hörte sie jammern. Ihre Stimmen flehten zu irgendeinem Götzen, wahrscheinlich Baal, denn sie hatten Angst, dass auch sie zu den Opfern der Leichenvögel wurden.

Ich fürchtete mich nicht vor ihm, denn ich war Torkan, der Barbar, und hatte bisher jeden Gegner im offenen Kampf besiegt.

»Komm her, du Götze!«, brüllte ich in die Richtung, wo ich Baal vermutete. »Ich will gegen dich kämpfen!«

Er zeigte sich nicht, aber ich hatte ihn herausgefordert. So etwas erwiderte er auf seine Art und Weise.

Er hatte Helfer.

Und er schickte sie.

Zunächst merkte ich es nicht. Erst als ich das Klatschen der Schwingen hörte, wusste ich Bescheid, dass sich die Leichenvögel von den Felsvorsprüngen gelöst hatten.

Da sie im gesamten Tal gelauert hatten, war es durchaus möglich, dass sie sich auch in meinem Rücken befanden.

Der erste Vogel schwebte über mir. Voller Wut schrie ich ihn an, obwohl ich Baal damit meinte: »Du verfluchter Götze! Bist du zu feige, dich selbst zu stellen? Du schickst deine Diener, aber die werden dir auch nichts nutzen, weil ich sie mit meinem Schwert zerhacke!«

Baal gab keine Antwort. Und das machte mich wütend. Er schien mich nicht ernst zu nehmen, ebenso wenig wie der Vogel, der in der Luft stand und auf mich starrte.

Seine Augen waren blick- und bewegungslos. Der Kopf schimmerte rötlich. Die beiden Schnabelhälften hatte er geöffnet. Ich drohte ihm mit dem Schwert, was ihn überhaupt nicht zu beeindrucken schien, denn mit einem träge wirkenden Schwingenschlag flog er weg.

Das irritierte mich.

»Sind jetzt auch deine verfluchten Leichenvögel zu feige?«, brüllte ich in den Talkessel hinein.

»Sie werden dich noch früh genug zerreißen!«, vernahm ich Baals Stimme. »Vergiss nicht, dass sie Aasfresser sind. Erst musst du gestorben sein, dann holen dich die Vögel.«

»Dann kämpfe mit mir!«

Ich forderte ihn heraus, ich war wild, war zu allem entschlossen. Man hatte mich durch eine Frau gedemütigt, die in Baals Diensten stand, dafür wollte ich mich rächen.

Mich hielt nichts mehr auf dem Fleck. Wenn Baal sich mir hier nicht stellen wollte, musste ich eben zu ihm. Das Schwert schlagbereit in der Hand, setzte ich mich in Bewegung. Ich hatte mir genau gemerkt, wo Baal aus dem Felsen getreten war. Diese Stelle war mein Ziel.

Geschmeidig setzte ich über aus dem Boden ragende schroffe Felskanten hinweg. Ich passierte den Altar, der noch immer vom Feuer umlodert wurde, das genau in dem Augenblick, als ich auf gleicher Höhe war, zusammensackte.

So rasch sie aufgelodert waren, so rasch verschwanden die Flammen auch wieder, und ich starrte auf die Platte.

Auf ihr lagen die Knochenreste, die vom Feuer zu einer breiigen Masse zusammengeschmolzen waren.

»So wird es dir auch ergehen, Torkan!«, vernahm ich Baals donnernde Stimme. Den Götzen selbst sah ich nicht. Dafür spürte ich seine Nähe.

Ich wurde angegriffen.

Unter meinen Füßen vibrierte der Fels.

Ich dachte sofort an ein Erdbeben und sprang zur Seite. Doch der Boden öffnete sich nicht. Dafür stießen sich die Leichenvögel ab und schwebten hoch über meinem Kopf, wo sie ihre Kreise sehr dicht zogen, krächzende Laute ausstießen und darauf warteten, dass Baal mich stärker angriff.

Er tat es.

Ich hatte ihn herausgefordert, und der Götze nahm die Herausforderung an. Er kämpfte auf seine Art, und er bewies mir, wie mächtig er war und wie sehr er alles unter Kontrolle hatte.

Nicht nur der Boden vibrierte, mit den Felsen geschah das Gleiche. Genau vor mir lief ein Zittern über die Wand. Gewaltige Hände schienen gegen sie zu drücken und sie zu verschieben.

Es war ein unheimliches Bild, und mir wurde bewusst, dass ich mich vor herabfallenden Felsbrocken nicht schützen konnte.

Die Vorsprünge, auf denen die Leichenvögel gesessen hatten, brachen plötzlich ab.

Zunächst hörte ich das Knirschen, sah sie wanken und im nächsten Moment abbrechen.

Mit Donnergetöse stürzten sie in die Schlucht.

Baal nahm keine Rücksicht auf seine Diener. Bevor einer der großen Felsen zu Boden prallte, sah ich zwei von ihnen, wie sie voller Verzweiflung die Arme hochrissen, als könnten sie mit ihren eigenen Händen die Gesteinsbrocken aufhalten.

Das schafften sie nicht.

Die Massen knallten auf sie nieder, und sie wurden von den schweren Steinen zerdrückt.

Ihre Schreie wurden von dem Krachen und Poltern verschluckt. Die Steine brachen auseinander, als sie zu Boden fielen, und die Trümmer spritzten nach allen Seiten weg.

Auch auf mich wirbelten sie zu. Ich rannte zurück, wurde trotzdem getroffen, erhielt einen Schlag in den Rücken, wo die Haut aufriss und Blut hervorströmte, das sich mit dem Staub vermischte.

Ich brüllte fürchterlich. Es war der Hass auf Baal, der sich entladen musste.

Trotz der Staubfahnen, die in die Höhe geschleudert worden waren, konnte ich erkennen, dass der Ausgang durch Gesteinsmassen versperrt worden war.

Mir blieb keine Fluchtchance mehr.

Die Leichenvögel flatterten dabei wie dämonische Wächter hoch über meinem Kopf. Sie wurden von den Gesteinsmassen verschont und schauten zu, wie weitere Felsvorsprünge abbrachen, sich einfach lösten und mit Gepolter in das enge Tal fielen.

Ich musste weg.

Aber wohin?

Mir fiel ein, dass der Altar eine gewisse Sicherheit bot. Er stand in der Mitte des Talkessels und war bisher noch nicht von den Felsmassen berührt worden.

Meine Rettung?

Vorläufig vielleicht.

Ich jagte mit gewaltigen Sprüngen zu ihm, schnellte mich ab und sprang mit einem Satz auf die Platte, wo ich stehen blieb und mich drehte, denn ich wollte das Inferno um mich herum überblicken.

Wie Wasserfälle fiel das Gestein, knallte zu Boden, wurde zerschmettert, und die einzelnen Brocken fanden ihren Weg in alle Ecken und Winkel des Tals.

Baals Diener wurden wieder nicht verschont. Ich sah sie zusammenbrechen und sterben. Ihre schrillen Todesschreie gingen im Poltern der Felsmassen unter.

Es war ein Inferno. Nur ich hatte bisher überlebt.

Breitbeinig stand ich auf der Altarplatte. Rechts neben mir lagen die geschmolzenen Knochen. Aus der Wunde auf meinem Rücken quoll das Blut, dennoch dachte ich nicht daran, aufzugeben.

Das tat ein Barbar nicht!

Laut rief ich nach Baal. Ich wollte ihn, nicht die verfluchten Felsen. Er sollte sich stellen.

»Wo bist du?«

Durch das Krachen der Steine vernahm ich sein gellendes Gelächter. Er spielte mit mir, und auch seine Leichenvögel wurden mutiger. Über mir verdunkelte sich ein Ausschnitt des Tals. Verantwortlich dafür zeigten sich die gewaltigen Schwingen der Vögel, die sich in meiner unmittelbaren Nähe bewegten.

Zu nahe.

Ich schrie zornig, drehte mich dabei, und mein Arm mit dem Schwert schnellte hoch, wobei ich eine Bewegung von links nach rechts vollführte.

Der erste Leichenvogel wurde erwischt.

Die Spitze meiner Klinge schlitzte ihn der Länge nach an seinem Unterkörper auf. Aus der klaffenden Wunde rann eine dicke Flüssigkeit, ungefähr mit dem Blut eines Menschen zu vergleichen.

Ich konnte den Tropfen nicht ausweichen. Sie klatschten auf meinen Körper, und ich stellte fest, dass diese Blutflüssigkeit heiß war und fast meine Haut verbrannte.

Aber ich kämpfte weiter.

Der nächste Vogel flog herbei. Er griff mich von vorn an. Ich schaute gegen seinen hässlichen Schädel mit den widerlich starren Augen und sah das rotviolette Schimmern.

Mit beiden Händen hielt ich mein Schwert fest. Der Leichenvogel hatte die Schwingen weit ausgebreitet, sodass ich glaubte, einen fliegenden Drachen vor mir zu haben.

Zwischen seinen Flügeln glühte der rotviolette Schädel, und seine Augen waren bösartige Kugeln.

Ich ließ ihn warten, bis er heran war, und auch als er seinen Schnabel öffnete, tat ich noch nichts.

Im nächsten Augenblick schlug ich zu. Ich hörte das Pfeifen der Klinge und lachte bei diesem Geräusch auf.

Der Leichenvogel konnte nicht ausweichen. Mein kampferprobtes Schwert erwischte ihn so, wie ich es haben wollte. Der Schädel wurde ihm vom Rumpf getrennt.

Wie Stückwerk flog er zur Seite, doch der Vogel flatterte noch weiter und riss mich um.

Ich fiel auf den Rücken. In letzten Todeszuckungen bewegte er seine Schwingen, dann war es vorbei. Ich konnte mich abstemmen und seinen Kadaver zur Seite schleudern.

Wieder hatte ich freie Bahn.

Zitternd stand ich da. Bedeckt mit dem klebrigen Blut der Vögel, das heiß auf meinem nackten Körper brannte.

Zu heiß, wie ich fand.

Ich wollte das Schwert wieder hochwuchten, aber ich stellte fest, dass meine Kräfte nachließen.

Meine Knie zitterten. Ich sah den nächsten Leichenvogel heranfliegen. Ihn erwischte ich nicht mehr, weil es mir nicht gelang, mein Schwert in die Höhe zu stemmen.

Auch das Bein nicht. Der Fuß war mit dem Stein des Altars fest verwachsen.

Ich schaute rechts und links an meinen Schultern vorbei nach unten. Überall befand sich das Blut. Es rann an den Armen entlang, über meine Brust, bedeckte die Beine und sorgte dafür, dass die Kraft aus meinem Körper gerissen wurde.

Ich wurde schwächer.

Und hörte Baals Stimme.

»Du warst so vermessen, Torkan, mich angreifen und töten zu wollen. Dafür musst du nun bezahlen, das schwöre ich dir. Du wirst einen Tod erleiden, wie ihn kaum einer vor dir hinter sich gebracht hat. Ich persönlich werde dich zerschmettern und deinen Geist in die dunklen Reiche des Grauens schleudern. Das hast du dir selbst zuzuschreiben, Torkan. Du warst lange genug mein Gegner. Ich hatte dich schon getötet, doch ein anderer ist in dich gefahren. Ein Mensch aus der Zukunft, den ich auch noch in meine Gewalt bringen werde, dafür hat mein Diener Okastra gesorgt.«

Ich hörte die Worte, die zu einem dumpfen Brausen wurden und in meinem Kopf ein Schwindelgefühl erzeugten. Dabei gelang es mir nicht mehr, mich auf den Beinen zu halten.

Die Knie wurden weich, gaben nach, die Platte des Altars raste auf mich zu und wurde zu meinem Sterbebett.

Schwer fiel ich auf sie.

Dabei merkte ich nicht einmal, wie sich meine rechte Faust öffnete und mir durch diese Bewegung das Schwert aus der Hand glitt. Jetzt war ich waffenlos.

Dieses Tal war zu einer Todesfalle für mich geworden. Ich hatte mich überschätzt und einen mächtigen Dämon herausgefordert, der stärker war als ein Barbar.

Schwerfällig wälzte ich mich auf den Rücken. Ich wollte wenigstens noch einmal den Himmel sehen, unter dem ich gelebt hatte.

Der Blick wurde mir gestattet.

Staubschleier vernebelten ihn, und aus dem Staub schob sich plötzlich ein Gesicht hervor.

Es war Baal!

Er stand vor dem Altar. In seiner rechten Hand sah ich einen seltsamen Gegenstand. Könige besaßen ihn oft. Man hatte dafür den Namen Zepter geprägt.

»Damit werde ich dich töten«, versprach er und senkte das seltsame Zepter auf meine Brust zu. Ich spürte die Berührung, brüllte, denn im selben Moment entflammte der alles verzehrende und kaum zu beschreibende Todesschmerz …

DER FLUCH VON BABYLON

Es war kalt, roch nach Öl und irgendwie auch nach Elektrizität. Die Wände vibrierten leicht, das schmale Bett hatte eine harte Unterlage, unter der Decke liefen Rohre entlang, die Tür bestand aus Metall, der Boden ebenfalls, der Raum hatte keine Fenster, und manchmal flackerte das Licht. Insgesamt gesehen war es nicht eben ein Hort der Gemütlichkeit, doch Claudia Darwood hätte in diesem Augenblick mit keinem Königspalast tauschen wollen.

Sie lag auf dem Bett der engen Kammer, fror nicht mehr und war gerettet. Begreifen konnte sie es noch immer nicht ganz, aber es musste so sein. Wenn sie sich umschaute, sah sie keine Wellen mehr, kein Schlauchboot und keine weißen Monster-Spinnen.

Nur einen Türspalt, unter dem ein feiner heller Lichtstreifen herfiel, der sich in diesem Augenblick veränderte.

Er wurde blass, schwammig und wolkig, und Claudia wusste auf einmal, wer und was hinter dieser Veränderung steckte.

Es war Nebel!

Und damit dachte sie sofort an den, mit dem das grauenvolle Abenteuer begonnen hatte.

Okastra!

Claudia richtete sich auf. Es fiel ihr schwer, denn sie hatte plötzlich das Gefühl, zu einer Puppe geworden zu sein. Wie der seltsame Nebel unter der Tür hervorquoll, so kroch die Angst in ihr Inneres und lähmte ihren Willen.

Auf der Kante des schmalen Betts blieb sie sitzen. Die Augen hielt sie weit geöffnet, die Lippen zitterten, und sie drückte sich ein wenig zur Seite, sodass sie in einer schrägen Haltung blieb.

Der Nebel wurde dichter, kroch unter dem Türspalt hervor und weiter die Tür hoch.

Claudia Darwood starrte auf ihn und erkannte, dass die Farbe des Nebels blaugrau war …

Hätte es noch eines letzten Beweises bedurft, Claudia hatte ihn nun erhalten. Die Farbe sagte ihr genug. Das war kein normaler Nebel, er gehörte zu Okastra, diesem schrecklichen Dämon, der ein Heer von weißen Monster-Spinnen befehligte.

Claudia hatte ihn schon fast vergessen. Das lautlose Hereinschweben des Nebels erinnerte sie wieder an seine schreckliche Existenz, und sie dachte mit Grauen daran, dass er sich im U-Boot befand.

Allein dieser Gedanke ließ die Engländerin zittern.

Okastra als ungeladenen Gast in dem Boot, das sie und den Chinesen Suko gerettet hatte! Sie waren vom Regen in die Traufe geraten.

Claudia hätte gern geschrien. Nicht einmal das brachte sie fertig, sondern schaute nur zu, wie der Nebel weiter und weiter kroch, sich von der Tür fortbewegte und zu dichten Wolken hochquoll, die fast die Größe eines Menschen erreichten.

Der Raum, in dem man Claudia untergebracht hatte, war sehr klein. Mochten die U-Boote in den letzten Jahren auch noch so modern geworden sein und durch Atomkraft angetrieben werden, der Platzmangel ließ sich einfach nicht beheben.

Noch hatte der Nebel ihr schmales Bett nicht erreicht. Es sah so aus, als wollte er das auch nicht, denn ungefähr zwei Schritte von Claudia entfernt kam er zur Ruhe. Außerdem strömte kein Dunst mehr von draußen nach.

Er blieb in der Höhe, konzentrierte sich noch mehr und ballte sich vor den Augen der Frau zu einer Gestalt zusammen. Im Innern des Nebels entstand ein grauenvolles Wesen, ein Sarazenen-Krieger, dessen Knochen längst hätten vermodert sein müssen und der durch den Einfluss einer Schwarzen Magie wieder zum »Leben« erweckt worden war.

Eben Okastra!

Das Glühen der Augen kannte Claudia bereits. Es war nicht allein die Gestalt, die sie so sehr erschreckte, sondern die Tatsache, dass es Okastra gelungen war, das Unterseeboot zu entern. Auf welche Weise auch immer.

Genau dies fand Claudia so furchtbar.

Okastra stand vor ihr. Er genoss ihre Angst. Abermals schaute aus dem Nebel die Spitze der Klinge. Sie wies auf die Frau, die ein Zittern nicht mehr unterdrücken konnte und ihre Finger in das über der Matratze liegende Laken gekrallt hatte.

Okastra verkörperte das Böse, das bekämpft werden musste.

Claudia wusste jedoch nicht, wie dieses unheimliche Monster besiegt werden konnte.

Er sprach nicht. Er schaute sie nur aus rot glühenden Augen an, während um seine Gestalt herum die blaugrauen Nebelschwaden wallten, als wären sie ein Kleid aus Dunst.

Claudias Herz pumpte. Auch der Atem drang keuchend über ihre Lippen. »Was willst du?«, hauchte sie. Es hatte sie Überwindung gekostet, diese Frage zu stellen.

Aus dem Nebel erklang das ihr schon so bekannte Lachen. »Was ich will? Ganz einfach. Ich wollte euch allen zeigen, dass ich noch da bin. Du hast geglaubt, gerettet zu sein, nachdem du meinen Spinnen entgangen bist. Das ist ein Irrtum. Okastra kann man nicht überwinden. Nicht auf diese Art und Weise. Hast du verstanden?«

Claudia nickte.

»Ich werde nichts tun. Ich wollte mich dir nur zeigen, damit du Bescheid weißt. Wahrscheinlich hast du damit gerechnet, in Sicherheit zu sein. Glaube es nur nicht! Den neuen Kurs des Schiffes bestimme ich allein. Nur ich weiß, wohin er führen wird.«

Die Worte waren ruhig gesprochen worden. Fast ohne Gefühle, und doch hatten sie Claudia eine grauenhafte Angst eingejagt. Vielleicht deshalb, weil sie so ohne Betonung dahergeredet waren. Zudem wusste Claudia, dass Okastra nicht bluffte.

Es waren seine letzten Sätze. Okastra hatte genug gesagt. Er verschwand ebenso lautlos, wie er erschienen war. Der Nebel zog sich zurück, die Gestalt löste sich auf, und mit dem Nebel zusammen verschwand sie wieder unter der Türritze.

Claudia Darwood blieb allein zurück.

Allein und fassungslos!

Sie wischte über ihr Gesicht. Hatte sie Okastra tatsächlich gesehen, oder war alles nur ein Traum gewesen?

Nein, kein Traum. Obwohl er keine Spuren hinterlassen hatte, wusste Claudia es. Der Dämon hatte sich ihr gezeigt. Ihr allein. Wahrscheinlich wussten weder Suko noch die Besatzung des Schiffes davon, in welch einer Gefahr sie schwebten. Ein Wesen wie Okastra an Bord zu wissen, war ebenso schlimm wie eine Zeitbombe.

Es dauerte eine Weile, bis sich Claudia Darwood so weit gefasst hatte, dass sie aufstehen konnte. Dennoch drückte sie sich mühsam von der Bettkante hoch, blieb für einen Moment stehen und schaute an sich herab.

Man hatte ihr andere Kleidung gegeben. Sie trug einen Trainingsanzug aus Armee-Beständen, keine moderne Jogging-Kluft, sondern einen Anzug mit ausgebeulten Hosen, der ihr eigentlich zu groß war. Ebenso wie das Oberteil und auch die Turnschuhe. Das lange Haar hatte sie im Nacken mit einem Gummiband zusammengebunden.

Obwohl sie sich selbst nicht sah, wusste sie, dass sie zurzeit keine Schönheit war. Die letzten Stunden hatten ihre Spuren hinterlassen, aber ihr Wille war nach wie vor ungebrochen.

Okastra befand sich im Boot.

Davon musste Suko Kenntnis erhalten. Vielleicht wusste er eine Möglichkeit, diesen Dämon zu stoppen.

Mit diesem Gedanken der Hoffnung öffnete Claudia Darwood die Tür ihrer kleinen Kammer, schaute in den schmalen Gang und fand ihn leer. Nicht weit von ihr entfernt vernahm sie ein Knistern. Zudem hörte sie die Geräusche aus dem Maschinenraum. Ein leises Summen, ein leichtes Vibrieren, das von Metall besonders gut geleitet wurde.

Sie bewegte sich vor zum Bug des Bootes. Irgendwo musste sie ja auf Suko treffen.

Der Gang war eng. Es gab überall Handläufe, an denen sie sich festhalten konnte.

Zudem brannte nur eine spärliche Beleuchtung. Auch hier sah sie Leitungen unter der Decke und genietete Platten unter ihren Füßen. Es roch nach Essen, für Claudia ein Zeichen, dass sie sich der Kombüse näherte. Auch Kaffeeduft nahm sie wahr.

Nur Menschen begegneten ihr nicht. Wahrscheinlich hockten die Soldaten samt und sonders auf ihren Posten oder lagen, falls sie nichts zu tun hatten, in den Kojen.

Durch eine ovale Tür schlüpfte sie in einen anderen Teil des Bootes. Sehr schnell hatte sie festgestellt, dass sich hier die Mannschaftsräume befanden.

Alles war sehr eng, dicht gedrängt, völlig natürlich für ein U-Boot.

Unnatürlich dagegen war die Haltung der Männer. Sie lagen in den Kojen oder auf dem Boden mit seltsam verrenkten Gliedern und wirkten wie tot …

In diesem Moment wurde Claudia Darwood klar, dass Okastra die Gewalt auf dem Boot übernommen hatte. Wenn er etwas tat, dann gründlich, deshalb gab Claudia auch den anderen Besatzungsmitgliedern kaum Überlebenschancen, auch wenn sie diese noch nicht entdeckt hatte.

Sie war am Eingang stehen geblieben. In ihrem Kopf lag ein taubes Gefühl. Es war wirklich nicht leicht, diese Dinge zu fassen. Eine furchtbare Enttäuschung hielt sie umschlungen. Sie hatte gehofft, dass sich alles zum Guten wenden würde, und jetzt dies.

Furchtbar …

Auf dem Boot herrschte eine seltsame Stille. Vielleicht schien es ihr auch nur so, das wusste man nie. Dieser Fall war so unheimlich, so anders und nicht zu begreifen.

Es fiel Claudia schwer, sich in Bewegung zu setzen. Trotz allem wollte sie sich die Männer anschauen. Vielleicht gab es noch eine Chance. Möglicherweise hatte sie sich getäuscht und die Männer waren überhaupt nicht tot. Sie wollte nachsehen.

Ihre Beine zitterten, als sie sich voranbewegte. Die Kojen waren schmal. Ein unruhiger Schläfer wäre sicherlich sehr bald aus dem Bett gefallen. Ein Soldat lag so, dass sich seine Beine zwar noch auf dem Bett befanden, der Hinterkopf aber den Boden berührte. Dabei standen die Augen offen. Die Pupillen waren seltsam verdreht. Sie kamen der Frau wie Glaskugeln vor.

Claudia bückte sich. Ihre Hand tastete über die Wange, dabei bewegte sich der Kopf ein wenig. Diese Bewegung musste in seinem Innern einen Impuls ausgelöst haben, vielleicht war auch eine Ader geplatzt, aus der Nase jedenfalls rann plötzlich ein feiner roter Streifen Blut.

Zuerst zuckte Claudia zurück. Damit hatte sie nicht gerechnet. War es ein Zeichen dafür, hier einen Toten vor sich zu haben?

Die Finger der Frau tasteten nach dem Puls. Wenn er schlug, bestand Hoffnung.

Ja, sie fühlte etwas. Dabei musste sie sich schon sehr konzentrieren, denn das Schlagen war sehr schwach.

Ihr fiel ein Stein vom Herzen. Okastra hatte diese Männer nur ausgeschaltet, nicht getötet. Wahrscheinlich brauchte er sie noch für seine weiteren Pläne. Wie die aussahen, war Claudia unbekannt. Sie konnte sich jedoch vorstellen, dass sie nicht gerade menschenfreundlich waren.

Claudia Darwood untersuchte auch die anderen Männer und stellte bei ihnen ebenfalls eine tiefe Bewusstlosigkeit fest.

Nahe der Tür blieb Claudia Darwood stehen und dachte nach. Sie kannte die weiteren Pläne des Inspektors nicht. Sie wusste auch nicht, welche Befehle der Kapitän erhalten hatte, ihr war nur klar, dass die Reise in den Heimathafen nicht so ohne weiteres stattfinden konnte. Da würde Okastra noch ein Wörtchen mitzureden haben.

Wohin wollte er sie dann führen?

Claudia hatte keine Ahnung. Die anderen sicherlich auch nicht, und plötzlich schoss in ihr eine bange Frage hoch. Diese Männer vor ihr hatte es erwischt. Was sollte Okastra daran hindern, auch die übrigen Besatzungsmitglieder in einen solchen Zustand zu versetzen?

Nichts, gar nichts.

Auf jeden Fall musste und wollte Claudia nachsehen, ob sie die einzige normale Person in diesem schwimmenden Sarg war ...

Die Uniform saß korrekt, der Mann selbst stand da wie ein Denkmal, seine Gesten waren knapp, und die Stimme klang leicht schnarrend.

So stellte man sich im Allgemeinen einen Soldaten aus der Vergangenheit vor.

Kapitän Seymour Glenn zählte dazu.

Er war ein alter Haudegen und stolz darauf, als junger Mann schon im Zweiten Weltkrieg auf einem U-Boot gefahren zu sein.

Jetzt hatte er Suko zu einem Vier-Augen-Gespräch in seine Kabine gebeten.

»Bitte, nehmen Sie Platz«, sagte er und deutete auf einen sessel-artigen Stuhl, dessen Beine am Boden festgeschraubt waren.

Suko nickte. Auch er hatte sich inzwischen umgezogen, doch auf seine Waffen nicht verzichtet. Er trug sie am Körper. Es war zwar ein wenig unbequem, aber durchaus zu ertragen.

»Möchten Sie etwas trinken?«

»Wenn Sie einen Tee hätten.«

»Mit Rum?«

»Nein, Sir, ohne.«

Der Kapitän bestellte eine Kanne. Er war ungefähr so groß wie Suko, nur wesentlich schmaler als der Chinese, auch im Gesicht. Als scharf konnte man seinen Blick bezeichnen, und Suko hatte das Gefühl, als würde er von ihm regelrecht durchleuchtet. Viel

Sympathie empfand er für den Kapitän nicht. Das beruhte wohl auf Gegenseitigkeit, denn auch Seymour Glenn hegte für den Inspektor keine sehr freundschaftlichen Gefühle, wie ihm anzusehen war.

Der Tee kam schnell. Die Ordonnanz brachte zwei Tassen mit und Kandiszucker. Es wurde eingeschenkt, dann zog sich der Mann auf ein Zeichen Glenns wieder zurück.

Die beiden Männer tranken, und als sie die Tassen abgesetzt hatten, übernahm der Offizier das Wort.

»Sie können sich sicherlich vorstellen, aus welchem Grund ich Sie hergebeten habe.«

»Natürlich, Sir.«

»Ich verlange Aufklärung. Auch wenn ich beim Auftauchmanöver nicht im Turm gewesen war, so bin ich doch über das, was geschehen ist, ziemlich genau informiert. Details allerdings möchte ich mir von Ihnen holen, Inspektor.«

»Das können Sie.«

»Wie war das mit den Spinnen?«

»Ich habe selbst kaum eine Erklärung dafür, aber alles geht meiner Schätzung nach auf einen Dämon namens Okastra zurück ...« Nun begann Suko mit seinem Bericht, und er stieß, obwohl er Details ausließ, nicht gerade auf Gegenliebe.

Glenn hörte sich Sukos Bericht zwar an, sein leichtes Kopfschütteln machte dem Chinesen aber klar, dass er von den Erzählungen überhaupt nichts hielt.

»Sie erlauben mir, wenn ich Zweifel anmelde, Inspektor?«

»Das bleibt Ihnen unbelassen.«

»Und wie wollen Sie dann meine Zweifel aus dem Weg räumen?«

»Denken Sie an die Spinnen.«

Der Kapitän legte die Stirn in Falten. »Dafür habe ich in der Tat keine Erklärung, wobei ich davon überzeugt bin, dass es eine solche geben muss.«

»Die gibt es auch, Sir. Okastra.«

Der Offizier verzog das Gesicht, als hätte er gerade Essig getrunken. »Hören Sie mir doch mit dieser Märchengestalt auf. Es gibt keinen Okastra oder wie auch immer dieser Typ heißen mag. Das ist eine Illusion, eine Halluzination. Sie waren vielleicht ein wenig überreizt. Da sieht man schon Dinge, die …«

»Ich unterbreche Sie nicht gern, Sir, aber ich an Ihrer Stelle würde eine Zeugin befragen.«

»Meinen Sie Claudia Darwood?«

»Wen sonst?«

Kapitän Glenn winkte ab. »Diese Frau akzeptiere ich nicht als objektive Zeugin.«

»Es wird Ihnen wohl nichts anderes übrig bleiben.«

Glenn schüttelte den Kopf. »Unsinn. Sie beide sind befangen, haben einiges hinter sich, wobei ich zugebe, dass eine Fahrt mit dem Schlauchboot nicht mit einer Kahnpartie auf irgendeinem Weiher zu vergleichen ist. Und was Ihre komischen Spinnen angeht, kann ich es nicht akzeptieren, sie als angreifende Monstren zu bezeichnen. Das waren doch nie im Leben echte Spinnen.«

»Haben Sie sie gesehen?«

»Ja, durch das Sehrohr.«

»Was ist dann Ihre Meinung dazu?«

»Auch ich gehe hin und wieder ins Kino. Dabei sehe ich mir keine Monster- oder Gruselfilme an. Aber manchmal wird man durch die Voranzeigen auf andere Streifen dazu gezwungen. Ihr Bericht kommt mir vor wie einer dieser Filme, in denen ein verrückter Professor durchgedreht und irgendwelche Monstren erfunden hat. Ferngesteuerte, künstliche Spinnen. Die einen bauen Roboter, die anderen eben Spinnen, wieder andere Ameisen. So ist das nun mal. Ein Kindermärchen.«

»Und wo soll dieser komische Professor sitzen?«, fragte Suko ein wenig provozierend.

»Auf dem Festland, wo sonst?« Glenn beugte sich vor und umklammerte seine Teetasse. »Sie beide sind aus Spanien gekommen. Und Spanien ist nicht England. Wäre es die Küste unseres

Heimatlandes, hätte ich nachforschen lassen, darauf können Sie sich verlassen. So aber kann man den Fall nur vorsichtig weitermelden, denn die Spanier werden sich freuen, wenn wir ihnen Märchen dieser Art auftischen.«

»Sir, es sind keine Märchen.«

»Für mich ja. Und es bleibt bei meinem Entschluss!«

Suko wusste, was damit gemeint war. Er hatte es schon von dem Ersten Offizier erfahren. »Dennoch bleiben Sie bei Ihrem Plan, England anzulaufen?«

»So sieht es aus, Inspektor.«

»Sie wissen, dass ich dies nicht akzeptieren kann. Ich habe einen Auftrag zu erfüllen. Sie haben mich nicht aus lauter Spaß abgesetzt, denn ich sollte einen Kollegen suchen, der in diesem Gebiet operiert hat. Verstehen Sie?«

»Sicher. Den Kollegen haben Sie aber nicht gefunden.«

»Sehr richtig. Da ich jedoch niemals aufgebe, werde ich versuchen, allein, also ohne Claudia Darwood …«

»Moment«, unterbrach der Kapitän den Chinesen. »Das heißt, Sie wollen noch einmal zurück?«

»So ist es!«

»Unmöglich!«

Suko lachte hart auf. »Erklären Sie mir bitte, aus welchem Grund dies unmöglich sein soll.«

»Weil ich einen neuen Kurs bestimmt habe und wir den Heimathafen anlaufen.«

»Ändern Sie den Kurs!«

Seymour Glenn schlug mit der Faust auf den kleinen Tisch. »Wegen eines Hirngespinstes? Nein, Mister, das kommt nicht infrage. Für mich gibt es keinen triftigen Grund, neue Befehle zu geben. Da können Sie reden, wie Sie wollen. Ich bin der Chef auf diesem Boot. Auch Sie unterstehen mir. Das mag an Land anders sein, hier aber nicht.«

»Sie sind also nicht umzustimmen, Kapitän?«

»Nein!«

Endgültig klang diese Antwort. Suko presste die Lippen hart zusammen. Fast bedauerte er es schon, von diesem U-Boot an Bord genommen worden zu sein. Sein Job war es gewesen, den Freund und Partner John Sinclair zu finden. Das hatte bisher nicht geklappt. Von John war nichts zu sehen gewesen, er hatte nicht einmal eine Spur gefunden. Suko konnte sich nur auf Claudia Darwoods Aussagen verlassen. Sie hatte ihm erklärt, dass sich der Geisterjäger vor ihren Augen aufgelöst hatte, als er Okastra angriff. Er war praktisch in einem Nebel verschwunden.

Seymour Glenn hob die Schultern. »Wenn ich mich einmal zu irgendetwas entschlossen habe, bleibe ich auch dabei. Haben Sie mich verstanden, Inspektor?«

»Natürlich.«

»Dann richten Sie sich danach. Ich gewähre Ihnen und Mrs. Darwood so lange die Gastfreundschaft, bis wir den Heimathafen angelaufen haben. Aber auf diesem Schiff bin ich der Chef. Sie haben meine Befehle zu befolgen. Was Sie später machen, ist mir egal, und wenn Sie hundertmal Inspektor von Scotland Yard sind, ich ...«

Das Klingeln des Telefons unterbrach ihn. Es stand neben seinem Platz, gewissermaßen zwischen Tisch und Koje.

Seymour Glenn verzog den Mund. Auf seiner Stirn bildeten sich Unmutsfalten, als er den Hörer hochnahm und ein »Was gibt es denn?« in die Muschel schnarrte.

Suko konnte nicht verstehen, was der Anrufer sagte, doch der Tonfall seiner Stimme klang ziemlich hektisch. Zudem wechselte der Kapitän die Farbe. Er wurde rot im Gesicht, bis er den Sprecher unterbrach. Danach knallte er den Hörer auf die Gabel.

Suko war klar, dass es Schwierigkeiten gegeben haben musste. Während sich der Kapitän hochstemmte, fragte Suko: »Was hatte dieser Anruf zu bedeuten?«

»Das werde ich gleich genau wissen!«

»Soll ich mit ...«

»Nein, Sie bleiben und warten hier auf mich.« Seymour Glenn

schaute den Inspektor scharf an, bevor er seine Mütze aufsetzte, ihn passierte und zur Tür lief.

Nachdenklich schaute Suko ihm hinterher. Dieser Mann war einfach nicht zu belehren, doch der Anruf musste sein soldatisches Denken durcheinandergebracht haben. Obwohl Suko nicht genau wusste, um was es sich dabei handelte, glaubte er doch daran, dass es mit den Spinnen zusammenhing.

Man würde sehen …

Seine Gedanken kreisten um John Sinclair und den Job, den Suko übernommen hatte. Von John Sinclair hatte er bisher nicht die Nasenspitze gesehen, und auch er war jetzt zur Inaktivität verdammt. Er hockte hier in dem Schiff, das ein Sarg aus Stahl werden konnte, wenn Okastra es wollte. Ein Erfolg war ihm nicht beschieden. Hätte Suko sich von Beginn an einmischen können, wäre sicherlich alles ganz anders gelaufen. So aber hatte er erst später eingegriffen, und das wiederum war einfach zu spät gewesen. Die andere Seite hatte inzwischen einen großen Vorsprung gehabt.

Suko hätte gern den Grund erfahren, weshalb der Kapitän so plötzlich seine Kabine verlassen hatte. Dass etwas schiefgegangen war, lag jedenfalls auf der Hand.

Suko unterbrach seinen Gedankengang. In der Kabine war es still, wie im gesamten Boot. Man schrie hier nicht und redete nicht laut. Und wegen der Stille vernahm Suko auch die Schritte vor der Tür. Sie war nicht ganz zugefallen, und Suko vernahm ein zaghaftes Klopfen.

»Come in!«, sagte er.

Die Tür wurde aufgestoßen. Weder ein Offizier noch ein Mitglied der Mannschaftsdienstgrade betrat die Kabine. Es war Sukos Partnerin in diesem Fall.

Claudia Darwood!

Sie kam herein, sah den Inspektor und blieb stehen, als hätte sie einen Befehl dazu erhalten.

Suko fiel auf, dass sie blass war. Noch blasser als sonst. Ihre Augen waren zudem geweitet.

»Sie hier?«

»Ja, Claudia, setzen Sie sich.«

Zögernd näherte sich die Frau und sah, dass Suko auf den freien Stuhl deutete. »Nehmen Sie ruhig Platz. Wenn der Kapitän zurückkehrt, werde ich aufstehen.«

»Ja, aber …« Sie schüttelte den Kopf und hob gleichzeitig die Schultern. »Ihn wollte ich sprechen, ihn muss ich sprechen.«

»Versuchen Sie es mal mit mir.«

»Natürlich, Suko, entschuldigen Sie! Nur haben Sie hier nicht die Befehlsgewalt über das Boot.«

»Das ist richtig, Claudia. Sie können mir trotzdem sagen, um was es geht, oder?«

»Wie Sie meinen. Aber halten Sie sich fest.«

»Mich kann nichts überraschen.«

»Ich habe Okastra gesehen!«

Diese Aussage war selbst für Suko, der schon einiges erwartet hatte, ein Schlag ins Kontor. »Sie haben ihn gesehen?«, erkundigte er sich zweifelnd. »Er ist hier auf dem Boot?«

»Leider. Und er hat auch schon zugeschlagen.«

»Erzählen Sie, Claudia.«

Die Engländerin berichtete mit hastigen Worten. Sie redete flüsternd, als hätte sie Angst, abgehört zu werden.

»Nun ja«, sagte Suko, als sie ihren Bericht beendet hatte, »das sieht gar nicht gut aus.«

»Das meine ich auch.«

»Wenn Sie sagen, dass sich Okastra auf dem Boot befindet, hat das Verschwinden des Kapitäns vielleicht etwas mit ihm zu tun. Da muss was passiert sein. Leider hat mich Glenn nicht eingeweiht …«

»Vielleicht sind die Soldaten entdeckt worden.«

»Das kann natürlich sein.«

»Und wie würde der Kapitän wohl reagieren?«

Suko lächelte schief. »Dieser Mann ist ein ungläubiger Thomas, was ich ihm nicht einmal verdenken kann.«

»Hat er nicht die Spinnen gesehen?«

»Schon. Nur lautet seine Erklärung anders. Wir können sie vergessen, ich will sie Ihnen auch nicht sagen, aber mir scheint, dass es nicht so einfach sein wird, den Heimathafen England anzulaufen. Dem wird Okastra einen Riegel vorschieben.«

Claudia nickte gedankenverloren. »Wobei ich mich frage, wie er das schaffen will.«

»Bei den Möglichkeiten, die ein Dämon hat, ist es eine reine Spielerei. Dämonen haben die Angewohnheit, mit der Technik zu spielen. Es macht ihnen Spaß, sie zu manipulieren, und die Technik ist seelenlos, sie kann sich nicht dagegen wehren.«

»Was könnte denn alles passieren?«

»Ich weiß es nicht, Claudia.«

»Aber Sie …«

»Leider kenne ich Okastras Pläne nicht. Das ist das Schlimme daran. Wir können nur abwarten. Er wird agieren, wobei ich hoffe, dass es uns gelingt, zu reagieren.«

Feste Schritte näherten sich der Tür. Am Klang erkannte Suko, dass Kapitän Seymour Glenn zurückkehrte. So war es auch. Er stieß die Tür auf und blieb dicht hinter der Schwelle überrascht stehen, denn er hatte nicht damit gerechnet, einen zweiten Besucher in seiner Kabine zu finden.

Claudia Darwood hatte den Blick des Mannes bemerkt und stand sofort auf.

»Entschuldigen Sie bitte, aber ich hatte Sie unbedingt sprechen wollen und fand nur den Inspektor vor …«

Glenn winkte ab. »Schon gut, nehmen Sie wieder Platz. Ich habe sowieso keinen Nerv, mich jetzt ruhig hinzusetzen.«

Es war etwas passiert, das erkannte auch Suko. Eine Frage stellte er nicht, er wollte erst einmal abwarten. Sicherlich kam der Mann von allein auf das Thema zu sprechen.

»Nun«, sagte er und holte tief Luft, während er stehen blieb und auf seine Schuhspitzen starrte. »Es ist in der Tat etwas Ungewöhnliches geschehen. Wir sind auf einem anderen Kurs.«

Suko begriff sofort. »Den Sie nicht angeordnet haben?«

»So ist es.«

»Haben Sie eine Erklärung?«, fragte der Chinese. Seine Stimme hatte einen leicht spöttischen Unterton, den der Kapitän allerdings überhörte.

»Die habe ich eben nicht!«

»Wie ist es denn geschehen?«

»Ganz plötzlich«, erklärte der Mann. »Die Instrumente fielen aus. Genauer gesagt, sie spielten plötzlich verrückt. Da stimmte nichts mehr. Kein Kompass reagierte, und die anderen Anzeigen rotierten ebenfalls. Es war wirklich ein Rotieren, denn die Nadeln schlugen Kreise wie wilde Propeller. Normalerweise dürften wir gar nicht mehr fahren. Wir tun es trotzdem.«

Der Kapitän war geschockt. Das sah man ihm an. Mit logischen Überlegungen kam er hier nicht weiter. Ein anderer hatte die Regie übernommen. Suko und Claudia wussten, um wen es sich dabei handelte. Sie hüteten sich jedoch, ein Wort verlauten zu lassen. Glenn sollte selbst die richtigen Schlüsse ziehen. Sie lagen auf der Hand.

Er begann mit einer Wanderung durch die Kabine. »Aber das ist noch nicht alles«, sagte er mit wesentlich leiserer Stimme. »Auf für mich unerklärliche Weise ist auch ein Teil der Besatzung ausgeschaltet worden. Die Männer liegen in einem Koma. Es war die Mannschaft, die Bereitschaft hatte. Es sieht so aus, als wären sie vergiftet worden, doch unser Bordarzt konnte nichts in dieser Richtung feststellen.« Scharf drehte sich Seymour Glenn um. »Was ist hier geschehen? Was geht auf dem Schiff vor?« Er streckte einen Arm aus, und der Zeigefinger wies auf Suko. »Reden Sie, geben Sie mir eine Erklärung!«

»Würden Sie diese denn akzeptieren?«, fragte Suko.

»Möglicherweise nicht.«

»Da haben wir es.«

»Sagen Sie es trotzdem.«

»Sie müssen umdenken, Sir«, erklärte Suko. »Befreien Sie sich einmal von jedem militärischen Gedankenzwang. Sehen Sie das Ganze ein wenig freier und aufnahmebereiter. Ich kann Ihnen auf Ihre Frage nur eine Antwort geben. Hinter diesem plötzlichen Kurswechsel und dem Ausfall der Instrumente stecken dieselben Elemente, die auch mit der Existenz der Spinnen zu tun haben.«

»Und die oder das wäre?«

»Okastra!«

Glenn ging nicht an die Decke. Er blieb seltsam still, starrte nur zu Boden und sagte: »Ich kann es dennoch nicht fassen.«

»Finden Sie sich damit ab.«

»Und was sollte dieser Okastra damit bezwecken?«

»Das werden wir noch herausfinden. Zunächst einmal können wir gar nichts tun und nur hoffen, dass es bei dem einen Angriff bleibt.«

Der Offizier lachte auf. »Ich höre immer nur diesen Namen. Er ist wie ein Gespenst, ein Spuk. Wobei ich mich frage, ob es ihn überhaupt gibt.«

»Er existiert«, sagte Claudia Darwood. »Ich habe ihn gesehen, Sir. Und zwar auf diesem Schiff.«

»Nein!«

»Wenn ich es Ihnen sage, Sir. Er ist hier. Er befindet sich auf Ihrem U-Boot.«

Der Kapitän ballte die Hand zur Faust. »Das kann ich einfach nicht glauben. Wie kann es geschehen, dass ein Mensch …?«

»Er ist kein Mensch«, stellte Suko richtig.

»Gut, kein Mensch. Wie kann es trotzdem geschehen, dass er unbemerkt ein Boot entert und auf gewisse Weise als blinder Passagier mitfährt?«

»Weil es für ihn keine Hindernisse gibt.«

»Für jeden existieren die!«

»Aber nicht für Geister«, antwortete Suko.

Der Kapitän schluckte. »Das – das glauben Sie doch wohl selbst nicht. Es gibt keine Geister.«

»Sie irren sich, Sir. Ich habe mit ihnen zu tun gehabt, und sie stellen die Naturgesetze auf den Kopf, so wahr ich hier stehe, Sir, es stimmt alles.«

»Ich weiß wirklich nicht, was ich dazu sagen soll«, murmelte Seymour Glenn. Er hob die Schultern, wollte noch etwas hinzufügen, schwieg aber, weil ihn irgendetwas abgelenkt hatte.

»Was haben Sie, Sir?«, fragte Suko.

»Merken Sie es nicht?«

»Nein.«

»Wir steigen, Inspektor, wir steigen. Obwohl ich keinen ausdrücklichen Befehl dazu gegeben habe …«

Ich war Torkan, der Barbar, und ich hatte den Kampf gegen Baal, den Götzen, verloren.

Rücklings lag ich auf seinem Altar in der engen Schlucht des Todes und konnte mich nicht mehr wehren. Magische Kräfte hatten die Kontrolle über meinen Körper übernommen, und Baal, dieser unheimliche Götze, dessen Todfeind ich war, gewann.

Es war ihm gelungen, mich auszuschalten, und er ging jetzt daran, mich zu töten.

Dazu nahm er sein Zepter!

Beim ersten Hinsehen sah es aus wie der gelbe Armknochen eines Menschen. An seiner Spitze vielleicht etwas dicker, an einen Wulst erinnernd.

Baal beugte sich über mich. Ich hätte mich gewehrt, ihn getötet, doch ich konnte nicht.

Im wahrsten Sinne des Wortes schaute ich dem Tod ins Auge. Ich spürte die Berührung des Zepters, es war wie ein Hauch, der über meine Haut glitt und sich in einen mörderischen Schmerz verwandelte, der mich fast um den Verstand brachte.

Mit dem letzten Rest meines klaren Willens wurde mir noch bewusst, dass dieser Schmerz der letzte in meinem Leben als Torkan gewesen war und mich in den Tod führte.

Ich starb!

Nein, ich starb nicht!

Etwas Unwahrscheinliches geschah, und ich möchte es aus der Sicht des Götzen Baal berichten, der damit rechnete, eine Leiche vor sich auf dem Altar liegen zu sehen.

Stattdessen lag dort ein lebender, ein anderer, ein Mensch, wie Baal ihn nicht kannte, wie er ihn noch nie gesehen haben konnte, denn dieser Mensch kam aus der Zukunft.

Er hatte blonde Haare, war völlig anders angezogen und richtete sich plötzlich auf.

Dieser Mensch war John Sinclair, der Geisterjäger!

Suko und Claudia Darwood zeigten sich nach den Worten des Kapitäns nicht einmal überrascht. Sie hatten irgendwie damit gerechnet. Schließlich hatte Seymour Glenn das Kommando nicht mehr. Okastra hatte es ihm aus der Hand genommen, und er führte das aus, was seinem eigenen Willen entsprach. Er manövrierte das Boot in die Höhe, der Oberfläche entgegen, weil er auftauchen wollte.

Glenn stand vor den beiden Passagieren und hatte die Hände zu Fäusten geballt. Seine Gesichtsfarbe wirkte wie graue Asche, er konnte nichts mehr sagen, und schon meldete sich wieder das Telefon.

Glenn sprang hin, hob den Hörer ab und schrie: »Ich komme in die Zentrale. Ist Mister Winter da? Gut, er soll das Kommando übernehmen.« Wieder warf der Kapitän den Hörer hart auf die Gabel, schaute Suko und Claudia an und nickte ihnen zu. »Es ist zwar nicht erlaubt, aber in diesem Fall mache ich eine Ausnahme. Sie dürfen mich begleiten.«

»Das hatten wir auch vor«, erwiderte Suko und fasste Claudia an der Hand. Nach dem Kapitän verließen sie die Kabine und eilten mit schnellen Schritten zur Kommando-Zentrale.

Unter den Mitgliedern der Besatzung hatte sich Unruhe ausgebreitet. Zwar schrie niemand oder drehte durch, aber die Stimmen waren doch lauter geworden, und in jedem Satz, der von den Männern gesprochen wurde, lag eine Frage.

Niemand verstand etwas.

Suko fragte sich, ob Glenn bereit war, einen Gesamtüberblick der neuen Lage zu geben. Wahrscheinlich nicht. Er würde auf tiefen Unglauben stoßen, obwohl auch unter den Soldaten zahlreiche Seeleute abergläubisch waren.

Sie erreichten die Zentrale, in der Glenn augenblicklich das Kommando übernahm.

Suko sah auch den Offizier, der ihm geholfen hatte. Der Mann stand blass am Sehrohr und hob nur die Schultern. »Haben Sie Neuigkeiten, Mister Winter?«

»Nein, Sir.«

»Wir steigen also noch immer?«

Winter nickte.

Kapitän Seymour Glenn übernahm selbst das Sehrohr. In der Fachsprache Periskop genannt. Seine Arme legte er auf die waagerecht nach zwei Seiten stehenden Stützen und presste die Augen dicht gegen die komplizierte Optik.

In der Zentrale herrschte ein diffuses Licht. Die Gesichter der meisten Offiziere verschwammen. Vom Widerschein der Instrumente sah ihre Haut geisterhaft bleich aus.

Suko und Claudia hielten sich zurück. Der Inspektor spürte die Hand der Frau in der seinen. Er hoffte für alle auf dem Boot, dass sie es irgendwie schafften, dieser verdammten Lage zu entkommen. Okastra hatte etwas mit ihnen vor. Wahrscheinlich würde es, wenn es nach seinen Plänen ging, mit dem Tod der Menschen enden. Suko hoffte daher, dass es ihnen gelang, zuvor eine Möglichkeit zu finden, diesem über ihnen schwebenden Schicksal zu entgehen.

Niemand redete. Man überließ es dem Kapitän, einen Kommentar abzugeben. Seymour Glenn stand am Periskop. Sein Gesicht schien mit dem nach oben führenden hydraulisch gesteuerten Metallpfahl verwachsen zu sein.

Sah er etwas?

Unausgesprochen lag die Frage über den Köpfen der Anwesenden.

Suko konzentrierte sich auf das Boot. Ja, sie stiegen. Langsam, aber stetig und durch nichts aufzuhalten. Wahrscheinlich hatten die Männer schon alle Gegenmaßnahmen getroffen, doch sie konnten ein weiteres Steigen des U-Boots nicht verhindern. Bis sie die Oberfläche erreicht hatten, würde allerdings noch einige Zeit vergehen. So lange wollte Glenn nicht am Periskop aushalten. Er trat einen Schritt zurück, drehte sich um, und ein jeder sah sein maskenhaft starres Gesicht, das einen bleichen Schein angenommen hatte.

»Wir werden wohl nichts dagegen unternehmen können, Gentlemen«, sagte er mit ruhiger Stimme und hob danach die Schultern. »Ich muss zugeben, dass ich einem Phänomen gegenüberstehe. So etwas ist mir während meiner ganzen Dienstzeit noch nicht passiert. Tut mir leid, dass ich Ihnen das mitteilen muss.«

Winter stellte die erste Frage. »Haben Sie über eine Erklärung nachgedacht, Sir?«

»Das habe ich. Wahrscheinlich bin ich zu dem gleichen Ergebnis gelangt wie Sie.«

»Hängt es vielleicht mit den Spinnen zusammen?«

»Das vermutet der Inspektor. Und noch einiges mehr.«

Suko war angesprochen worden und sah sofort die Blicke der Versammelten auf sich gerichtet. Man wartete auf eine Erklärung.

Suko löste seine Hand aus Claudias Griff und trat einen halben Schritt vor. »Es sieht leider so aus, als wären wir mit unserem Latein am Ende, Gentlemen«, erklärte er. »Was hier mit uns allen geschieht, haben keine Menschen zu verantworten, sondern andere Kräfte, die für uns oft genug unerklärbar sind. Ich spreche das Wort bewusst aus und sage: Dämonen. Wir haben es hier mit Dämonen zu tun. Damit müssen wir uns leider abfinden. Auch die Spinnen, von denen Sie, Mister Winter, gesprochen haben, zähle ich dazu. Sie sind die Helfer des Dämons. Von ihm wurden sie wahrscheinlich erschaffen und gehorchen allein seinen Befehlen. Das müssen Sie als Tatsache hinnehmen.« Suko sah, dass Unruhe entstand, hob einen Arm und redete mit ein wenig verschärfter Stimme weiter. »Und wir müssen uns ferner darüber klar sein, dass nicht mehr Kapitän Seymour Glenn das Kommando über das Boot hat, sondern ein Dämon. Er kann die Technik manipulieren, wie wir es am eigenen Leibe erfahren mussten. Richten Sie sich darauf ein.«

»Und wie soll das enden, wohin soll es führen, welche Chance haben wir?«

Drei Fragen auf einmal wurden Suko gestellt. »Eigentlich kann ich Ihnen auf keine Ihrer Fragen eine konkrete Antwort geben«, erwiderte er. »Ich weiß nicht, wo es endet, da ich die Ziele unseres Gegners nicht kenne. Ob wir eine Chance haben?« Er hob die Schultern. »Darüber kann ich Ihnen nichts sagen. Es kommt auf uns an.«

»Wieso?«

»Wir sollten nicht die Nerven verlieren und zusammenhalten. Ich weiß, dass ein Teil der Besatzung ausgeschaltet worden ist. Die Männer der Bereitschaft liegen in einem komaähnlichen Zustand in den Kojen. Auch das haben wir diesem Dämon zu verdanken. Uns hat er bisher verschont. Die Gründe werden wir sicherlich erfahren.«

»Wie heißt denn der Dämon?«

»Okastra!«

Den Namen hatten die Männer noch nie gehört. Das sagten sie auch. Jemand wollte wissen, wie er ungesehen an Bord hatte gelangen können.

Suko gab dem Fragesteller dieselbe Antwort, die auch der Kapitän zuvor in der Kabine von ihm erhalten hatte.

Sie wurde mit Unglauben quittiert. Diskussionen entstanden, die durch eine eigentlich normale, in diesem Fall jedoch sehr beunruhigende Meldung gestoppt wurden.

»Die Wassertemperatur hat sich um sieben Grad erwärmt und steigt weiter!«

»Unmöglich!«, rief Seymour Glenn.

»Sir, es stimmt. Ich täusche mich nicht. Die Temperatur steigt tatsächlich. Ich habe das Gefühl, als würden wir uns im Golfstrom bewegen oder irgendwo in der Südsee.«

Glenn hielt nichts mehr an seinem Platz. Er schaute nach und musste zugeben, dass dies so war. »Sogar das Gerät ist in Ordnung«, stellte er fest, »im Gegensatz zu den anderen.«

»Schauen Sie noch einmal nach«, schlug Suko vor. »Wir müssten ja allmählich die Wasseroberfläche erreichen.«

Seymour Glenn nickte und wandte sich abermals dem Sehrohr zu. Diesmal kommentierte er, was er sah.

»Die Helligkeit nimmt zu. Ein Zeichen, dass wir uns der Oberfläche nähern. Steigt die Temperatur noch?«

»Ja, Sir.«

»Wie sieht es auf den Radarschirmen aus, Breker?«

»Sind ausgefallen, Sir.«

Der Kapitän blieb am Periskop und gab nur hin und wieder einen knappen Kommentar.

Claudia Darwood schob sich dicht an Suko heran, damit er sie auch verstand, wenn sie flüsterte. »Da geht doch einiges nicht mit rechten Dingen zu«, hauchte sie. »Haben Sie einen Verdacht, Suko?«

»Nein, den habe ich nicht und gleichzeitig doch.«

»Wie soll ich das verstehen?«

»Es ist nur schwer, es den Leuten begreiflich zu machen, aber ich werde das Gefühl nicht los, dass wir uns zwar noch im Atlantik befinden, aber in einer anderen Zeit möglicherweise.«

»Wieso?«

»Vielleicht haben wir, ohne es zu merken, ein Dimensionstor durchfahren. So etwas gibt es.«

»Und dann?«

»Wie ich schon sagte, könnten wir uns in einer anderen Zeit

befinden. Aber das sind Annahmen, noch habe ich dafür keine schlüssigen Beweise. Die Anzeichen jedenfalls deuten darauf hin.«

»Haben Sie so etwas schon erlebt?«

»Mehr als einmal.«

»Und Sie sind stets zurückgekommen?«

Suko lachte leise. »Wie Sie sehen, ja.«

»Achtung, Männer, es ist so weit«, meldete sich der Kapitän. »Wir werden bald auftauchen.« Er atmete tief ein. »Noch einen Moment. Jetzt!«, rief er. »Ich sehe etwas!«

Es war die Sekunde der Wahrheit. Nun würde es sich zeigen, ob Suko mit seiner Vermutung recht behalten hatte.

Sogar der Kapitän stand unter einer Spannung, die er nicht mehr verbergen konnte. Längst hatte er seine Ruhe aufgegeben. Der Mann zitterte wie unter Strom. Seine Schultern zuckten.

Einen Kommentar gab er nicht ab. Dafür drehte er sich mit einem heftigen Ruck um, sodass er den Anwesenden ins Gesicht schauen konnte. Zweimal holte er Luft und wischte dabei über sein Gesicht, bevor er überhaupt ein Wort hervorbrachte. »Wir – wir sind in einem anderen Gewässer«, flüsterte er. »Soweit ich erkennen kann, befinden wir uns nicht mehr vor der spanischen Küste. Wir sind abgetrieben …«

»Können Sie ungefähr sagen, wohin …«

»Nein, Mister Winter, das ist mir unmöglich. Es tut mir leid. Der Inspektor scheint recht behalten zu haben. Da stimmt einiges nicht. Ich war mir nicht sicher, aber …« Seymour Glenn geriet ins Stottern. »Tut mir leid, dass ich Ihnen das sagen muss, Gentlemen …«

Suko übernahm die Initiative. Niemand hielt ihn auf, als er vorging und den Kapitän zur Seite schob, damit er durch das Sehrohr schauen konnte.

Suko ging ein wenig in die Knie, schaute durch die Optik und sah bestätigt, was der Kapitän ihnen mitgeteilt hatte.

Zum Greifen nah lag das Land vor ihm. Eine andere Küste, nicht so zerklüftet, so wild und auch nicht so unwegsam. Ein Strand, der nach Sand aussah und sich gegen die anlaufenden Wellen zu schieben schien. Ein einsamer Flecken Erde, nicht als romantisch zu bezeichnen, denn irgendetwas gab es da, das Suko störte.

Er konnte es nicht erkennen, er wusste aber, dass es vorhanden war. Vielleicht das Böse, möglicherweise ein fremder Dämon.

Okastra?

Bestimmt, denn er war es schließlich gewesen, der das U-Boot lenkte und es nach seinem Willen leitete. Die Folgen waren absehbar. Okastra hatte das Boot deshalb an dieses Ziel gebracht, damit die Menschen an Land gehen konnten.

Er wollte sie für sich!

Suko trat wieder vom Periskop zurück und hob die Schultern. »Ich kann die Aussagen des Kapitäns bestätigen. Wir müssen an einer uns allen unbekannten Küste gelandet sein.«

Seymour Glenn ging auf Sukos Angaben nicht ein. Er fragte etwas Sachliches: »Wassertiefe?«

»Wir können nur schätzen, Sir«, wurde ihm geantwortet.

»Dann tun Sie es, verdammt!«

»Ungefähr 250 Fuß.«

»All right. Wir bleiben an der Oberfläche in Wartestellung und werden mit Booten an Land fahren. Dort sehen wir weiter.«

Es gab keinen Widerspruch. Suko war mit dieser Anordnung einverstanden. Er schaute zu, wie die Turmluke geöffnet wurde. Warme Luft strömte in das Boot, schon fast als tropisch zu bezeichnen und überhaupt nicht mit der zu vergleichen, die sie von der Nordwestküste Spaniens her gewohnt waren.

Zuerst stieg der Kapitän den Turm hoch, schwang sich hinaus und blieb auf dem Deck stehen. Die Offiziere folgten ihm. Sie nahmen automatisch ihre Waffen mit. Eine Pistole trug jeder, mit MPis waren nur zwei ausgerüstet.

Auch Suko kletterte hoch. Claudia nahm er mit.

Da sich niemand von der Mannschaft hatte blicken lassen, nahmen sie beide an, dass Okastra die Männer ausgeschaltet hatte.

Suko zählte schnell ab, denn die Gruppe hatte sich in einer Reihe auf dem Deck aufgebaut.

Wenn er die Männer, Claudia und sich nicht mitrechnete, waren es noch vier Personen.

Sie standen also zu siebt gegen Feinde, von denen sie bisher noch nichts entdeckt hatten und nicht wussten, wie groß deren Zahl war. Das konnten Hunderte sein, vielleicht auch Tausende, und niemand von ihnen wusste, wie diese Gegner aussahen.

Suko hatte in dieser Hinsicht schon die tollsten Überraschungen erlebt.

Das Meer war ruhig. Fast glatt lag das Untersee-Boot auf den Wellen, die kaum überliefen. Auch am Strand rührte sich nichts. Völlig einsam lag er unter den Strahlen einer langsam sinkenden Sonne.

Dennoch waren die Männer beunruhigt. Niemand wusste, wo sie sich aufhielten. Sie hatten eine lange Reise hinter sich, vielleicht sogar eine Zeitreise.

Auch Suko dachte daran. Er räusperte sich und wandte sich an den Kapitän, der schräg vor ihm stand. »Wir sollten Boote zu Wasser lassen, Sir.«

»Und dann?«

»Es ist besser, das Land zu erkunden, als hier zu warten.«

Damit war der Kapitän nur bedingt einverstanden. »Ich muss an meine Leute denken. Die Mannschaften liegen im Koma. Jemand muss sie bewachen.«

»Da stimme ich Ihnen im Prinzip zu, Sir. Nur glaube ich nicht, dass Ihren Leuten irgendein Leid angetan wird. Wäre dies der Fall gewesen, hätte es schon längst geschehen können. Meiner Ansicht nach sind die Männer auf dem Boot sogar sicher.«

»Sicherer als wir?«

»Das nehme ich an.«

»Und welche Gefahren erwarten uns?«

Suko hob die Schultern. »Wir müssen mit allem rechnen, Sir. Es kann sein, dass wir uns in einer fernen Vergangenheit der Erde befinden, aber auch in einer anderen Dimension, in einem Reich, das von Dämonen beherrscht wird.«

Seymour Glenn schlug sich gegen die Stirn. »Sie sprechen dies so normal aus, als wäre es die selbstverständlichste Sache der Welt. Aber daran kann ich nicht glauben.«

»Das ist schwer, Sir, ich weiß. Aber ich gehe davon aus, dass wir vom Gegenteil überzeugt werden.«

Seymour Glenn warf einen langen Blick auf den vor ihnen liegenden Strand. Die Wellen rollten heran. Sie brachten kleine Schaumkronen mit, bevor sie auf dem Strand ausliefen. Dahinter begann eine Ebene. In der Ferne zeichneten sich Berge ab. Spuren, die auf Menschen hinwiesen, sahen die Männer nicht.

»Gut«, sagte der Kapitän. »Ich lasse Boote holen.« Er gab das entsprechende Kommando.

Seine Leute rutschten in das U-Boot zurück. Schon bald kehrten sie zurück. Es waren modernste Schlauchboote, die automatisch aufgeblasen wurden, wenn sie mit Wasser in Berührung kamen.

Suko hatte sie schließlich zur Genüge kennengelernt. Er, Claudia und der Kapitän stiegen in das erste Boot. Die anderen vier Männer verteilten sich auf die beiden Nächsten.

Suko hatte die rechte Hand in das Wasser gleiten lassen und prüfte die Temperatur.

Das Wasser war lauwarm und wirklich nicht mit dem zu vergleichen, was sie vor der Küste Spaniens erlebt hatten.

Von den weißen Monster-Spinnen sahen sie nichts. Sie mussten sich zurückgezogen haben oder hatten diese seltsame Reise überhaupt nicht mitgemacht.

Claudia saß neben Suko. Hin und wieder schüttelte sie den Kopf und sagte: »Mir kommt das alles wie ein nie enden wollender Traum vor. So unheimlich und unwirklich.«

»Bleiben Sie einfach bei dieser Meinung und denken Sie daran, dass es ein Traum ist.«

»Was mir schwerfällt.«

»Das kann ich verstehen.«

Die Kraft der kleinen Motoren schob die Boote auf das Ufer zu. Näher und näher rückte der Sandstrand, der wie ein kleines Paradies aussah. Suko hatte plötzlich das Gefühl, im Altertum zu sein, in einer Zeit, die möglicherweise viertausend Jahre zurücklag.

Das alles würde sich herausstellen, denn er glaubte nicht daran, dass Okastra sie so ohne weiteres aus seinen Klauen lassen würde. Er stand als unsichtbarer Lenker über ihnen und hielt sie an seinen langen Fäden fest.

Mit Motorkraft erreichten sie den Strand.

Suko hatte sich mittlerweile an Dinge wie diese gewöhnt. Er stand auf und sprang mit einem Satz über Bord. Das Wasser reichte ihm knapp bis zu den Knien. Der Motor wurde abgestellt, der Propeller hochgekippt, und Suko half mit, das Boot an Land zu ziehen.

Sie brachten es vor den Wellen in Sicherheit, damit es nicht wieder ins Meer gezogen werden konnte. Auch die anderen beiden Boote waren inzwischen gelandet und von den Männern verlassen worden.

Die Gruppe sammelte sich.

Noch immer glaubte der Kapitän, das Kommando zu haben. Diesmal machte ihm Suko einen Strich durch die Rechnung. Er erklärte dem Mann, dass sie sich nicht mehr auf dem Schiff befänden und andere Regeln bestünden.

»Es muss Disziplin herrschen«, hielt er Suko entgegen.

»Sicher, das wird auch so sein. Nur werde ich jetzt die Anordnungen geben. Ich habe Erfahrung in fremden Welten oder in der Vergangenheit der Erde, die …«

»Sie wollen doch nicht behaupten, dass Sie …«

»Ich will behaupten, dass ich Ähnliches schon erlebt habe«, erklärte Suko.

»Und wo könnten wir sein?«, fragte Winter.

»Die Antwort werde ich euch geben!«, vernahmen sie eine grollende Stimme. Jeder schwieg und starrte in die Richtung, aus der sie die Stimme vernommen hatten.

Eine Gestalt, umschwebt von blauen Nebelschwaden, hielt sich dort auf. In dem Nebel erkannten die Gestrandeten ein rot glühendes Augenpaar. Suko und Claudia wussten Bescheid.

»Das ist Okastra«, sagte der Inspektor leise.

Seymour Glenn hatte ihn trotzdem verstanden. Er nickte nur, ansonsten zog er es vor, zu schweigen.

Aus dem Nebel erklang eine Stimme. Der Dämon redete in der Sprache, die alle verstehen konnten.

»Ich heiße euch herzlich willkommen in einem Land, das ihr einmal Babylonien genannt habt ...«

Ein anderer lag auf dem Altar. Ein Fremder, ein Mensch aus der Zukunft. John Sinclair.

Das alles sah Baal, das sah auch ich. Ich wusste nicht, wie ich auf diesen Altar gelangt war, und kannte auch nicht das Wesen, das vor mir stand, obwohl es etwas in meiner fernen Erinnerung gab, das mir riet, vorsichtig zu sein.

Baal, dieser mächtige Götze mit dem verschwommen wirkenden Gesicht, zuckte zurück. Er hob beide Arme und tat dies mit einer Bewegung, die mich an die einer Schlange erinnerten.

Dann hörte ich seine Worte. »Du bist es. Du bist der Mensch, der das Kreuz hat. Das verfluchte, das ...« Er sprach nicht mehr weiter und schrie mörderisch.

Das hatte einen Grund.

Mein Kreuz stemmte sich gegen die Magie.

Urplötzlich war dieses Tal eingehüllt in einen grellen Kranz aus blendendem Licht, in dessen Zentrum sich die Altarplatte, mit mir darauf liegend, befand.

Es waren regelrechte Lichtexplosionen, gewaltige Wolken, die sich über meinem Kopf ausbreiteten. Ich wurde ebenfalls getroffen, nicht äußerlich, sondern in meinem Innern, und ich empfand ein Gefühl der Leichtigkeit, vergessen waren die Sorgen, die Schmerzen, die Ungewissheit, ich fühlte mich frei und glücklich,

344

wobei ich innerhalb der Lichtglocke vier Gesichter sah, die mich an die Schutzheiligen erinnerten, die den Weg des von Hesekiel gefertigten Kreuzes begleitet hatten.

Hier, in dieser völligen Fremde, entfaltete das geweihte Silberkreuz seine Macht. Eine Fülle, wie ich sie noch nie erlebt hatte und die mich so sorglos und frei werden ließ.

»Noch bist du nicht davongekommen!«, hörte ich das ferne Schreien. »Noch nicht. Ich will ihn haben und werde ihn mir holen! Du hast nicht nur das Kreuz, du hast auch ihn, den Dolch, und ihn wirst du mir geben ...«

... geben ... geben ...

So hallten die Echos von den Wänden der Schlucht zurück, als die strahlende Helligkeit zusammensank.

Ich war allein.

Allein in einer fremden Umgebung, in einem anderen Land, in einer anderen Zeit, und hockte auf der Platte des Götzenaltars.

So sahen die Tatsachen aus, über die ich mir allmählich klar wurde. Und ich begann, mich zu erinnern. Die Gegenwart interessierte mich nicht. Meine Gedanken flogen zurück in die Vergangenheit, die auf eine gewisse Art und Weise für mich Zukunft war.

Mein Gedächtnis hatte keinen Schaden erlitten. Ich sah mich wieder in einem unterirdischen Höhlensystem und stand einem Dämon namens Okastra gegenüber.

Eine von blauem Nebel umhüllte Gestalt, in dem nur das rot glühende Augenpaar besonders auffiel. Dieser Dämon hatte meine Vernichtung gewollt, er hatte mich sogar mit seinem Schwert getroffen, und zwar in dem Augenblick, als ich ihn angriff.

Von da ab war alles anders gewesen. Ich war eingetaucht in den unheimlichen Nebel und war nicht derselbe wie zuvor. Es gab keinen John Sinclair mehr, eine fürchterliche fremde Magie hatte ihn getroffen und verschluckt, aufgelöst, vielleicht sogar atomisiert. Es war zu einem magischen Paradoxon gekommen.

Mein Geist hatte sich nicht nur mit dem Nebel vermischt, sondern war gleichzeitig in den Körper eines Toten gefahren.

Dieser Tote, der Baal auf dem Altar geopfert werden sollte, hieß Torkan. Er gehörte zu Baals Gegnern und war ein großer Kämpfer, der leider verloren hatte.

Baal wollte ein Exempel statuieren und hatte ihn vernichtet. Es schien ihn nicht mehr zu geben, denn an seiner Stelle lag ich, der Geisterjäger John Sinclair, auf dem Altar. Es war also ein Austausch vorgenommen worden.

Begreifen, fassen! Ging das überhaupt?

Nein! Da spielten andere Kräfte eine Rolle. Übergeordnete. Dämonische und Kräfte des Lichts, die hoffentlich auch weiterhin auf meiner Seite standen.

Es fiel mir nicht leicht, die Gedanken von der Vergangenheit zu lösen, aber es gab keine andere Möglichkeit. Für mich zählte die Gegenwart in der um mich herum befindlichen Vergangenheit, und ihr musste ich mich stellen. Hoffentlich gelang es.

Es gibt Situationen, in denen man automatisch handelt. Da bildete auch ich keine Ausnahme. Wieso ich meinen Körper plötzlich zurückerhalten hatte, darüber dachte ich zunächst nicht nach, sondern testete, ob auch alle Waffen vorhanden waren.

Kreuz, Beretta, die Gemme, magische Kreide – und natürlich der Dolch. Auf ihn hatte es Baal abgesehen. Irgendein Geheimnis musste sich um ihn ranken. Ich war gespannt, ob ich es lüften konnte.

Ich zog ihn aus der Scheide.

Meine Augen wurden groß.

Der Dolch hatte sich verfärbt.

Er war schwarz geworden!

Sekundenlang saß ich reglos. So lange, bis ich die Überraschung verdaut hatte.

Kein silbriges Schimmern mehr, sondern ein schwarzer Dolch, als wäre das ursprüngliche Metall mit dieser dunklen Farbe überstrichen worden. Ein Phänomen, das ich mit dem Begriff unwahrscheinlich umschreiben konnte. Dennoch lächelte ich.

Unwahrscheinlich war eigentlich nichts mehr. Dafür hatte ich schon zu viel erlebt.

Ich legte den Dolch mit der Schneide auf meine Knie, wobei ich den Griff mit der rechten Hand festhielt. Mit den Fingern der linken Hand strich ich über die Klinge und versuchte durch Tasten eine äußerliche Veränderung des Materials festzustellen. Das gelang nicht. Die Klinge war so hart wie immer. Nur hatte sie sich äußerlich verändert, und wahrscheinlich war auch ihre magische Wirkung aufgehoben worden.

Baal hatte es auf den Dolch abgesehen. Er hatte ihn nicht in seinen Besitz bringen können, ihn aber verändert, denn dass das andere Aussehen der Waffe auf Baals Kräfte zurückzuführen war, stand für mich fest.

In den Dolch waren dieselben Zeichen eingraviert wie auf dem Kreuz, nur schwächer, und sie hatten auch, wenn ich den Dolch einsetzte, nie reagiert.

Das musste einen Grund haben!

Oft hatte ich darüber nachgedacht, und auch jetzt schaute ich mir die Waffe wieder sehr genau an.

Auf dem Griff befanden sich die Zeichen der Erzengel. Das M für Michael ganz oben. G und R, die für Gabriel und Raphael, standen rechts und links, während das U für Uriel sich schwach auf dem oberen Teil der Klinge befand.

Das in der Mitte des Kreuzes befindliche geheimnisvolle Sechseck befand sich auch auf dem Dolch, das Allsehende Auge ebenfalls. Nur eben schwach, verblassend, während die Zeichen auf dem Kreuz sehr stark hervortraten.

Auch jetzt, wo die Waffe geschwärzt war, sah ich die Zeichen nicht deutlicher. Ich musste schon genau hinschauen, um sie erkennen zu können. Je länger ich sie anstarrte, umso blasser wurden sie.

Ein Phänomen.

Mir rann es kalt über den Rücken. Ich konnte praktisch zusehen, wie die Kraft des Götzen Baal meinem Dolch die Magie nahm.

Ich rutschte von der Altarplatte und ging einige Schritte vor. Nicht einmal Schwindel packte mich, ich hatte diese seltsame Umwandlung gut überstanden.

Da ich doch nichts mehr erreichen konnte, steckte ich den Dolch wieder weg und konzentrierte mich zunächst einmal auf meine neue, für mich sehr fremde Umgebung.

Dieses kleine Tal, in dem ich mich befand, war von hohen Felsen umgeben. Sie stiegen steil in einen sonnendurchglühten Himmel und spendeten gleichzeitig Schatten und Kühle.

In der letzten Zeit musste es ein leichtes Erdbeben gegeben haben, anders konnte ich mir die herabgefallenen Gesteinsmassen, die überall verteilt lagen, nicht erklären.

Der Altar war seltsamerweise verschont worden, aber nicht die Menschen, die sich außer mir noch im Talkessel aufgehalten hatten. Ich sah sie unter den Massen liegen.

Von manchen nur mehr ein Bein. An anderer Stelle schaute noch ein Arm hervor oder eine zur Faust geballte Hand. Zudem sah ich die Trümmer eines Holzgefährts. Wahrscheinlich war es ein Karren gewesen.

Eine Erklärung für dieses Phänomen hatte ich nicht.

Aber hier musste etwas Schreckliches vor sich gegangen sein, und es musste mit mir zusammenhängen.

Auf einem Stein ließ ich mich nieder und dachte nach.

Was war passiert, als ich noch nicht hier auf dem Altar gelegen hatte? Wo hatte ich mich befunden? Wo war mein Körper gewesen und wo mein Geist? War beides auseinandergerissen worden oder zusammen in einer magischen Sphäre geblieben?

Allmählich nur kristallisierte sich etwas hervor. Sehr weit hinten im Kasten meiner Erinnerungen blitzte es auf, und mir fiel plötzlich ein Name ein.

Torkan!

Zunächst wusste ich nicht, was ich damit anfangen sollte. Es gab keine Verbindung. Dann versuchte ich es, wie in der Schule gelernt, und sprach den Namen ein paar Mal leise vor mich hin.

»Torkan, Torkan …«

Da hatte ich es plötzlich.

Torkan war ich gewesen. Ohne den Sinclair-Körper, sondern nur mit meinem Geist, der die Erinnerung gespeichert hatte und die einzelnen Informationen jetzt freigab.

Ich, John Sinclair, war Torkan gewesen!

Ein Phänomen. Unbeschreiblich auf gewisse Art und Weise, aber dennoch existent.

Puh, das musste verkraftet werden.

Teil für Teil kehrte die Erinnerung zurück und setzte sich zu einem Mosaik zusammen, das allmählich ein Bild ergab. Ein Bild aus der Vergangenheit, die ich als Torkan erlebt hatte.

Und gleichzeitig auch als John Sinclair, denn mein Geist war in diese biblische Gestalt hineingefahren. Genau, das war es. Biblische Vergangenheit.

Ich verbannte mein Leben als Torkan aus meinem Gehirn und begann nachzudenken.

Was wusste ich aus dem Alten Testament über diese Vergangenheit? Was war Wahrheit, was waren Legenden, die man sich an Lagerfeuern erzählt hatte?

Baal!

An diesen Namen musste ich mich halten. Er war im Alten Testament so etwas wie ein Obergötze gewesen. Eine schaurige Erscheinung, ein Zerrbild, das die Menschen anbeteten, die von ihrem wahren Gott Jehovah abgekehrt waren.

Sie hatten das Goldene Kalb umtanzt und dabei nach Baal geschrien. Aus dem Hebräischen stammte dieser Name. Manche nannten ihn auch Bei. Andere wiederum sagten Andonai oder Adon. Er war der Hauptgott der Kannaiter gewesen. Besonders wurde er bei den Babyloniern verehrt. Am Tempel des großen Salomon soll es eine Säule gegeben haben, die allein Baal geweiht war.

Er war ein Götze und hatte sich gleichstellen wollen mit Jehovah. Die meisten jedoch folgten Jehovah, wenige nur Baal. Sie dienten fortan dem Bösen.

Bei einem Wort hakte ich ein. Babylonier.

Baal war von diesem Volk verehrt worden. Und der Prophet Hesekiel war in die babylonische Gefangenschaft geraten, wo er mein Kreuz hergestellt hatte.

Genau dieses Kreuz, das ich bei mir trug, und das die Zeichen des Guten aufwies.

Hesekiel war Baals Feind, ebenso wie er ein Feind der Babylonier gewesen war. Konnte es dann sein, dass es dennoch zwischen dem Kreuz und dem Dolch eine Verbindung gab?

Vielleicht hatte der Dolch gar nicht zur Seite des Guten gezählt. Baal wollte ihn zurückhaben, um ihn möglicherweise gegen das Kreuz einzusetzen.

Ein fantastischer, aber meiner Ansicht nach nicht zu weit hergeholter Gedanke.

Ich verspürte plötzlich Angst vor meinen eigenen Gedanken und Schlussfolgerungen, doch auf irgendeine Art und Weise lag ich nicht so falsch, das sagte mir mein Verstand.

Fazit: Ich war wieder John Sinclair, der Geisterjäger, aber ich befand mich in einem fremden Land und in einer anderen Zeit. Tief in der Vergangenheit.

Für mich gab es nur eine Lösung.

Ich war im alten Babylonien!

Möglicherweise zur Zeit des großen Propheten Hesekiel, der mein Kreuz geschmiedet hatte, das ich nach wie vor um den Hals trug.

Ich konnte zwar nicht in die Zukunft der Vergangenheit schauen, aber ich sah Probleme und Phänomene auf mich zukommen, die ich wohl kaum lösen konnte.

So weit war ich klar. Es gab da nur noch ein nicht sehr geringes Problem.

Okastra!

Wie konnte ich ihn, den Sarazenen, in dem Volk der Babylonier unterbringen? Die Sarazenen hatten doch viel später gelebt! War das vielleicht mit einer Zeitverschiebung zu erklären?

Irgendwann würde ich sicherlich eine konkrete Antwort darauf erhalten.

Gedanklich beschäftigte ich mich wieder mit der Gestalt des Torkan. Er war in dieses Tal geschafft worden und hatte auf einem Wagen gelegen. Als ich daran dachte, irrten meine Blicke dorthin, wo die Trümmer des Gefährts lagen. Ja, das musste dieser Wagen gewesen sein.

Und dann?

Ich dachte weiter nach und erinnerte mich an unheimliche Vögel, die in der Luft geschwebt hatten. Sie flogen innerhalb dieses Talkessels und hatten mich angegriffen. Ich hatte auf dem Altar gelegen und musste kämpfen. Als Barbar besaß ich auch die entsprechende Ausrüstung, ein Schwert, das aber ebenso verschwunden war wie die Gestalt des Torkan.

Rätsel über Rätsel …

Hatte es Torkan wirklich gegeben, oder war es nur eine Einbildung, ein Geist gewesen, der aus einer anderen, nicht sichtbaren Welt noch einmal zurückgeholt worden war?

Ich wollte nicht länger darüber nachdenken, denn Torkan war nicht mehr vorhanden, im Gegensatz zu mir.

Mich gab es. Da es mich gab, musste ich handeln und konnte mich nicht länger mit irgendwelchen Problemen beschäftigen, die in der Vergangenheit begraben lagen.

Was tun?

Ich erhob mich von dem Stein, reckte die Arme und stellte fest, dass ich meinen Körper ebenso wie vor dieser seltsamen Geistwanderung bewegen konnte.

Wieder dachte ich an Okastra. Er hatte mich mit seinem Schwert getroffen, ich war aufgelöst worden, und dabei hatte es einen Zeugen gegeben.

Claudia Darwood!

Leider war mir nicht bekannt, was aus ihr geworden war. Hatte sie überlebt, oder war ihr das gleiche Schicksal wie den beiden Basken widerfahren?

Meine Überlegungen gingen so weit, dass ich daran glaubte, Claudia nicht mehr wiederzusehen.

Und dafür sollte mir Okastra büßen.

Ihn hatte ich gesucht – und Baal gefunden. Zwischen beiden musste es eine Verbindung geben.

Fand ich diesen roten Faden, hatte ich den Fall gelöst. So einfach war das.

Nur steckte ich in einer Welt, die weit, weit zurücklag.

Ich konzentrierte mich wieder auf die äußerlichen Einflüsse und stellte fest, dass das Tal einen Ausgang hatte. Leider war er durch Felsgestein verschüttet, das ich erst überklettern musste.

Hatte es überhaupt einen Sinn, das einsame Tal zu verlassen? War es nicht ein Schlupfwinkel oder eine Wohnstatt des Götzen Baal? Wäre es nicht besser, wenn ich hier auf ihn wartete und mich ihm hier stellte?

Möglich.

Dabei musste ich nur hoffen, dass er auch erschien. Auf einen Ruf hin würde er wohl kaum reagieren. Er hatte die Abwehr meines Kreuzes erlebt, als ich den Dolch …

Genau bis zu diesem Punkt war ich mit meinen Gedanken, als sich einiges veränderte.

Es begann bei meinem Dolch.

Ich merkte es kaum, ein leichter Ruck genau dort, wo der Dolch in der weichen Scheide aus Leder steckte. Als ich hinschaute, schwebte er bereits, als hätte ihn eine unsichtbare Hand aus der Scheide gezogen.

Mein blitzschnelles Nachfassen brachte nichts, denn die zupackenden Finger der rechten Hand griffen ins Leere.

Der Dolch war schneller.

Im Nu hatte er sich einige Meter von mir entfernt, schwebte in der Luft und flirrte herum.

Die Spitze wies auf mich.

Eine geschwärzte, furchtbare Waffe, die töten konnte.

Und dann war die Stimme da. Sie kam mir vor wie finsteres Glockengeläut, und sie hallte von allen Seiten an meine Ohren.

Es war das Organ eines Dämons.

Baal sprach.

»Dieser Dolch, John Sinclair, ist nicht dein Eigentum. Du hast ihn an dich genommen wie ein Dieb. Und Diebe werde ich bestrafen, besonders solche, die mir etwas weggenommen haben. Deshalb soll dieser Dolch, der dich bisher beschützt hat, dich töten!«

Vielleicht waren die Soldaten nach dieser Anrede sprachlos und nicht fähig, klare Gedanken zu fassen, Suko aber dachte da anders. Er hatte die Worte sehr genau verstanden und auch darüber nachgedacht, was das Wort Babylonien für sie bedeutete.

Die Babylonier verehrten Götzen. Es wurden den Schlimmsten unter ihnen Menschenopfer dargebracht. Diese dämonischen, von den Menschen angebeteten Wesen verlangten Blut, das auf speziellen Altären für sie floss.

Suko erinnerte sich auch an den Propheten Hesekiel, der in die babylonische Gefangenschaft geraten war und dort die Waffe des John Sinclair hergestellt hatte.

Die Gefangenen waren die Gerechten in einem Land, das in tiefer Sünde lebte, wo dem Götterkult gefrönt wurde und es keine Moral gab, denn diese hoben die Götzen auf.

Und Baal gehörte dazu.

Auch Okastra?

Suko suchte den Kontakt. Er hielt dem Blick des Dämons Okastra stand und ließ sich auch von diesen rot glühenden Augen nicht niederzwingen.

Standhalten!

»Das kann doch nicht wahr sein«, hauchte Claudia. »Mein Gott, Babylonien oder Babylon, das ist Geschichte, vielleicht Legende …«

»Nein, Mädchen, du musst dich damit abfinden«, erwiderte

Suko leise. »Wir haben eine Zeitreise hinter uns. Gesorgt hat dafür Okastra und dessen Magie.«

»Aber er ist Sarazene!«

»Na und?«

»Die Sarazenen gab es zu Zeiten Babylons noch nicht.«

»Das ist richtig. Nur haben wir dort auch nicht gelebt und sind trotzdem hier. Man kann die Magie oft nicht mit dem Verstand erfassen oder messen. Man muss sie hinnehmen.«

»Fragt sich nur, ob das auch die anderen tun.«

»Es wird ihnen nichts übrig bleiben.«

Okastra hatte nichts mehr gesagt. Er stand nur vor ihnen und wartete auf eine Reaktion.

Allmählich erholten sich die Männer von ihrem Schrecken. Es war an erster Stelle Kapitän Seymour Glenn, der sich nicht damit abfinden wollte, von anderen Befehle entgegenzunehmen, und er war es auch, der gegen Okastra anging.

»Wo sind wir hier?«, rief er überlaut. »In Babylon? Ich glaube du spinnst, mein Junge. Sag die Wahrheit!«

»Glenn.« Suko packte den Offizier an der Schulter und zog ihn zurück. »Reizen Sie ihn nicht unnötig.«

»Ach, verdammt!« Der Kapitän riss sich los. »Er hat uns diesen Mist eingebrockt, und den soll er auch jetzt ausbaden. Ich will wissen, ob er tatsächlich ein Dämon ist.«

»Verlassen Sie sich darauf!«

»Sind Dämonen kugelfest?«

»Ja.«

»Ich werde es ausprobieren.«

Suko sah ein, dass er diesen Mann nicht belehren konnte. Er musste eben seine eigenen Erfahrungen sammeln.

Glenn gab den Feuerbefehl. »Nur die MPis!«

Darauf hatten die beiden Offiziere nur gewartet. Schon längst hielten sie die Waffen in den Händen, legten sie leicht schräg und begannen zu schießen.

Die Stille am Strand wurde vom Knattern der Salven unterbrochen.

Die Kugeln zerfetzten den Nebel und mussten folglich auch Okastras Körper treffen. Doch die Gestalt im Nebel stand wie ein Fels!

»Feuer stopp!« Glenns Stimme kippte über. Er war außer sich. Schweiß lag auf seinem Gesicht, und er schaute Suko so böse an, als wäre er für dieses Phänomen verantwortlich.

»Ich hatte es Ihnen gesagt«, flüsterte der Inspektor. »Sie können Okastra nicht mit Kugeln stoppen.«

»Womit sonst?«, schrie Glenn. Die anderen Männer hielten sich zurück, wenn der Kapitän redete. Sie waren so etwas gewohnt.

»Mit Magie!«

Glenn warf den Kopf in den Nacken und lachte laut auf. »Magie! Beherrschen Sie dieses Gebiet?«

»Möglicherweise.«

»Dann tun Sie etwas.« Glenn war nicht mehr zu halten. Er drückte seine Hand in Sukos Rücken. »Los, gehen Sie vor! Kümmern Sie sich um diese verdammte Gestalt! Ich will es so!«

Der alte Soldat stand kurz vor dem Durchdrehen. Und so etwas konnte Suko auf keinen Fall gebrauchen. Seine Armbewegung war kaum zu erkennen, dafür hörte jeder das Klatschen, als der Handrücken Glenns Wange traf. »Reicht das?«

Der Kapitän war blass geworden. Dort, wo ihn die Hand getroffen hatte, zeichnete sich ein roter Fleck ab. »Reißen Sie sich um Himmels willen zusammen. Sie, Kapitän, waren es, der von Disziplin gesprochen hat. Jetzt beweisen Sie uns, dass Sie diese Disziplin auch einhalten können. Alles klar?«

Seymour Glenn atmete tief durch. Die Worte des Inspektors kreisten in seinem Kopf. Schließlich nickte er. »Ja, Sir!«, spie er hervor. »Ich werde mich daran halten. Sollten wir jemals hier wieder wegkommen, wird die Sache ein Nachspiel haben.«

»Meinetwegen«, erwiderte Suko lässig, hob die Schultern, drehte sich um und wandte sich Okastra zu.

»Was willst du, und wo befinden sich deine Spinnen?«

»Die Spinnen brauche ich nicht mehr!«, drang dumpf die Antwort aus der blauen Nebelwolke. »Nicht in dieser Zeit und in diesem Land. Ich habe euch meine Magie spüren lassen, um zu beweisen, dass die Kräfte der Vergangenheit stärker waren, als ihr Menschen jemals angenommen habt. Ihr seid sogar Auserwählte, denn ihr kommt aus der Zukunft und werdet das Vergnügen haben, wie ein ganzes Volk in die Gefangenschaft der Babylonier zu geraten. Ihr befindet euch dort, wo sich die meisten Gefangenen aufhalten, und ihr werdet erleben, wie sie dem Götzen Baal zum Opfer fallen. An diesem Abend ist es wieder so weit. Baal braucht neue Opfer. Es wird ein Blutfest geben, und vielleicht fließt auch euer Blut …«

Suko hob den Arm. »Ich habe dich verstanden, Okastra. Um uns in die Gefangenschaft zu stecken, musst du uns erst einmal haben. Wir werden uns wehren, wir haben Waffen, wir …« Sukos Rede verstummte, denn Okastra bewies, zu welchen Taten er fähig war.

Urplötzlich löste sich der Nebel von der Stelle, wo er zuvor praktisch gestanden hatte.

Suko schrie noch eine Warnung.

Zu spät.

Okastra hatte bereits reagiert. Suko sah die blitzende Schwertklinge aus dem Nebel stoßen und seitlich gegen die Köpfe der ersten beiden Männer schlagen.

Die Offiziere konnten nicht mehr ausweichen. Suko wartete darauf, ihre Köpfe in den Sand rollen zu sehen, das geschah nicht. Die Menschen mit den MPis verschwanden nur.

Ein Phänomen. Suko wurde in diesen Augenblicken das bestätigt, was er bereits gehört hatte.

»Wie bei John Sinclair!«, schrie Claudia Darwood. »So war es auch bei ihm. Er verschwand ebenso.«

Da wusste Suko, welch eine Gemeinheit sich Okastra ausgesucht hatte. Und er war nicht zu stoppen, denn innerhalb der Nebelwolke bewegte er sich wie ein Schatten.

Nur die Klinge der Waffe blitzte auf, wenn sie aus dem Nebel stieß. Okastra wollte keinen verschonen. Zwar versuchten die

Männer, zurückzuweichen, doch sie schafften es nicht mehr. Das Schwert war schneller.

Und es traf den Nacken!

Kaum berührte die Klinge das Fleisch, als sich die Menschen mit dem Nebel verbanden und verschluckt wurden.

Auch der Kapitän kam an die Reihe. Er wollte noch zurück, doch Okastra war schneller.

Das Schwert pfiff schräg auf ihn zu.

Der Treffer ließ den Kapitän verschwinden.

Okastra kämpfte tänzelnd. Was sich in der Erzählung so lang anhört, dauerte tatsächlich nur Sekunden.

In dieser Zeit stellte sich Suko noch nicht gegen diesen übermächtigen Feind. Er räumte erst Claudia aus dem Weg, packte sie an der Schulter und schleuderte sie hinter sich. Es war nicht einfach für den Chinesen, denn er wusste nicht, wie er diesem Gegner beikommen sollte. Mit Kugeln, auch mit geweihten, erreichte er nichts. Suko musste versuchen, ihn auf andere Weise zu stoppen.

Das tat er auch.

Als Claudia hinter ihm zu Boden fiel, riss er seinen Stab hervor und schrie das Wort, das alles verändern sollte.

»Topar!«

Urplötzlich stand die Zeit still. Auch im zeitlich fernen Babylon reagierte die Magie des Stabs. Okastra hatte die fünf Offiziere aus dem Weg räumen können. Als er sich Suko und Claudia vornehmen wollte, scheiterte er.

Die Magie hielt ihn auf.

Ebenso wie Claudia. Auch sie konnte sich nicht bewegen, stand auf dem Fleck und musste zuschauen, wie Suko sich seinem Gegner zuwandte. Töten konnte er ihn nicht, dann wäre die Magie aufgehoben worden, aber er konnte ihn entwaffnen.

Suko ging ihn an.

Er tauchte in die Nebelwolke ein, suchte nach dem Widerstand des Körpers, denn er wollte Okastra das Schwert aus der Hand winden, um es, wenn die fünf Sekunden verstrichen waren, gegen ihn einzusetzen.

Suko griff ins Leere!

Okastra war nicht existent. Man konnte ihn als Mensch nicht anfassen. Er glich einem Nebelstreifen, und Suko hatte auch das Gefühl, selbst dazu geworden zu sein.

Dicht vor sich sah er die roten, bösen Augen des anderen. Diesen unheimlichen Blick, der so schrecklich bannen konnte. Und Suko zuckte zurück. Er war völlig durcheinander. Er wusste, dass er die einmalige Chance hatte, gegen seinen Feind etwas zu unternehmen, doch er konnte sie nicht ergreifen.

Dann war die Zeit vorbei.

Suko merkte es daran, dass sich der andere wieder bewegte und aus dem Nebel das Schwert hervorstach. Obwohl Suko nicht gerade zu den Langsamen gehörte, wusste er doch, dass er der Klinge nicht entgehen konnte, wenn sie einmal geschlagen wurde.

Das tat Okastra.

Suko duckte sich noch und hatte tatsächlich das Glück, nicht getroffen zu werden, weil er einfach zu schnell gewesen war.

Es war nur mehr ein Verschieben, ein Verzögern, denn der nächste Angriff ließ nicht einmal eine Sekunde auf sich warten.

Suko sah die Klinge über sich, und er bemerkte auch, wie sie in der Luft gedreht wurde.

Dann fauchte sie nach unten.

Diesmal kam der Chinese nicht mehr weg. Auch er wurde erwischt, aber er verspürte nichts.

Alles war so seltsam, so leicht, so anders, obwohl er eigentlich hätte den Kopf verlieren müssen.

Suko verschwand.

Claudia, gewissermaßen die letzte Überlebende, sah dies noch. Sie wich zurück, presste ihre Hände gegen das Gesicht und schaute durch die Lücken der gespreizten Finger.

Okastra näherte sich ihr.

Wie schon einmal in der alten Bodega. Wie lange schien das

alles zurückzuliegen, obwohl es sich nur um Stunden gehandelt hatte! Da hatte Claudia es geschafft und war ihm entkommen.

Auch den gefräßigen, mordgierigen Spinnen, doch hier in einer anderen Zeit und in einem anderen Land sah sie keine Chance. Sie drehte Okastra sogar den Rücken zu, weil sie noch einmal einen Blick auf das Meer werfen wollte.

Wie ein langer dunkler Aal schaute das U-Boot aus dem Wasser. Es war kein Anblick der Hoffnung, eher der Verzweiflung, denn die Engländerin musste feststellen, dass sie mit Hilfe nicht mehr rechnen konnte. Selbst den Kämpfer Suko hatte es erwischt!

Er hatte seine Kräfte unter Beweis gestellt, als es gegen die Spinnen ging. Der Reihe nach waren sie von ihm vernichtet worden. Doch jetzt gab es auch Suko nicht mehr. Nur den Töter und sein Opfer.

Claudia Darwood war noch chancenloser als bei der ersten Begegnung. Sie wusste dies und rührte sich deshalb nicht. Starr stand sie auf dem Fleck und schaute hinaus auf das Meer.

Dicht hinter ihr blieb Okastra stehen. Sie sah ihn nicht, aber sie wusste genau, dass er nicht mehr weiterging, denn sie spürte seine unmittelbare Nähe.

Es war wie ein Hauch des Grauens, der sie streifte, und über ihre Schultern rann ein Frösteln.

»Ich werde dich mitnehmen!«, hörte sie die Stimme des Sarazenen. »So wie die anderen auch.«

Claudia nickte nur.

»Hast du Angst?«, erklang es hinter ihrem Rücken flüsternd aus dem Nebel.

»Nicht mehr.«

»Dann wartest du auf den Tod?«

»Ich – ich hasse ihn«, erwiderte Claudia mit leiser Stimme.

»Du bist schon so gut wie tot, Frau. Niemand kann ihm entrinnen, wenn ich es nicht will. In dieser Zeit und in diesem Land regiert der große Baal. Er ist ein Götze, ein mächtiger Dämon, vor dem alle auf die Knie fallen müssen. Auch ich diene ihm. Baal weiß genau, wie man die großen Feste zu seinen Ehren feiern muss. Er wird …«

»Dann töte mich!«, flüsterte die Frau.

»Nein, ich werde dich nicht töten. Du bist zwar schon so gut wie tot, aber ich habe dich dem Götzen geweiht. Er soll bestimmen, was mit dir geschehen wird. Ihr und die anderen seid in seine Welt eingebrochen. Deshalb sollt ihr auch die Feier zu seinen Ehren mitmachen. Ein dämonisches Fest, Baals Blutfeier …«

»Bitte, schlag zu!«

Es waren ehrlich gemeinte Worte. Sie wartete auf den Schlag mit dem Schwert, denn sie hatte erlebt, dass man nicht so starb, wie es eigentlich hätte sein müssen. Vielleicht gab es noch eine Chance. Okastra hatte von einem Blutfest gesprochen. Wenn er sich so sicher war, dann wollte er die Menschen nicht töten, folglich brauchte sie den Schwertstreich nicht zu fürchten.

»Du wirst nicht mehr dieselbe sein, wenn du erwachst, sondern ein Opfer für Baal …«

Diesen Satz sagte Okastra noch, dann schlug er tatsächlich zu.

Das Letzte, was die Frau vernahm, war das Pfeifen der Klinge. Sie spürte noch die Berührung am Nacken, ein kurzes Zucken, mehr nicht. Dass sich ihr Körper auflöste, sah sie nicht.

Als Nebelstreifen flatterte er davon.

Okastra aber stand da, hielt den rechten Arm hoch, und die Spitze seiner Waffe zeigte gen Himmel.

Sein aus der Nebelwolke dringendes Gelächter hallte über den einsamen Strand …

Der Dolch, auf den ich mich stets verlassen hatte, war zu meinem Feind geworden.

Er wollte mich töten!

Es war nicht einfach für mich, dies zu glauben, doch es führte kein Weg daran vorbei.

Die Spitze zeigte auf mich.

Noch stand er ruhig in der Luft, als wollte er sich genau aussuchen, wo er mich treffen konnte. Er befand sich unter dem Einfluss des Götzen Baal. Von ihm wurde er geleitet und dirigiert. Vielleicht hatte Baal ihn auch mit seinen unsichtbaren Klauen umfasst, wer konnte das schon wissen. In diesem Tal, das Baal gehörte, war alles möglich.

Hinter mir befand sich der Stein, auf dem ich gesessen hatte. Ich ging zwei kleine Schritte zur Seite, damit ich den Stein zwischen mich und den Dolch bringen konnte.

Natürlich überlegte ich, welche Waffen ich gegen ihn einsetzen konnte. Da gab es eigentlich nur eine.

Das Kreuz! Kreuz gegen Dolch!

Eine unwahrscheinliche Vorstellung. Etwas, das ich kaum fassen konnte, denn beide Dinge waren irgendwie gleich gewesen. Sie hatten zusammengehört, und jetzt musste ich sie gegeneinander ausspielen, falls mir keine andere Möglichkeit blieb.

Das Kreuz war mächtiger, und wahrscheinlich würde es den Dolch zerstören. Dies jedoch konnte nicht der Sinn der Sache sein. Ich wollte den Dolch nicht hergeben, sondern ihn behalten, und deshalb sollte er auch nicht zerstört werden.

Plötzlich griff er an.

Ich hatte meine Abwehrposition noch nicht erreicht, ließ mich zurückfallen und rollte mit dem Rücken zuerst über den Felsen, wobei ich an der anderen Seite dieses großen Steins wieder zu Boden prallte, um dort auf die Füße zu gelangen.

Der Dolch hatte mich nicht erwischt. Ein seltsames Gefühl lag in der Luft, wie ein kleiner roter Kondensstreifen, der allerdings sehr schnell verging.

Der Dolch malte einen Kreis.

Gleichzeitig glühte mein Kreuz auf. Es spürte die Nähe dieser anderen Magie. Es war in dieser alten Zeit erschaffen worden und bewies, dass es nicht umsonst zu den stärksten Waffen überhaupt gehörte.

Auf einmal fühlte ich mich nicht mehr so schlecht. Ich setzte großes Vertrauen in mein Kreuz, und ich glaubte nicht mehr daran, dass der Dolch stärker war.

Wie eine kleine Rakete fuhr er in die Luft, drehte sich über meinem Kopf zu Spiralen und stand für einen Moment still. In der glühenden Spirale sah ich die Gestalt des Götzen Baal.

Er bot einen furchtbaren Anblick! Sein Gesicht war unwahrscheinlich alt und auch hässlich. Die Züge schienen aus mehreren Teilen zusammengesetzt zu sein. Er hatte Augen, die an kleine, dunkle Schächte erinnerten, während das Gesicht in die Länge gezogen war.

Von ihm ging eine Aura aus, die einen ungeschützten Menschen an sich reißen und womöglich zerstören konnte. Man konnte sie mit einem Fluidum des Schreckens beschreiben, das auch mich erreicht hätte, wenn ich ohne Schutz gewesen wäre.

So hielt ich das Kreuz in der Hand und konnte das Grauen, das mir entgegenstrahlte, stoppen.

Es war eine Patt-Situation.

Keiner war der Gewinner. Wahrscheinlich musste sich Baal darüber ärgern, wir befanden uns schließlich in seiner Welt, die er mit seinen schwarzmagischen Kräften beherrschte.

Er reagierte nicht mehr. Auch der Dolch wurde nicht auf mich geschleudert, dafür hörte ich Baals Stimme und war von den Worten des Dämons überrascht, denn er gestand eine Niederlage ein.

»Ich habe gedacht, es wäre leichter gewesen, Mensch mit dem Kreuz«, sagte er. »Doch ich irrte mich. Hesekiel hat eine starke Waffe geschaffen. Er wusste dies, und er wusste auch, dass diese Waffe dem Sohn des Lichts gehören würde. Bist du das?«

»Ja.«

»Ich dachte mir, dass wir einmal zusammentreffen würden. Dass es in meiner Zeit ist, freut mich umso mehr, denn hier bin ich mächtiger, hier habe ich Diener, die mir gehorchen. Einer von ihnen ist Okastra. Du kennst ihn bestimmt.«

»Und ob ich ihn kenne.«

»Okastra hat die Aufgabe, die Blutaltäre Baals zu füllen. Er hält sich daran. Wenn es jemanden gibt, dem er untertan ist, dann bin ich es. Das Volk der Babylonier hat sich von einem anderen abgekehrt und dient mir. Durch meinen Schutz haben sie Kriege gewinnen und ein anderes Volk in die Gefangenschaft führen können. Die Männer, Frauen und Kinder können zwischen mir und dem Tod wählen. Wer sich für mich entscheidet, den lasse ich leben, die anderen sterben auf dem Blutaltar. Wenn die Sonne sinkt, ist es wieder so weit. Dann werden die Altäre voll sein. Die Opfer warten auf den Tod, und ich kann wieder mehr Seelen an mich reißen. Für diesen Abend und die folgende Nacht habe ich mir etwas Besonderes einfallen lassen. Es sind nicht nur die Gefangenen des auserwählten Volkes, die sterben werden, auch andere. Menschen aus deiner Zeit, aus der Zukunft, die Okastra sich geholt hat. Ahnst du etwas, Mann mit dem Kreuz?«

Er hatte mich direkt angesprochen und auf Menschen aus der Zukunft hingewiesen. Nun, es gab zahlreiche, die in der von Baal aus gesehenen Zukunft lebten. Wenn er mir allerdings so kam, handelte es sich um bestimmte Menschen.

Ich dachte daran, wer alles noch in den Fall hineingezogen worden war. Einmal die beiden Basken. Sie waren tot. Dann der Bürgermeister von Campa, Romero Sanchez. Über sein Schicksal wusste ich nichts, aber es gab da noch eine Person, die ich in Campa kennengelernt hatte. Eine Frau mit Namen Claudia Darwood.

Mich hatte die Spur zu Baal geführt. Weshalb sollte das Gleiche nicht auch mit Claudia geschehen sein?

»Ist es eine Frau?«, erkundigte ich mich.

»Das stimmt.«

»Kennst du ihren Namen, Baal?«

»Nein, aber sie wird ihr Blut für mich geben.«

Ich begann damit, Claudia zu beschreiben. Die langen rötlichen Haare, das Gesicht …

Baal gab mir recht. »Ich sehe schon, dass du die Frau kennst, John Sinclair. Sie ist es tatsächlich, die auf dem Opferaltar liegen wird, neben einem Mann, der anders aussieht als du. Seine Augen sind schmal wie Schlitze.«

»Suko!«

»So kann er heißen. Ich habe noch nie einen Menschen dieser Rasse auf dem Opferaltar gehabt. Es ist das erste Mal, und ich werde besonders gut zuschauen, wenn er stirbt.«

Die letzten Worte hatte ich überhaupt nicht gehört, denn meine Gedanken beschäftigten sich mit dem Chinesen.

Suko befand sich in den Klauen dieses Götzen!

Ein unerklärliches Phänomen, ich verstand das nicht, denn wie konnte es Baal gelungen sein, ihn in die Falle zu locken?

Außerdem befand sich Suko in London. Wenigstens hatte man mir das vor meiner Abreise nach Spanien mitgeteilt.

Irgendetwas war da völlig anders gelaufen, als ich es gedacht hatte.

Baal musste meine Verwirrung bemerkt haben, denn er begann zu lachen. »Ja«, sagte er, »es hat sich einiges verschoben. In dieser Welt hast du keine Chance mehr und auch deine Freunde nicht, deren Blut die Steine des Altars tränken wird. Zur Ehre des großen Baal. Wenn du bei ihnen sein möchtest, werde ich dich hinschaffen. Du brauchst es mir nur zu sagen.«

Das war eine Falle. So leicht machte es mir ein Götze wie Baal nicht. Der hielt noch einen Trumpf in der Hinterhand versteckt. »Da es meine Freunde sind, würde ich sie gern sehen«, erklärte ich.

»Gut, dann wirf dein Kreuz weg!«

Das also war der Fallstrick. Ich sollte das Kreuz fortschleudern, meine einzige starke Waffe, damit ich mich in die Hand des Götzen Baal begeben konnte.

Da hatte er sich verrechnet.

»Nein!«, rief ich laut. »Ich werde es nicht aus der Hand geben, Baal. Ich behalte das Kreuz. Es ist die Hoffnung, der einzige Trumpf und auch die Waffe, vor der du zurückschreckst. So ist es doch, nicht wahr, du verfluchter Götze?«

»Die Lager der Gefangenschaft sind gewaltig und über das gesamte Reich Babylon verteilt. Du wirst keine Möglichkeit haben, deine Freunde zu finden. Sollte es dennoch geschehen, ist ihr Blut längst auf dem Lehmboden eingetrocknet. Ich habe dir eine Chance gegeben, du hast sie nicht genutzt. Deshalb werde ich dich allein lassen. Ich habe meinen Dolch wieder, und diese Klinge wird es sein, die deine Freunde tötet. Als schwarzmagische …«

Sein letztes Wort. Danach löste er sich auf, und auch der Dolch verschwand vor meinen Augen.

Allein blieb ich zurück.

Frei und dennoch gefangen …

Suko wusste nicht, ob die anderen die gleichen Gefühle gehabt hatten wie er. Der Inspektor jedenfalls fühlte sich neu geboren. Er war der Magie Okastras zum Opfer gefallen, aber man hatte ihn nicht getötet.

Der Chinese lebte!

Dies empfand er schon als sehr positiv. Und weiterhin freute es ihn, dass er keinerlei Schmerzen verspürte. Nur ein taubes Gefühl, das sich in seinem Schädel breitgemacht hatte.

Und er stand auf den Füßen.

Sofort wollte Suko nach vorn gehen. Im selben Moment spürte er an seinen Handgelenken einen beißenden Schmerz. Dort schnitten dünne Fesseln scharf in die Haut, und zum ersten Mal stellte Suko fest, dass er angebunden war. Die gleichen Schmerzen strahlten durch seine Füße. Sie waren ebenfalls gefesselt.

Der Inspektor musste sich zunächst einmal zurechtfinden. Es war wirklich ungewohnt für ihn, denn als er die Augen öffnete, blendete ihn ein zuckender Lichtschein.

Vor ihm brannte ein Feuer!

Mehr hatte Suko bisher nicht feststellen können. Zudem fiel es ihm schwer, klare Gedanken zu fassen, in seinem Kopf schien eine Sperre zu bestehen.

Als er sich zurückbeugte, spürte er im Rücken einen harten Widerstand.

Der Widerstand konzentrierte sich genau auf die Rückenmitte. Da Suko stand, war ihm klar, wo man ihn festgebunden hatte.

Entweder an einem Pfahl oder an eine schlanke Säule!

Auch einige Indianerstämme hatten ihre Gefangenen an Pfähle gebunden. Sie nannten sie Marterpfähle. Wer einmal daran gefesselt worden war, hatte so gut wie keine Chance, dem Tod zu entrinnen.

Suko erging es nicht anders, und er versuchte, wenigstens die Fesseln zu lockern.

Welches Material seine Peiniger genommen hatten, war ihm unbekannt. Jedenfalls schnitten die dünnen Seile tief in die Haut. Er dachte an Leder. Vielleicht waren die Stricke auch zuvor angefeuchtet worden. Wenn sie trockneten, zogen sie sich zusammen und schmerzten wie die Schneiden kleiner Messer auf der Haut.

Suko drehte den Kopf nach links. Einen weiteren Marterpfahl sah er dort nicht, aber rechts von ihm warf ein zweiter Pfahl seinen langen Schatten auf den Boden.

Daneben ebenfalls, ein Vierter kam hinzu, und Suko wusste jetzt, was geschehen war. Alle sieben Opfer hatten das gleiche Schicksal erlitten und waren an die Pfähle festgebunden worden.

Der Inspektor dachte sofort an Claudia. Er schielte zur Seite und rief ihren Namen.

Sie antwortete nicht. Das tat der Mann, der rechts neben Suko angebunden war.

»Sie haben sie weggebracht.« Der Offizier mit Namen Winter hatte gesprochen.

»Und wohin?«

»Nur ans andere Ende. Ihr beide solltet wohl nicht zusammen sein.« Winter lachte auf. »Wenn ich das irgendeinem erzähle, der hält mich für einen Spinner. Sagen Sie ehrlich, Inspektor, träumen wir?«

»Leider nicht.«

»Und wir haben auch keine Chance, diesen Hundesöhnen zu entwischen – oder?«

»Wie es aussieht, nicht.«

»Toll.« Winter sprach das Wort voller Sarkasmus aus. »Ich bin wirklich gespannt, wie es weitergehen soll.«

»Können Sie die Wahrheit vertragen?«, fragte Suko.

»Immer.«

»Man wird uns opfern.«

»So etwas Ähnliches hatte ich mir gedacht. Aber wem sollen wir geopfert werden?«

»Dem Götzen Baal.«

»Für mich war das immer Geschichte.«

»Die Sie jetzt hautnah miterleben. Schauen Sie sich um, wir befinden uns inmitten einer Kultstätte, die dem Götzen Baal geweiht worden ist. Sehen sie den Altar dort?«

»Sie meinen die Platte?«

»So kann man es auch sagen.«

Es war tatsächlich ein Altar, der vor ihnen stand. Er hatte seinen Platz vor dem Feuer gefunden. Eine große, unheimliche Opferstätte, auf der alle sieben Gefangenen Platz hatten, auch wenn man sie nebeneinander legte.

Die Flammen schlugen aus hinter dem Altar stehenden Tonkrügen und zauberten ein Spiel aus Licht und Schatten auf den großen Innenhof des Lagers.

Dass es sich hier um ein Lager handelte, war Suko klar geworden. Der Hof wurde von vier barackenähnlichen Bauten eingerahmt. Sie waren nicht sehr hoch, dafür lang gestreckt. Wahrscheinlich bestanden sie aus Lehm oder Ton. Die dunklen Löcher in den Wänden schienen die Fenster zu sein, und manchmal wehten aus diesen Öffnungen klagende Laute und Stimmen, die den Menschen einen Schauer über den Rücken jagten.

»Was kann das sein?«, flüsterte Winter.

»Da werden Menschen gequält.«

»Was sind das für Leute?«

»Kennen Sie das Volk nicht, das in babylonische Gefangenschaft geriet?«, fragte Suko zurück.

»Sie meinen die Israeliten?«

»Ja, genau.«

Trotz der schlechten Lage musste Winter lachen. »Aber das ist doch nicht möglich. Wir sind Menschen aus der Gegenwart, das andere ist Geschichte, vielleicht sogar Legende …«

»Winter«, sagte Suko. »Begehen Sie keinen Denkfehler! Wir sind tatsächlich im alten Babylon gelandet, tief in der Vergangenheit. Finden Sie sich damit ab.«

»Er vielleicht, ich nicht.« Neben Winter hatte sich Seymour Glenn gemeldet. »Das ist doch alles ein mieses Spiel, vielleicht ein Traum, mehr aber nicht. Sie wollen uns hier in Angst versetzen, Inspektor. Wahrscheinlich haben Sie uns die Falle gestellt, und wir sind Akteure in einem historischen Filmschinken …«

»Sie können sich ja beim Regisseur beschweren«, erklärte Suko und begann zu lachen.

»Der Humor wird Ihnen schon noch vergehen«, regte sich der Kapitän auf. »Ich werde jedenfalls Maßnahmen ergreifen, die …«

»Und welche, Sir?«, unterbrach der Erste Offizier seinen Chef.

»Darüber denke ich noch nach.«

»Gewiss, Sir!« Winter drehte dem neben ihm angebundenen Suko den Kopf zu und verdrehte die Augen. Er hielt seinen Vorgesetzten für nicht mehr normal denkend. Suko hatte diesen Blick des Ersten durchaus verstanden.

»Wie geht es eigentlich den anderen Männern?«, erkundigte sich der Inspektor flüsternd.

»Sie sind einigermaßen auf dem Damm.«

»Und wie nehmen sie es hin?«

»Ich weiß nicht so recht. Die haben die Zusammenhänge ja gar nicht begriffen.«

Suko lachte leise auf. »Das kann ich mir gut vorstellen.« Weiterhin flüsternd setzte er noch eine Frage nach. »Sagen Sie mal, Winter, wo sind eigentlich unsere Waffen?«

»Fragen Sie mich was Leichteres.«

»Also weg?«

»Klar doch.«

Die Fesseln saßen zwar sehr stramm, dennoch versuchte Suko, sich zu bewegen.

Das klappte auch, und er fühlte, dass man ihm seine Waffen nicht abgenommen hatte. Nach wie vor trug er sie am Körper, nur nutzte ihm das nichts, er kam nicht an sie heran.

»Suko?«

Es war eine Frauenstimme, die die Stille unterbrochen hatte. Claudia Darwood war also wieder erwacht.

»Ich höre Sie.«

»Tut mir leid«, sagte die Frau, »aber ich konnte nichts gegen Okastra ausrichten. Er allein hat uns überwältigt. Er war einfach zu schnell, verstehen Sie?«

»Natürlich.«

»Wird man uns töten?«

Eine klare Frage, die Claudia da gestellt hätte, und Suko gab ihr auch eine klare Antwort. »Wir können davon ausgehen, dass sie es versuchen. Finden Sie sich damit ab, Claudia, dass wir uns hier an einer Stelle befinden, die einem Götzen geweiht worden ist. Einem Blutgötzen. Um Baal freudig und gnädig zu stimmen, haben die Babylonier dem Dämon das Blut ihrer Feinde geopfert.«

»Hören Sie auf, verdammt!« Einer der Offiziere meldete sich. »Reicht es nicht, dass wir hier gefesselt stehen? Müssen Sie jetzt noch diese verfluchten Schauergeschichten erzählen?«

»Ich weiß nicht, ob es allein Schauergeschichten sind. Meines Wissens beruhen diese Dinge auf Tatsachen.«

»Man kann uns gar nicht töten«, sagte Winter plötzlich. Er lachte dabei, und es klang seltsam schrill. »Überlegen Sie, Inspektor. Ich kann doch nicht den in der Vergangenheit töten, der in der Zukunft schon existiert hat. Dann hätte es ihn ja gar nicht gegeben.«

»Sehr richtig!«, pflichtete Kapitän Glenn dem Ersten bei.

»Im Prinzip haben Sie recht«, erklärte Suko. »Doch es gibt da einige magische Mittel, durch die unsere Zeit manipuliert und auch überwunden werden kann.«

»Und welche sind das?«

»Vielleicht die magische Seelenwanderung, doch da kenne ich mich auch nicht so genau aus. Vielleicht bleiben wir nur in der Vergangenheit verschollen, wer kann das wissen?«

»Sie machen uns Mut«, sagte ein anderer sarkastisch.

»Ich versuche nur, auf eine mir gestellte Frage die richtige Antwort zu geben. Das ist alles.«

Claudia Darwood hielt sich besser als die gefangenen Offiziere. »Ist Okastra schon erschienen?«, fragte sie.

»Hier noch nicht.«

»Er wird sich mit Baal zusammengetan haben«, sagte Claudia. »Ich finde es schrecklich …«

Keiner der Gefangenen sprach mehr, denn ein jeder hatte das knirschende Geräusch vernommen. Es hörte sich an, als würde Stein über Stein schaben, und in der Tat geschah etwas Ähnliches.

Ein Tor öffnete sich.

In der hohen Mauer, die sich hinter den Baracken befand, entstand eine Lücke. Ein schwarzes Viereck, das kaum vom Widerschein der Flammen erreicht wurde und deshalb so dunkel blieb.

Die beiden Torhälften waren nach außen hin aufgezogen worden. Der Grund dafür stellte sich sehr bald heraus.

Zuerst hörten die Gefangenen das Schreien der Männerstimmen. Sie waren befehlsgewohnt, überlaut und manchmal kreischend. Wenn sie für einen Moment verstummten, drang ein anderes Geräusch über den Innenhof.

Ein Klirren …

Obwohl es niemand aussprach, wusste ein jeder, worum es sich bei diesem Geräusch handelte. Das waren die Geräusche schwingender Kettenglieder, wenn sie sich gegenseitig berührten. Manchmal wurden diese Geräusche auch von einem harten Klatschen übertönt. Immer dann, wenn schwere Peitschen aus

Bullenleder auf die nackten Rücken der gebeugt gehenden und aneinandergeketteten Gefangenen klatschten.

»Ist das dieses Volk, von dem wir gesprochen haben?«, fragte Winter mit zitternder Stimme.

»Ja, da kehren die Gefangenen zurück.«

»Von was?«

»Vielleicht haben sie draußen schuften müssen. Beim Bau eines Tempels oder so …«

»Oder beim Turmbau zu Babel!«

»Möglich …«

»Dass ich so etwas erlebe!«, hauchte Winter. »Ich kann es noch immer nicht fassen.«

Suko auch nicht, aber das behielt er besser für sich. Die anderen waren sowieso deprimiert genug.

Die Gefangenen erschienen noch nicht. Dafür andere, die Bewacher der Verlorenen. Krieger mit metallenen Rüstungen, Helmen, Schwertern, Äxten und Peitschen, wobei Letztere zum Antreiben der müden Menschen dienten.

Die Gefangenen waren fertig. Als sie in den Widerschein des Feuers gerieten, sah man ihnen an, wie schwer sie es hatten. Es gelang ihnen kaum noch, sich auf den Beinen zu halten. Sie schleppten sich nur mehr dahin. Wären sie nicht durch Ketten miteinander verbunden gewesen, hätten sie sicherlich schon längst am Boden gelegen. So zog der noch Stärkere den Schwächeren mit, auch wenn er ihn über den staubigen Boden schleifen musste.

Die Nacht des Schreckens stand bevor. Jemand kam und goss Öl in die Tonkrüge.

Sofort schossen die Flammen höher, tanzten wie gierige Arme, schimmerten in ihrem Innern hellrot bis gelb und nahmen an den Außenseiten einen bläulichen Ton an.

Tanzende, heiße Finger, zuckend und das beleuchtend, was einmal der Sterbeplatz der Gefangenen werden sollte.

Suko und die anderen konnten auf die jetzt erleuchtete Altarplatte schauen, die ein unruhiges Muster aus tanzenden Flammen aufwies. Dazwischen sahen sie die dunklen Flecken. Sie wirkten wie eingetrocknetes Öl.

Suko glaubte allerdings daran, dass es sich dabei um das Blut der Getöteten handelte.

Das also sollte auch ihr Schicksal sein.

Es waren zahlreiche Bewacher da, die wie Schemen aus dem Widerspiel von Licht und Schatten erschienen. Alle hatten den Innenhof inzwischen erreicht. Das große Tor blieb offen.

Abermals knallten Peitschen. Diesmal nicht auf die Rücken der gebeugt gehenden Gefangenen, sondern dicht neben die Männer und Frauen, sodass die harte Erde aufgerissen wurde.

Die Verzweifelten verstanden die Peitschenbefehle. Sie änderten ihren Weg.

Ihre Aufpasser hatten ihnen die neue Richtung vorgegeben. Sie sollten an den neuen Gefangenen vorbeigehen und sie sich anschauen.

Suko war so etwas überhaupt nicht recht. Er konnte nur nichts dagegen tun, hörte das Klirren der Ketten deutlicher und sah die Bewacher aus der Nähe.

Unter den Helmen blickten finstere Gesichter. Manche sahen sehr fremd aus. So verschieden die Gesichter auch waren, in einem ähnelten sie sich.

Im Ausdruck der Augen!

Da gab es weder Gnade noch Erbarmen zu lesen, nur eine tödliche Entschlossenheit.

Suko hörte Claudia schreien. Soweit es möglich war, verdrehte er den Kopf, sah aber nur Schattenspiele. Das konnten hin- und herzuckende Arme sein und Finger, die nach Claudia griffen. Wahrscheinlich wurde sie abgetastet. Die Wut schwemmte in Suko hoch.

»Hört auf, ihr Schweine!«, brüllte er.

»Vorsichtig, Inspektor!« Winter warnte den Chinesen. Leider zu spät. Einer der Bewacher, dem überhaupt nicht gefallen hatte, dass Suko sich einmischte, schlug zu.

Zum ersten Mal bekam der Chinese die Peitsche zu schmecken. Sie wurde ihm quer über den Körper geschlagen, von oben nach unten und links nach rechts. Der folgende Schlag traf ihn aus entgegengesetzter Richtung, und das schwere Leder aus Bullenhaut fetzte Sukos Kleidung auf.

Nicht nur sie, auch auf der Haut spürte Suko einen brennenden Schmerz, als hätte ihn jemand mit einer scharfen Messerklinge traktiert. Kein Laut drang über seine Lippen. Er presste den Mund zu einem Strich zusammen und schaute den Peiniger nur an.

Der Mann war kleiner und gedrungener als er. Die Peitsche hatte er zum dritten Hieb erhoben, als ihn ein Blick aus Sukos Augen traf.

Er war so hart, so drohend, dass der Krieger die Peitsche sinken ließ, sich abwandte und ging.

»Mann!«, hauchte Winter. »Wie haben Sie das denn gemacht?«

»Weiß ich auch nicht.«

Der Erste Offizier lachte. »Sie sind wirklich gut, Inspektor, wirklich.« Dann schwieg er, auch Suko sagte nichts, denn nun gerieten die Gefangenen in ihre Nähe.

Sie gingen hintereinander. An den Händen waren sie gefesselt. Die Metallreifen schienen auf ihren Gelenken zu kleben, und die Bedauernswerten schafften es kaum, die Köpfe zu heben.

Wenn, dann sahen Suko und seine Mitgefangenen in Gesichter voller Verzweiflung und Pein, die gleichzeitig ein gerüttelt Maß an Lethargie aufwiesen, für Suko ein Beweis, dass die Menschen ihren Widerstandswillen unter den unerträglichen Bedingungen aufgegeben hatten.

Leere Augen, kaum noch Hoffnung. Müde Blicke, hier und da ein leises Weinen.

Der Reihe nach zogen sie an den Gefesselten vorbei. Manche Blicke flehten um Wasser. Münder standen offen, schwer schnappten die Menschen nach Luft, und wie königliche Herrscher schritten die Bewacher neben ihnen her, die Peitschen stets zum Schlag erhoben.

Von den Gefangenen aus der Zukunft sprach niemand. Das Grauen hatte sie verstummen lassen, und so zog die Reihe der Verzweiflung an ihnen vorbei. Aus der Geschichte wusste Suko, dass es dennoch Hoffnung gab, aber hätte er es den Gefangenen in diesem Augenblick sagen können?

Nein, sie hätten ihn nicht verstanden.

Und so zogen sie weiter. Stumm, gepeinigt von Schmerz und Qual. Seelisch und körperlich am Ende.

Irgendwann hörte die Reihe auf, und Suko sowie die anderen waren froh darüber.

Wieder einmal bedauerte der Chinese es, gefesselt zu sein. Als freier Mensch hätte er sich den Bewachern entgegengestellt und einige von ihnen zur Hölle geschickt.

So konnte er nichts tun und nur darauf warten, was Okastra noch alles vorhatte.

Die Gefangenen verschwanden. Zurück blieb das Rasseln der Ketten, der Geruch nach Schweiß, Ausscheidungen, Blut und Tod …

»Mein Gott, dass es so etwas gibt«, flüsterte Winter, der Erste Offizier, und schauderte.

»Es ist Geschichte, mein Lieber«, erwiderte Suko. Er dachte wieder an Claudia und deren Schreien. Suko musste einfach wissen, wie ihr zumute war, deshalb rief er auch ihren Namen.

»Ja, ich bin hier …«

»Was haben sie dir getan, Mädchen?«

Claudia Darwood gab die Antwort nicht sofort. Sie schluckte ein paar Mal und sagte mit stockender Stimme: »Sie fassten mich an. Überall, weißt du. Ich fühlte mich wie eine Sklavin, die auf dem Markt verkauft werden soll …«

»Unter Umständen haben sie das auch mit ihr vor«, wisperte Winter und blickte Suko beschwörend an.

Der schüttelte nur den Kopf und wurde aufmerksam, als sich eine Gestalt dem Feuer näherte.

Unheimlich sah sie aus, denn zunächst wallten Nebelschwaden

hoch. Erst als sie näher kam und dicht vor dem Blutaltar stehen blieb, erkannten die Gefangenen die glühenden Augen und wussten, dass Okastra erschienen war.

Er stand da, sagte nichts und beobachtete nur. Ein jeder fühlte den Blick seiner mörderischen Augen auf sich gerichtet. Abschätzend und taxierend wie auf einem Sklavenmarkt.

Aus dem Nebel stach die Schwertspitze hervor, und sie war dabei auf Suko gerichtet. Er wurde von Okastra angesprochen, als dieser sich in Bewegung setzte und auf ihn zutrat.

Kein Geräusch war zu hören.

In einer nahezu geisterhaften Lautlosigkeit näherte sich der Unheimliche dem Chinesen und blieb erst stehen, als ihn nur noch ein halber Schritt von Suko trennte.

Fast wurde der Inspektor von der Schwertklinge berührt.

Suko spürte die Aura des Bösen, die ihn streifte. In diesem Lager gab es nichts Gutes, hier herrschte der böse Geist des Götzen Baal. Durch Okastras Anwesenheit wurde dies besonders deutlich.

Dann begann er zu sprechen und schleuderte seine Worte aus dem jetzt durch die Flammen rötlich schimmernden Nebel dem Inspektor entgegen. »Du weißt, was dich hier erwartet. Du hast die Menschen gesehen und du hast den Altar …«

»Spar dir deine Worte«, unterbrach Suko ihn. »Die Geschichte hat uns gelehrt, dass alles anders gekommen ist.«

»Ja, stimmt. Nur werdet ihr davon nichts mehr haben. Damit ihr wisst, was euch bevorsteht, werde ich zu Baals Ehren ein Exempel statuieren. Unter den Gefangenen gibt es einen Aufrührer namens Gideon. Ihn und seine Frau habe ich mir ausgesucht, um sie dem großen Baal zu opfern. Sie werden gleich gebracht und auf den Blutaltar gelegt. Dort trifft sie die Rache des großen Götzen. Gideon und seine Frau Judith werden schreien, wenn die Klinge meines Schwertes über ihre nackte Haut fährt und ihr Blut die Steine des Altars benetzen wird. Wenn sie ihr Leben ausgehaucht haben, seid ihr an der Reihe. Zuerst nehme ich mir die Frau vor, dann dich, Suko, und anschließend …«

»Es reicht!«, sagte der Chinese.

Okastra lachte nur. »Dir gefällt es nicht, dass ich zur Ehre Baals rede, wie? Kann ich mir vorstellen, aber ich bin dem großen Götzen noch etwas schuldig. Er hat mich aus der Gefangenschaft zurückgeholt, denn zu meinen Lebzeiten als Sarazene betete ich nur ihn an. Und er gab mir auch dieses Schwert mit den beiden verschiedenen Klingen. Wenn ich mit der silbernen Schneide zuschlage, wirst du zum Skelett. Mit der blauen, die eine stärkere Magie beinhaltet, wirst du unsichtbar, zu einem Geist, der die Dimensionen durchwandert und sich einen Körper aussuchen kann, den er wieder zum Leben erweckt. Hast du es verstanden?«

»Ja, es war mir schon zuvor klar.« Suko kam wieder auf die beiden Menschen zu sprechen, deren Hinrichtung sie miterleben sollten. Er wollte Okastra von seinem Plan abbringen. »Wir glauben dir auch so, Okastra, du brauchst die Menschen nicht zu töten. Lass diesen Gideon und auch Judith leben! Tu einmal in deinem Leben ein gutes Werk und sei nicht …«

Der Sarazene drehte durch. Er wurde wütend. Aus dem Nebel schleuderte er die Schwertspitze, und Suko hatte plötzlich das Gefühl, als sollte er in zwei Hälften geteilt werden. Er sah die wallenden Schleier dicht vor sich und auch die Umrisse der braunen Gestalt, die überhaupt nicht existent war, denn Suko hatte hindurchgefasst. Die Spitze der Waffe befand sich dicht vor Sukos Hals.

»Ich habe versprochen, die beiden zu töten, und dieses Versprechen werde ich einhalten. Da kannst du dich noch so wehren, ich bekomme immer, was ich will.«

»Ja, ja, schon gut«, sagte Suko. Er hoffte, dass sich der andere wieder beruhigt hatte.

Okastra hatte es in der Tat. Er drehte sich um und deutete schräg in den Hof hinein.

Da kamen die Gefangenen. Eine dunkelhaarige Frau und ein bewaffneter Mann.

Selbst Okastra schien das zu irritieren. Damit hatte er wohl nicht gerechnet. Er sah die Rüstung des Mannes und in dessen rechter Hand ein Kurzschwert mit breiter Klinge. Ein Helm saß auf dem Kopf des Kämpfers. Das Visier war hochgeklappt. Neben ihm schritt die halb nackte Frau, die Judith genannt worden war, und Suko vernahm plötzlich den gellenden Schrei des Mannes.

Er lauschte der Stimme, schüttelte dabei den Kopf und spürte die Gänsehaut auf seinem Körper.

Der Mann, der da geschrien hatte, das war …

Nein, das konnte nicht sein.

Oder doch …?

Irgendein Witzbold hat mal den Spruch aufgebracht: Durst ist schlimmer als Heimweh.

Ich hatte beides.

Die Zunge klebte mir am Gaumen, meine Kehle war trocken vom Staub, und ich verspürte tatsächlich ein großes Heimweh nach London und vor allen Dingen nach meiner Welt.

Hier in dieser fernen Vergangenheit hockte ich gefangen in einem engen Tal, das nur einen zugeschütteten Ausgang hatte. Ich war so schrecklich allein.

Als Torkan hatte ich gegen die Leichenvögel gekämpft. Mir wäre lieber gewesen, sie wären erschienen, dann hätte ich wenigstens etwas zu tun gehabt, aber nur hier zu sitzen und zu starren, war überhaupt nicht mein Fall.

Einsamkeit kann schlimm sein und führt letztendlich zu Depressionen. Auch ich war da keine Ausnahme. Mich plagten schwermütige Gedanken. Wenn ich den Kopf hob und auf die dunklen, mich einschließenden Felsen schaute, hatte ich das Gefühl, als würden sie mich auf gespenstisch stumme Art und Weise auslachen.

Bei jedem Knacken, das ich vernahm, hob ich den Kopf, schaute auf und wartete auf eine Bewegung. Zumeist war es nur ein Stein, der irgendeinen kleinen Hang hinabgerollt war.

Hin und wieder sah ich die Toten.

Bleiche Hände, Arme oder Beine, die unter dem tonnenschweren Gestein hervorschauten. Der große Götze Baal hatte furchtbar gewütet, und er nahm auf nichts Rücksicht.

Ich dachte wieder an die Opfer, die ihm in der folgenden Nacht dargebracht werden sollten. Es war noch nicht dunkel, lange würde die Finsternis aber nicht auf sich warten lassen, denn der Ausschnitt des Himmels hoch über mir wurde grauer und grauer.

Er war bewegungslos und erinnerte mich in manchen Augenblicken an eine Leinwand, vor der sich plötzlich etwas Dunkles abzeichnete.

Ein Tier!

Es flog hoch über meinen Kopf, und sofort dachte ich wieder an die Leichenvögel.

Ein Exemplar von ihnen sah ich dort. Wahrscheinlich war es von Baal geschickt worden, um mich zu beobachten. Ich verzog den Mund. Sollte der Vogel schauen, wie er wollte, mir war es egal. Sicherheitshalber lockerte ich die Beretta. Wenn er zu nahe kam, würde ich ihm eine Kugel ins Gefieder jagen.

Tagsüber hatten sich die Steine in dem Tal aufgeheizt. Jetzt, wo die Luft abkühlte, gaben sie diese Hitze wieder ab, sodass ich mich wie auf einem Ofen fühlte. Am gesamten Körper war mir der Schweiß ausgebrochen. Die Kleidung klebte auf der Haut. Auch im Gesicht schwitzte ich.

Es fiel mir schwer, innerhalb dieser natürlichen Sauna einen klaren Gedanken zu fassen.

Babylon!

In diesem Land war ich gefangen. In einer Zeit, in der der große Prophet Hesekiel gelebt hatte. In dieser fernen Vergangenheit war mein Kreuz geschmiedet worden, das musste man sich mal vorstellen, und ich schüttelte den Kopf.

Obwohl ich selbst Mittelpunkt war, fiel es mir schwer, dieses Phänomen zu begreifen.

Was tun?

Ich dachte an das Kreuz und nahm es in die Hand. Sehr genau schaute ich es an.

Mir schien es, als hätte es sich auf irgendeine Art und Weise verändert. Nicht äußerlich, nein, aber in seinem Inneren musste etwas geschehen sein, denn ich spürte eine gewisse Wärme, die sich auch auf meine Handfläche übertrug.

Das Kreuz stand unter Spannung, es war gewissermaßen schon voraktiviert worden.

In dieser Zeit, in der ich mich als Gefangener aus der Zukunft befand, hatte der Prophet Hesekiel gelebt. Ich kannte ihn nur aus Büchern und dem Alten Testament. Es war auch mal versucht worden, ihn zu zeichnen, an diese Bilder erinnerte ich mich aber nicht mehr.

Das Kreuz stammte aus seiner Hand.

Wenn er noch lebte, davon ging ich in etwa aus, musste es doch mit dem Teufel zugehen, wenn ich es nicht schaffte, durch das Kreuz einen Kontakt mit seinem Erfinder herzustellen. Und möglicherweise konnte er mich noch in die letzten Geheimnisse dieser weißmagischen »Waffe« einweisen.

Ein fantastischer Gedanke. Auch ein absurder?

Es war für mich schwer, eine objektive Antwort zu geben. Eigentlich gar nicht so absurd, denn Hesekiel befand sich ja zeitlich in meiner Nähe.

Und ich war im entferntesten Sinne sein Erbe, der Sohn des Lichts, Träger Weißer Magie.

Das Experiment war immer besser als die Theorie. Davon ging ich aus und warf zuvor einen Blick zum Himmel.

Hoch über mir schwebte weiterhin der Vogel. Allerdings bewegte er sich kaum noch, er stand in der Luft, lauerte, als wartete er darauf, sich auf mich stürzen zu können.

Die Kette, an der das Kreuz hing, hatte ich bereits über den Kopf gestreift. Der wertvolle Talisman aus Silber lag nun auf beiden Knien, die ich dicht zusammengepresst hielt. Man hatte mir die magischen Worte mitgeteilt, die das Kreuz aktivierten.

Ich wusste immer genau, was geschah, wenn Böses in der Nähe lauerte. Durch die Aktivierung des Kreuzes wurde es zerstört.

Wie reagierte es hier?

Schaffte es mir Hesekiel herbei? Vielleicht einen anderen Geist, bei dem ich mir Rat holen konnte?

Vielleicht hätte ich es schon viel früher aktivieren sollen, als ich noch Baal gegenüberstand, doch da war ich zu schwach gewesen und zu sehr beschäftigt mit den Erinnerungen des torkanschen Lebens.

Jetzt war der Zeitpunkt da.

Noch einmal schaute ich auf das Kreuz, prägte mir jedes Detail ein und versuchte, gedanklichen Kontakt mit ihm herzustellen. Ich musste mich voll und ganz darauf konzentrieren.

Ein böser Schrei unterbrach mich.

Sofort war ich aus meiner eigenen Welt herausgerissen und in der Wirklichkeit gelandet.

Der Leichenvogel griff an. Wahrscheinlich hatte er bemerkt, dass ich etwas unternehmen wollte. Es war ihm gar nicht recht.

Er fiel wie ein Stein auf mich zu.

Dabei hatte er die Flügel angelegt, um so wenig Luftwiderstand wie möglich zu bieten. Der rot-violette Kopf war vorgestreckt, die Augen glühten in einem unheimlichen Feuer, der Schnabel war leicht geöffnet, sodass er wie eine Schere aussah.

Ich blieb sitzen. Nur die Beretta zog ich, hob den Arm, legte ihn leicht schräg und zielte dabei über Kimme und Korn.

Einen Fehlschuss wollte und konnte ich mir nicht erlauben.

Der Schuss peitschte.

Blass war das Mündungsfeuer. Ich sah nicht, ob ich getroffen hatte, der unheimliche Vogel flog weiter, als wollte er mich mit seinem Schnabel aufspießen, bis er plötzlich aus der Richtung geriet und von mir aus gesehen nach links wegtrudelte.

Er behielt auch nicht mehr seine stromlinienförmige Flughaltung bei, sondern breitete die Flügel aus, verlor zahlreiche Federn und trudelte im schrägen Winkel auf eine Felswand zu.

Im nächsten Augenblick krachte er dagegen und fiel nach unten.

Nur nicht als Einzelstück, sondern sich auflösend. Federn, Knochen, Schnabel und Kopf rannen an einem langen Faden nach unten.

Nahe der Felswand landete er zwischen dem Gestein.

Dieser Sieg hatte mir ein wenig Auftrieb gegeben, und ich fühlte mich wieder besser.

Ich war also doch nicht so hilflos. Bevor ich mich daran begab, alles auf eine Karte zu setzen, schaute ich noch einmal in die Höhe.

Die Luft war im wahrsten Sinne des Wortes rein.

Kein Gegner mehr.

Ich legte das Kreuz wieder auf die Knie. Langsam und mit bedächtigen Worten sprach ich die Formel.

»Terra pestum teneto – salus hic maneto!«

»Die Erde soll das Unheil halten, das Heil soll hier bleiben!«

So lautete die Übersetzung der Formel, und auf diese Weise reagierte das Kreuz.

Aber anders, als ich es mir vorgestellt hatte. Ich war plötzlich nicht mehr existent. Jemand hat mal das Wort abgehoben benutzt, und so fühlte ich mich.

Urplötzlich hatten die Dimensionen überhaupt keine Bedeutung mehr für mich. Länge, Breite und Höhe waren zusammengeschoben und wurden gleichzeitig auseinandergerissen.

Ich schwebte im Vakuum!

Schon einmal hatte ich mich so gefühlt, als ich in Okastras Nebel eintauchte, und dennoch konnte ich beide Dinge nicht miteinander vergleichen. Bei dieser Magie, die mich umfasst hielt, fühlte ich mich sicher wie im Schoß des Stammvaters Abraham.

Ich spürte keine Angst.

Einen Menschen ohne Angst gibt es vielleicht gar nicht. Jeder hat Angst, wenn er einen Körper hat. Ich aber hatte keinen mehr und glaubte daran, wieder ein Geistwesen zu sein.

Um mich herum schwebte eine gewaltige Lichtfülle, die mich auf zarten Händen trug oder wie in einer Wiege aus Daunen liegend. Der überirdische Glanz hielt mich umklammert, ich konnte die Augen öffnen, ohne geblendet zu werden.

Ich sah und sah doch nicht.

Dafür hörte ich die Stimme. Für einen Moment glaubte ich an den Seher, dann vernahm ich eine Sprache, die mir im ersten Augenblick fremd war, dann aber plötzlich vertraut.

Sogar meinen Namen kannte der Unbekannte und für mich Unsichtbare, denn er redete mich direkt an. »John Sinclair, Geisterjäger und Sohn des Lichts, du bist gekommen, doch die Zeit ist zu früh. Ich kann dir nicht alles zeigen, ich darf dich noch nicht in sämtliche Geheimnisse deines Kreuzes einweihen. Es gibt Mächte über mir, die man Schicksal nennt und die es mir verboten haben. Man hat dich in meine Zeit geschleppt, in die der Jahre der Finsternis, der Gefangenschaft, und ich sehe, obwohl ich schon nicht mehr unter den Lebenden weile, mein Volk leiden. Daher leide ich mit. Ich weine Tränen, denn mein Volk schmachtet weiterhin in der babylonischen Gefangenschaft und leidet unter der Knechtschaft des furchtbaren Götzen Baal, der alles an sich reißen will ...«

»Bist du Hesekiel?« Ich musste die Frage stellen, sie brannte mir auf den Lippen.

»Denke einfach, dass es so wäre«, wurde mir orakelhaft geantwortet.

»Dann hilf mir! Hilf mir bitte, meine Freunde und auch alle anderen aus dieser Knechtschaft zu befreien!«

»Es geht nicht, Sohn des Lichts. Die Mächte des Schicksals und der große, allwissende Lenker haben es anders vorgesehen. Du kannst in die Geschichte nicht eingreifen, du musst wieder zurück in deine Zeit. Dies hier ist der falsche Platz.«

»Aber ich kann nicht mehr zurück!«, rief ich verzweifelt. »Es geht nicht, wenn mir keiner hilft. Und auch das Schicksal meiner Freunde hängt daran.«

»Ich werde dir helfen, obwohl ich damit vielleicht ein Gesetz breche. Aber du, Geisterjäger, trägst das, was ich einst geschaffen habe. Es ist dazu bestimmt, das Böse auszumerzen. Hier lauert das Böse. Du wirst gegen Baal antreten und ihn nicht vernichten können. Doch sei auf der Hut! Es gibt einen Dämon, der unter Baals Schutz steht …«

»Okastra!«

»Sehr richtig, Sohn des Lichts. Okastra wird er genannt. Ein gefährlicher Diener, der viel später gelebt hat als Baal, ihn aber verehrte und sich seines Schutzes sicher sein kann. Wenn du etwas erreichen willst, müssen wir zu einer List greifen.«

»Sage sie mir, Hesekiel, ich tue alles, was du willst …«

»Nicht so voreilig, Sohn des Lichts! Die Eile kann gefährlich sein und führt oft in den Abgrund. Höre genau zu, wenn ich dir jetzt meinen Plan unterbreite …«

Ich hörte zu und lag still, wie auf einem Kissen aus Luft schwebend.

Hesekiel sprach, und was er sagte, war für mich fast unbegreiflich. »Ich wusste, dass alles so kommen würde, und ich habe auch schon Vorsorge getroffen. Es gibt in der Gefangenschaft einen Mann, der vielleicht so alt ist wie du. Er hat sich damals, als ich noch lebte, schon auf meine Seite gestellt und wegen mir die schlimmste Folter ertragen. In dieser Nacht soll er getötet werden. In der vergangenen Nacht bin ich ihm erschienen und habe ihn in meinen Plan eingeweiht. Er wird eingehen in das Ewige Reich, aber nicht durch die Hand seiner Feinde, sondern durch mich. Ich hole ihn zu mir, denn in den Schriften des Schicksals steht, dass sein Name in der folgenden Nacht von der Liste der Lebenden gestrichen wird. Er hat zusammen mit seiner Frau in einer anderen Kammer gelebt, getrennt von den übrigen Gefangenen, aber auch gefürchtet, denn er duckte sich nie und durfte seine Waffen behalten. Auch auf dem letzten Weg soll er sie mitnehmen, nur wird er es nicht sein, der geht, sondern du, Sohn des Lichts. Du musst dir seine Rüstung überstreifen, auch wenn es dir schwerfällt. Erst wenn du sie alle getäuscht hast, kannst du kämpfen, dann stell dich gegen Okastra und vernichte ihn.«

»Was ist mit seiner Frau?«

»Judith weiß Bescheid. Auch sie muss den Weg alles Irdischen gehen. Mein Volk hat viel zu leiden, doch es wird die Befreiung kommen, wie du aus der Geschichte weißt.«

Ja, das wusste ich in der Tat. Die babylonische Gefangenschaft dauerte nicht ewig.

»Hast du alles verstanden, Sohn des Lichts?«

»Ja.«

»Dann überlasse ich dich den Schwingen des Geistes und den Helfern des Lichts. Stell dich gegen das Böse, vernichte es, aber sei vorsichtig, die Zukunft wird …«

Es waren die letzten Worte, die Hesekiel sprach. Wenigstens die, die ich verstand.

Danach umfing mich das Nichts …

Ihr Haar war dunkel wie das Gefieder eines Raben. Die Haut hell, fast weiß. In ihrem langen Gewand erinnerte sie an Schneewittchen aus dem gleichnamigen Märchen.

Aber sie hieß nicht Schneewittchen, sondern Judith und saß an der Bahre ihres sterbenden Mannes.

In den letzten Stunden hatte sie von dem gewaltigen Plan gehört, den der Geist des Hesekiel zusammen mit Gideon geschmiedet hatte. Und Gideon zeigte sich einverstanden.

Er wollte sterben, damit andere leben konnten und ein grässlicher Fluch von ihnen genommen wurde.

Judiths Augen hatten sich mit Tränen gefüllt. Manchmal rannen sie auf das schweißnasse Gesicht des Sterbenden. Er lag in der Zelle, ohne Hoffnung auf ein weiteres irdisches Leben, aber mit der Gewissheit, im Jenseits mit offenen Armen empfangen zu werden und den zu sehen, für den er gelebt hatte.

Der Raum war klein, in den man die beiden gesteckt hatte. Judith trug ein weißes Gewand. Es hatte im Laufe der Zeit seine Farbe verloren und war starr vor Schmutz.

Auf der Strohbahre lag Gideon. Er trug noch seine Rüstung, denn in ihr wollte er sterben. Auch die Waffen hatte man ihm gelassen, denn die Babylonier achteten Krieger wie ihn. Nach ihrem Glauben mussten Männer wie Gideon als Kämpfer sterben.

Der Tag war längst vergangen. Durch das viereckige Loch unter der Decke fiel kein Licht mehr, sondern der flackernde Widerschein des auf dem Hof brennenden Feuers. Er schuf ein gespenstisches Licht, das auch über die Gesichter der beiden Menschen tanzte.

Gideon sah die Tränen seiner Frau. Er versuchte, die Hand zu heben, doch er war zu schwach.

»Du musst nicht weinen«, flüsterte er. »Es ist alles so vorbestimmt. Uns wird es gut gehen, denn ich weiß, dass du mir noch in dieser Nacht folgen wirst, Frau.«

»Ja, ich will auch sterben.«

»Aber vorher müssen wir das erledigen, was uns der große Hesekiel aufgetragen hat. Du hast damals gesehen, wie er das Kreuz schmiedete und uns berichtete, dass es einmal der Sohn des Lichts tragen würde. Erinnerst du dich?«

»Sehr gut sogar.«

»Und dieser Sohn des Lichts wird zu uns kommen. Wenn ich sterbe, wird er an deiner Seite sein und dem Dämonenpack die Zähne zeigen. Er hat das Kreuz, es gehört ihm, meine Liebe. Du brauchst keine Angst mehr zu haben.«

»Die habe ich auch nicht.«

»Dann ist es gut, Judith. Es ist …« Plötzlich veränderte sich der Blick des Mannes. Er wurde seltsam glänzend, und Judith, die dies trotz des schlechten Lichts sah, hob die Arme und ballte krampfartig die Hände zu Fäusten.

»Man ruft mich …« Die Stimme des Mannes erinnerte nur mehr an einen Hauch. »Er ruft mich …«

»Ist es Hesekiel?«

»Ja …« Noch einmal holte Gideon tief Luft. Sein Gesicht zeigte plötzlich einen verklärten Ausdruck. Mit leiser, für ihn jedoch lauter Stimme rief er: »Ich komme …«

Es waren seine letzten Worte. Danach starb der große Kämpfer namens Gideon.

Obwohl seine Frau Zeit gehabt hatte, sich innerlich auf den Tod des Mannes vorzubereiten, konnte sie nicht mehr an sich halten und brach über der Leiche zusammen. Sie weinte.

Es war kein lautes Klagen, wie bei ihrem Volk üblich, sondern ein stilles, dennoch verzweifelndes Trauern, denn jetzt, das wusste sie, gab es kein Zurück.

Das Schicksal musste seinen Lauf nehmen …

Minutenlang lag sie über der Leiche. Sie vergaß Zeit und Raum. Irgendwann richtete sie sich wieder auf, wischte über ihre Augen und sah schattenhaft eine hoch gewachsene Gestalt neben sich stehen.

Die Gestalt war ich!

Ich hatte schon eine Weile dort gestanden und zugeschaut. Es war mir einfach nicht möglich gewesen, mich bemerkbar zu machen, das hätte eine zu große Überwindung gekostet, denn ich wollte die Trauer der Frau nicht stören. Mit ihrem ersten großen Schmerz musste sie fertig werden.

Die magische Reise hatte vorzüglich geklappt. Zeitlich kaum oder gar nicht zu erfassen, stand ich plötzlich wieder woanders und hatte endlich das unheimliche Tal verlassen können.

Das Kreuz und Hesekiel hatten dafür auf eine unerklärliche Art und Weise gesorgt. Und es war alles so eingetroffen, wie man es mir mitgeteilt hatte.

Gern hätte ich länger über die Worte des großen Propheten

nachgedacht. Über eine Zeit, die noch nicht reif war, und von der er gesprochen hatte, aber ich wusste damit leider nichts anzufangen und musste mich zunächst einmal auf das Naheliegende konzentrieren.

Das war Judith.

Ich hörte ihr leises Weinen und wollte schon etwas sagen oder mich auf eine andere Art und Weise bemerkbar machen, als sie plötzlich den Kopf hob und meinen Schatten sah.

Ihr Gesicht lag zufällig im schwachen Schein des durch das schmale Fenster fallenden Lichts. Deshalb konnte ich auch erkennen, wie sie den Mund öffnete, um einen Schrei auszustoßen.

Das durfte nicht geschehen.

Ich war schneller und presste ihr meine rechte Hand vor den Mund. Dabei hatte ich mich gebückt, sodass ich ihr Gesicht dicht vor dem meinen sah und in die großen Augen schauen konnte.

Beschwörend sah ich sie an. Ohne etwas zu sagen, musste sie an meinem Blick erkennen, um was es mir ging. Und sie nickte ein paar Mal. Für mich ein Beweis, dass ich meine Hand wieder wegnehmen konnte.

Tief holte sie durch den offenen Mund Luft und sprach mich nach einer Weile in einer Sprache an, die ich nicht kannte, aber dennoch verstand. »Du bist der, den Hesekiel geschickt hat?«

»Ja.«

»Dann bist du der Sohn des Lichts.«

Ich nickte. »So hat mich der Prophet genannt. Ich komme aus einer fernen Zeit, die noch gar nicht gewesen ist, und ich will …«

»Du brauchst nicht weiterzusprechen«, sagte sie. »Man hat mir alles erzählt. Ich weiß auch, dass ich meinem geliebten Mann bald folgen werde. Er ist für eine gute Sache gestorben, für das Volk …«

»Das einmal aus der Versklavung erlöst wird«, vollendete ich. »Irgendwann wird es so weit sein.«

»Du musst es wissen.«

Ich nickte. »Sicher.«

»Hat der große Geist Hesekiels dir gesagt, was du zu tun hast?«

»Ich muss die Rüstung deines toten Mannes überstreifen, wenn ich recht gehört habe.«

»Richtig. Ich hoffe, dass sie dir passen wird. Es muss uns gelingen, die anderen zu täuschen, sonst sind wir verloren. Die Wächter sind einfach zu stark.«

Während ihrer Worte hatte ich mir den Toten angeschaut. Die Menschen damals waren kleiner gewesen, auch Gideon. Obwohl er für die damalige Zeit schon fast ein Riese war, würde mir die Rüstung ein wenig eng sitzen.

Ich zog sie ihm aus und merkte erst jetzt, wie schwer sie war. Sie bedeckte meinen Oberkörper bis zur Hüfte, ließ die Arme frei.

Judith half mir, die Rüstung anzulegen. Als sie es geschafft hatte, nickte die Frau zufrieden. Ich hatte Schwierigkeiten beim Atmen, denn die Rüstung saß hauteng.

Einen Helm erhielt ich auch. Ihn setzte ich auf. Das Visier ließ sich nicht ganz nach unten klappen, weil das Gesicht des toten Gideon schmaler gewesen war. Ich hoffte jedoch, dass dieser Schutz reichte, nicht sofort erkannt zu werden.

Ich hatte die Rüstung über meine Kleidung gezogen. Bis auf ein Feuer war es dunkel, sodass ich damit rechnen konnte, nicht sofort erkannt zu werden.

Judith trat einen Schritt zurück, bevor sie mich anschaute und begutachtete. »Du siehst aus wie er.«

»Fast«, sagte ich.

»Nein, wie er. Sie steht dir gut. Einem großen Kämpfer hat man die Waffen gelassen. Nimm sie an dich.« Sie deutete in eine Ecke. Dort lehnte das Schwert an der Lehmwand, und ich sah auch einen Kampfschild. Ihn wollte ich nicht.

»Weshalb willst du ihn nicht mitnehmen?«, fragte Judith.

»Er würde mich zu sehr behindern.«

»Solltest du kämpfen müssen, wird er dir große Dienste erweisen. Glaube es mir …«

»Ich habe noch andere Waffen.«

»Dann werde ich ihn tragen«, erklärte Judith und hob ihn hoch. »Ich tue es für Gideon. Er ist es gewesen, der sich immer aufgelehnt hat. Er wollte die Gefangenschaft nicht hinnehmen. Seltsam, sogar die Babylonier haben ihn nicht getötet. Sie wussten, dass er ein großer Krieger war, und nahmen ihn so hin.«

»Dann hatte er eine Sonderstellung?«, fragte ich.

»Natürlich. Wir lebten von den anderen getrennt. Sie holten ihn immer, wenn sie etwas zu verhandeln hatten. Er hat nie aufgegeben, immer an uns geglaubt, und er war auch bereit, für das Volk in den Tod zu gehen, was ja geschehen ist.«

»Es tut mir leid«, sagte ich.

»Nein, es braucht dir nicht leid zu tun. Das alles steht im Buch des Schicksals geschrieben, und auch ich werde sterben, wie mir Hesekiel gesagt hat.«

»Woher will er das wissen?«

»Du solltest nicht zweifeln, Sohn des Lichts. Hast du nicht selbst erlebt, wie sich seine Prophezeiungen erfüllt haben? So wird es auch bei mir sein, wie ich weiß …«

»Und du bist noch so …«

Da lachte sie leise. »Der Tod ist nicht das Ende, sondern ein neuer Anfang.«

Ich bewunderte Mut und Glauben dieser Frau, und ich fragte mich, ob auch ich diesen Mut gehabt hätte.

Es war fraglich.

Judith nahm plötzlich eine gespannte Haltung ein und legte die Finger auf ihre Lippen. »Sie kommen«, flüsterte sie, »ich kenne ihre Schritte. Jetzt werden sie uns für den Blutaltar holen.« Sie drehte den Kopf. »Stell dich nahe der Tür hin. Sie dürfen erst gar nicht eintreten und meinen toten Gatten sehen. Du musst sofort hinaus, ich folge dir dann auf dem Fuße.«

»Ja, natürlich.«

Inzwischen vernahm ich die Schritte. Sie hackten auf dem festgestampften Lehm des Ganges, ich hörte die Echos an den

Wänden, das Klirren der Waffen, den Gleichschritt, der plötzlich abbrach, ein Zeichen, dass die Babylonier ihr Ziel erreicht hatten und vor der Tür stehen geblieben waren.

Sekunden banger Erwartung verstrichen. Das Gesicht der Frau leuchtete seltsam weiß in der Dunkelheit. Sie hatte den Schild weggelegt, jetzt wollte sie ihn einfach nicht mehr und lauschte, wie ein schwerer Riegel an der anderen Seite der Tür zur Seite geschoben wurde.

Einen letzten Blick warf mir die Frau zu. Er war beschwörend und gleichzeitig bittend.

Ich nickte, während ein knappes Lächeln über meine Lippen huschte. Meine Haltung wurde noch gespannter, und ich zuckte unwillkürlich zurück, als durch die geöffnete Tür Fackelschein in das Verlies fiel. Eine Mischung aus Licht und Schatten, ein Spiel von Hell und Dunkel, das nicht meine Gestalt, sondern die der Frau erreichte.

Ein harter Befehl erklang.

Ich nahm an, dass er mir galt, und trat aus dem Dunkel. Jetzt mussten sie doch etwas merken. Aber der Mann mit der Fackel war schon vorgegangen und in der Tiefe des Ganges verschwunden, wo er leuchtete, sodass ich und meine vier Bewacher im Schatten blieben. Himmel, hatte ich ein Glück!

Auch Judith verließ das Gefängnis, stellte sich dicht neben mich und tastete nach meiner Hand. Ich hörte sie tief und fest atmen, spürte den Druck ihrer Finger und gab ihn zurück.

Zwischen uns war alles klar. Es brauchte kein Wort gesprochen zu werden.

Die Wächter hatten uns eingerahmt. Sie nahmen auch keinen Anstoß daran, dass das Kurzschwert in meiner Scheide steckte, sie führten uns zum Blutaltar des Götzen Baal.

Der Weg dorthin glich einem Spießrutenlaufen aus Qual, Pein und Verzweiflung.

Wir passierten die Verliese, in denen andere Gefangene steckten. Wir hörten sie gegen die Tür trommeln und sahen auch hin und wieder bleiche, ausgemergelte Gesichter, wenn sie gegen die vergitterten Klappen im oberen Drittel der Tür gepresst wurden.

Oft wurden wir angesprochen.

Ich verstand die Worte. Man wünschte uns Glück und vor allen Dingen den Segen Gottes.

Ein jeder wusste, welch schweren Gang wir vor uns hatten. Ich hörte die Gebete und das Weinen der Frauen, doch niemand merkte, dass nicht Gideon, sondern ein Fremder den Gang entlang schritt.

Vielleicht wollte man es auch nicht merken. Vor und hinter uns stampften die Schritte der Bewacher. Ich hatte das Visier nicht völlig heruntergeklappt. Erstens war es zu eng, und zweitens wollte ich sehen, wohin man mich führte.

Ich nahm auch die Gerüche wahr. Es roch nach Menschen und auf gewisse Art und Weise nach Unsauberkeit.

Nach einiger Zeit erreichten wir einen breiteren Gang. Noch immer fühlte ich Judiths Hand an der meinen. Ich hörte ihre Stimme, die leise Gebete sprach.

Wir mussten nach rechts gehen.

Der Fackelträger hatte bereits die Tür erreicht, die zum Ausgang führte. Sie war ziemlich groß, wenn auch nicht hoch. Dafür bestand sie aus zwei Hälften.

Die rechte davon zog der Mann auf.

Schon jetzt konnte ich auf den Hof schauen und sah den Feuerschein. Die Flammen stachen wie lange Arme in den Himmel. Sie zuckten, sie tanzten, sie gaben Licht und in dem gleichen Maße auch Schatten. Vom Blutaltar Baals sah ich noch nichts, dafür löste Judith ihre Hand aus der meinen.

Nebeneinander schritten wir her, passierten das Tor und standen auf dem großen Innenhof, der gleichzeitig eine Opferstätte des finsteren Blutgötzen Baal war.

Ich ging nicht mehr weiter, auch wenn man mir eine Hand ins Kreuz drückte, dicht unterhalb der Rüstung. Mich interessierte dieser Innenhof, denn ich wollte mich schon jetzt orientieren.

Er war groß.

Auch dunkel, denn die Feuer, deren drei Flammen aus hohen Tongefäßen loderten, beleuchteten nur einen Teil des Hofes, gewissermaßen die Mitte, wo der Blutaltar stand.

Er war sehr schlicht und mit dem zu vergleichen, den ich aus dem engen Tal kannte.

Ein Standbein, eine Platte aus Stein und dabei sehr breit, sodass zahlreiche Opfer darauf Platz finden konnten. Ansonsten gab es nichts Außergewöhnliches.

Das änderte sich, als ich nach links schaute.

Schon oft in meinem Leben hatte ich Überraschungen erlebt. Positive und negative.

Diese allerdings, die man mir hier präsentierte, hauten mich fast aus den Schuhen.

Ich hatte das Gefühl, wirklich einen Traum zu erleben, denn was ich dort an der linken Seite sah, war eigentlich unfassbar.

Das war unmöglich.

Und doch stimmte es.

»Was hast du?« Judith hatte meine Überraschung bemerkt und drehte ebenfalls den Kopf.

»Schau dir die Männer an!«, hauchte ich.

»Sie sind ebenfalls gefangen.«

»Ich kenne einen von ihnen. Er ist mein bester Freund. Und die einzige Frau, die an den Pfahl gebunden ist, kenne ich ebenfalls.«

»Kommen sie auch aus deiner Zeit?«

»Natürlich.«

Ich redete ohne Emotionen, antwortete automatisch, während ich meine Blicke nicht von den Gefangenen lösen konnte, die vom Schein der Flammen aus der Dunkelheit gerissen wurden.

Suko!

Mein Gott, ich konnte es nicht fassen. Er stand da, schaute mich an, und ich fragte mich, ob er mich überhaupt erkannt hatte. Auch die anderen Gefangenen hatten ihre Blicke in unsere Richtung gedreht. Ich erkannte dies an der Haltung ihrer Köpfe.

Claudia Darwood ebenfalls. Was musste die Frau hinter sich haben! Sie hielt sich tapfer. Kein Laut der Klage drang über ihre Lippen. Ein Teil ihrer Kleidung war zerrissen, die Haare zerwühlt.

Die anderen fünf Männer trugen Uniformen. Das mussten Marine-Soldaten sein. Wie das nun alles zusammenhing, war mir unbekannt, ich würde es noch erfahren.

Nichts deutete darauf hin, dass mich Suko erkannt hatte. Deshalb wollte ich ihn auf mich aufmerksam machen, öffnete den Mund und stieß einen gellenden Schrei aus.

Suko kannte den Schrei. Wenn er ihn hörte, musste er Bescheid wissen.

Ich beobachtete Suko genau und sah, dass sich seine Haltung veränderte. Trotz der Fesseln wurde sie noch gespannter und gleichzeitig auch lauernd.

Er hatte verstanden!

Die Bewacher ebenfalls. Sie regten sich auf. Gegen die Rüstung dröhnten Schläge, und aus der Dunkelheit des übrigen Hofes lösten sich weitere Soldaten.

Sie brauchten keine Angst zu haben. Noch war ich ruhig. Der Zeitpunkt zum Eingreifen würde kommen! Zunächst einmal musste ich die Lage sondieren, außerdem drohte Suko und den anderen Gefangenen momentan keine Gefahr.

Ich konnte also alles an mich herankommen lassen.

Judith und ich wurden vorgestoßen. Die Schläge in den Rücken zeigten die Richtung genau an. Der Weg führte nicht zu den Gefangenen, sondern auf Baals Blutaltar zu, wo wir dem Götzen geopfert werden sollten. Sterben im alten Babylon. Für den Geisterjäger John Sinclair eigentlich ein würdiger Tod, wenn ich näher darüber nachdachte. Denn welcher Mensch aus der Zukunft starb schon in der Vergangenheit?

Nur hatte ich kein Interesse daran, in einer biblischen Vergangenheit mein Lehen auszuhauchen. Ich wollte dem verfluchten Götzen ein Schnippchen schlagen und hoffte stark, dass mir dies auch gelang.

Wir mussten vorgehen. Dabei gerieten wir nicht näher an die Gefangenen heran. Ich würdigte sie keines Blickes mehr und hoffte nur, dass Suko verstanden hatte.

»Willst du die Gefangenen befreien?« Judith hatte die Frage leise gestellt. Sie war im Geräusch der Schritte kaum zu hören gewesen.

»Natürlich.«

»Es wird unmöglich sein.«

»Vielleicht schaffst du es!«

Meine Worte hatten sie so überrascht, dass sie regelrecht erschrak. »Wie könnte ich das schaffen?«

»Mit dem Schwert!«

»Aber …«

»Es wird sich bestimmt alles ergeben«, unterbrach ich sie leise. »Die Aufmerksamkeit der anderen konzentriert sich auf mich. Du bist eine Frau, Judith. Man wird dir nicht allzu viel zutrauen. Und das kann unsere Chance sein. Tu auf jeden Fall, was ich dir sage.«

»Aber ich werde in dieser Nacht sterben. So hat es der Prophet vorausgesagt.«

Verdammt, das hatte ich vergessen. Tief holte ich Atem, schmeckte den in der Luft liegenden Staub und ballte die Hände. Ja, sie hatte recht. Möglicherweise konnte sie es wirklich nicht schaffen, doch daran wollte ich jetzt nicht denken. Ich musste handeln, wie es die Lage ergab, zudem hatten wir die Hälfte der Strecke vom Tor bis zum Blutaltar bereits hinter uns gelassen.

Es wurde spannend.

Oder tödlich …

Und ich sah ihn.

Bisher hatte er sich im Hintergrund gehalten. Plötzlich veränderte sich der Glanz der Flammen, die sonst klar aus den hohen Tonkrügen loderten. Zudem wurden sie von Nebelwolken durchwallt, und dies war ein Zeichen für ihn.

Okastra erschien.

Ich schluckte, als ich die Gestalt besser erkannte. Sie schien nur aus Nebel zu bestehen, bis auf die leuchtenden Augen. Die Gestalt innerhalb der Wolke war nur schwach zu sehen.

Okastra erwartete uns. Ich war nicht einmal überrascht. Dafür vernahm ich den leisen Ruf meiner Begleiterin. Wahrscheinlich sah sie den Dämon zum ersten Mal.

»Wer ist das?«, hauchte sie.

Ich sagte den Namen.

»Nie gehört«, flüsterte sie. »Was hat dieser Okastra mit uns zu tun?«

»Er ist Baals Diener. Die Magie des Götzen hat ihn erweckt, und mit ihm hat alles begonnen.«

Ich drückte mir die Daumen, dass er mich nicht erkannte, und sah aus der Dunkelheit noch mehr Soldaten auftauchen, die uns einkreisten. Anscheinend hatte man Angst, dass doch nicht alles so glatt über die Bühne laufen würde.

Mal abwarten.

Befehle brauchte man uns nicht zu geben. Wir wussten auch so, wo wir hinzugehen hatten. Der Blutaltar wartete.

Es waren noch wenige Schritte bis zu unserem Ziel. Ich spürte, wie Judith zitterte. Schweiß bedeckte ihre Hand. Als ich einen Blick zur Seite warf, sah ich, dass sich ihre Lippen bewegten. In ihren Augen brannte es.

»Ich fühle den Tod!«, flüsterte sie, während mir bei ihren Worten ein Schauer über den Rücken rann.

»Noch ist es nicht so weit.«

»Doch, ich kann ihm nicht entrinnen.«

Es war nicht gut, Gedanken auf ein Ereignis zu konzentrieren, das noch nicht stattgefunden hatte. Wenn ich schon nachdachte, dann mussten sich meine Gedanken um die akuten Probleme drehen.

Noch hatte ich Glück, denn ich war nicht als John Sinclair erkannt worden. Auch nicht von Okastra, der sich wieder ein wenig zurückgezogen hatte. Und das wunderte mich. Ihn konnte man doch nicht so leicht bluffen. Vielleicht wusste er Bescheid und sagte nur nichts, damit die Überraschung umso größer war.

Zuzutrauen war ihm alles.

Die babylonischen Soldaten umringten uns. Es waren in der Regel kleine, gedrungene Kerle. Mit Schwertern bewaffnet. Einige von ihnen trugen auch Lanzen. Nur bei wenigen steckten zusätzlich noch Streitäxte in den Gürteln.

Wir gingen weiter auf den Blutaltar zu. Ich sah die große Platte, über die ein verzerrtes Muster aus Schatten tanzte. Dazwischen und direkt auf der Platte erkannte ich dunkle Flecken. Wahrscheinlich war es das Blut der getöteten Menschen. Man hatte es nicht weggewischt, und es war eingetrocknet.

Vor dem Altar mussten wir stehen bleiben.

Sekundenlang ließ man uns in Ruhe. So hatte ich Zeit, die Atmosphäre in mich aufzunehmen.

Ich musste ehrlich zugeben, dass mir nicht eben wohl in meiner Haut war. Auf dem Hof herrschte eine seltsame Ruhe.

Ich wurde unwillkürlich an eine Filmszene erinnert.

Wieder dachte ich an meinen Dolch, der sich noch immer im Besitz des Götzen Baal befand. Ich hätte Hesekiel danach fragen sollen, aber es war einfach alles zu schnell gegangen. Zudem eilte die Zeit.

Befehle erklangen. Raue Stimmen schrien diese Worte und unterstrichen sie mit Gesten und Taten.

Ich fühlte Hände an meinem Körper, wurde angehoben und kletterte freiwillig auf den Altar, denn jetzt mussten die Bewacher merken, dass etwas nicht stimmte, da sie bei der Hilfestellung auch meine Kleidung berührt hatten.

Sie reagierten nicht. Dafür sah ich über meinem Körper die Schwerter schweben. Es waren blanke Klingen, auf deren Metall sich der Widerschein des Feuers brach.

Trotz meiner Rüstung fühlte ich mich hilflos und verspürte Angst.

Neben mir legte sich Judith hin. Auch über ihrem Kopf schwebte ein Schwert. Es wurde von einem Soldaten gehalten, der sich weit vorgebeugt hatte und grinste. Der Schein des Feuers ließ seine Züge zu einer Grimasse werden.

Ihm war anzusehen, dass er am liebsten schon zugeschlagen hätte, doch er musste erst den Befehl abwarten, falls man es ihm überhaupt erlaubte, mich oder uns zu töten.

Wir lagen auf dem Rücken. Dabei dicht nebeneinander, sodass wir uns gegenseitig spürten und wärmten.

Und so blieben wir liegen, schauten in die Höhe, sahen einen nachtschwarzen Himmel und die tanzenden Zungen des Feuers. Ich trug noch mein Schwert an der Seite und hatte eine Hand auf den Griff gelegt. Wenn sich die Soldaten auf mich stürzten, würde ich zu kämpfen versuchen.

Ich dachte an Suko, Claudia Darwood und die anderen Gefangenen. Himmel, wie mochte es in ihnen aussehen? Vor allen Dingen bei Suko, der jetzt wissen musste, dass nicht irgendein Gefangener auf dem Altar lag, sondern John Sinclair, sein bester Freund. Zeit verstrich.

Noch umstanden die Soldaten den Blutaltar und taten nichts. Sie hielten nur Wache. Wenn wir uns falsch bewegten, würden sie eingreifen, deshalb blieb ich still liegen, auch Judith an meiner linken Seite rührte sich nicht.

Ich hörte nur ihren Atem.

Die Flammen verbreiteten einen scharfen Geruch. Man konnte ihn schon mit dem Wort Gestank umschreiben. Wahrscheinlich verbrannte innerhalb der Krüge Öl, das diesen Geruch abgab.

Es war so weit.

Zwar sah ich Okastra nicht, aber er musste eingegriffen haben, denn die Soldaten traten zurück. Wir vernahmen ihre Schritte und sahen sie verschwinden wie Schatten in der Dunkelheit.

Dafür näherte er sich.

Zunächst sah ich nur den Nebel. Er wallte vor und erreichte die Platte des Blutaltars. Wolken krochen über den Rand hinweg und schwebten lautlos auf uns zu.

Ich hatte das Visier nicht völlig hochgeklappt. Nur so weit, dass ich sehen konnte, und in meiner linken Hand hielt ich einen bestimmten Gegenstand, von dem Okastra hoffentlich nichts ahnte.

In den nächsten Sekunden würde sich entscheiden, ob er den Bluff schluckte oder nicht.

Überlaut schlug mein Herz. Ich hörte die Frau an meiner Seite schwer atmen. Sie zitterte, das merkte ich sehr deutlich, denn dieses Zittern übertrug sich auf mich, wenn wir uns berührten.

Er stand vor der Platte.

Unheimlich anzusehen, als er von den blauen Nebelschwaden umflort wurde.

Und nur seine roten Augen glühten in einem fanatischen Feuer. Sie waren auf uns gerichtet, wobei ich das Gefühl hatte, dass sie besonders mich anstarrten.

In den folgenden Sekunden musste es sich entscheiden. Schluckte er den Bluff?

Aus meiner Perspektive schaute ich parallel und dicht über der Altarplatte entlang, sodass ich den Rand sehen konnte. Dort erschien etwas. Es glitt ebenso langsam darüber wie der Nebel. Aber es war kein Nebel, sondern etwas Blankes, Spitzes.

Eine Schwertklinge!

Ich hielt den Atem an. Meine Lippen zitterten dabei. In der linken Handfläche spürte ich ebenso den Schweiß wie in der rechten, die ich um den Griff des Schwerts gelegt hatte.

Mit dieser Waffe wollte ich vorerst nicht kämpfen. Sie blieb als letzte Möglichkeit.

Und das Schwert kroch näher. Plötzlich erschien ein Arm aus dem Nebel. Ein dunkler Stumpf, möglicherweise braun in seiner Farbe, so genau war das nicht zu erkennen.

Ich sah die dunkle Seite des Schwerts auf mich gerichtet.

Mir fiel wieder ein, was man mir gesagt hatte.

Wurde ich von der dunkleren getroffen, so löste ich mich in einen Nebelstreif auf. Die andere verwandelte mich in ein Skelett. Beides war gleich schlimm.

Auch Judith hatte gesehen, was geschah. Es blieb bei ihr nicht ohne Reaktion. Ich spürte ihre Angst.

»Bleib ruhig!«, hauchte ich.

Okastra redete nicht. Sein Angriff lief in einer gespenstischen Lautlosigkeit ab. Arm und Schwert wurden länger und länger und schwebten gleichzeitig in die Höhe, als wollte er sich den allerbesten Schlagwinkel aussuchen.

Auch mich hielt die Spannung gepackt. Ich war dabei, alles auf eine Karte zu setzen, wartete noch und griff erst dann ein, als das Schwert mit der Breitseite über unseren Körpern schwebte.

Wahrscheinlich wollte Okastra mit einem Schlag uns beide töten.

Er sollte sich geirrt haben.

Meine rechte Hand löste ich vom Schwertgriff. Ich hob sie hoch und klappte das Sichtvisier des Helms zurück.

Jetzt musste er mich erkennen.

Für eine kaum zu fassende Zeitspanne erstarrte er in der Bewegung. Er war wirklich überrascht, und der nächste Schock würde folgen, dafür wollte ich sorgen.

Gedankenschnell bewegte ich den linken Arm. Bevor Okastra zu einer Gegenreaktion fähig war und das Schwert auf uns niedersausen lassen konnte, geschah es.

Das Kreuz rutschte aus meiner sich öffnenden Faust und blieb auf der Rüstung liegen …

Suko wusste nicht, ob er lachen oder weinen sollte, weil alles so unnatürlich und unfassbar war. Er hatte den Schrei vernommen und die Stimme genau identifiziert.

Sie gehörte John Sinclair!

Scharf atmete er die Luft ein, dabei stöhnte er sogar noch auf und hörte die Frage des Ersten Offiziers.

»Was haben Sie?«

»Eigentlich ist es ein Wunder«, flüsterte Suko, »aber ich habe mir abgewöhnt, daran zu glauben.«

»Wie soll ich das verstehen?«

»Sehen Sie den Mann und die Frau, die aus der Baracke geführt werden?«

»Natürlich.«

»Den Mann kenne ich.«

Winter gab ein Geräusch von sich, das wahrscheinlich ein Lachen, zumindest aber ein Laut der Überraschung sein sollte. Es war ein hoher, kichernder Ton, und er stellte die nächste Frage in allem Ernst. »Sind Sie schon so durchgedreht, Inspektor, dass Sie bereits Dinge sehen, die nur in Ihrer Einbildung existieren?«

»Es ist keine Einbildung, sondern eine Tatsache.«

»Aber wie sollte der Mann hierher gekommen sein? Außerdem trägt er eine Rüstung und sieht aus wie ein Krieger aus dieser Zeit. Sie müssen sich geirrt haben.«

Suko schaute zu dem Mann, von dem er überzeugt war, dass es sich um John Sinclair handelte. »Nein«, murmelte er. »Das ist der Geisterjäger, ich habe ihn gehört.«

»Wieso?«

»Der Schrei!«

»Den kann jeder ausgestoßen haben«, sagte Winter.

»Aber nicht so. Wir kennen uns lange genug. John Sinclair ist hier, und damit steigen auch unsere Chancen wieder. Und zwar in beträchtlichem Maße.«

»Ich kann das nicht glauben.«

Kapitän Seymour Glenn hatte Teile des Dialogs verstanden. »Um was geht es eigentlich?«, fragte er aggressiv. »Sie sprechen hier von einer Rettung, einem Mann und …«

»Warten Sie es ab!«, erwiderte Suko. Diesmal hatte er lauter gesprochen, und er verfolgte mit seinen Blicken das Paar. Sie wurden zum Blutaltar geführt und ließen es widerstandslos mit sich geschehen. Das wunderte Suko.

Er konnte es nicht recht fassen. John reagierte normalerweise anders. Weshalb ließ er sich in diesem Fall abführen wie ein Gefangener?

Das war die Frage, auf die Suko sich selbst eine optimistische Antwort gab.

Erstens war der Geisterjäger bei dieser Bewachung nicht lebensmüde, und zweitens hielt er sicherlich noch einen Trumpf in der Hinterhand. John würde nicht aufgeben.

Und so schritten er und die Frau auf den Altar zu. Suko hatte die weibliche Person an der Seite des Geisterjägers noch nie gesehen. Der Kleidung nach zu urteilen, musste sie zu den Gefangenen gehören. Sie ging gebeugt und hatte den Kopf nach vorn gedrückt.

Als reine Verzweiflung wollte der Inspektor seinen Zustand nicht bezeichnen, nur glaubte er kaum, dass er die Fesseln aus eigener Kraft lösen konnte.

Dabei hatte er schon alles versucht. Die Hände und die Füße im Rahmen der ihm gebliebenen Möglichkeiten bewegt, aber keinen Erfolg erzielt, denn die Fesseln saßen zu fest. Zudem schienen sie tatsächlich aus einem Material zu bestehen, das sich im Laufe der Zeit noch enger zusammenzog und dabei fast wie Draht wirkte, der tief in das dünne Fleisch der Gelenke einschnitt.

Hielt er die Hände ruhig, so spürte er die Schmerzen kaum. Bewegte er sie jedoch, zuckten die Wellen auch durch die tauben Stellen an den Gelenken.

Suko konzentrierte sich wieder auf die Vorgänge im Innenhof. Er starrte zum Altar hinüber, der im Schein des gelbroten Feuers lag. Die beiden Gefangenen mussten auf die Platte klettern und sich hinlegen. Wenig später traten die Soldaten zur Seite.

Dafür erschien Okastra!

Als Suko die von Nebelschwaden umwallte Gestalt sah, vereiste etwas in ihm. Den anderen erging es ähnlich. Ihre Kommentare reichten von wilden Flüchen bis zum Vorsatz des Umbringens.

Das würde ihnen wohl kaum gelingen. Da blieb der Wunsch der Vater des Gedankens.

John und die Frau hatten sich auf den Rücken gelegt. Sie gaben sich praktisch wehrlos, und Okastra trat bis dicht an den Altar heran, sodass die Nebel über die Platte wallten.

Sein Schwert erschien.

Suko hielt den Atem an. Er konnte die Klinge mit den beiden verschiedenen Seiten deshalb so gut erkennen, weil sie aus dem Nebel auftauchte und der Widerschein des Feuers auf sie fiel.

Okastra hielt die mörderische Waffe nur mit einer Hand. Er war sich seiner Sache sicher.

Und John tat nichts.

Er lag auf dem Blutaltar ebenso stumm wie die Frau. Nicht einmal die Hand hob er zur Abwehr.

Wie ein Selbstmörder …

Sukos Lippen bewegten sich, ohne dass ein Laut aus seinem Mund drang. Er fasste es nicht, dass sich der Geisterjäger nicht wehrte. Oder konnte er es nicht?

»Ihr Freund wird geköpft!« Suko hörte die Stimme des Ersten Offiziers und musste zugeben, dass Winter gar nicht mal so unrecht hatte. Wenn er noch länger zögerte, ging der Kelch an ihm vorbei.

Da bewegte sich John Sinclair.

Der gefesselte Chinese konnte nicht genau erkennen, was er tat, aber Okastra schlug nicht zu.

Die Spannung erreichte den Siedepunkt!

Das Kreuz lag auf der Rüstung!

Silber auf goldenem Untergrund, und es hob sich deutlich ab. So deutlich, dass Okastra es nicht übersehen konnte.

Er sah das Kreuz. Der rechte Arm, der nicht mehr als ein brauner, aus dem Nebel ragender Stumpf war, blieb in der Luft hängen, denn er schaffte es einfach nicht, sein Schwert mit den beiden gefährlichen Schneiden nach unten zu schlagen.

Mein Kreuz hatte Okastra paralysiert!

Ich hatte auf diese Waffe gesetzt und damit voll ins Schwarze getroffen. Sie bannte den Sarazenen, und plötzlich durchflutete mich wieder Hoffnung, denn mein Plan klappte.

Bis jetzt jedenfalls.

Alles weitere lag nicht mehr allein in meiner Hand, sondern auch in der meiner Begleiterin. Ich hatte ihr gesagt, dass sie mitkämpfen musste, jetzt war der Zeitpunkt gekommen.

»Judith!«, flüsterte ich scharf. »Hörst du mich?«

»Ja …«

»Nimm mein Schwert!«

»Aber ich …« Sie atmete tief, zudem ließ ich sie nicht weitersprechen, sondern drängte auf eine Entscheidung. »Du musst es nehmen und zu den Gefangenen laufen. Es ist unsere einzige Chance. Noch ist Okastra gebannt. Ich werde die Gunst der Minute nutzen. Bitte, Judith …« Zuletzt hatte meine Stimme sehr drängend geklungen, und die Frau verstand. Sie bewegte sich, erhob sich auf die Knie und sah erst jetzt das Kreuz.

Ihr Gesicht befand sich in meiner Nähe. Ich erkannte das Erschrecken darin, während sie flüsterte: »Aber das ist doch das Kreuz Hesekiels …«

»Natürlich ist es das!« Während dieser Worte hatte ich schon das Schwert aus der Scheide gezogen, bewegte den Arm über meinen Körper und drückte Judith den Griff in die Hand.

Es war eine merkwürdig aussehende, kurze Waffe mit einer ziemlich breiten Klinge. Dennoch wirkte sie regelrecht monströs in der wie zerbrechlich aussehenden Hand der Frau.

»Alles Gute wünsche ich dir!«

Judith rollte sich von der Platte des Blutaltars. Ob sie gut und sicher aufkam, konnte ich nicht sehen, ich hatte andere Sorgen. Zum Glück war Okastra noch immer durch den Anblick des Kreuzes gebannt, er schien eingefroren zu sein, selbst die Nebelschwaden bewegten sich nicht mehr.

Während ich die Schritte der davoneilenden Judith vernahm, wurde ich aktiv und richtete mich langsam auf.

Das Kreuz behielt ich dabei in der rechten Hand und zwar so, dass es sich im schrägen Blickwinkel der glühenden Augen befand.

Okastra musste die Magie spüren. Vielleicht vernichtete sie ihn auch oder schwächte ihn.

Wir würden sehen.

»So, Dämon«, flüsterte ich, »jetzt bin ich an der Reihe …«

Noch nie in ihrem Leben hatte Judith eine so starke Angst verspürt wie in diesen Augenblicken, als sie sich über die Kante der Altarplatte rollte, auf den Boden prallte, Mühe hatte, sich zu fangen und ein paar Schritte vortaumelte.

Der Sohn des Lichts hatte ihr die Waffe überlassen, und das befremdete sie ein wenig.

Judith war eine Frau des Friedens, des Ausgleichs. Sie hatte es stets abgelehnt, mit Waffen zu kämpfen. Sie verließ sich auf Worte, auf die Einsichtigkeit der Menschen.

Weder das eine noch das andere hatte ihr geholfen. Jetzt musste sie sich auf das Schwert verlassen.

In der rechten Hand trug sie es. Die Klinge wies nach unten. Sie schleifte über den Boden und zog eine zittrige Spur in den Lehm.

Judith wusste genau, dass sie sich nicht allein auf dem Hof befand, zahlreiche Soldaten lauerten in der Nähe, und sie würden eingreifen, wenn sie erst einmal ihre Überraschung überwunden oder einen entsprechenden Befehl erhalten hatten.

Die Zeit aber wollte Judith nutzen.

Sie war schnell. Geduckt hastete sie voran und lief quer auf die Stelle zu, wo die Gefangenen an die Pfähle gebunden waren. Sie hatte ihre Aufgabe nicht vergessen.

Die Klinge des Schwerts sollte die Fesseln durchtrennen, damit die anderen in den großen Kampf gegen die Mächte der Hölle eingreifen konnten.

Sie hatte die Strecke vom Altar bis zu den Pfählen der Marter und Qualen nie gemessen, obwohl Judith sie schon des Öfteren gegangen war. Noch nie war ihr der Weg so lang vorgekommen wie in dieser vom zuckenden Feuerschein erhellten Blutnacht.

Obwohl sie rannte, hatte sie das Gefühl, kaum von der Stelle zu kommen. Die Beine bewegten sich automatisch, während sich ihre Gedanken um die Befreiung der Männer drehten und auch um das Schicksal, das ihr prophezeit worden war.

Sie sollte in dieser Nacht noch sterben.

Als Tribut für die anderen. Vielleicht als Blutzoll. Aber konnte es ihr gelingen, die gefangenen Menschen noch zu retten?

Judith bemühte sich. Je weiter sie lief, umso deutlicher schälten sich die Pfähle mit den Gefangenen hervor. Und sie hatte auch nicht vergessen, dass sich der Freund ihres Partners unter den Menschen befand.

Von ihr aus gesehen stand er ganz rechts. Er bildete praktisch die Grenze, während Claudia die linke Seite markierte. Judith änderte die Richtung ein wenig. Jetzt steuerte sie den Pfahl mit den Gefesselten auf direktem Wege an.

Bisher war alles glatt gegangen, doch plötzlich erholten sich die anwesenden Soldaten von ihrer Überraschung. Erste Schreie gellten durch den Innenhof. Aus dem Hintergrund näherte sich ein Schatten. Er kam von der rechten Seite, und Judith erkannte mit Schrecken, dass es dieser Mann auf sie abgesehen hatte.

Dennoch lief sie noch einige Schritte und hörte gleichzeitig die Warnung des Chinesen.

»Pass auf!«

Judith stoppte mitten im Lauf. Sie rutschte dabei nach vorn, aber sie fuhr auch herum und riss noch in der Bewegung ihr Schwert in die Höhe, wobei sie gleichzeitig zustach.

Damit hatte der Soldat nicht gerechnet. Zwar war auch er bewaffnet, nur war es ihm nicht mehr gelungen, die schwere Streitaxt einzusetzen. Die Klinge riss seine Brust auf.

Judith sah das Blut, ihr wurde bewusst, dass sie dafür verantwortlich war. Mit weichen Knien wankte sie zurück. Die Augen füllten sich mit Tränen. Noch nie in ihrem Leben hatte sie getötet.

Der Krieger sank zusammen. Er hatte die Hände gegen die Brust gepresst, ohne jedoch den Tod aufhalten zu können.

Der Mann starb mit einem Röcheln auf den Lippen. Judith stand auf der Stelle, wie vom Blitz getroffen. Sie schüttelte den Kopf, als könnte sie alles nicht begreifen, und drehte sich um. Sie war wie in Trance.

Schon hörte sie Sukos Ruf.

»Komm her!«

Da handelte sie. Bevor andere Soldaten sie daran hindern konnten, musste sie etwas unternommen haben.

Es war nicht mehr weit bis zu den Gefangenen. Als sie dicht vor Suko ihre Schritte stoppte, sah sie in das verzerrte, schweißbedeckte Gesicht des Inspektors. Die Anstrengungen und Strapazen standen darin wie festgeschrieben. In den Augen des Mannes lag ein seltsamer Ausdruck. Eine Mischung aus Fieber und Kampfeswillen.

Judith erkannte, dass sie hier eine besondere Person vor sich hatte. Einen Mann, der nicht so leicht aufgab und der stets nach einer Chance suchte.

So wie jetzt!

Die Frau musste um den Pfahl herum, denn die Hände waren den Gefangenen an der Rückseite zusammengebunden worden. Nur hier konnte sie die Stricke kappen.

Ihre Arme zitterten. Noch immer stand sie unter dem Schock, und ihr war klar, dass die Befreiung nicht ohne Schwierigkeiten ablaufen würde. Zudem näherten sich andere Soldaten.

Wie eine Geisterarmee tauchten sie aus der Dunkelheit auf. Suko zitterte und betete, dass sie keine Bögen und Pfeile trugen und ihn abschossen wie einen Hasen.

Den Schmerz spürte Suko kaum in seinen tauben Händen, aber er sah, dass Blut aus der Wunde rann. Einen Vorwurf konnte er Judith nicht machen. Sie hatte im Eifer des Gefechts mit der Schwertspitze neben den Fesseln auch noch die Hände erwischt.

Aber sie waren frei.

Als Suko das bemerkte, hatte sich die Frau bereits hingekniet und schnitt an den Fußfesseln herum. Auch hier traf sie die Knöchel, aber das spielte keine Rolle mehr. Judith hatte ihre Aufgabe erledigt. Suko war frei – und brach zusammen.

Er konnte sich nicht mehr auf den Beinen halten. Der Blutstau war zu stark gewesen. Er ärgerte sich, dass er fast wie im Zeitlupentempo nach vorn sank und auf die Knie fiel.

»Mensch, Inspektor, reißen Sie sich zusammen!« Winter hatte gut reden, denn Suko war total erschöpft.

Er brauchte die Pause.

Dann waren die Soldaten da.

Vier zählte der Chinese, als er den Kopf drehte und zur linken Seite schaute.

Die konnte die Frau nicht schaffen, und er war viel zu schwach, um eingreifen zu können. Suko gelang es nur mühsam, sich auf die Seite zu wälzen, dann hob er einen Arm, winkelte ihn an und schob die Hand mühsam unter die Jacke. Er wollte an die Beretta heran. Die Dämonenpeitsche zu ziehen war ihm nicht möglich.

Er hörte die Schreie der Männer und sah, wie sich Judith zum Kampf stellte.

Die Klinge war zu schwer für sie. Es bereitete ihr Mühe, den Arm in halber Höhe zu halten.

Die Auseinandersetzung spielte sich hinter den Pfählen ab. Im Raum zwischen Mauer und den Gefesselten.

Winter und die anderen konnten nicht erkennen, was geschah, aber der Erste Offizier und auch zwei seiner Kameraden feuerten Suko an. »Mensch, Junge, stell dich! Komm hoch …«

Suko hatte es schwer.

Er war nicht schnell genug.

Die vier Soldaten hatten die tapfere Frau bereits erreicht. Bevor sie zuschlugen, fächerten sie auseinander, sodass sie Judith in die Zange nehmen konnten.

Sie hatte sich gefangen und hielt den Griff der Waffe jetzt mit beiden Händen fest. So gelang es ihr, das Schwert in die Höhe zu stemmen, um Schläge führen zu können.

Zwei Soldaten griffen sie von vorn an, die anderen beiden waren in ihren Rücken gelangt, und sie besaßen die verdammten Streitäxte.

Mit dem Mut einer verzweifelten, zu allem entschlossenen Frau stürmte Judith vor. Sie warf sich den Kriegern entgegen, schwang ihr Schwert von einer Seite zur anderen, und es gelang ihr tatsächlich, die ersten beiden Stöße zu parieren.

Das helle Klingen der Waffen schallte durch die Nacht. Es erreichte Sukos Ohren, dem es mittlerweile gelungen war, die Beretta aus dem Holster zu ziehen.

Dennoch bereitete es ihm große Mühe, die Pistole zu halten. Sie war einfach zu schwer und seine Hand zu schwach. Immer wieder sank die Mündung nach unten und deutete zu Boden.

Durch das letzte Parieren beflügelt, griff Judith selbst ein. Sie tat es ohne jegliche Kenntnisse irgendwelcher Kampftechniken und ging voll in die Krieger hinein.

Zwei Schneiden klirrten gegeneinander, Funken stoben auf, Judith spürte einen reißenden Schmerz an der Hüfte, als es sie dort erwischte, und sie war gleichzeitig dem Tod nahe, denn hinter ihr hatte sich der Babylonier mit der Streitaxt in der rechten Hand hoch aufgerichtet.

Er war ein finsterer Mensch. Wild, verwegen, vollbärtig und blutrünstig.

Die Axt fuhr nach unten, gleichzeitig fiel der Schuss.

Suko hatte es endlich geschafft, die Beretta in die Richtung der Kämpfenden zu drehen, und kurzerhand abgedrückt. Die rechte Hand hatte er dabei mit der linken unterstützt, um wenigstens eine gewisse Chance der Treffsicherheit zu haben.

Den Krieger mit der Streitaxt erwischte es. Er sprang in die Höhe, riss seine Waffe mit, und Suko sah das Blut von der Klinge tropfen. Da wusste er Bescheid. Er hatte der Frau nicht mehr helfen können.

Der Mann taumelte zurück, hielt sich noch für einige Schritte auf den Beinen, bevor er zusammenbrach und liegen blieb. Vielleicht zwei Armlängen von der schwarzhaarigen Frau entfernt.

Suko kroch auf sie zu. In den Augen des Inspektors schimmerten Tränen. Er wusste, dass es seine Lebensretterin nicht überstanden hatte. Ihr vorhergesagtes Schicksal erfüllte sich in diesem Innenhof.

Die drei restlichen Krieger hatten den Schuss gehört und waren völlig geschockt.

Sie kannten weder Gewehre, Kanonen, Revolver noch irgendwelche Geschütze. Für sie gab es nur die Hieb- und Stichwaffen. Deshalb hielten sie Sukos Pistole für eine Zauberwaffe und verschwanden laut schreiend.

Der Chinese stemmte sich auf die Füße. Er musste sich am Pfahl abstützen, weil ihn seine Füße nicht mehr tragen wollten.

Mühsam schleppte er sich zu seiner Lebensretterin, fiel hin und sah in das leichenblasse Gesicht der Frau, die auf dem Rücken lag.

Sie war noch nicht tot. Unter ihren langen schwarzen Haaren breitete sich allmählich eine Blutlache aus. Mit zitternder Hand strich Suko über ihre rechte Hand. Er sah das Zucken der Lippen und merkte, dass die Sterbende noch etwas sagen wollte.

Das tat sie auch. Ihre Worte waren nur mehr ein Hauch. Sie schien dabei schon in einer anderen Welt zu sein, denn sie flüsterte einen Namen, der sich anhörte wie Gideon …

»Danke«, sagte Suko, »danke, dass du …«

»Das Schicksal ist erfüllt!« Die immer schwächer werdende Stimme unterbrach den Inspektor.

Dann war die Frau tot.

Suko stand auf. Schmerzen in Fuß- und Handgelenken spürte er. Zudem blutete er an diesen Stellen, was ihn nicht davon abhielt, die Fesseln der anderen zu lösen.

Das tat Suko mit dem Taschenmesser.

Zuerst war Claudia an der Reihe. Sie klammerte sich am Pfahl fest, und als Suko den Letzten befreit hatte, konnte er sich endlich seinem Freund John Sinclair zuwenden.

Er torkelte ein paar Schritte vor und sah, wie die Erde im Hof aufbrach.

Gleichzeitig gellte aus zahlreichen Soldatenkehlen der Babylonier ein einziger Schrei.

»Baal!«

Einmal hatte ich Okastra mit dem Dolch angegriffen. Damals war die Attacke ins Leere gegangen. Das sollte mir nicht noch einmal passieren, deshalb war ich jetzt vorsichtiger, als ich mich in eine sitzende Stellung erhob.

Mein Arm schien in der vorgestreckten Haltung eingefroren zu sein. Er zitterte zwar, aber er fiel nicht nach unten. Ich riss mich zusammen und musste die nächsten harten Sekunden noch durchstehen.

Der unheimliche Sarazene rührte sich nicht. Beim Aufrichten musste ich unter der Klinge seines Schwerts hinwegtauchen, was bei mir eine Gänsehaut erzeugte, aber das Schwert blieb in der Haltung. Nichts änderte sich. Der Schock lähmte den Dämon.

Ich saß, drehte mich und kniete mich jetzt hin. So nahe vor ihm, dass ich ihn mit der ausgestreckten Hand hätte anfassen können. »Okastra«, flüsterte ich. »Du und deine Monster-Spinnen haben genug Unheil gebracht, das ist nun vorbei. Ich werde dich vernichten! Dieses Kreuz bannt dich. Du wirst dich nicht rühren können. Was ein weiser Prophet in der Gefangenschaft eines grausamen Volkes geschmiedet hat, konnten auch die langen Jahrhunderte und die immer stärker werdende Macht des Bösen nicht zerstören. Das wirst du jetzt am eigenen Leibe verspüren.«

Ich spürte eine Sicherheit wie selten. In dieser Zeit, in dieser fernen Vergangenheit, da reagierte Okastra auf mein Kreuz. In der Gegenwart hatte es ihm nichts ausgemacht, hier sah es anders aus. Es herrschte Baals Magie, aber die Kraft des Kreuzes war stärker.

Es war ein seltsames Gefühl für mich, Okastra auf eine gewisse Art und Weise wehrlos vor mir stehen zu sehen. Ich drückte meinen Kopf unter der Schwertklinge hinweg zum Außenrand der

Altarplatte, während ich im Hintergrund das Klirren der Waffen und Stimmen sowie lautes Schreien vernahm.

Endlich stand ich.

Den Arm mit dem Kreuz hatte ich stets demonstrativ gezeigt, damit mein wertvoller Talisman nie aus dem Blickwinkel des Gegners geriet.

Neben dem Altar blieb ich stehen.

Okastra rührte sich nicht. Auch nicht, als ich gedankenschnell das Kreuz in die linke Hand wechselte, um freie Bahn für die rechte zu haben, denn ich hatte mir etwas ausgedacht.

Aus dem Nebel schaute der Arm mit der Hand, deren Finger um den Schwertgriff geklammert waren.

Ein Teil des Griffs ragte aus der bräunlich schimmernden Faust. Dort packte ich zu.

Mit einem gewaltigen Ruck riss ich dem anderen das Schwert aus der Hand und fühlte in diesen Augenblicken einen unbeschreiblichen Triumph. Was mir in der Gegenwart nicht gelungen war, konnte ich vielleicht in der Vergangenheit schaffen.

Ich hielt die Klinge fest und überlegte, mit welcher Seite ich zuschlagen sollte.

Ich entschied mich für die helle, denn ich wollte nicht, dass Okastra zu einem Nebelstreif wurde und irgendwann wiederkehrte.

Es wurde ein wuchtiger Schlag, von oben nach unten geführt, und er hätte den Dämon teilen sollen.

Bevor die Klinge ihn erwischte, hörte ich das Klirren, als wäre sie gegen Stein geschlagen. Aber es war der Nebel!

Er hatte sich verfestigt und schützte den Dämon wie ein Mantel.

Noch einmal schlug ich zu.

Und diesmal setzte ich gleichzeitig mein Kreuz ein. Ich presste es gegen den hart gewordenen Nebel – und hatte Erfolg.

Das Schwert kam durch!

Nicht einmal ein Splittern oder Krachen vernahm ich. Es schien kein Widerstand vorhanden zu sein, und ich sah, wie Okastra getroffen wurde. Die Szene erinnerte mich an den großen Kampf gegen Xorron. Auch ihn hatte ich auch mit einem Schwert erledigt.

Ebenso erging es Okastra.

Die Klinge jagte durch seinen Schädel. Ich spürte einen kurzen Widerstand und sah plötzlich, wie die glühenden Augen in der braunen Masse des Körpers rotierten wie zwei feurige Sonnen.

Mein Schwert hatte schon den Schädel geteilt, und mir schien es, als würden die Augen den Nebel verscheuchen.

Dies geschah in der Tat.

Der Nebel löste sich auf. Die rotierenden, glühenden Bälle durchdrangen ihn, rissen ihn auf und wehten ihn fort.

Zum ersten Mal stand Okastra klar und deutlich vor mir.

Er war kein Mensch. Ich schaute auf den braunen, irgendwie rindenartigen Körper einer Mumie, die allerdings noch Menschengröße hatte. Ein widerlicher Anblick, der mein Innerstes zusammenzog.

Etwa bis zur Nase war die Klinge gedrungen. Die beiden Hälften des Kopfes neigten sich nach verschiedenen Seiten, und gleichzeitig löste sich auch die rindenartige Haut.

Es war dicker Sirup. Der Erdanziehung folgend, rann er nach unten. In langen, zähen Streifen.

Okastra starb.

Was blieb zurück?

Ich hatte mit der silbernen Seite des Schwerts zugeschlagen. Deshalb gab es nur eine Lösung.

Vor mir stand ein Skelett!

Keine glühenden Augen mehr, sondern leere Pupillen. Glotzlöcher, in die ich hineinschauen konnte, ohne Füllung, ohne Leben.

Noch stand das Skelett. Ich dachte darüber nach, ob ich noch einmal zuschlagen sollte. Da lief ein Vibrieren durch die Gestalt, als hätte man sie an ein Stromkabel angeschlossen.

Die knochigen Beine konnten das Gewicht nicht mehr halten.

Gelenke klapperten, der Kopf wackelte, und vor meinen Augen brach der Knochenmann zusammen.

Wie ein Skelett auf der Geisterbahn.

In einem Anfall von Zorn trat ich auf die Knochen und schwang mit dem Beuteschwert in der Hand herum.

In den letzten Sekunden hatte ich Suko, die Gefangenen und auch die Soldaten vergessen.

Das änderte sich nun.

Ich sah meinen Partner, der frei war, und entledigte mich zunächst einmal der Rüstung. Es ging leichter, als ich gedacht hatte. Auch den Helm schleuderte ich zur Seite.

Jetzt war ich wieder voll einsatzfähig.

Ich sah Suko auf mich zulaufen, wollte ihn rufen, als plötzlich die Erde aufbrach und der gellende Schrei nach Baal durch die Luft schwang …

Der Götze kam!

Aber nicht in der Gestalt, in der ich ihn kennengelernt hatte, sondern in der eines anderen.

Aus dem riesigen Loch in der Erde brach er hervor, und das Monster erinnerte mich im ersten Augenblick an Asmodinas Höllenschlange.

Baal kam ebenfalls in dieser Gestalt.

Aber als pechschwarze, unheimliche, breite Schlange, die ein gewaltiges Maul hatte und es aufriss, sodass ich in einen Schlund hineinschaute, der mich an die Größe eines Scheunentors erinnerte.

Ich hatte ihm seinen Diener genommen.

Jetzt würde er sich rächen!

Und Baal drehte durch. Im Hintergrund des Mauls und tief in seinem Rachen regte sich etwas. Ich ahnte Schreckliches, sprang zur Seite und duckte mich hinter dem Altar zusammen.

Bevor ich den Kopf einzog, konnte ich noch einen letzten Blick auf die monströse Schlange werfen, die auch in dieser Zeit das absolut Böse verkörperte.

Eine ebenfalls pechschwarze Zunge zuckte hervor. Sie schwang wie ein gewaltiger Kreisel über den Innenhof und machte vor nichts Halt. Gnadenlos schlug sie zu, schmetterte auch gegen den Altarstein, sodass ich befürchtete, er würde mich unter sich begraben, und war schließlich vorbei.

Ich riskierte wieder einen Blick und konnte sehen, dass die Zunge über den Hof fegte. Was sich ihr in den Weg stellte, nahm sie mit. Und das waren Menschen.

Wie angeleimt wirkten die Krieger der Babylonier, und dazwischen ein schreiender Mann, der die Uniform eines Kapitäns trug.

Ich wusste nicht, wie ich dieses Monster stoppen sollte. In meiner Verzweiflung schleuderte ich das Beuteschwert auf das offene Maul zu und sah nicht mehr, ob ich getroffen hatte, denn mein Helfer meldete sich.

Die Lichtfülle, die den Innenhof umflorte, hatte ich bereits in dem Tal erlebt. Angst brauchte ich davor nicht zu haben, auch nicht vor der Stimme und vor meinem Kreuz, das ebenfalls mithalf, diesen weißmagischen Schutzwall aufzubauen.

»Mehr kannst du nicht erreichen, John Sinclair, Sohn des Lichts. Mehr geht nicht. Du musst den Dolch verloren geben. Du kannst ihn dir vorerst nicht zurückholen. Er hat einmal ihm gehört, aber du wirst noch von ihm hören. Ich schicke euch zurück …«

»Aber …« Ich wollte sprechen, war auf die Knie gefallen, als ich von einer unbegreiflichen Kraft gepackt und in die Höhe gerissen wurde. Alles in meiner Umgebung war bedeutungslos geworden. Ich hatte eine Reise angetreten, von der ich hoffte, dass sie mich zurück in die Gegenwart und damit in meine Zeit brachte.

Und ich drückte auch meinen Freunden die Daumen. Schließlich standen sie auf meiner Seite …

Wir landeten dort, wo alles begonnen hatte.

In Campa, diesem kleinen Ort an der Nordwestküste Spaniens. In einem Dorf, das leer war, denn wir sahen weder etwas von seinen Bewohnern noch von den Spinnen. Sie mussten ebenfalls ihr Leben verloren haben, als Okastra zerstört wurde.

Suko, Claudia und vier Offiziere, das waren meine Begleiter. Den Kapitän hatte es erwischt. Und auch das U-Boot blieb in der Vergangenheit verschollen.

Es hatte sich noch etwas verändert. Der Friedhof auf dem Berg war zusammengestürzt, und in Campa selbst standen zahlreiche Häuser schief, als hätte es ein Erdbeben gegeben.

So etwas schien tatsächlich geschehen zu sein. Ich wollte nicht wissen, wie es im Berg aussah.

Von der Bodega war nichts mehr vorhanden. Dieses Haus war völlig eingestürzt.

In einer windgeschützten Ecke hielten wir Kriegsrat. Viele Fragen waren offen geblieben. Ich hatte meinen Dolch verloren und musste jetzt versuchen, ihn wieder zurückzuholen.

Ferner hatten wir das U-Boot verloren, und damit auch die Besatzung. Sie war in der Vergangenheit verschollen geblieben.

Lösungen fand ich nicht. Nur Fragen.

Zum Glück fanden wir genügend Autos, in die wir uns hineindrücken konnten.

Wir fuhren los und erreichten irgendwann einen Ort, in dem es Telefon gab.

Stunden später hatte ich eine Verbindung mit London. Es wurde ein ziemlich langes Gespräch, und Sir James begrüßte mich, als wäre ich von den Toten auferstanden.

So ganz unrecht hatte er damit nicht. Dass in London zahlreiche Probleme auf mich warteten, verstand sich von selbst. Dennoch freute ich mich wie ein Schneekönig darauf, meine Heimatstadt doch endlich wiederzusehen …

ENDE

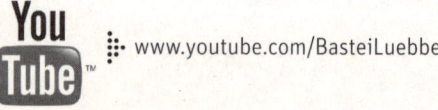